청명지절

淸明之節

청명지절

초판 1쇄 찍은 날 | 2017년 02월 11일
초판 1쇄 펴낸 날 | 2017년 02월 23일

지은이 | 산하
펴낸이 | 서경석

편 집 책 임 | 조윤희
편   집 | 이은주
             최고은

펴 낸 곳 | 도서출판 청어람
등록번호 | 제387-1999-000006호
등록일자 | 1999. 5. 31
어람번호 | 제5-459호

주소 | 경기도 부천시 부일로 483번길 40 서경B/D 3F
        (우) 14640
전화 | 032-656-4452 팩스 | 032-656-4453
http://www.chungeoram.com
E—mail | chungeorambook@daum.net

ⓒ 산하, 2017

ISBN 979-11-04-91145-3   03810

Chungeoram romance novel

청명지절

清明之節

지절 · 산하 장편소설

도서출판 청어람

목차

1

활짝 열린 달 모양의 창을 타고 게으른 햇살이 쏟아졌다.

귀밑머리를 살며시 흔드는 부드러운 바람이 옅은 색의 장막을 나붓이 살랑인다. 곳곳에서 붉은 작약이 피어오르는 나른한 여름의 초입, 평화롭던 공주부에 때아닌 소란이 일었다. 평소 엄격히 출입이 통제되어 줄곧 고즈넉하고 한적했던 공주의 내실이 웬일인지 어린 궁녀들로 한껏 들어차 있는 것이다.

연분홍 물그릇엔 활짝 벌어진 투명한 꽃잎들이 둥둥 떠다녔다. 처음 보는 앳된 얼굴의 궁녀 아이가 제 몸만 한 크기의 부채를 열심히 부치며 볼을 붉혔다. 작게 이는 바람엔 달콤한 향기가 실려 있었다. 무심히 이를 바라보던 청명(清明)이 고갤 돌려 그릇에 손을 적셨다. 곁에 서 있던 다른 궁녀 하나가 재빠르게 수건을 건네었다. 얼음장처럼 차가운 물에 손을 적시니 지끈거리는 더위가 조금 가시는 기분이다. 나직하게 한숨을 뱉은 청명이 고개를 들었다. 언제 더위에 굴복했냐는 듯 고양이를 닮은 눈매가 매섭게 반짝였다.

"서두르렴. 이러다 연회에 늦겠구나."

느릿느릿 자애로운 말투였으나 공주의 심경이 날카롭게 곤두서 있다는 걸 공주부의 모든 궁녀들이 안다. 그들은 공손하게 고개를 숙이며 맡은 바 소임에 집중하기 시작했다. 내실은 이미 발 디딜 틈 없이 궁녀들로 가득 차 있었다. 한 아이가 공주에게 다가서 당의의 소매를 벌려 입히면, 동시에 다른 아이는 뒤에서 공주의 머리를 매만졌다. 길게 늘어진 치맛자락 사이, 보이지도 않는 신 하나까지도 행여 티끌 하나 묻을까 그들은 세심히 매만지고 또 매만졌다.

속살이 은은하게 내비치는 새하얀 나삼에선 향기로운 향내가 풍겼다. 길고 탐스러운 머리카락의 반은 구름처럼 높이 틀어 올려 그 위론 붉은 모란을 더했고, 남은 반은 아래로 길게 빗어 내려 검은 바다처럼 늘어뜨렸다. 가는 붓으로 길게 눈썹을 그리고 분을 칠한 뒤, 마지막으로 입술에 붉은 연지까지 더하자, 숨을 죽이고 그 모습을 지켜보던 서안의 입에서 저도 모르게 탄성이 터져 나왔다.

"공주마마! 너무 아름다우셔요! 어쩜 이리도 어여쁘실까요?"

"호들갑 떨지 마. 무엇이 대수라고."

작게 미간을 찡그린 청명이 신경질적으로 고개를 내저었다. 그러나 그 모습마저도 어쩌나 사랑스러운지, 서안은 찡그린 모습마저 어여뻤다는 그 미인이 바로 우리 공주님을 가리키는 말이라 믿어 의심치 않았다. 하지만 사실 그 말엔 어폐가 없지 않은 감이 있었다. 얌전함과 나긋함을 여인의 제일로 여기는 당대의 미인상과 공주는 조금 거리가 멀었기 때문이다. 날카롭게 산을 그린 짙은 눈썹과 뚜렷이 도드라지는 턱선, 치켜 올라간 눈꼬리 아래 쏘는 듯 강렬한 눈은 유달리 고집스러운 인상을 주었다. 얼핏 보기엔 작고 가냘픈 몸태나 또렷한 이목구비가 공주를 예사로운 보통의 미인으로 보이게도 했지만, 질 줄 모르는 도전적인 눈과 마주친 뒤엔 모두가 그 생각을 고쳐먹었다. 지금도 따분한 기색이 역력한 공주의 얼굴은 반항스럽기 그지없었다. 다만 서안의 눈엔 이마저도 어여쁘고 또 어여쁠 뿐이다. 그도 그럴 것이, 과연 중경 제일 미인이라는 연국공주가 아니시던가. 이는 단순한 미색을 뜻하는 말이 아니었다. 총명하고 영특한 재기로 열셋의 어린 나이에 연국왕의 봉작을 받은 그 연국공주를 내가 길렀노라는 뿌듯함이 서안의 전신을 에워쌌다.

"분명 오늘 연회의 주인은 바로 마마이실 것이어요."

"맞습니다. 하늘에서 내려온 선녀 같으셔요!"

"모란도 마마를 보면 부끄러워 꽃잎을 오므릴 것입니다."

서안의 말을 필두로 줄지어 선 궁인들의 찬사가 뒤를 이었다. 청명은 슬쩍 거울을 끌어당겨 제 얼굴을 비추었다. 깨끗하게 닦인 거울 위로 단정하고 또렷한 미인의 얼굴이 그려졌다. 어딜 보아도 흠잡을 데 없이 어여쁘고 아름다웠다. 어디 그뿐이던가, 이 중주 안에서 그녀는 가장 고귀한 혈통의 소유자였다. 적통에서도 가장 으뜸이다. 죽은 선황의 무남독녀 외동딸인 그녀는 마지막 하나 남은 적통의 황족이었다. 그러니 삼촌이자 양부인 지금의 황제를 제하면 감히 청명이 고개를 숙일 사내가 이 나라 안에 존재하지 않는다는 말이다.

기품이면 기품, 미모이면 미모, 게다가 총명하기론 웬만한 학사들을 뛰어넘으니 단연 발군이었다. 청명은 단 한 번도 자신이 다음 대의 여황제가 되리라는 사실에 의심을 품어본 적이 없었다. 현 황제가 다행히 후사를 보지 못했으니 이대로라면 황태녀의 자리는 당연히 저, 청명의 것이 될 게 불 보듯 뻔했다. 한데 어찌 된 일일까, 금년 열여덟이 될 때까지 그녀는 여전히 일개 공주에 머무르고 있었다. 황태녀에 봉해졌어도 진작에 봉해졌어야 할 일.

그리고 그 순간, 떠올리고 싶지 않은 면상 하나가 불쑥 떠올랐다. 청명은 아득 이를 갈았다.

"연회의 주인이 나라니, 사람 지금 놀리는 거야? 유약하다 못해 비실비실해 보이는구나! 그 어떤 사내도 감히 쳐다볼 수 없을 만큼 더 위엄 있게 치장하거라. 어서!"

❁

일렁이는 물결을 따라 햇살이 산산이 부서졌다. 잔잔한 호수의 표면으로 새하얀 물비늘이 찰랑 일었다. 오후가 되고 선선한 바람이 일기 시작하자 정오까지 바짝 기세 좋던 더위는 한풀 꺾이고 뜨겁게 달아오른 열기도 차차 식어갔다.

얇은 옷자락을 희롱하는 바람에 하얀 이마 곳곳 구슬같이 송골 맺힌 땀방울은 절로 말랐다. 한창 음식을 나르고 연단을 정비하느라 바쁜 궁인들을 대신해 바람이 뜨겁게 달아오른 볼을 식혀주었다. 호수 옆에 차려진 커다란 연단 아래로 길게 연회장이 차려졌다. 그 아래 하나둘 들어서는 악사들과 그들이 악기를 조율하는 소리로 드넓은 광장엔 작은 소란이 일었다. 오색의 화려한 등롱들이 곳곳에 걸리자 태양은 등롱 위로 늘어져 긴 그림자를 만들어냈다. 그렇게 부산을 떠는 것도 잠시, 어느새 하늘이 주홍빛으로 물들었다.

날이 저물기 무섭게 황족과 고관대작들을 태운 마차가 황궁으로 끝없이 들어서기 시작했다. 연회장은 호탕하게 웃는 사내들로 서서히 가득 찼다. 악사들이 연주하는 미려한 음률을 배경으로 그들은 간만에 그늘 없이 즐겁게 웃었다.

어디 오늘이 보통의 연회이던가. 서쪽 변방에 출몰해 한동안 골치를 썩이던 오랑캐들을 소탕한 승자가 귀환했다. 화친의 의미로 공주를 자신의 비로 보내라는 말도 안 되는 요구를 주장하던 이적들을 완전히 섬멸했으니, 다시없을 대승에 황성의 만백성이 다 함께 축제 분위기였다. 대군이 돌아오던 길엔 백성들이 흩뿌린 꽃이 하늘을 가득 메웠고, 그 환호 소리가 십 리 밖까지 들렸다 하니, 얼마나 대단한 기세였는지 굳이 말할 필요가 없을 것이다. 그도 그럴 것이 오만의 군사로 이십만의 오랑캐를 전멸시킨, 대승 중에서도 대승이다. 한동안 서쪽 변방에선 아이 우는 소리도 들리지 않을 것이라 했으니 그 기쁨을 이루 말할 수 있으랴. 승전보를 들은 황제 역시 전에 없이 크게 웃으며 기뻐했다.

바로 그 공적의 중심엔 진왕이 있었다. 오만의 군사를 홀로 이끌고 대승을 거둔 드높은 무훈의 주인공이 귀환했다. 갓 스물을 넘은 이 미청년을 두고 호사가들은 하나같이 입을 모아 떠들었다. 진왕의 이번 대승이 가져올 이변이 과연 무엇이 될지, 그리고 필연적으로 엮일 수밖에 없는 한 여인에 대하여.

연회장으로 들어서기 무섭게, 자리한 모두의 시선이 이쪽으로 쏠렸다. 그 어느 때보다 당당히 고개를 치켜들고 청명은 발을 옮겼다. 한 치의 흔들림 없이, 우아한 걸음걸이였다. 황제가 앉을 바로 아래 연단에 올라서 자리에 앉은 청명이 오만하게 좌중을 굽어보았다. 그와 동시에 다들 못 본 척 시선을 내리깔곤 제각기 떠드는 시늉을 한다. 예상했던 바나 참으로 가소롭기 그지없어 청명은 실소를 금치 못했다.

그러는 사이 자리에 앉은 지 얼마나 되었다고 멀리서 낯익은 현주 몇이 이쪽으로 다가오는 게 보였다. 슬쩍 허리를 곧추세운 청명이 느릿하게 그들을 훑어 내렸다. 얼마 전에 시집을 갔다던 곽왕의 딸, 정연과 그 바로 아래 동생 둘이다. 불쾌하게 이죽거리는 낯짝을 보니 듣지 않아도 저를 찾은 이유가 뻔했다. 가장 선두에 선 정연이 고개를 숙이며 먼저 인사를 해왔다.

"오랜만에 뵙습니다. 그간 격조하였지요?"

"현주께서도 잘 지내셨습니까."

"저야 항상 같지요. 한데 어쩐지 공주께선 안색이 좋지 못하십니다."

저 독사 같은 계집애. 탁자 아래 감춰진 손이 불끈 주먹을 쥐었다. 여린 손바닥으로 손톱이 파고들었다. 청명은 화사하게 웃으며 고개를 갸웃 기울였다.

"내 안색이 좋지 못하다니 현주께선 눈이 좋지 못하신가 봅니다? 아주 멀쩡하여 현주의 걱정 따윈 필요하지도 않습니다."

"제 눈보다 공주의 안색이 더욱 걱정되니 이리 말하는 게지요. 물론 그 심정이야 이해가 가지만……."

정연이 사뭇 안타깝다는 듯 고개를 설레설레 내저었다. 저 가증스러운 얼굴을 마구 할퀴어주고 싶다는 충동을 꾹꾹 억누르며 청명은 태연한 얼굴로 더욱 환하게 웃었다.

"함부로 짚으시는 것이 누가 보면 하늘의 기운이라도 읽으시는 줄 알겠습니다. 예, 이참에 속세를 떠나 여도사로 출가하시는 편도 나쁘지 않지요. 물론 그곳에서도 지금처럼 이리 헛다리만 짚어 앞에 선 이들의 얼굴을 면구스럽게 만드실까 걱정이 안 되는 건 아니다만."

"공주! 같은 가족끼리 걱정이 되어 건넨 말에……."

"가족이라, 여기 어디 가족이 있단 말이지요?"

나른하니 묻는 말과 달리 청명의 눈매가 날카롭게 번득였다. 비틀려 올라간 붉은 입술에 정연은 저도 모르게 주춤 뒤로 한 발 물러섰다.

"황상을 부친으로 둔 나와 괵왕의 여식인 현주가 어찌 같은 가족이라 할 수 있단 말이지요? 폐하께서 친히 수봉(受封)한 나와 그대는 엄연히 그 격이 다를진대, 이리 염의없이 구니 내가 이를 어찌 받아들이는 게 좋겠습니까?"

뒤에 몸을 움츠린 두 어린 동생들은 울먹거리느라 눈도 마주치지 못하는 상황. 혼자 보기 아까울 만큼 빨갛게 달아올라 바들바들 떨던 정연이 고개를 숙이며 간신히 중얼거렸다.

"제 생각이 짧았습니다. 공주께서 부디 용서해 주시지요."

"아랫사람의 잘못을 덮는 건 윗전의 몫이지요. 다음번엔 이런 불경을 저지르지 않길 바랍니다, 현주."

빙긋 웃는 낯으로 청명이 정연을 내려 보았다. 비틀비틀 연단을 내려가며 궁인에게 부축받는 꼴을 보니 통쾌한 기분에 실실 웃음이 나왔다. 저 정도 깜냥으로 제게 감히 대적하려던 용기 하난 높이 사야겠다 애써 웃음을 갈무리하며 미소를 지우던 그 순간, 청명의 얼굴이 험악하게 일그러졌다.

"……황상께서도 분명 큰 상을 내리실걸세. 아마도 태원 부근에 식읍을 내리시겠지."

"어디 식읍이 문제겠습니까. 이게 보통의 공적이어야지요."

이부시랑과 이름 모를 한 젊은 조신이 마주 보며 정답게 이야기를 나누고 있었다. 차마 못 들으려야 못 들을 수가 없는 목소리였다. 그리고 이는 비단 저 둘만이 아니었다. 사방 천지, 무엇이 그리 즐거운지 모두가 제 일처럼 기뻐하며 크게 웃는다. 그깟 공적이 무어가 대수라고 저리 난리를 치는 걸까. 속이 마구 뒤틀리다 못해 구역질이 올라올 것만 같았다.

'얼마 되지도 않는 오랑캐 섬멸한 것쯤, 군사만 주어진다면 나도 그 정도 일이야 쉽게 해낼 수 있단 말이다!'

속이 부글부글 끓어올랐다. 감히 바깥으로 티를 내진 못하고 주먹을 단단히 말아 쥔 채 청명은 홀로 분을 삭여야 했다. 타들어가는 속을 달래며 공연히 입술만 짓씹던 그때, 둥둥 북을 치는 소리가 들려왔다. 동시에 청명을 포함한 연회장의 모든 사람이 몸을 일으켰다. 저 멀리서 걸어온 황제가 연단으로 올라서자 수백의 관료와 황족이 일제히 머리를 조아렸다.

"황제 폐하, 만세 만세 만만세!"

고요한 침묵이 드넓은 연회장으로 무겁게 깔렸다. 고개를 바짝 숙인 청명은 굳은 얼굴 근육을 열심히 움직여 자연스러운 미소를 그려냈다. 수년간 이어진 익숙한 움직임이었다. 매섭게 번득이던 겹이 진 눈매는 언제 그랬냐는 양 순하게 깜박였고, 독기 어린 얼굴엔 순진한 소녀의 음전함만이 남아 있었다.

"고개들 들고 이만 자리에 앉도록 하지."

명이 떨어지기 무섭게 작은 소란이 일었다. 본격적인 연회가 시작되기 전, 시시하고 지루한 만담이 얼마간 이어졌다. 짓눌린 무릎을 탁자 아래서 콩콩 두드리며 청명은 아니꼬운 눈빛을 감추지 못하고 흥흥, 코웃음을 쳤다. 이런 자리야 원래 재미가 없기도 했지만, 오늘 연회의 이유를 알기에 더욱 고역이라, 대놓고 짜증을 부릴 수는 없어 애꿎은 탁자 다리만 발로 툭툭 건드리며 빈 술잔을 굴렸다.

지루함을 견디지 못하고 이리저리 고개를 돌리던 청명의 눈에 문득 멀리서 발갛게 달아오른 얼굴로 성왕에게 미주알고주알 열심히 떠들어대는 정연이 들어왔다. 듣지 않아도 분명 자신을 씹어대는 말일 게 뻔했다. 그러고 보니 대부분의 황족들은 저쪽에 몰려 앉아 있었다. 여러 군왕과 현주, 공주가 함께 모여 이야기를 나누고 있었고, 혼자 외톨이로 앉아 있는 건 청명뿐이었다. 물론 저들이 자신을 좋아하지 않는다는 건 익히 알고 있는 사실이다.

'좋다고 달라붙으면 그게 더 짜증이지 뭐. 그건 이쪽에서 먼저 사절이다.'

구시렁대며 막 턱을 괴려던 찰나, 성왕과 기다렸다는 듯 딱 눈

15

이 마주쳤다. 청명을 발견한 그가 정연의 귓가에 무어라 속삭이자 그들의 시선이 일제히 이쪽으로 쏠린다. 마치 훔쳐보다 걸리기라도 한 상황이었다. 음악 소리 너머로 비웃음 소리가 선연히 전해졌다.

본래 다른 황족들과 교류하는 일이 없기도 했지만, 그들 사이의 감정은 불편함보다는 적의였다. 사실 저들이 내보이는 반감이 청명은 이해가 가지 않았다. 아무리 잘난 사람이 부러울지라도 저렇게 대놓고 시기와 질투를 내보이는 건 너무 저급하지 않나? 명색이 황족이라면 최소한의 품위와 격식은 지킬 줄 알아야지, 한심하기 그지없다는 생각과 함께 청명은 부러 더 고개를 빳빳이 치켜들고 오만하게 눈을 내리떴다. 그러자 키득거리며 비웃는 웃음소리는 더욱 높아졌다. 하지만 소인배들의 시선 따윈 신경 쓰지 않는다. 어차피 최후의 승자가 될 이는 바로 자신이기에, 때가 되면 저들도 누가 옳은지 정신들 차리고 제게 설설 기게 될 것이라는 믿음이 청명을 지켜주었다. 그러니 당당하지 않을 이유가 없었다.

홀로 유유자적 뻔뻔히도 눈을 껌벅이는 청명에 질렸다는 얼굴로 성왕은 절레절레 고개를 내저었고, 정연은 더욱 입술을 비죽이며 홱 하니 외면했다. 다른 이들도 다를 바 없었다. 마음 한구석에 휑하니 도는 묘한 외로움을 애써 외면하고, 승리감을 즐기려 하던 것도 잠시, 악사들의 웅장한 음악 소리가 뚝 멈추었다. 움직임을 멈춘 좌중을 둘러보던 황제가 술잔을 내려두며 대수롭지 않게 말했다.

"금일의 연회는 짐을 위한 것이 아니지. 이제 연회의 주인공을 들라 명하는 게 좋겠군."

본격적인 연회의 시작을 알리는 그 말에 연회장이 크게 들썩였다. 애써 태연을 가장하던 청명의 얼굴도 실금 가듯 차갑게 얼어붙었다. 거대한 문이 열리고 저 멀리서 걸어오는 은빛 개갑의 사내가 보인다. 잔을 움켜쥔 청명의 손이 부들부들 떨려왔다. 공손하면서도 품위를 잃지 않은 태도로 그가 무릎을 꿇었다.

"황제 폐하, 만세 만세 만만세. 신 진왕, 황제 폐하를 뵈옵니다."

"고개 들거라. 여기 있는 그 누구도 진왕이 세운 공적을 모른다 하진 않을 테지. 유례없을 대승을 거두었어."

"전부 황제 폐하의 은덕이옵니다."

진왕이 희미하게 미소를 지으며 고개를 숙였다. 그 은은한 미소는 누가 보아도 예의와 겸양을 아는 사람의 것이다. 흐뭇한 눈으로 진왕을 살피던 황제가 자애로이 말했다.

"큰 공을 세웠으니 바라는 것을 말해보아라."

"폐하께서 이리 말씀해 주시는 것만으로도 감읍할 따름입니다. 소신은 이미 충분합니다."

거짓말!

진심이라는 듯 깍듯이 숙인 얼굴 옆선이 갸름하니 얄밉도록 간사했다. 저 교활한 것! 차마 입 밖으로 내뱉지 못하지만, 정말이지 온갖 상스러운 말이 입안을 가득 부풀렸다. 억지로 미소를 짓는 것도 이젠 한계가 찾아왔다. 저 가식적인 말도 구분 못 하고 어울리지 않게 미소를 보이는 황제의 얼굴도 쌍으로 꼴도 보기 싫다. 저들끼리 즐거워 떠들어대는 말 따윈 하나도 들리지 않앉다. 연회장의 모든 이가 함께 즐거운 얼굴로 소리 내어 웃는다. 오로지 청명을 빼고.

"연국공주, 그럼 네 생각은 어떠하냐."

일순간 모두의 주목이 청명에 쏠렸다. 할 수 있는 모든 욕들을 머릿속으로 나열하는 데 정신이 팔렸던 청명이 어리벙벙한 얼굴로 황제를 돌아보았다. 이게 무슨 상황일까. 반사적으로 맑은 미소가 입가에 지어졌다. 무슨 상황인지 알지도 못하면서 청명은 무작정 생그레 웃었다.

"부황의 뜻이라면 응당 따라야지요."

"공주도 별다른 이의가 없으니 이 문제는 진왕의 뜻대로 하지."

고개를 끄덕이며 청명은 제가 들은 게 무슨 소리인지 열심히 머리를 굴렸다. 하지만 아무리 기억을 되돌려 보아도 황제와 진왕이 떠들던 말이 떠오르지 않는다. 무슨 내용인지도 모르면서 무슨 생각으로 동의를 한 건지. 방심했던 차에 어리석은 실수를 저질렀다.

혹시나 그게 동궁에 관한 내용이었다면…….

아니다.

청명은 고갤 빠르게 가로저었다. 놈은 노골적으로 제 야심을 드러낼 만큼 어리석지 않았다. 얍삽하고 교활한 놈이니 분명 어떤 음험한 속셈인지는 몰라도 황제에게 대놓고 밉보일 짓을 저지를 리가 없었다. 초조하게 다리를 떨며 가슴을 졸이던 청명의 눈이 순간 누군가와 마주쳤다. 시선이 허공에서 뒤엉킨다. 그리고 그 뻔뻔한 얼굴에 뜻 모를 미소가 번지는 걸 청명은 똑똑히 보았다. 이는 명백한 조소. 청명의 얼굴이 대번에 일그러졌다.

「교활한 놈!」

청명은 맞은편에 앉은 그를 쳐다보며 분명하게 입술을 움직였다. 눈썰미가 좋은 놈이니 분명 알아들었을 테다. 그 증거로 순식간에 놈의 얼굴이 냉랭하게 굳었다. 의기양양한 미소를 부채 뒤로 감춘 청명이 나른히 부채질을 했다.

「멍청이.」

부채를 부치던 청명의 손길이 뚝 멈췄다. 분기가 머리끝까지 치솟으며 굴욕감에 앙다문 청명의 입술이 바들바들 들썩였다. 모두의 시선은 은근슬쩍 청명을 왔다 가는 걸 청명은 안다. 그리고 이걸 놈 역시 잘 알고 있다. 알고 있기에 드러내어 대놓고 저를 약 올림이 뻔했다. 혹시라도 어린애처럼 성질을 폭발시키지는 않을까 기대하는 게지. 청명은 마른침을 삼켰다. 저따위 허접한 수에 넘어갈 만큼 이쪽도 그리 호락호락한 상대는 아니다. 청명은 지지 않고 똑바로 그를 마주 보았다. 보이지 않는 신경전이 벌어졌다.

「개망나니!」

「바보.」

「사악한 놈!」

「반편이.」

「천하의 개잡놈!」

「못난 게.」

못났다는 말을 듣기 무섭게 평안을 가장하던 얼굴이 벌겋게 달아오른다. 이 모든 게 전부 자신의 성질을 긁어놓으려는 진왕

19

의 수작인 걸 알았지만, 욱하고 분이 치밀어 올라와 더는 견딜 수가 없었다. 벌떡 자리에서 일어난 청명에 시선이 쏠렸다. 청명은 어색하게 웃는 얼굴로 술기운이 돌아 잠시 걷고 오겠노라 똑똑히 중얼거렸다. 따라붙으려는 서안을 내치고 청명은 보랑을 따라 바삐 걸음을 옮겼다.

호수 옆 연회장으로 모든 궁인이 몰렸는지 후당 쪽의 정원으론 인기척 하나 들리지 않았다. 이따금 들려오는 새 우는 소리와 풀벌레 소리를 제하고는 완벽한 정적이었다. 먹물 같은 어둠이 내린 정원에선 옅은 모란 향이 풍겨왔다. 청명은 등롱이 길게 걸린 보랑에서 벗어나 정원 안쪽으로 깊숙이 들어섰다. 풀 내음이 점점 짙어질수록 불빛은 점점 멀어진다. 어느새 주변의 빛이라곤 오로지 휘영청 떠오른 달뿐이었다.

길게 늘어진 치맛단 옆으로 높이 자라난 수풀이 스쳐 지났다. 혹시나 이 주변을 지날 궁인의 눈에도 절대 띄지 않을 만큼 커다란 나무 뒤에 청명은 멈추어 섰다. 주변을 둘러보아도 사방은 온통 새카만 어둠뿐. 저 멀리서 피리 소리와 웃음소리가 뒤엉켜 마치 한여름 밤의 꿈처럼 아득하게 들려온다. 얼마 마시지도 않은 술 때문인지 조금 뛰는 심장에 청명은 숨을 가쁘게 골랐다.

"어둠 속에서의 밀회라. 취향 참 독특하십니다, 공주?"

불쑥 어둠 속에 들려온 목소리에 청명이 화들짝 놀라 몸을 떨었다. 저도 모르게 얼굴이 새빨갛게 달아올랐다. 계면쩍은 기분에 청명은 부러 뻔뻔히 눈을 깜빡이며 뒤를 돌아보았다. 달빛을 등지고 선 그가 어느새 청명의 바로 뒤에 서 있었다.

진왕, 청운. 불구대천의 적수가!

무엇이 그리 잘났는지 한여름 밤의 여유를 담은 한가로운 미소로 윤이 청명을 빤히 내려다본다. 청명보다 얼굴 두 개쯤은 더 껑충 솟아 있어 얼굴을 똑바로 쳐다보기 위해선 고개를 한참은 들어야 했다. 이런 어쩔 수 없는 사실조차 분하고 또 분했다. 키가 조금만 더 컸어도 이런 수치심은 들지 않았을 텐데. 청명은 괜히 볼을 불룩거리며 팔짱을 꼈다.

"아주 자신만만하신 게 요즘 살 만하시겠습니다?"

"그럼 대승을 거두어 귀환했는데 살 만하지 안 그렇습니까?"

"그깟 오랑캐 몇 혼내준 것 가지고 호들갑을 떠는 꼴이 영 우스워 하는 말이지요. 진왕께선 부끄럽지도 않으신가 봅니다. 자고로 군자는 겸양과 겸손을 알아야 하는 법이거늘, 역시 군자는 못 되는 분이지요."

"누구처럼 적어도 궁 안에만 틀어박혀 귀하게만 싸고 자리지는 않았으니 부끄러울 리가 없지요."

"뭐?"

앞도 잘 보이지 않는 깜깜한 밤이라지만 씩 웃는 저 사악한 얼굴만큼은 한낮처럼 훤히 보였다. 더 참지 못하고 청명이 약이 올라 소리를 질렀다. 궁에 틀어박혀 귀하게만 싸고 자라? 자신의 가장 큰 약점이 찔린 이 상황에서 더 참는 건 바보나 하는 짓이다. 다짜고짜 뺨을 후려치려는 청명의 손목을 손쉽게 잡아 쥔 윤이 허공에서 청명의 손을 장난감처럼 대롱대롱 흔들었다.

"고귀하시다는 분께서 이리 시정잡배 같은 짓을 하시니 제가 상대하고 있는 사람이 누구인지 순간 헷갈릴 뻔했습니다."

"이거 안 놔?"

"놓으면 때리실 게 분명한데 제가 왜……."

느닷없이 정강이로 날아든 발에 작게 신음을 흘리며 윤이 청명의 손을 놓치고 말았다. 후련한 얼굴로 얼얼해진 손목을 돌리며 청명이 작게 속삭였다.

"그러게 방심하면 아니 된다고 내가 일전에 말했지?"

"참 변한 게 없구나? 망나니 같은 짓도, 그 못난 얼굴도."

정강이를 문지르며 윤이 뱉은 말에 청명의 득의에 찬 얼굴이 순식간에 얼어붙었다. 당장에라도 달려들어 저 머리채를 잡아버리려는 걸 남아 있던 일말의 이성이 간신히 말렸다. 어째서인지 이 녀석 앞에만 서면 자꾸 이성을 잃고 어린 시절로 돌아가 버린다. 눈을 감고 차분히 숨을 고른 청명이 똑바로 윤을 올려 보았다. 억지 미소에 입가가 경직되어 부들거렸다. 청명은 순진한 척 고개를 갸웃거리며 손가락으로 윤의 가슴을 쿡쿡 찔렀다.

"내가 어여쁘지 않으면 대체 누가 어여쁜데? 중경 제일 미인이라는 나를 두고 못났다 말하는 걸 보니 네 취향 참 잘 알겠다. 왜? 네 눈엔 사내가 고와 보이나 보지?"

"유치하게 말이나 잡고 늘어지긴."

"그러는 넌 얼마나 고매하시길래 괜한 사람을 붙잡고 늘어져? 대체 무슨 수작을 부리려고 네가 뭔데 감히 날 들먹거려. 무슨 속셈이냐고!"

"역시 아까 그 얼굴, 얼빠져 멍청하게 고개만 끄덕이던 게 맞았네? 어쩐지 너무 쉽게 넘어온다 했어."

관옥 같은 얼굴에 빙긋 기분 나쁜 미소가 번졌다. 이유 모를 불길함에 청명은 몸에 힘이 풀리는 걸 느끼며 눈을 부릅떴다.

"당장 실토해. 무슨 생각인지."

"우연히 들었지. 네가 근자에 무예를 배우기 시작했다는 걸."

윤의 대승 소식이 황성에 전해졌던 날, 공주부는 초상이라도 난 것처럼 싸늘하게 가라앉았다. 공주부의 주인인 청명이 내실 밖으로 두문불출하지 않은 탓이었다. 이불 속에 몸을 감추고 청명은 서럽게 끅끅 눈물을 삼켰다. 사내의 몸으로 태어났다면 이런 서러움은 겪지 않아도 좋았을 것인데. 계집인 탓에 겪지 않아도 될 벽에 자꾸 부닥친다.

'사내로 태어나기만 했다면 난 벌써 황태자로 봉해져 동궁의 주인이 되었을 텐데.'

하지만 여인이기에 지금껏 공주에 머물러야 했고 저에 비하면 혈통으로나, 실력으로나 한참은 떨어지는 진왕, 윤 따위와 묶여야 한다. 적통도 아닌 방계에 불과한 놈에게! 사내의 몸으로 전장에 나가 대승을 거둬 돌아온 윤을 보고 사람들은 또다시 황태자위를 들먹이며 자신을 깎아내리겠지.

서럽고 또 서러웠다. 분을 삭이지 못하고 한참을 흐느끼던 청명의 머릿속에 무언가 지나는 것이 있었다.

한데 어찌 여인이 전장에 나가지 못한다 생각하는 것이지? 전장에 나가면 되는 게 아닌가.

기필코 전장에 나가 전공을 세우고 말겠다는 다짐, 단순한 목표였다. 세상이 알면 모두가 비웃을 걸 알고 있지만, 그따위 비웃음에 질 청명이 아니다.

윤이 전공을 세우면, 나도 세운다.

오직 윤을 이기겠다는 일념 하나로 청명은 검을 쥐기 시작했다. 반드시 다음 토벌 때는 윤보다 더 큰 공적을 세우리라는 야망만이 청명을 활활 태웠다. 중주의 여인 중엔 남장을 하고 사냥을 하는 이도 적지 않아 검을 배운다 해 흠을 잡을 이는 없었다. 그러니 이런 자신을 보고 의심을 할 이는 없다고 여겼다.

"무예를 배워 전장에 나갈 생각인 거, 내가 눈치채지 못할 줄 알았나?"

가슴이 철렁 내려앉았으나 이내 당당함을 되찾은 청명이 피식 입술을 비틀어 웃었다.

"해서, 네놈과 그게 무슨 상관인데?"

"해서, 난 황상께 청을 올렸지. 식읍 따윈 아무래도 상관없으니 너에게 검을 가르치는 건 내가 맡겠다고 말이야."

친절하게 덧붙이며 윤이 빙긋 웃어 보였다. 놀리는 기색이 역력한 그 미소에 결국 머리끝까지 치솟은 열이 폭발했다. 청명은 이성 따윈 내던지고 무작정 윤에게 달려들었다. 중간에 그에게 붙잡힌 팔이 허공에서 부들거렸다. 통 넓고 풍성한 소맷자락이 흘러내리며 새하얗게 마른 팔목이 드러났다.

"네놈이 감히!"

"네놈이라니. 거참 말이 심하시군."

"네깟 놈이 감히! 날 놀리려고! 이 망나니! 개잡놈아!"

"중경 제일미라는 공주님의 입에서 이런 천것의 말이 나오다니 참 어울리지가 않습니다, 공주."

눈꺼풀이 경련하듯 파르르 떨렸다. 화를 이기지 못하고 새빨갛게 달아올라 부들부들 떠는 청명을 잠시 바라보던 윤이 슬쩍 손에 힘을 풀었다. 그제야 청명은 힘껏 윤을 떠밀었다. 떠밀리는 대로 순순히 떠밀린 그가 물끄러미 청명을 응시했다. 이를 갈며 청명은 무섭게 윤을 노려보았다. 분해서 눈물이 날 것만 같았다. 행여 눈물이라도 흘릴까 청명은 죽을힘을 다해 눈에 힘을 주었다.

"그런다고 내가 네놈의 수 따위에 놀아날 성싶으냐? 죽어도 네 뜻대로 이루어지지는 않을 것이다!"

바락거리는 목소리에서 맹렬한 적의가 드러났다. 한 수 당했다는 분노보다도 무력감이 더 비통했다. 입술을 짓씹으며 청명은 수풀을 제치고 씩씩 걸어 나갔다.

❈

"연국공주께서 알현을 청하십니다."

내관의 목소리가 긴 복도를 울렸다. 이어 들라 하는 황제의 나직한 음성이 장지문 너머로 들려왔다. 어서 들어가시라며 허리를 굽히는 내관에 다정한 미소로 화답하며 청명은 열린 장지문 사이로 들어섰다. 발 너머 좌상 위로 황제가 느슨히 누워 있었다. 미리 준비된 방석에 다소곳이 앉으며 청명은 흘긋 황제를 훑었다. 그러나 그의 시선이 제게 닿기 무섭게 수굿이 고개를 조아렸다.

"들었느냐."

"예, 그동안 평안하셨는지요?"

"네가 공주부로 나가니 온 황궁이 조용해 사람 사는 곳 같지가 않구나."

"제가 그리 시끄러웠나요? 너무하셔요."

천진한 얼굴로 청명은 고개를 갸웃거렸다. 이에 메마른 웃음을 터뜨리던 황제가 불쑥 가까이 오라 손짓을 했다. 혹시나, 하는 마음에 가슴이 조금 떨린다. 차가운 머리는 여느 때처럼 어떤 기대도 하지 말라 속삭였지만 어리석은 가슴은 이렇게도 헛된 희망을 품었다. 복잡한 머릿속과 달리 맑은 얼굴로 청명이 발을 걷고 좌상 아래 무릎을 꿇었다.

"금년에 네 나이가 열여덟이 되었지."

"예, 부황."

"벌써 세월이 그리도 흘렀구나, 청명아."

예, 하며 유순하게 끄덕이는 얼굴이 유독 반짝였다. 황제는 어여쁘게 미소 짓는 딸의 머리를 다정하게 쓸어주며 대수롭지 않게 물었다.

"진왕과는 연회 이후에 만나본 적이 있느냐."

내실에 들어선 이후, 종일 해맑게 웃던 낯빛이 순식간에 파시식 얼어붙었다. 어설프게 웃음 지으려 노력하지만 마음처럼 되지 않아 조금 일그러진 표정으로 청명이 말을 더듬었다.

"어, 어찌 그건 물으셔요. 신경 쓰시지 않으셔도 되어요."

"짐이 진왕에게 내린 유일한 포상임을 네 모르느냐."

그가 이따금 이렇게 황제의 권위를 드러낼 땐 제아무리 청명이라도 꼬리를 내리고 수그리는 수밖에 없었다. 결국 입술을 비죽이며 청명은 마지못해 답했다.

"그 이후, 얼굴도 본 적 없는걸요?"

황제는 탓하듯 청명을 짐짓 응시했지만 이내 다정하다 할 수 있는 손길로 다시 그녀의 머리를 쓰다듬었다. 청명이 그를 올려 보았을 때 이미 그의 시선은 다른 어딘가를 헤매고 있었다.

"금일, 진왕부로 사람을 보낼 테니 내일 진왕을 만나도록 해라. 달에 네 번이면 충분하겠지."

"달에 네 번이나요? 하지만!"

못마땅해 얼굴을 들고 항변하려는 청명의 입이 꾹 다물렸다. 황제의 시선이 청명의 얼굴에 꽂혔다. 속내를 알 수 없는 눈빛이었다. 지난 십 년간, 매일같이 얼굴을 마주한 사람이지만 좀처럼 익숙해지지 않는 사람이다. 청명은 마지못해 알겠노라 고개를 끄덕였다. 그제야 황제는 만족스럽다는 듯 야무진 볼을 톡톡 건드렸다.

"청명, 얼마 뒤 부마도위를 간택할 것이다."

"정말 말도 안 돼!"

"공주마마, 고정하셔요. 정아, 너는 어서 물을 가져오너라!"

"이게 말이 돼? 부마라니. 갑작스럽게, 이 시점에! 대체 누구지. 누굴 심중에 둔 거지?"

정신 사납게 내실을 왔다 갔다 하던 청명이 털썩 좌상에 주저 앉았다. 허겁지겁 물을 가져온 정아가 그릇을 청명에게 내밀었다. 무의식중에 물을 마시던 청명이 돌연 잠에서 깨기라도 한 것처럼 옆에 선 서안을 홱 붙잡았다.

"당장 지난 칠 일간 대원전을 은밀히 다녀간 모든 이를 알아와. 한시가 급하니 독대를 한 자부터 잠깐이라도 황상과 밀담을 나눈 자가 있다면 누구든지. 분명 무언가 있을 것이다. 대원전에 심어둔 자에게도 그동안 황상의 동태에 이상한 점은 없었는지 물어봐. 그러라고 심어두었건만 도대체 일을 하긴 하는 건지 어찌 이런 중요한 걸 놓쳐! 진작 들어왔어야 할 정보인데!"

행여 불똥이 이쪽으로 튈까, 서안은 어서 다녀오겠다며 내실 밖으로 급하게 나섰다. 안절부절 눈치만 보던 정아도 슬그머니 문을 닫고 종종걸음으로 뛰어나간다. 홀로 남았다지만 열불이 나 도저히 그냥 가만히 앉아 있을 수가 없었다. 답답한 옷깃을 거칠게 헤치며 청명은 창가로 걸어갔다.

갑작스러운 혼사라니. 어디 청명의 혼사가 그냥 혼사이던가, 장차 여황제가 될 청명의 부군을 고르는 막중한 대사이다. 청명은 자신의 혼사엔 어느 무엇보다도 세심히, 신중을 기할 생각이었다. 고관대작 중에서도 제 뒤에서 든든한 뒷배가 될 이로 직접 고르리라 결심했고, 내심 마음속으론 태위의 손자와 상서령의 삼남을 오가며 저울질을 하고 있던 것이다. 당사자들이야 물론 이를 꿈에도 모른다지만 둘 중 조금 더 유리한 쪽을 골라 먼저 운을 띄우면 그들 역시 제 제안을 거부하진 못하리라는 나름의 계산이 있었다. 그런데 계획을 시작하기도 전에 황제가 먼저 뒤통수를 치다니. 청명은 입술을 질끈 물었다.

"아직은 늦지 않았어. 아니야, 늦었어. 이미 늦은 게야. 벌써 심중에 정해두었으니 내게 이리 일방적으로 통보를 하는 게지."

황제의 심중에 있는 부마도위가 저 둘 중 하나라면 아무 문제 없지만, 만약 아무 힘도 없는 한미한 가문의 사내라면 아주 큰 문제이다. 황제의 지지 또는 태위나 상서령과 같은 뒷배 없이 혈혈단신으로 황태녀를 꿈꾸는 건 무모하다 못해 어리석은 짓이었다.

'그렇게 된다면 윤, 그놈은 제일 먼저 태위와 상서령을 노릴 거야!'

놈 역시 진왕비의 자리가 비어 있으니 옳다구나 그 두 가문의 나이가 찬 규수 중 아무나 골라잡아 왕비로 삼을 테지. 혼인은 가장 강력한 동맹이다. 동시에 여인인 청명이 내보일 수 있는 가장 강력한 패이기도 하고. 이렇게 허무하게 그 패를 날려 버릴지도 모른다니, 청명은 저도 모르는 새 이로 손톱을 짓씹었다.

"교활한 놈! 사악한 자식!"

교묘하게 저를 비웃고 있을 그 얄미운 면상을 떠올리니 또다시 분기가 치솟는다. 청명은 눈을 감고 차분히 숨을 골랐다. 어찌 되었든 일이 그리 되는 건 막아야 했다. 황제의 심중이 무엇이든 동궁은 기필코 청명의 것이 되어야 한다. 청명의 눈이 야릇하게 반짝였다.

❀

낙유원은 황성 동남쪽 교외의 고대(高台)로 산의 북록에 위치한 탓에 비교적 지세가 높아 짐승이 출현하는 일이 빈번했다. 때문에 중경의 고관대작들은 낙유원에서 사냥을 즐기곤 했는데, 사냥을 좋아하지 않는 청명은 기껏해야 여랑들과 꽃을 구경하러 가본 시시한 기억밖에 없었다. 물론 그마저도 호들갑스럽게 깔깔웃을 줄밖에 모르던 눈치 없는 여인들로 썩 좋은 기억도 아니었다.

그런 청명이 대련 장소를 낙유원으로 정한 이유는 단 하나였다. 대련이 있을 그날, 태위의 큰 손자인 병부주사 정의산이 제 벗과 함께 낙유원으로 사냥을 갈 것이라는 정보를 얻었기 때문이다. 한시가 급한 이때, 윤 따위와 시시껄렁한 말다툼이나 벌이며 시간을 허비하고 싶은 마음은 전혀 없었다. 기왕지사 일이 이렇게 된 것이라면, 다른 이들의 눈에 이상하지 않도록 자연스레 태위부에 접근할 의도였다. 한낮에 공주 혼자 낙유원을 찾는다면 그 의도가 누구의 눈에도 보일 만큼 노골적이라지만 그 곁에 진왕도 함께라면 어느 정도 납득이 가능할 터. 최대한 자연스럽게 의산과 얼굴을 트고 이야기를 나누는 게 좋겠다는 판단이었다.

한시도 떨어지지 않고 불안한 얼굴로 곁을 뱅뱅 맴도는 서안은 걱정스러운 눈치였으나 청명은 조금도 두렵지 않았다. 외려, 새로운 도전을 앞둔 기분 좋은 흥분과 짜릿한 긴장이 마음을 들뜨게 했다. 반듯하게 머리를 위로 올려 묶은 청명이 거울 너머로 힐긋 서안을 쳐다보았다.

"그리 보지만 말고 허리띠와 술이나 가지고 와. 경박하지 않으면서 명랑하고 밝은 색으로."

"마마! 마마께선 기녀가 아니라 공주이셔요! 사내들의 비위를 맞추는 일은 그네들이나 하는 일이지 고귀하신 공주께서 하실 일이 아니란 말이어요."

"그가 보통의 사내인가? 어찌 되었든 마음이 급한 건 내 쪽이야. 목마른 자가 우물을 파는 거라고. 계속 그런 식으로 굴 것이면 정아를 들여보내고 서안은 나가보도록 해."

"공주님."

들은 척도 않고 청명이 뻔뻔히 연지를 들어 입술에 바르기 시작했다. 명색이 호복을 차려입은 남장이라곤 하나 화장기 하나 없는 얼굴로 나간다는 건 멍청한 짓이었다. 대련은 허울 좋은 명분일 뿐, 실질적 목적은 병부주사 정의산이었다.

"오셨습니까."

성의 없이 고개를 대충 끄덕인 청명이 능숙한 자세로 훌쩍 말에서 내렸다. 고삐를 쥔 자세며 땅에 발을 딛는 착지 동작까지, 한두 번 탄 게 아닌 수준급이다. 하기 싫은 일을 억지로 한다는 얼굴로 발을 질질 끌며 윤의 앞에 다가간 청명이 거만하게 눈을 치켜떴다.

"궁녀 아이들은 전부 어디 있지요?"

"오래 말을 탈 텐데 볕 아래 세워두기엔 햇빛이 세 그늘 쪽에서 기다리라 명을 내렸지요. 공주의 궁인들과 진왕부의 궁인들 모두 낙유정 근처에서 기다리라 말해두었으니 걱정 놓으세요."

"걱정은 무슨."

코웃음을 치면서 청명은 슬쩍 주변을 둘러보았다. 확실히 여름이 다가오며 호수 주변으론 뱃놀이를 나온 여인들과 사내들로 조금 북적이는 감이 있었다. 이래서야 오늘 안에 찾을 수야 있을까.

"자, 말에 다시 오르시지요. 공주의 기마 실력이야 익히 들어 알고 있습니다."

윤이 딱 소리를 내며 청명의 얼굴 앞에 손가락을 튕겼다. 넋을 놓고 있다 깜짝 놀란 청명이 신경질적으로 그를 노려보았다. 무어라 욕을 퍼부어주기도 전에 말에 오른 그가 말의 배를 작게 걸어찼다. 순식간에 멀어지는 얄미운 뒤통수와 북적이는 낙유원을 번갈아 보던 청명도 훌쩍 말 위로 올랐다.

말을 잘 탄다는 소문이 결코 허언은 아니었던지, 맹렬한 속도로 쫓아오는 모습이 과연 제법이었다. 입은 벙긋도 안 하고 진지하게 기마에 열을 올린 얼굴엔 방약무인한 평소의 모습은 조금도 들어 있지 않았다.

청명은 본래 그런 아이다. 도도한 척, 똑똑한 척, 온갖 '척'은 다하지만 조금만 놀리면 금세 달아올라 허영은 내던지고 열을 냈다. 하지만 진지할 때만큼은 더없이 신중해, 언성을 높이는 일 없이도 상대를 다스릴 줄 아는 수완을 지녔고 총명한 재기는 탄복을 자아냈다. 웬만한 사내 못지않게 말을 탈 수 있을 때까지 얼마나 이를 악물고 연습했을지 그는 감이 잡히지 않았다.

작년 봄, 황궁 밖 공주부로 나오고 나서야 기마를 배웠을 것이니 고작 일 년 만에 저 정도 경지에 이르렀다. 그들이 한 스승 아래서 함께 강론을 배우던 시절, 노 소사는 가끔 청명이 내보이는 악바리 기질에 혀를 내둘렀다. 강론 전날, 이미 모든 책을 다 읽었다며 의기양양하게 윤을 쳐다보는 청명의 눈엔 붉은 핏발이 서 있었다. 함께 강론을 듣는 윤에게 지지 않기 위해 몇 날 며칠 밤을 새워 책을 미리 읽어온 것이다.

항상 그랬다. 지기 싫어하고 약해 보이는 걸 못 참았다. 구 년 전, 청명과 헤어지기 직전 보았던 우는 모습이 그가 본 눈물의 전부였다. 그마저도 기어코 눈물을 참아보려 입술은 악물고 얼굴은 일그러져 아니하니만 못한 모양새였지만 고고한 자존심 하나는 드높아 감히 우는 청명을 놀릴 생각을 못 했다. 그런 사람이었다. 청명은.

지나치게 완벽을 추구하는 그 모습이 가끔은 아쉬울 정도로.

윤은 힘껏 당기던 고삐를 조금 느슨하게 풀었다. 바람 같던 말의 속도가 살짝 느려지나 싶더니 그와 동시에 청명의 말이 화살처럼 그를 제치고 나갔다. 열 척(대략 3m) 정도 간격을 두고 그는 청명의 뒤를 따랐다. 보이지 않아도 앞서 나가는 청명의 얼굴이 이겼다는 희열에 반짝거릴 모습이 눈에 훤해 저절로 웃음이 나왔다.

하늘이 보이지 않게 높이 우거진 나무 아래 좁게 난 산길을 따라 달리는 길, 어딘가에서 불어온 바람이 시원하게 그들의 얼굴을 때렸다. 쏴— 하고 윙윙거리는 바람의 소리, 우수수 쏟아지는 나뭇잎 부닥치는 소리, 한적한 산속의 새 우는 소리, 온갖 소리가 빠르게 귓가를 스치고 지난다. 끈적거리며 살갗에 달라붙던 한낮의 더위가 순식간에 멀어지는 기분이었다. 모든 걸 놓아버리고 말 위에 올라 무작정 달릴 때면 모든 잡다한 생각이 멀어지고 자신이란 존재마저 거친 바람에 분분히 흩어지는 듯했다.

온통 푸르른 세계, 왜 이 좋은 곳에서 말을 달려볼 생각을 한 번도 해보지 못한 것일까? 재수 없기만 한 윤의 존재가 썩 나쁘지만은 않다고 문득 그런 생각이 들었다. 그러나 그 짧은 상념은 코끝을 스치는 청량한 숲의 내음에 금세 까맣게 잊혔다. 눈을 감고 말 위에만 몸을 맡긴 채 청명은 힘껏 숨을 들이마셨다. 그때였다. 멀리서 작지만 희미하게나마 전해오는 사내들의 거친 웃음소리가 청명의 귓가에 꽂혔다. 눈을 번쩍 뜬 청명이 본능적으로 고삐를 잡아당겼다. 이어 청명의 뒤를 따라 달리던 윤이 속도를 줄이고 청명의 옆으로 다가섰다.

"저기 사람들이 있네요?"

우거진 나무 틈 어딘가에 시선을 고정한 청명이 불쑥 그에게 고개를 돌렸다. 보기 드물게 친근한 미소를 지으며 그녀는 어깨를 으쓱했다.

"무얼 하는 건지 내 눈으로 보아야겠어요."

"하지만."

"가기 싫으면 여기서 기다리시든가. 방해할 생각은 하지도 말고."

윤의 말은 끝까지 듣지도 않고 청명이 말의 배를 힘껏 걷어찼다. 이럇, 청량한 기합 소리와 함께 순식간에 저 앞으로 멀어져 간다. 말릴 새도 없이 벌어진 일에 무얼 더 생각할 겨를 없이 윤은 곧장 청명의 뒤를 좇아야 했다. 저 제멋대로인 계집애, 잡히기만 하면 가만두지 않겠다, 중얼거리며.

멀리 가지는 않았던지 얼마지 않아 가만히 멈춰 서 있는 말이 보였다. 그는 거칠게 이마를 쓸어 올렸다. 역시나 찾으려 굳이 애쓸 필요도 없이 바로 옆에 얄미운 얼굴로 생그레 웃는 청명도 함께 보였다. 다행히 일탈의 반경이 크지 않았다는 사실에 안도하는 마음이 반, 저도 모르게 올라오는 짜증스러운 마음이 반이라 윤은 이맛살을 조금 찌푸리며 청명을 향해 걸어갔다.

"이게 무슨……!"

"진왕야께서 여긴 어찌……."

그러나 답을 해온 이는 청명이 아니다. 아까는 미처 발견하지 못했지만 청명은 혼자가 아니었다. 기이하게 돌아가는 형국에 그는 조금 얼굴을 일그러뜨렸다. 청명에게서 시선을 떼 주변을 둘러보았다. 대부분 얼굴이 눈에 익은 자들이다. 그들 중 한발 앞서 나와 있던 이가 먼저 깍듯이 고개를 숙였다.

"소신 병부주사 정의산, 진왕야께 인사 올립니다."

곰을 닮은 강직한 얼굴이 눈에 익다 했더니 병부상서의 맏아들이다. 지난 원정 당시 태위의 곁을 지키던 부관으로 오며 가며 안면을 익힌 일이 많았다. 딱히 대화를 나눌 일은 없었지만, 병사들과 고관들에게도 꽤 신망이 두텁고 인망이 높았기에 내심 눈여겨보았던 것이다. 모래바람과 땀에 절은 채가 아니라 이리 말쑥한 차림으로 다시 보니 반가운 마음이 들었다.

"오랜만이군. 귀환 후엔 일이 바빠 얼굴을 마주하기 힘들었지."

"진왕께서 제게 이분을 소개해 주시지요. 이리 저만 빼두시니 조금 섭섭합니다."

그 순간, 청명이 명랑한 목소리로 톡 끼어들었다. 뒤로 빠져 있던 청명은 기다렸다는 듯 앞으로 걸어 나와 두 사람 사이에 섰다. 제게 쏠린 시선을 즐기며 그녀는 부끄러운 척 수줍은 표정을 지었다. 겨우 이런 일에 부끄러움을 느낄 리가 없지 않은가. 기다리고 기다렸던 순간이다. 우연을 가장한 의도적인 만남. 윤을 제대로 활용할 순간이 찾아왔다.

방금 전까지도 예의 바른 미소를 그려내던 윤의 얼굴이 순식간에 차게 식어 내리는 걸 청명은 고소한 눈으로 쳐다보았다. 이제야 비로소 의도를 알아차린 모양이었으나, 제아무리 잘난 진왕이라 해도 이 상황을 빠져나갈 방법은 없다. 정의산의 뒤로 선 네다섯의 사내는 누구인지 관심도 없으나 뭐 마찬가지로 고관대작들의 자제이거나 병부에 적을 두었을 테다. 그러니 전혀 이상할 게 없는 이 상황에서 만약 핑계를 대며 요구를 거부한다면 그거야말로 정말 이상한 일이고, 병부의 사내들 사이에 졸렬한 진왕에 대해 어떤 소문이 돌지 그건 알 수 없는 일이 아닌가.

빌어먹을 계집애. 맞부딪친 그의 눈이 그렇게 말했다. 윤의 입술이 비틀려 올라갔다.

"이쪽은 병부주사로 지난 원정 때 태위를 보필했던 부관이었습니다, 공주. 그리고 이쪽은 아시다시피, 연국공주이시고."

"아, 병부주사라면 들어본 적이 있어요. 부황께서 가끔 지나가듯 노고가 많다 이야기해 주신 적이 있거든요. 일이 많이 힘드시진 않으셔요?"

"부끄러울 따름입니다."

뻔한 거짓말에도 강직한 사내의 얼굴이 긴장으로 빳빳이 굳는다. 이에 질세라 청명은 친근하게 미소 지으며 한 발 가까이 다가섰다.

"낙유원엔 사냥을 오셨나요?"

"예. 공주마마."

귓불이 빨갛게 달아올라 의산이 연신 고개를 끄덕였다. 보기보다 순진한 구석이 있는 사내라, 청명은 속으론 짓궂게 웃으면서도 겉으론 순진한 척 고개를 갸웃거렸다.

"그렇다면 낙유원에 대해 잘 아시겠군요. 낙유원엔 벗들과 꽃구경밖에 와본 적이 없어 사실 조금 막막했던 차였지요. 혹, 불편하지 않다면 주사께서 안내해 주실 수 있으신가요?"

나긋한 웃음과 함께 청명이 지그시 의산을 응시했다. 권유처럼 들릴지 모르나 이는 공주의 은근한 강요, 종8품의 병부주사가 감히 거부할 수 없는 명령이었다. 의산은 그의 뒤에 선 벗들을 잠시 의식하는 눈치였으나 어쩔 도리 없이 이내 작게 고개를 끄덕였다. 만족스럽게 웃으며 돌아서 말에 오르려던 청명의 발을 누군가 잡아 세웠다.

"벗들과 함께 사냥을 나온 모양인데 우리가 이를 방해할 순 없지."

청명과 윤의 시선이 공중에서 맞부딪쳤다. 청명은 등 뒤에 선 이들에게 보이지 않게 윤을 맹렬히 노려보았다.

「방해할 생각 하지 말랬잖아.」

"공사가 다망할 병부주사를 한낱 낙유원 안내로 바쁘게 할 수는 없지요. 아니 그렇습니까, 공주?"

보아도 보지 못한 척, 빙그레 우아한 미소와 함께 그가 다정히 물었다. 청명의 악다문 입술 사이로 거친 숨이 새어 나왔다. 그러나 침묵이 길어지면 길어질수록 다른 이들의 눈엔 제가 유치하고 같잖은 고집을 내세우는 걸로 보이게 될 뿐이란 걸 청명도 모르지 않았다.

'저 교활한 놈!'

청명은 아득 이를 갈았다. 그러나 더 이상 오래 시간을 끌 수는 없다.

"생각이 거기까진 미치지 못했습니다. 하마터면 주사께 큰 폐를 끼칠 뻔했어요."

난처하다는 듯 얼굴을 붉히며 공주가 어설픈 미소와 함께 의산을 돌아보았다. 오히려 제가 더 면구스러워진 의산이 서둘러 고개를 꾸벅 숙였다.

"폐라니 당치도 않습니다."

"그럼 우리는 먼저 출발하도록 하지. 공주, 이만 말에 오르시지요. 황상께서 명하신 대련을 끝내기는 해야 할 것이 아닙니까."

청명이 의산과 인사를 나눌 시간도 주지 않고 제멋대로 말에 오른 윤이랴, 기합과 함께 말의 배를 걷어찼다. 순식간에 떠나 버린 그의 뒤로 남겨진 청명은 의산과 눈도 마주치지 못하고 어색하게 고개를 끄덕였다. 잘못했다간 돌이킬 새 없이 굳어버린 표정을 들킬 것만 같았기 때문이다. 쥐 죽은 듯 고요한 사위 속에 청명이 말에 올랐다.

"만나 반가웠습니다. 다음에 다시 뵙지요."

윤이 사라진 방향으로 청명이 고삐를 당겼다. 태연한 척 굴고 있었지만 고삐를 말아 쥔 주먹, 손바닥으로 손톱이 깊이 파고들었다. 이미 사라져 보이지도 않는 윤을 쫓아 청명은 말을 달렸다.

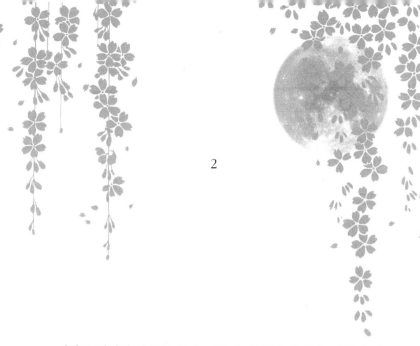

2

때이른 더위에 만물이 축 늘어졌다. 곳곳에 군락을 이루어 피어오른 심홍빛 모란만이 이 뜰 안에 존재하는 유일한 생기였다. 옅은 바람조차 불어오지 않는 정오의 뜨거운 태양 아래, 오가는 궁인이라곤 아무도 보이지 않았다.

황제가 주로 기거하는 함명전 뒤편의 작은 뜰 한가운데 연못이 하나 자리했다. 크기도 소박하고 정경이 화려하다거나 눈에 띄게 아름다운 편도 아니었지만 유일하게 연못에서 자라는 연꽃 하나만큼은 자랑할 만했다. 그 우아하고 은은한 자태에 황제는 가끔 원로들을 불러 이를 자랑스레 내보이기도 했다.

소녀는 연못가에 쪼그려 앉아 그 한 송이의 연꽃을 구경하느라 열심이었다. 새하야니 탐스러운 볼과 겹이 져 크게 뜨인 눈 위로 풍성한 속눈썹, 앙증맞은 입술까지, 단연 발군이었다. 소녀에 대해 모르는 이라면 입을 모아 그 깜찍함을 칭찬했을 것이나 소녀의 정체에 대해 아는 이라면 감히 그리 말하지 못했다.

소녀, 청명의 나이가 올해 일곱, 황제의 유일한 자식이자 훗날 황태녀가 될 것이 틀림없는 적통의 공주였다. 그러나 정작 공주가 유명한 이유는 이것이 아니었다.

그것은 바로 일곱 살 어린애답지 않은 별난 성질머리 탓이었다. 앙큼하다 못해 지독한 성정으로 갓 일곱 살이 된 공주가 그동안 벌여온 행각을 나열해 보자면 끝도 없었다. 제멋대로에 방약무인, 어느 누구의 시선도 신경 쓰지 않는 방자한 태도를 바로잡을 이는 아무도 존재하지 않았다. 발악을 하며 난리를 피우다가도 황제의 앞에만 서면 앙큼하게 언제 그랬냐는 듯 순한 양이 되어 품에 안기니 소사와 여관들은 답답한 속만 태웠다. 게다가 황제는 태어날 때부터 어미를 잃은 청명을 가엾게 여겨 굳이 듣기 싫은 말을 하고 싶어 하지 않았고, 외려 오냐오냐 감싸기만 하니 그야말로 소천자(小天子), 작은 황제와 다를 바 없는 형국이었다. 내궁엔 품계 낮은 나이 어린 후궁만이 몇 있을 뿐이라 제대로 청명을 붙잡고 교육시킬 여인이라곤 아무도 없었다. 때문에 황궁의 궁인이라면 악명 높은 공주를 마주하길 피하고 몸을 사리기에 바빴다.

다만 불행히도 그 소년은 금일, 황궁에 처음으로 발을 디딘 방문객에 불과했다. 그러니 황궁 자체를 처음 본 소년이 공주의 악명에 대해 들었을 리는 더욱 만무했다. 낯선 침입자를 발견한 청명의 눈이 매섭게 치켜 올라갔다.

"이리 와!"

정원의 끝에서 어물쩍거리던 소년, 윤이 화들짝 놀라 몸을 흠
칫 굳혔다. 발이 땅에 굳기라도 한 것처럼 움직이지가 않았다. 붉
어진 얼굴로 저를 멍하니 바라보는 멍청한 소년에 청명은 못마땅
해 미간을 구기곤 까닥까닥 손짓을 했다.

"이리 오라 명했다! 어서 안 와?"

다행이라 한다면 청명이 소년에게 품은 감정은 호기심과 약간
의 호감이라는 것이다. 물론 제 또래의 황족 아이들이 가끔 형식
상 찾아들기는 했지만 그 애들과는 만나기만 하면 으르렁거리며
싸우기만 했다. 특히 계집애들은 저들끼리 뭉쳐 어울려 다니며
청명을 끼워주지 않았고, 이에 놀아달라 조르거나 부황에게 그
고약한 작태를 일러바치기엔 고고한 제 자존심이 상했다. 때문에
반강제적으로 외톨이 신세를 전전하던 차, 등장한 낯선 아이에
청명은 밀려오는 호기심과 흥미를 감추지 못하고 뚫어져라 소년
을 쳐다보았다. 얼핏 보아도 비쩍 마른 왜소한 체격과 한 뼘은 작
은 키. 저보다 어린아이임이 틀림없었다. 기이한 안도감에 청명
은 팔짱을 끼고 의기양양하게 물었다.

"넌 누구지? 누구인데 함명전에 기어들어 온 거야?"

느닷없는 하대에 소년의 얼굴이 살짝 굳었다. 그러나 무서운
기세로 노려보는 소녀에 기가 죽은 소년이 작게 속삭였다.

"난 부왕을 따라 들어왔어. 지금 그분께선 황제 폐하를 알현
중……."

"그 사람이 누군데?"

"낭야왕 전하이셔."

소년의 볼이 조금 붉게 달아올랐다. 청명은 흐흥, 코웃음을 치

며 연못가의 바위 위에 털썩 걸터앉았다. 청명의 눈이 호기심으로 반짝였다.

"그 사람이 누군지는 몰라도 난 상관없어. 어차피 부황보다 아랫사람이잖아. 그러니 너도 내 말을 따르는 게 좋을걸?"

"내가 왜 네 말을 따라야 하는데?"

양순한 복종을 해오리라는 예상과 반대로, 고집 어린 목소리가 매몰차게 귓전을 때렸다. 청명은 난생처음 겪는 냉담한 거부에 어안이 벙벙해졌다.

"뭐라고?"

"난 네 말 따르기 싫어. 난 그분을 따라 들어왔고 그분이 앞으로도 내 주인이셔. 그러니 네가 아무리 말해도 난 네 말 듣지 않을 거야."

"내 분명히 명했어. 내 말을 따르라 말이야."

"싫어."

소년이 고집스럽게 고개를 가로저었다.

"네깟 놈이 감히 내가 누군지 알고!"

금지옥엽, 귀하디귀한 공주로 떠받들어지기만 했던 청명에겐 지금껏 이보다 큰 수모와 치욕은 없었다. 바들바들 경련하는 턱을 오만하게 치켜들고 청명은 최대한으로 무서운 표정을 지으며 소년을 노려보았다.

"키도 작고 말라비틀어진 게! 내가 네놈을 가만둘 성싶으냐?"

말이 끝나기 무섭게 소년이 청명에게 달려들었다. 소년은 있는 힘껏 청명을 떠밀었고, 방심하고 서 있던 청명은 보란 듯 바닥에 나동그라졌다. 새하얀 나삼 위로 초록빛 풀물이 들었다. 아픔,

부끄러움, 수치심, 온갖 부정적인 감정이 청명의 전신을 휩쌌다. 그러나 그 모든 감정을 압도하는 건 활활 태울 듯 치솟은 분노였다. 외마디 비명과 함께 청명이 발딱 일어서 소년에게 달려들었다.

"정녕 죽고 싶어 간이 배 밖으로 나온 모양이구나!"

아무리 힘을 써보아도 소년의 왜소한 체격으론 기를 쓰고 달려드는 청명을 막아설 수 없었다. 청명은 독기 어린 눈으로 소년을 죽일 듯이 노려보았다. 간신히 버티던 소년이 청명의 치맛단을 밟고 바닥에 넘어졌다. 그리고 그런 소년의 멱살을 쥐고 청명은 질질 연못가로 끌고 갔다. 빙긋 웃는 얼굴은 마치 설화 속 선녀처럼 어여쁘기만 했다.

"다시 물으마. 내 명을 따르겠느냐?"

연못의 끝에서 청명은 물었다. 멱살이 잡힌 채 대롱대롱 몸을 뒤틀던 소년이 마지막 발버둥을 쳤다.

"싫어! 이거 놔!"

"좋아, 싫다면 벌을 받아야지."

청명의 입술 위로 생그레 사악한 미소가 걸렸다. 주저 없이 청명은 소년을 연못으로 떠밀었다.

풍덩!

묵직하고 둔탁한 소리와 함께 물방울이 튀어 올라 청명의 옷자락을 적셨다. 평소였다면 더럽다 호들갑스럽게 닦는 시늉을 했을 테지만, 지금 청명의 머릿속은 버릇없는 꼬마를 혼내준 것에 대한 쾌감만이 가득 차 있었다.

바로 서면 어깨까지밖에 오지 않는 깊이였으나 느닷없는 공격에 윤은 정신을 차리지 못하고 허우적거렸다. 오랫동안 쌓인 끈적한 진흙에 발이 허청거리며 땅 밑이 꺼지는 기분이었다. 벌어진 입으론 더러운 물이 흘러들어 왔다. 죽기 살기로 팔을 휘저으며 윤은 숨을 쉬기 위해 악착같이 몸을 움직였다. 정말 이대로 죽는구나 싶은 심정이었다.

그때, 마구 튀는 물방울로 가물거리는 시야 사이, 소녀가 들어왔다. 연못가에 쭈그리고 앉아 어여쁜 미소로 그를 가만히 내려다본다. 무엇이 그리 즐거운지 선녀같이 고운 얼굴은 웃음을 감추질 못했다. 그러나 윤에게 소녀는 더 이상 선녀가 아니었다.

세상 어떤 야차나 두억시니, 아수라보다도 흉악한 계집애! 사갈 같은 계집애!

비명 소리를 듣고 달려온 내관에 의해 허겁지겁 구해진 윤은 더러운 물을 토해내는 내내 아쉬움이 역력한 얼굴을 하고 저를 들여다보는 소녀에게 알고 있는 모든 욕을 속으로 삭여야 했다. 그것이 그들의 첫 만남이었다.

그들의 악연이 이로써 끝이냐 하면 그것은 절대 아니다. 바로 그날, 윤은 두억시니 같은 계집애의 정체가 황제의 유일한 딸인 청명이라는 걸 알게 되었고, 청명 역시 그 비리비리한 꼬마의 정체가 먼 친척인 낭야왕의 아들이라는 걸 알게 되었다. 꼴에 저보다 두 살이 많긴 했지만, 기껏해야 변방에 머무는 번왕의 아들 나부랭이. 훗날, 황태녀가 될 것이 자명한 이 소녀는 자신의 모든 걸 이용해 소년을 괴롭히기 시작했다.

친구가 없다 황제에게 떼를 써 윤을 강제로 저와 같은 강론 수업을 듣게 하였고, 온갖 기기묘묘한 방법으로 윤을 자근거렸다.

저보다 한참은 왜소한 윤의 몸을 힘으로 짓누르는가 하면, 제 책을 연못으로 던져 버린 뒤 그걸 윤에게 뒤집어씌우기도 했다.

윤 역시 가만 참고 있지는 않았다. 비록 힘으로 이길 수는 없어도 끊임없이 소심한 반항을 통해 청명의 심사를 돋우었다. 그러나 그때까지도 청명은 고귀하신 공주님이었고 제아무리 황족이라 하나 윤의 지위는 청명에 비하면 그 격이 낮았다. 그렇기에 속으로 분을 참는 일이 대부분이었다.

그리고 이태 후, 청명의 나이가 아홉이 되던 해 황제가 죽었다.

얼마지 않아 황성엔 피바람이 불었다. 선황의 네 번째 자식이던 영왕, 청원이 거병을 했다. 황궁을 샅샅이 포위한 그는 마치 사냥감을 몰아넣듯 제 배다른 형제들을 현령궁 안으로 몰아넣었다. 끝까지 저항하는 두 형과 하나의 누이를 직접 잔혹하게 참살한 그는 방금까지 살아 악을 지르던 형제의 목을 들고 만인의 앞에 자신이 황제라 선포했다.

그야말로 골육상잔, 아비규환.

비릿한 피 냄새가 가시지 않은 계단을 올라 그는 스스로 황위에 올랐다. 모두가 무시하던 천한 시비의 자식이던 영왕이 잘난 제 형제들을 모조리 참살하고 제위를 찬탈한 이 사건에 온 세상이 크게 들썩였다.

새 황제가 즉위한 그날, 깊숙한 궁궐 한구석에 비참하게 유폐당한 선황의 유일한 자식, 공주 청명을 두고 공신들 사이 갑론을박이 이어졌다. 겨우 아홉 살 난 계집아이라 하나, 훗날 혹시 모를 위험을 위해서라도 공주를 제거해야 한다는 의견이 팽배했다.

청명은 엄연히 선황의 유일한 적통 후계자, 그랬기에 새로이 황제의 위에 오른 청원의 정통성을 가장 크게 위협하는 존재였다. 새로운 황제 부부는 슬하에 자식이 없었지만 그들의 나이가 고작 이립을 넘긴 터, 후사야 얼마든지 볼 수 있는 상황이었다. 호사가들은 새 황제가 공주인 청명을 제거할 것이다 입을 모아 떠들었다.

모든 궁인이 썰물처럼 빠져나간 텅 빈 내실은 차디찬 지하 감옥처럼 싸느라니 적요했다. 이따금 힘없이 흐느끼는 소리만이 우울한 침묵을 깨뜨리곤 했다. 차갑게 발을 감싸는 냉기에 바닥을 뒹구는 이불을 끌어 올리며 청명은 퉁퉁 부은 눈가를 닦았다. 눈물도 이젠 나오지 않는 모양이었다.

아직도 귓가엔 음울한 곡소리가 매달려 있는 듯했다. 더는 세상에 없는 부황을 부르짖던 그 기분 나쁜 목소리들. 병사들의 철컥거리던 발소리와 여자들의 비명 소리. 삼촌과 고모들의 최후의 발악. 청명은 온 힘을 다해 귀를 틀어막고 고개를 흔들었다. 그러나 여전히 그 음산한 소리들은 늪처럼 제 발목을 잡아당기는 것만 같았다. 신음과 함께 청명은 침상 저 끝으로 도망쳐 들어갔다. 이불 속에 들어가 얼굴도 발도 보이지 않게 꽁꽁 숨어버렸다. 얼마쯤 그러고 있었을까, 그 무서운 곡소리도 사라진 모양이다. 그제야 얼룩진 얼굴을 들어 주변을 살폈다. 닫힌 창 너머로 환한 볕이 일렁이는 게 보였다.

여름이되, 여름이 아니었다.

홀로 유폐를 자청한 청명의 궁에 누군가 찾아들었다. 다름 아닌 낭야왕부의 왕자였다. 함께 노 소사 아래서 강론을 배우던 왕자라 하니 지키던 병사들은 잠시 대화를 나누다 별말 없이 들여보내 주었다. 혹시나 가라앉은 공주의 기분이 벗을 만나면 조금은 나아지지 않을까 하는 기대에 서안은 호들갑스럽게 윤을 맞이했다.

공주님을 데려오겠다며 모퉁이를 돌아 총총히 사라진 서안을 물끄러미 쳐다보다 윤은 퉁명스레 바닥에 대고 헛발질을 했다. 마지막으로 청명을 보았던 것이 한 달 전이니 오랜만에 청명을 다시 보는 것이다. 그동안은 이렇게 오래 만나지 못했던 적이 없었다.

그는 반듯하게 관으로 고정한 머리를 괜스레 만져도 보고 구김 없는 옷자락을 다듬는 시늉도 했다. 어쩐지 가슴이 답답하게 조여오는 기분이었다. 괜히 온 건 아닐까 하는 마음에 입술이 바짝바짝 타들어가던 그때, 멀리서 비척비척 걸어오는 청명이 보였다. 청명 역시 윤을 발견했는지 잠시 멈춰 이쪽을 쳐다보았는데 돌연 휙 돌아서는 게 아닌가. 급해진 마음에 윤은 뜰을 가로질러 청명에게로 달려갔다. 급하게 도망치는 청명을 따라잡은 윤이 청명의 소맷자락을 잡고 휙 돌려세웠다. 그와 동시에 벌겋게 달아오른 얼굴로 흐느끼는 청명과 눈이 마주쳤다. 저절로 붙잡은 손에서 힘이 풀렸다. 청명은 서럽게 입술을 짓씹었다.

"지금 날 놀리려 온 거야? 내 꼴이 이리되었으니 꼴좋다 비웃으러 온 것이냐 말이다!"

뜬금없는 말에 윤은 아무 대답도 못 하고 멍하니 청명을 올려다보았다. 이를 긍정으로 받아들인 청명의 볼에선 뚝뚝 구슬 같은 눈물이 흘러내렸다. 설움에 북받쳐 끅끅대며 청명은 두 손에 얼굴을 묻었다.

"너같이 비열하고 야비한 놈과는 다신 말도 섞고 싶지 않아. 이대로 내가 죽어버렸으면 좋겠지? 근데 이걸 어쩌누. 난 절대 죽지 않아!"

마구 헝클어진 머리 사이, 젖은 눈이 분노로 번득였다. 윤은 청명에게서 눈을 떼지 못했다. 전신의 피가 모조리 빠져나가기라도 한 것처럼 온몸이 뜨겁게 쿵쿵 진동했다. 속이 울렁거렸다.

"나 청청명은 절대 지지 않아. 반드시 나는 황제가 될 것이다. 그때, 네놈이 내게 저지른 이 불경을 모두 따져 물을 것이야. 그러니, 지금 실컷 비웃거라. 마지막에 웃는 것은 내가 될 터이니!"

지금 상황에선 목숨을 위협할 위험한 발언이었으나 이성을 잃은 청명에겐 그 어느 것도 떠오르지 않았다. 온 힘을 다해 윤을 밀친 청명이 그대로 모퉁이를 돌아 뛰었다. 어째서일까, 저딴 자식 하나 때문에 이리 비참한 기분이 드는지 알 수 없었다. 걷는 내내 멈추지 않고 눈물이 비처럼 흘러내렸다.

그 해가 지나기 전, 황제는 제 조카이자 선황의 외동딸인 청명을 양녀로 입적했다. 청명의 거취를 두고 떠들어대던 모든 입들은 싹 닫혔다. 장막에 가려진 것처럼 애매한 그의 의중을 이해할 수는 없어도, 적어도 그가 청명, 자신을 버리지 않을 것은 확실했다. 어찌 되었든 그는 청명의 목숨줄을 쥔 주인, 완전히 자라 힘을 얻기 전까진 머리를 조아리고 그의 발 아래 복종해야 한다. 청명은 순순히 그의 명을 받들었다. 황제의 명을 받고 낭야왕이 박주(博州)자사가 되어 그 아들과 함께 황성을 떠났다는 것을 안 건 한참 뒤의 일이었다.

육 년의 시간이 흘렀다. 황궁의 모든 궁인들은 청명을 두고 입을 모아 효녀라 칭송했다. 그들의 눈에 비친 청명은 사랑스럽고 다정한 공주일 뿐, 어릴 적의 유별난 기행은 차츰 멀어지는 기억 너머로 흐릿해져 갔다. 청명은 황제의 앞에선 입안의 혀처럼 굴면서도 맹랑하고 귀여운 딸을 흉내 내었고 제 발톱을 숨기는 데엔 더없이 능숙했다. 주변의 궁인을 돌봄에 있어선 누구보다 자애로웠으며 동시에 치우침 없이 공정했으니 공주에 대한 찬사가 돌지 않는 것이 이상한 일이었다. 다만 여전히 다른 황족들과는 사이가 좋지 못했으나 이 역시 궁인들은 보통의 오만한 황족들과는 역시 다르기에 그러하다 칭송하며 공주의 편을 들기 바빴다. 들어도 듣지 못한 척, 그렇게 청명은 조금씩 제 꿈에 다가서고 있다 그리 생각했다.

무슨 일인지 혼인한 지 열여섯 해가 지나도록 황제와 황후 사이에선 자식이 없었다. 더군다나 황제는 여인을 가까이하지도 않았고 덕분에 황제의 자식이라곤 양녀인 청명, 하나뿐이었다. 때문에 청명은 얼마지 않아 자신이 황태녀의 위(位)에 오르리라는 사실에 조금의 의심도 품지 않았다. 저 자리에 오를 수 있는 유일한 자격을 지닌 이는 자신뿐이었다. 만약 후계자로 삼을 생각이 아니었다면 대체 그는 왜 자신을 살려 양녀로까지 삼았단 말인가. 존재만으로 자신은 황제를 위협할 수 있는 가장 위험한 인물이었다.

본디 혈육의 정이란 하늘의 아들이라 떠드는 족속들에겐 어울리지 않는 것. 청명은 황제를 믿지 않았다. 그가 저에게 애정을 가졌을 리가 만무하니, 분명 안정된 후계 구도를 위해 곁에 살려둔 것이리라 믿는 것이 응당했다. 한데 어찌 이리도 굼뜨게 행동

하는지, 시간이 지나면 지날수록 안정과 여유를 가장하던 마음에 금이 가기 시작했다. 그리고 박주에 머물던 소년이 황성으로 돌아온 것도 그 무렵이었다.

새로이 낭야왕부의 주인이 되었다는 그 소년이 함명전에 들어 황제와 독대를 나누고 있다는 소식을 서안을 통해 전해 들었을 때, 청명은 그 소년이 누구인지 다시금 되물었다. 무언가 모를 기이한 손이 제 심장을 쥐었다 놓은 것처럼 가슴이 울렁거렸다.

"어릴 적 노 소사 아래서 함께 강론을 들은 붕우가 아닙니까?"

그때까지도 청명은 서안이 대체 무슨 말을 하고 있는지 이해가 가지 않았다. 소사 아래서 강론을 함께 들었던 붕우라니. 내게 붕우가 있긴 했단 말인가?

"황상께서 새 낭야왕에게 진왕의 봉작을 내리셨다 하더이다. 대체 무슨 생각이신지, 원. 이는 지나친 처사가 아닌지요. 기껏해야 변방의……."

그 순간 기다렸다는 듯, 한 꼬마가 청명의 뇌리를 스쳤다. 필요 없는 기억이라 여겨 편리하게 잊어버렸던, 아주 교활하고 버르장머리 없던 그 소년이.

거칠게 일어서는 바람에 조신하게 들고 있던 찻잔이 탁자 위로 툭 쓰러졌다. 탁자를 타고 김이 오르는 찻물이 뚝뚝 치마 위로 떨어진다. 치마를 갈아입으셔야 한다, 호들갑을 떠는 서안을 물리치고 청명은 불끈 야무지게 주먹을 말아 쥐었다. 복수의 계절이 도래한 것이다.

함명전으로 가는 발길이 어찌나 급하던지 뒤를 따르던 서안은 거의 뛰다시피 했다. 태연한 건 오직 청명뿐이었다. 제가 죽기를 기도했을 그 소년의 앞에 여전히 건재한 자신을 과시할 생각을 하니 벌써부터 짜릿한 쾌감이 감돌았다. 그 비리비리 왜소한 녀석을 내려다보며 조금 겁을 준 다음, 무어라고 놀려줄까? 나는 이렇게 여전히 만인지상 고귀한 공주로 살아 숨 쉬고 있다고 을러줄까?

하지만 녀석이 만약 먼저 사죄를 올리며 용서를 빈다면 그동안의 잘못은 얼마쯤 용서해 줄 마음도 있었다. 조금은 궁금하기도 했고, 조금은 보고 싶기도 했으니까. 실실 웃음이 새어 나왔다.

함명전으로 점점 가까워질수록 청명의 가슴도 점점 크게 뛰기 시작했다. 육 년이라는 시간 동안 그 꼬마는 어찌 자랐을까. 여전히 작고, 여전히 귀여울까? 자꾸만 바보처럼 헤실 입매가 올라가려 하는 통에 이를 억누르느라 애를 썼다. 어깨 아래로 흘러내리는 나삼을 끌어 올리는 척 청명은 두근거리는 가슴에 손을 올렸다. 대리석 회랑을 따라 걷다 막 모퉁이를 돌아서던 순간이었다.

맞은편 회랑에서 꺾어 오던 사람과 부딪치고 말았다. 툭 하고 부딪친 이마를 어루만지며 청명은 작게 미간을 찡그렸다. 대충 고개를 까딱하곤 가던 길을 재촉하려던 청명의 발을 누군가 붙잡았다.

"연국공주?"

짜증에 일그러진 미간을 바로 펴고 청명이 무표정하게 돌아섰다. 돌아선 그곳에 한 남자가 서 있었다. 남자는 꽤 장신이라 한참은 고개를 들어야 그 얼굴을 쳐다볼 수 있었는데 껑충 솟은 키와 달리 얼굴은 조금 앳되었다. 한데 참 묘하게도 그 낯이 익었다. 이 보기 드문 미청년을 어디서 보았는지 곰곰이 머리를 굴리며 청명은 무심히 되물었다.

"나를 아십니까?"

청명의 대답이 끝나기가 무섭게 남자의 얼굴이 기묘하게 굳는다. 청명은 무언가 수상쩍은 기색에 경계 어린 눈으로 남자를 훑어 내리며 한 발 뒤로 살짝 물러섰다.

"나를 모르십니까?"

남자가 고개를 갸웃하며 물었다. 실로 뻔뻔한 물음이었다.

"내가 그대를 알아야 합니까?"

톡 쏘듯 말이 튀어 나갔다. 쓸데없이 허비되는 시간에 속이 타고 서서히 짜증이 나기 시작했다.

"알아주었으면 했는데."

"바쁜 것이 아니라면 먼저 자리를 뜨겠습니다."

이로써 친절하고 다정한 공주의 인상을 남기긴 글러먹었다. 하지만 그런 것마저 신경 쓸 만큼 마음에 여유는 없었다. 이제 청명은 거의 달리기 시작했다. 뒤에서 뛰지 마라 애원하는 서안의 목소리도 더는 들리지 않았다. 그러나 함명전에 도착했을 땐, 이미 진왕은 떠난 지 오래라는 내관의 답만이 전해졌다.

눈에 띄게 실망한 얼굴로 돌아서는 청명의 발걸음이 무거웠다. 그깟 놈 하나 보지 못한 게 무어가 대수라고 이리 섭섭하고 마음이 무거울까. 지친 발로 터덜터덜 공주궁으로 돌아왔을 때, 공주궁엔 손님이 들어 있었다. 안 그래도 더러웠던 청명의 기분은 바닥까지 떨어졌다. 되도 않은 청탁을 하느라 문턱이 닳게 공주궁을 찾아오는 소인배 중 하나이리라. 들어보지 않아도 뻔해 청명은 막 입을 열려는 정아를 저어하고 문을 발칵 열어젖혔다. 그러나 정작 기다리고 있던 이는 예상과는 달랐다.

"당신."

"공주를 뵙고자 왔는데 공주께서 아니 계시다기에 이리 주인 없는 궁에 허락도 없이 들었습니다. 용서하시지요."

예의 바른 어투로 그가 속삭였다. 분명 아까 마주쳤던 그 남자다. 남자의 입술에 상냥한 미소가 맺혔다. 청명은 조금 떨떠름하게 고개를 끄덕인 뒤 남자의 맞은편에 조심스럽게 앉았다. 어째서인지 속이 조금 답답했다. 탁자 아래서 손톱을 연신 만지작거리며 비꼬듯 청명이 물었다.

"공께선 내가 누구인지 당연히 아시겠지만 애석하게도 나는 알지 못합니다. 뉘신지 알려주시겠어요?"

남자는 가볍게 웃었다. 알 듯 말 듯, 가슴이 울렁거린다. 도대체 왜 이러는 걸까. 잡힐 듯 잡히지 않는 연을 무작정 쫓는 기분이었다. 자꾸 입안이 바짝 말라왔다. 잠시 그런 청명을 지그시 바라보던 남자가 입을 뗐다.

"낭야왕부의 새 주인, 청윤. 오랜만에 공주를 뵙습니다."

그 순간, 청명은 말을 잊었다.

낯선 청년이 제 앞에 서 있었다. 비쩍 말라 볼품없던 체격은 훤칠한 키와 함께 자라 보통의 평범한 사내를 뛰어넘었고, 우아한 얼굴에선 전에 없던 여유까지 엿보였다.

속았다! 속았다는 생각만이 머릿속을 붕붕 울렸다. 꼴에 사내라고 대드는 일이 많긴 했지만 작고 귀여웠던 그 소년은 온데간데없이 사라졌다. 지금 눈앞의 이 남자에게선 그 기억 속의 소년을 찾아볼 수 없었다. 기이한 거리감. 그리고 낯선 감정.

와장창, 무언가가 깨지는 소리가 들려오는 것 같다. 정체 모를 배신감과 분함에 청명의 얼굴이 붉게 달아올랐다. 아무 대답도 못 하고 소리 없이 입술만 달싹였다. 그런 청명을 빤히 쳐다보던 그가 뻔뻔히 고개를 끄덕거렸다.

"하긴, 벌써 육 년이나 지났으니 잊으셨대도 어쩔 수 없지요. 그래도 어릴 적 한 스승 아래 배움을 닦은 붕우라, 황궁에 들어 황상을 알현한 직후 바로 공주를 찾아온 것입니다. 반갑게 맞아 주시지요."

무슨 말이든 해야 하는데, 입술이 아교로 붙기라도 했는지 어떤 말도 나오지가 않았다. 철렁 내려앉았던 가슴은 이젠 마구 두방망이질 쳤다. 이 어색한 정적이 내려앉은 공간에서 제 심장 소리가 그에게까지 들릴 것만 같아 온몸, 손발이 저릿거렸다. 청명은 저도 모르게 탁자 아래서 주먹을 꾹 쥐었다. 긴장할 이유도 없건만 대체 왜. 처음으로 스스로가 이해 가지 않았다.

"그동안 잘 지내셨습니까?"

"무엇이 그리 즐거우십니까? 그래요. 육 년 만이네요. 육 년 만에 불쑥 나타나셔서 하는 말이 고작 그동안 잘 지내셨느냐, 이 것뿐입니까?"

머리와 입이 따로 논다. 머릿속으론 제발 입을 다물라 외치고 있었고 입술은 그런 명령과는 제멋대로 굴고 있었다. 누가 들어도 따져 묻는 말투였다. 내가 대체 왜? 뭐가 그리 억울해서? 억울할 이유가 없는데? 청명의 표정은 점점 괴상하게 일그러졌다.

'설마 이상하게 오해하는 거 아니야? 정말 내가 자기를 기다렸

다고 오해하면 어떻게 해?'

"그럼 육 년 만에 만나 해야 하는 말이 따로 있습니까? 보고 싶었다, 뭐 이런 낯간지러운 말을 할 정도로 우리 사이가 그리 친밀하진 않았던 것 같은데요."

그가 고개를 갸웃했다.

"너……!"

"그 망아지 같은 성질머리도 여전하시고. 공주께선 정말 변하신 게 하나 없으십니다."

"망, 망아지? 감히 종1품 사왕 주제에 정1품인 내게 이따위 망발을 지껄이는 게냐?"

"아까 말하지 않았습니까. 같은 스승 아래서 배운 붕우로서 공주를 찾아온 것이라고요. 붕우 간에 품계를 따져야 한다니 황궁의 법도는 참 야박하기도 하지요."

"뚫린 입이라고 뱉는 말은 하나같이 번지르르하구나. 육 년의 세월이 네겐 헛되지 않았나 보다. 내 앞에서 찍소리 못 하고 기던 놈이 무슨 자신감인지 이리 떠드는 걸 보니 믿는 구석이라도 있는 모양이지?"

"눈치 하난 역시 빠르시군요."

씩씩 달아오른 소녀의 얼굴이 일순간 굳었다. 얼음장보다 차가운 눈빛으로 청명이 윤을 찍어 내리듯 응시했다.

"고해. 무엇인지."

제게 불리한 기색을 기민히 감지하는 눈치, 그것은 태어나 지금까지 궁에서만 자라온 황족의 생리였다. 작은 언행 하나에도 목이 날아갈 수 있는 이곳에서 살얼음판을 걷듯 매일을 눈치만 살피고 스스로를 낮추고 살아온 청명이다.

"오늘 중으로 알게 되실 겁니다. 무슨 일이 벌어질지요."

입술만을 끌어 올려 씩 웃던 그의 눈이 기이하게 반짝였다. 그리고 그의 말대로 모든 사건의 전말을 알게 된 건 윤이 공주궁을 떠나고 한 시진도 되지 않아서였다. 남만 순방에 황제가 대동할이가 다름 아닌 진왕이라는 소식이 온 황궁으로 빠르게 퍼졌다. 향긋한 향기만이 풍기던 청명의 세상이 뒤집어졌다.

❈

"교활한 놈! 야비한 놈! 네가 감히 날 방해해? 감히 내 앞길을 망쳐?"

순식간에 그의 뒤로 따라붙은 청명이 날카롭게 소리쳤다. 벌써 산 중턱, 깊숙이 들어갈수록 몸에 와 닿는 공기가 차게 느껴졌다. 윤은 행여 따라잡힐세라 더욱 박차를 가하며 흘긋 청명을 돌아보았다.

시뻘겋게 달아오른 얼굴로 청명은 전속력을 다해 윤의 뒤를 쫓았다. 이번에 잡으면 그땐 정말로 가만두지 않을 생각이었다. 진심으로, 이렇게 화가 치밀어보기는 처음이었다.

"네놈의 그 간교함은 익히 내 알고 있었다만 오늘은 정말 그 도를 지나쳤구나. 당장 멈추지 못해?"

"멈추면 나를 어찌할 줄 알고. 왜 내가 멈춰야 하는데?"

"닥치고 말이나 세워!"

들은 척도 않고 윤이 제멋대로 고갤 돌려 버렸다. 그 뻔뻔하고 후안무치한 작태에 안 그래도 열이 뻗친 청명은 거의 이성을 잃을 지경이었다. 꽤 오랜 시간, 나름 공을 들여 준비한 첫 만남이었다. 그 중요한 자리를 저 얍삽하고 야비한 놈이 이리 쉽게, 간단히 망쳐 버릴지는 상상조차 못 했다. 진왕, 청윤을 이 자리에 대동하겠다 생각한 자신의 실수였다. 멍청한 과실이었고 태만이었다. 저 여우 같은 놈이 자신의 꿍꿍이를 알아차리고도 가만있을 것이라 생각했던 오만이었다. 청명은 바득바득 이를 악물었다. 어느새 인적이 드물다 못해 길조차 제대로 나지 않은 산속 깊숙이까지 들어선 걸 눈치채지도 못하고 죽을힘을 다해 윤을 쫓는 데에만 집중했다.

얼마쯤 산기슭으로 들어섰을까, 머리 위를 가리던 나무는 더욱 촘촘히 우거졌고 어딘가에서 들려오는 물 흐르는 소리는 도저히 번화한 황성 내의 것이라 보기 힘들었다. 그제야 퍼뜩 정신이 든 청명이 불길한 기분으로 말을 멈추어 세웠다. 얇은 천 너머로 느껴지는 싸한 공기, 잘 닦이기는커녕 사람이 다니지 않는 길인지 멋대로 우거진 수풀. 그녀가 아는 낙유원은 고관대작과 고귀한 귀부인의 행렬이 연신 이어지는 향긋한 자연, 자연 본위의 멋보다는 인간의 손이 더 많이 닿아 인공적인 미를 뽐내는 그런 곳이었지 이렇게 다듬어지지 않은 야생의 공간이 아니었다.

청명의 얼굴이 조금 하얗게 질렸다. 잠시 멈칫한 사이 윤은 어디로 사라져 버렸는지 그 얄미운 면상도 보이지 않았다. 청명은 본능적으로 고개를 홱 돌려 사방을 둘러보았다. 검푸른 녹음은 두려울 만큼 짙은 음영을 드리웠다. 그 속에 감춰진 낯선 기척, 푸드덕 새가 날아오르는 소리 너머로 기이한 짐승의 울음소리가 희미하게 울려 퍼졌다. 본래도 병적으로 혼자 남겨지는 걸 꺼려 하는 청명이다. 부친이 죽은 이후 그 기질은 더욱 심화되어 밤에 도 곁에 서안이 없으면 한동안은 잠을 이루지 못했다. 그나마 최근 들어서야 혼자 잠을 이루는 법을 배워 나아졌다만 청명은 혼자 남겨지는 걸 극도로 싫어했다. 그런데 이 낯설다 못해 두려운 공간에, 그것도 혼자 남겨졌다는 사실이 청명의 머릿속을 새하 얗게 질리게 했다.

청명은 움켜쥔 고삐를 다시 고쳐 잡았다. 손바닥은 이미 식은 땀으로 흥건히 젖어 있었다. 어떻게 해야 좋을지 하얗게 질린 머 리로는 아무 생각도 들지 않았다. 앞으로 나아가야 할지, 뒤로 물러서야 할지 그 양자택일조차 할 수 없었다.

"청청명!"

그때였다. 그의 목소리가 들렸다. 청명은 번쩍 고개를 들어 그 를 찾아냈다. 화가 나기라도 했는지 전에 없이 굳은 얼굴로 윤이 청명을 향해 말을 몰아왔다. 저 멀리서 점점 가까이 다가오는 그 를 발견하자 그제야 빳빳이 경직된 몸엔 긴장이 풀리고, 왈칵 가 슴속에서 무언가가 치솟는 게 느껴졌다. 청명은 멍청하게 아무 대답도 못 하고 그를 빤히 쳐다보았다. 윤이 말에서 급하게 뛰어 내려 청명의 앞에 다가섰다.

"무슨 일이라도 있는 줄 알고 놀랐잖아!"

"그걸 네가 왜 걱정해! 그리고 뭘 잘했다고 소리를 질러!"

그러나 약간이나마 들었던 그 기묘한 반가움은 잔뜩 구겨진 그의 얼굴을 보기 무섭게 싹 사그라졌다. 외려 뒤늦게 몰려온 부 끄러움에 청명의 볼은 벌겋게 달아올랐다. 어떻게든 민망함을 애써 무마시켜 보려 목소리는 더욱 커졌다.

"지가 뭔데 나한테 성질이야, 성질이!"

"그럼 갈 거라고 말이라도 해야지! 난 네가 사고라도 난 줄 알고. 너처럼 대책 없고 막무가내인 계집애를 걱정하다니. 그래, 내가 바보다."

화를 낼 게 누구인데 나에게 화를 낸담. 어처구니가 없어 딱 벌어진 입을 다물지 못하고 청명은 바락바락 소리를 질렀다.

"네가 뭔데 나보고 대책 없다느니 막무가내라느니 그따위 소리를 지껄여? 지금 화를 낼 상황인지 아닌지 분간도 못 해?"

"이 상황이 뭔데? 한낱 연애 놀음에 네 뜻대로 이용당해 주지 않은 거, 그걸 말하나?"

"연애 놀음? 지금 한낱 연애 놀음이라고 한 거야?"

"그래. 사내 하나 잡아보겠다 그 콧대 높고 고귀하신 공주께서 친히 낙유원까지 납시셨으니 그 꼴이 참 우습더구나. 청청명. 네가 입에 달고 살던 그 잘난 체통이란 것이 고작 그런 것이더냐?"

"네가 뭘 아는데!"

그 순간 펑 하고 불꽃이 터졌다. 새빨갛게 달아오른 얼굴이 독살스럽게 번득였다.

"네놈이 무엇을 그리 잘 안다고 함부로 입을 나불거려. 네놈이 사내로 태어나 그 잘난 무훈과 공적을 드높일 때 계집인 내가 해야 할 일은 날 사갈 이들에게 내보일 내 값어치를 높이는 일이다. 잘나신 진왕께서 변방 원정을 나갈 때, 계집인 연국공주는 나를 사가라 내 자신을 화려하게 치장시켜 높은 곳에 진열해야 해. 한데 그걸 네놈이 어찌 알아. 무얼 안다고 함부로 지껄여!"

손이 부들부들 떨렸다. 악에 받쳐 비명을 내지르면 내지를수록, 기이하게도 가슴속에 매달린 돌덩이들은 하나둘 줄어드는 기분이 들었다. 고고한 자존심에 눈물만은 흘리지 않았지만 윤이 황성으로 돌아온 이래, 매일 밤 청명을 괴롭히던 원흉은 바로 이것이었다.

황궁에서 가장 고귀한 적통의 공주가 하찮은 기루의 가기처럼 웃음을 팔아야 할 날이 언젠가는 오리라는 비참한 현실. 자신의 능력이 아닌 다른 사내들의 힘을 빌려서라도 황위에 올라야 한다는 사실이 드높은 청명의 자존심을 짓밟았다. 수치스럽고 죽도록 모욕적이었다. 그럼에도 여황이 되기 위해선 그깟 웃음쯤이야 얼마든 팔 수 있었다. 무사히 태위부와 혼사가 진행되기만 한다면 그 정도 굴욕과 수모는 얼마든 버틸 수 있었다. 그런데 사사건건 저놈이 제 앞을 방해한다. 이 모멸을 겪게 만든 장본인이 자신을 비웃고 한심하다 말한다. 더는 참을 수가 없었다.

"고작 사내 하나인 줄 알아? 그가 네겐 얼마든 네 능력껏 네 편으로 구워삶을 수 있는 사람일지 몰라도 내게 그는 일생일대 한 번뿐인 혼사를 걸고서라도 내 편으로 만들어야 하는 사람이야. 나는 전쟁에 나가지 못하고 내 백성을 내 손으로 지키지도 못하는, 가진 건 정통성뿐인 공주라 어떻게든 제대로 된 뒷배가 필요하거든. 계집인 내가 할 수 있는 일이라곤 고작해야 이것뿐이야. 그러니 잘난 네가 어찌 나를 이해할 수 있겠어. 아니 그렇습니까, 진왕아?"

아무 말 없이 잠자코 듣던 윤이 한 발 가까이 다가서려던 찰나,

"다가오지 마!"

칼날같이 매서운 목소리로 청명이 그를 뿌리쳤다. 그리곤 일 초의 망설임도 없이 말의 배를 힘껏 걷어찼다. 명백한 거부 의사에 그는 감히 청명을 붙잡을 수 없었다. 답답함에 거칠게 이마를 쓸어 올리던 윤의 귓가에 무슨 소리가 들려왔다.

"꺄악!"

비명 소리가 날카롭게 숲 속을 울렸다. 그 순간 나뭇가지에 앉아 있던 새들이 일제히 푸드덕 공중으로 날아올랐다. 그는 앞뒤 잴 것도 없이 가까이 선 말을 잡아채 올라탔다. 그 잠깐이 그에겐 마치 백 년과 같았다. 왜 아무 목소리도 들리지 않는 것인지, 무슨 일이라도 있는 건지 온갖 망상이 그의 뇌리를 스쳤다. 온몸의 피가 차갑게 식는 듯했다. 윤은 미친 듯이 말을 달렸다. 얼마 달리지 않아 청명의 말이 보였다. 그런데 청명이 올라 있을 안장 위는 텅 비어 있다. 그는 채 말을 세우지도 않고 급하게 뛰어내렸다.

"청청명!"

바닥에 죽은 듯 쓰러져 있던 청명이 그 목소리에 몸을 잘게 떨었다. 제대로 얼굴도 들지 못하는 청명을 발견한 윤이 앞뒤 잴 것 없이 청명에게 달려갔다. 떨리는 손으로 그는 청명의 이마를 작게 어루만졌다. 그 손길에 긴 속눈썹이 파르르 떨리는가 싶더니 굳게 단혀 있던 눈꺼풀이 열렸다. 곧이어 밀려온 고통에 반듯한 이마가 사정없이 구겨졌고 눈물을 참기 위해 청명은 하얀 이로 붉은 입술을 악물었다.

"너무 아파."

"알아. 많이 아프지."

"저 앞에, 저 앞에."

청명이 말을 잇기도 전에 말이 울음소리를 지르며 앞다리를 치켜들었다. 그리곤 무언가에 놀라 왔던 길로 제멋대로 달아나기 시작했다. 그 뒤에 서 있던 윤의 말도 엉겁결에 같이 달아났다. 한순간에 벌어진 일이라 윤은 무슨 상황인지도 잘 이해가 되지 않아 바보처럼 눈썹을 추어올렸다. 청명이 손가락을 들어 어느 곳을 가리켰다.

"저기 무언가가 있었단 말이야. 커다란 짐승이었는데, 그게 갑자기 나타나서."

고개를 돌렸을 땐 흔들리는 수풀 외엔 아무것도 보이지 않았다. 아무래도 산짐승이 나타났던 모양이었다. 가늘게 신음을 흘리며 청명이 몸을 일으키려 했다. 다행히 말에서 떨어지며 뼈가 부러지진 않았는지 작게 꺾인 발목을 제외하곤 크게 이상이 있지는 않았다. 다만 걷기엔 무리가 있어 금세 힘이 풀려 주저앉고 말았다.

둘만 오롯이 남고 보니 무어가 이리 어색한지 모르겠다. 땅으로 떨어지며 크게 부딪친 등이 조금만 움직여도 얼얼한 고통을 호소했지만 청명은 슬쩍 붙잡은 윤의 손을 떼어냈다. 아무리 아파도 그의 도움을 받을 생각은 없었다. 그 순간 윤이 청명의 손을 단단히 붙잡았다. 당황해 크게 뜨인 청명의 눈이 윤을 바라보았다.

"아픈 주제에 혼자 움직일 수 있기는 해? 여기서 낙유정까지 얼마나 되는 줄 알고."

분해 동그랗게 부푼 청명의 볼이 도리도리 고집스럽게 고개를 저었다. 들은 척도 않고 윤이 청명의 앞에 허리를 굽히고 앉아 등을 보였다.

"자, 해 떨어지기 전에 여긴 벗어나야 하잖아. 또 짐승이랑 마주치고 싶은 건 아니지?"

그 말에 머뭇거리던 청명이 망설임 없이 그의 등에 몸을 실었다. 불편한지 조금 몸을 뒤척이나 싶더니 이내 목에 팔을 감고 토끼처럼 온순히 고개를 그의 어깨 위에 박았다. 가뿐히 청명을 들어 올린 윤이 천천히 걸음을 내딛기 시작했다. 그리 가볍지만은 않지만 기분 좋은 무게다. 이 길이 조금만 더 길었으면 싶을 만큼.

불쑥, 업혀 있던 청명이 말을 걸었다.

"한데 네 말은 어디로 갔어?"

"아까 도망갔잖아. 둘 다."

그랬나, 하고 중얼거리며 청명이 다시 얼굴을 파묻었다. 그러다 또 고개를 들었다.

"원래 원숭이도 나무에서 떨어지는 날이 있댔어."

무슨 말인가 싶어 그가 입을 다물자 청명이 답답하다는 듯 한숨을 쉬었다.

"말에서 떨어진 거 말이야. 아까 짐승이 나타나 어쩔 수 없는 상황이있어. 아미 그 상황에선 잘난 너라도 별수 없었을걸?"

"그래. 아마 나도 떨어졌을 거다."

그제야 흐흥, 작게 코웃음을 지으며 청명은 윤의 어깨에 얼굴을 기댔다. 이렇게 누군가의 등에 업혀보는 게 얼마 만의 일인지 모르겠다. 아주 어릴 적, 놀다 지쳐 잠이 들면 서안이 가끔 업어 침상에 눕혀주었던 기억이 난다. 가끔 날이 좋은 날이면 부친의 등에 업혀 정원을 산책하는 일도 있었다. 그러나 그 기억은 모두 부친이 돌아가시기 이전의 이야기. 까마득한 예전이다. 다시 돌아갈 수도 없는 바랜 추억의 한 편. 열어보면 그 속에서 나오고 싶지 않을까 고이 접어두고 다시는 펼쳐 보지 않았었다. 꼭 그때로 시간이 돌아가 버린 기분이었다. 소리 없이 웃던 청명이 문득 작게 속삭였다.

"아주 오래전에 널 처음 보았을 때 말이야. 그날은 내 생일이었어."

기억이 난다. 그날은 유난히도 더위가 극성을 부리던 어느 여름날이었더랬다.

"그리고 내 모친이 돌아가신 날이었지. 그날, 기억나?"

윤이 고개를 끄덕였다. 그의 등에 안겨 청명은 작게 눈을 깜박였다. 규칙적으로 느리게 떼어지는 발, 끈적거리는 더위는 딱 질색인데 어째서인지 사람의 온기는 싫지 않다. 청명은 연하게 웃으며 감은 팔을 다시 고쳐 잡았다.

"부친께선 단 한 번도 내 앞에선 그 이유로 슬픔을 내비치지 않으셨는데 그날만큼은 항상 혼자 계셨어. 일 년에 하루쯤은 어머닐 그리워할 날이 있어야 하지 않겠냐고. 그래서 내 옆에 서안이 딱 붙어 있곤 했는데 왜일까, 그날은 서안도 없었네."

나란히 같은 기억을 떠올린다. 시간의 벽이 무너지고 십일 년 전, 그 여름으로 돌아갔다. 그의 등에 업힌 소녀는 갓 일곱 살이 된 오만한 공주님이고 소년은 왜소하고 약해 빠진 일개 꼬마이다.

"그날 널 보았을 때, 난 네가 내 선물일지도 모른다 생각했다? 알잖아. 대대로 청가의 손이 귀한 것. 나만 해도 내 부친의 유일한 자식이고 지금의 황상께선 알다시피 자식이 없지. 황궁 안에 내 나이 또래 아이는 아무도 없었는데 그날 네가 나타났어. 그래서 생일이라고 친구 삼으라 부황께서 보내준 선물인 줄 알았는데."

"하여튼 자기중심적인 건 어릴 때부터 여전하지. 하긴, 네가 날 연못에 던져 넣지만 않았어도 좋은 친구가 되었을지도 모르니까."

"그건 네가 먼저 날 싫다 노려보았기 때문이잖아!"

심술이 난 청명은 힘주어 그의 어깨를 주먹으로 내리쳤다. 아프지도 않은지 윤이 작게 웃었다. 어쩐지 조금 민망해졌다.

"청청명."

"왜."

불퉁한 목소리를 내려 했지만 묘한 기분에 이도 쉽지 않아 맥빠진 목소리만 흘러나왔다.

"사실 난 그때 네가 싫지 않았어."

뜬금없는 소리에 청명의 눈이 번쩍 뜨였다. 더 말이 남았나 싶어 기다려 보았지만 그는 더 이상 아무 말도 하지 않았다. 속이 조금 울렁거렸다. 청명은 애써 눌러 삼켰다.

"상관없어. 이미 시간이 지났는데 뭐. 중요한 건 지금이야. 넌 내 적이고 난 그런 널 눌러 이길 거라는 사실이 중요한 거지."

"그렇지. 지금 우리가 선 자리가 중요한 거지."

"그래. 과거 따위 중요하지 않아."

청명은 되새기듯 힘주어 속삭였다. 짧은 침묵이 놓였다. 그렇게 또 시간이 흘렀다. 그의 등에 업혀 가만히 입을 다물고 있던 청명이 슬쩍 고개를 들어 주변을 둘러보았다. 새 우는 소리만 가끔 들려오는 한적한 산속, 어딜 보아도 온통 푸르른 녹음이니 어디가 어딘지, 얼마나 온 건지도 잘 모르겠다. 말로 달릴 땐 오래 달린지도 몰랐는데 생각보다 꽤 멀리까지 온 모양이다. 힘이 드는지 그의 걸음도 한참 느리기만 했다. 결국 심심함을 이기지 못한 청명이 다시 입을 뗐다.

"그동안 지낸 이야기 좀 해봐."

"왜."

"왜긴 왜야. 그럼 갈 때까지 아무 말 없이 갈래? 심심하잖아."

"썩 유쾌한 얘긴 아닌데."

"무엇이든 좋아."

잠시 머뭇거리던 윤이 청명을 업은 손을 다시 고쳐 잡았다.

"황상께서 황위에 오르시고 내 부친은 황성을 떠나셔야 했어. 명목상은 박주자사가 되어 떠나는 것이라고 했지만 변방으로 쫓기는 부왕의 말씀은 조금 달랐지. 사실 그분은 황상을 그다지 좋아하지 않으셨거든."

예상치 못한 솔직함에 웃음이 터졌다. 청명은 놀라 딸꾹질까지 했다.

"발칙한 줄은 익히 알고 있었다만 이리 그 정도가 심할 줄은 몰랐네? 내가 부황께 고하기라도 하면 어쩌려고. 나 이래 봬도 그분의 유일한 딸이잖아."

"네가 말 안 할 거 알아."

그녀가 윤을 아는 만큼 윤도 그녀를 안다. 청명은 더 대꾸하지 않고 그의 등에 얼굴을 묻었다. 나직한 목소리로 그가 말을 이었다.

"우린 박주로 갔어. 동창부(东昌府)에 왕부를 짓고 정착했는데 그곳에서의 얘기는 그리 재미있지 않아. 부친은 황성으로 돌아오시지 못하고 그곳에서 눈을 감으셨지. 난 동창부에 남고 싶은 마음이 없어 황성으로 돌아왔고."

"황위에 마음이 있어 돌아온 건 아니고?"

윤은 아무 대답도 않았다. 아니다 부인도 않는 그에 부아가 치민 청명이 윤의 옆구리를 힘주어 꼬집었다.

"됐어. 더 묻지 않을 테니 그곳에서의 얘기나 해봐. 내가 듣고 싶은 게 네 아버지 얘긴 아니니까."

"별거 없어. 그냥 서책을 읽고 공부하고 말을 타고 검을 배우고, 황성에서 머물 때와 같았어."

"박주면 태산(恒山)도 끼고 있고 바다란 것도 접하고 있잖아. 한데 나도 아는 그 유명한 곳들을 한 번도 가보지 않았다고?"

"응. 말했잖아. 재미없을 거라고. 이번엔 네가 말해봐. 지난 육 년간 너는 어찌 지냈어?"

그의 얼굴이 보이지 않아 어떤 표정을 짓고 있는지 알 수 없었으나 무언가 이상했다. 급하게 말을 돌리는 기색이 수상하기 그지없었다. 평소 같았다면 질기게 물고 늘어졌을 테지만 오늘만큼은 눈치껏 그냥 넘어가 주기로 했다.

"나도 재미없긴 마찬가지였어. 그냥 매일 같은 일들의 반복이었지. 다만 예전과 달리 눈치란 걸 보게 되더라고. 항상 예쁘게 웃고 착하게 굴고. 잘못했다간 목이 달아날 걸 아니까."

"그래, 육 년 만에 널 다시 보았을 때 선녀라도 된 것처럼 나긋 나긋 구는 네 모습에 뭐 잘못 먹었나 싶었으니까. 사람이 그리 쉽게 변하는 게 아닌데 말이야."

"사람이 그리 쉽게 변하는 게 아닌데 너는 어찌 그리 변했어?"

순간, 꽁꽁 숨겨두었던 속마음이 툭 튀어나왔다. 아뿔싸, 놀란 청명이 입술을 꼭 깨물었다.

"뭐가."

"그냥, 여러 가지."

대충 얼버무리려 했지만 그게 오히려 더 어색하게 만드는 것만 같다. 청명은 눈 한 번 질끈 감고 작게 속삭였다.

"비실거리던 몸에 살도 붙고 촌스럽게 까맣던 피부도 하얘지고 무엇보다 너 키도 많이 컸잖아. 이젠 나보다 더 크게 말이야. 예전엔 내가 더 컸는데. 기분 나빠."

"키가 커지게 해달라고 얼마나 빌었는데. 다른 건 몰라도 키가 작은 건 정말 싫었어."

"왜."

"네가 날 동생 취급하는 데 완전히 물려 버렸거든. 내가 너보다 두 살이나 위인 거 알지?"

그 말이 끝나기 무섭게 청명의 얼굴이 새빨갛게 달아올랐다. 스스로도 대체 이해가 가지 않는 상황이라 붉게 물든 볼을 윤의 등 뒤로 감추며 청명은 짐짓 아무렇지 않은 척 목소리를 높였다.

"그, 그래서. 뭐 어쩌라는 건데?"

"난 약관을 넘긴 지 오래다, 청청명."

그가 능글맞게 히죽 웃었다.

"그래서. 오라버니 소리라도 듣고 싶다는 거야, 뭐야?"

"맞는데?"

애써 태연한 척 비웃으려 던진 말에 제가 걸려들고 말았다. 뚝 발을 멈춘 그가 어깨 너머로 청명을 흘긋 바라보았다.

"예를 아시는 공주께서 법도는 모르신다, 그리 말하지는 않겠지."

"이 뻔뻔한 놈이 입만 살아가지고는!"

궁지에 몰린 청명이 결국 분통을 터뜨리며 작은 주먹으로 그의 등을 내리쳤다.

"이것 봐, 제 뜻대로 풀리지 않으면 또 심통이지. 공주님, 제발 그 입버릇 좀 고치시지요. 뉘 들을까 무섭습니다."

"어차피 너랑 서안 빼곤 아무도 몰라."

자신 있게 단언하는 목소리가 의기양양하다. 윤은 조금 흘러내린 청명을 다시 고쳐 업으며 중얼거렸다.

"부군 되실 분이 나중에 알게 되면 혼사를 무효로 하자 난리라도 치겠군."

"아깐 왜 그랬어. 물어나 보자. 그렇게 내가 잘되는 꼴이 보기가 싫었어? 너답지 않게 비겁하고 졸렬한 처사였어. 아깐."

진지한 물음에 잠시 멈칫했던 윤이 그런 적 없었던 양 태연하게 발을 옮겼다. 아직 길은 많이 남아 있었다. 이렇게 함께 있을 시간도 아직은 많이 남아 있다. 그러니 모든 게 괜찮다.

"장난이었어."

"장난 같은 소리 하네. 나 아까 진짜 화났어. 너 잡으면 흠씬 두들겨 패줄 생각까지 했다고, 내가."

"근데 왜 안 때렸어. 지금이라도 때리지."

"때렸다가 산속에 버려질 일 있게? 그 정도로 생각 없진 않거든?"

그 말이 끝나는 순간, 윤의 입매가 움찔거리나 싶더니 순식간에 길게 말아 올라갔다. 소리 내어 웃는 그의 옆구리를 청명이 질세라 힘껏 꼬집었다. 아프지도 않은지 웃음소리가 그칠 줄을 모른다.

"넌 왜 항상 이런 식일까. 매번 날 웃게 해."

"광대 취급까지 하다니. 내가 이러니 널 싫어하는 거야."

"계속 싫어해 줘. 난 그도 나쁘지 않아."

청명의 얼굴이 뭐 씹은 표정으로 변했다.

"변태 같은 소리 하네. 너같이 교활한 인간은 처음 봐. 얄미운 놈. 이런 변태가 무어가 좋다고 여관들은 너만 보면 좋아 깍깍대는지, 원. 이해가 안 간단 말이지."

"나 싫다는 여인, 너밖에 없어."

"그야 난 총명하니까. 사람 볼 줄 아는 거지."

"총명하다는 분이 보는 눈도 많은 자리에서 현주들과 싸웠냐."

"네가 그걸 어찌 알아? 그 여우 같은 계집애. 정연 그 계집애가 또 나불거리고 다녔나 보구나. 하여튼, 천박하게 무어가 잘났다고 그걸 떠들고 다녀. 부끄러운 줄 모르고."

발딱 몸을 일으킨 청명이 이를 갈았다. 다음번에 만나면 단단히 본때를 보여 다신 입방정을 떨지 못하게 만들겠다는 다짐도 함께였다.

"그 계집애가 뭐래디? 들어나 보자."

"공주께서 화를 내시며 협박을 해 무서워 눈물이 다 났다 내게 하소연을 하던데?"

"그래서 넌 뭐라 했어."

"걔 성격이 원래 그러니 착한 네가 참으라 했지."

"너 같은 놈한테 잠깐이나마 고마움을 느꼈던 내가 바보 천치지. 하여튼 자기 복을 자기가 다 까먹는다니까. 짜증 나. 좀 빨리 걸을 수 없어?"

"청청명. 이 여름에 널 업고 걷는 내가 힘들겠어, 아니면 멀쩡히 업혀가는 네가 힘들겠어?"

말이 끝나기 무섭게 청명이 입을 꾹 다물었다. 오리처럼 볼록하게 나온 입술이 퉁명스레 비죽였다. 그러나 다음 윤의 말이 이어지자 야무지게 다물린 청명의 입이 떡 벌어졌다.

"게다가 네가 좀 무거운 것도 아니고."

"너 어찌 여인에게 그따위 망발을 해? 정말 미친 거야? 그리고 나, 그렇게 무거운 편도 아니거든? 다들 내게 조비연의 환생이다, 그리 떠드는 것 못 들었어?"

"살찐 제비인가 보지."

"이거 봐, 이거 봐. 넌 이게 살이 찐 거로 보여?"

분통이 터져 소매까지 걷곤 그의 눈앞에 제 팔을 휘휘 흔들었다. 그래도 윤이 입을 꾹 다물고 말을 정정할 생각을 안 하자 청명은 그의 귀를 힘껏 잡아당겼다.

"얼른 대답 안 해? 이래도 내가 살찐 제비야?"

"확 버려두고 간다?"

"야비한 놈! 다친 여인을 버리고 도망가는 건 정말 비겁한 행동이야. 그런 거로 협박을 해?"

"예, 공주님. 모두 소인의 잘못입니다. 용서하여 주시지요."

"또 협박하기만 해봐라. 그땐 물고를 내버릴 줄 알아."

시답지 않은 일로 툭탁거리고, 유치하게 말꼬리를 물고 늘어지고, 그래도 마음이 풀리지 않으면 그땐 저 얄미운 귀를 실컷 비틀어 버리고.

이런 싸움도 나쁘지만은 않다고 청명은 처음으로 생각했다. 천하에서 가장 미운 인간의 등에 업혀 이렇게 단둘이 산길을 걷는 것도 그리 싫지 않았다. 그의 등에선 온기가 느껴졌다. 콕콕 교활한 말만 튀어나오는 얄미운 입술과 달리 청명을 업은 그의 등은 따뜻했고 세상의 모든 것으로부터 지켜줄 듯 넓고 듬직했다. 묘한 감정이 가슴속에서 번져 갔다. 청명은 말없이 그의 어깨에 코를 박고 멍하니 생각에 잠겼다. 소모적인 기 싸움 없이 이렇게 정말 오랜 친구처럼 평화롭게 지낼 수 있다면 참 좋을 텐데.

십일 년 전, 윤을 처음 보았을 때 자신이 윤을 연못에 빠뜨리지만 않았어도 우린 사이좋은 친구가 될 수 있었을까? 적어도 지금처럼 가시 돋친 말을 내뱉고 상처 주기 위해 전전긍긍하는 이런 이상한 관계가 되진 않았을 테지. 불쑥 낯선 감정이 밀려들었다.

'설마 나 후회하는 거야?'

말도 안 돼. 청윤 따위와 사이좋은 친구가 되지 못했다고 후회하는 청청명이라니 이건 정말 말도 안 된다. 저도 모르는 새 청명은 이로 손톱을 깨물었다. 그걸 본 윤이 더럽다 타박했지만 청명은 감히 저를 놀린 윤을 때려줄 생각은 하지 못했다. 그의 목을 타고 흐르는 땀방울을 본 탓이다.

이 더운 여름날, 아무리 그늘이라 하나 사람 하나를 업고 길도 험한 산을 걸으려니 얼마나 힘이 들까. 미안한 감정이 먼저였다. 청명은 목에 감은 손을 풀고 소매로 그의 이마와 목을 닦아주었다. 화들짝 놀라 몸을 흠칫한 윤이 청명을 빤히 쳐다본다. 괜스레 쑥스러워진 청명은 오히려 매섭게 노려보며 그의 볼을 툭 밀었다.

"어서 앞이나 보고 가시지? 나 해 떨어지기 전에 어서 공주부로 돌아가고 싶거든?"

대답 없이 윤이 다시 발을 옮겼다. 어쩐지 부끄러워 진즉에 땀이 다 닦인 목을 계속 닦는 시늉을 하던 청명의 눈에 붉게 달아오른 그의 귓불이 보였다. 한데 어째서일까, 평소 같았으면 귀가 빨개졌다 무서운 기세로 놀렸을 테지만 이번만은 그리하지 못했다. 삽시간에 청명의 온 얼굴이 홱 하니 새빨갛게 물들었다. 온몸의 열이 얼굴로 솟구치기라도 한 것처럼 뜨겁게 달아오른 양 볼이 화끈거렸다. 청명은 들키지 않으려 어색한 자세로 얼굴을 뒤로 뺐다. 그 탓에 터벅터벅 발을 옮기던 윤이 조금 얼굴을 찌푸리며 청명을 돌아보았다. 눈이 마주쳤다.

"자꾸 몸 좀 뒤틀지…… 뭐야. 얼굴이 왜 그래."

"뭐, 뭐가."

"네 얼굴, 온통 새빨갛잖아. 어디 아파?"

걱정이라도 하는지 안 어울리게 그가 얼굴을 찡그렸다. 그러나 청윤이 자신을 걱정한다는 사실보다도 잔뜩 붉어진 얼굴을 그가 보았다는 충격이 더 컸다. 청명은 막무가내로 윤의 얼굴을 부여잡고 억지로 앞을 향해 돌렸다.

"앞이나 봐!"

"더위 먹었어? 낙유정까진 더 남았는데. 조금만 참아. 어서 데려다줄게."

다행히 별다른 의심을 하는 눈치는 아니었다. 한숨 돌리며 청명은 윤의 어깨에 얼굴을 기대었다. 화끈거리는 볼은 손으로 감싸 진정시키고 묵묵히 걸음을 옮기는 그의 등에 안겨 청명은 멍하니 눈을 깜박였다. 왜 이러는 걸까, 참 이상한 하루다. 두근거리는 심장 소리가 혹시라도 그의 귀에 들릴까 앞섶을 한 손으로 꽉 움켜쥐고 청명은 힐끔 윤을 훔쳐보았다. 언제 빨개졌냐는 듯 멀쩡히도 태연한 얼굴이었다. 그걸 보자 방금까지도 두근대던 마음은 순식간에 차게 식었다.

'정말 얄미워 죽겠어.'

항상 나만 이런 식이지. 나만 어린애같이 떼쓰고 시비 걸고 화를 내고, 혼자 떨려 하고. 정작 너는 아무렇지도 않은데 나만 매번 착각하고 말아.

오래전부터 쫓는 쪽은 청명이었고 쫓기는 쪽은 윤이었다. 제 뜻대로 따르지 않는 윤에 화가 나 애를 태우며 막무가내 고집을 부리고, 그런 청명을 윤은 한심하게 쳐다보았다. 그럼 더 분이 올라 청명은 윤을 괴롭혔고 그럴수록 윤은 제게서 멀리 도망치려 했다. 다 자란 지금은 오히려 그때보다 상황이 안 좋으면 안 좋았지, 나아질 기미는 보이지 않았다. 누구 하나가 다치지 않는 한 끝나지 않을 싸움. 이젠, 그 시절처럼 먼저 양보하고 화해를 한다 하여 끝이 나지 않는다. 돌이킬 수 없을 것이다.

이 길이 끝이 나면 우린 다시 앙숙이 되어 으르렁거릴 테고 서로를 보기 무섭게 적의를 드러내며 경계하고 미워하겠지. 오늘처럼 그 시절, 가끔은 티격태격거리면서도 사이좋게 놀았던 그때를 함께 추억할 일은 없을 것이다. 진왕과 연국공주는 그런 사이여야 하니까.

진왕 청윤, 그는 동궁을 두고 자웅을 겨룰 적수일 뿐. 어떻게든 그를 제거하고, 그를 딛고 올라서야 했다. 황태녀가 되어 보위에 오르기 위해 반드시 해내야 한다. 어떤 방법으로건 그를 재기 불가능하게 만들어야 한다. 온갖 저열하고 비겁한 방법을 써서라도 청명은 기필코 그를 밟고 설 것이다. 수도 없이 되뇌고 새겨 넣었던 목표. 그런데 어째서 서글픈 마음은 사라질 줄 모를까.

'어차피 내가 먼저 널 치지 않으면 네가 내 등을 칠 테지. 우린 그런 관계이니까.'

누군가는 상대의 찬란한 치적 속에 완전히 지워지게 된다. 이미 알고 있음에도 매번 이렇게 힘이 드는지 모르겠다. 청명은 그 황금의 옥좌가 자신의 것이 되리라는 데 의심을 품지 않았다. 윤의 등을 치는 이도, 최후에 면류관의 주인이 될 이도 바로 청명이다. 이 중주는 결국 청명의 것이 되어 만백성 문무백관 모두가 청명의 앞에 무릎을 꿇고 머리를 조아릴 것이고, 그때 윤은 청명의 곁에 남아 있을 수 없었다. 그 당연한 결말이 왜 오늘만큼은 이리도 아릿한지 모르겠다. 도무지 이해가 가지 않아 미칠 지경이었다. 청명은 힘없이 고개를 가로저었다.

"왜 그래."

그가 물었다. 청명은 아무 대답도 하지 않았다. 잠이 들었다 생각했는지 윤도 더는 묻지 않았다. 그저 아무 대화 없이 터벅터 벅 왔던 길을 되돌아갈 뿐이다. 청명은 그의 등에 코를 박고 가만히 눈을 깜박였다. 아직 길은 많이 남아 있다. 그러니 지금은, 아무 생각도 하고 싶지 않았다.

3

긴 행렬이 이어졌다. 색색의 연등이 걸린 길을 따라 느리게 움직이던 마차가 거대한 일주문 앞에 도달하자 이내 멈추어 섰다. 공주의 행차를 보기 위해 구름같이 몰린 백성들은 마차에서 내리는 공주를 보기 무섭게 저마다 탄성을 내지르며 고개를 바짝 숙였다. 시비의 부축을 받아 높은 마차에서 내려온 공주가 따갑게 내리쬐는 햇살에 눈을 살짝 좁히며 일주문의 현판을 올려 보았다.

대운사(大雲寺). 선황이 공주의 탄생을 경하하기 위해 창건하라 명한 이 절은 당대 최고의 장인들과 기술자가 모여 지은 절로 금년, 장장 십팔 년 만에 완공되었다. 때문에 웅대한 크기며 규모가 남다를 수밖에 없었다. 부친은 청명이 태어나기 한참 전부터, 모친의 순산을 기원하며 친히 편액 현판을 내렸더랬다. 청명이 중얼거렸다.

"입차문래막존지해(入此門來莫存知解) 무해공기대도성만(無解空器大道成滿)이라."

이 문에 들어오거든 안다는 것을 버려라. 빈 그릇에 큰 도가 가득 차리라.

'그야말로 개소리.'

청명은 모른 척 발을 뗐다. 입안이 깔깔했다. 만약 부친이 지금의 자신을 지켜보고 있었다면 내렸을 호된 질책처럼 주련이 가슴을 쿡쿡 찔렀다. 속세와 불계를 경계 짓는 일주문을 통과하면서도 정작 본인은 삿된 욕심을 버리지 못하는 중이 아니던가.

하늘을 찌를 듯 우뚝 높이 선 사천왕은 흡뜬 눈으로 청명을 위협하듯 응시했다. 조각에 불과하다는 걸 알지만, 금방이라도 살아 움직일 듯 역동적으로 치켜 올라간 수염과 형형한 안광, 날카로운 칼끝이 마치 이렇게 외치는 듯했다. 삿된 욕심을 품은 자, 경건한 불국토로 들어갈 자격이 없다고 말이다.

'그래서 어쩔 건데?'

천왕문을 지나는 내내 오히려 더 빳빳이 고갤 치켜들고 청명은 그 두려운 시선을 똑바로 노려보았다. 그러나 아무리 떳떳한 척 방자하게 굴어보아도 마음속 한구석 부끄러움은 외면할 수 없었다.

천왕문을 통과해 금당 쪽으로 발을 들이자 줄지어 선 승도들과 개광식을 보기 위해 대운사를 찾은 신도들로 경내는 인산인해, 오는 길 내내 보았던 인파보다 훨씬 많은 수의 사람들이 모여 있었다. 우아하게 경내를 가로지르는 공주를 향해 탄성을 내지르며 연신 연국공주를 연호하는 그네들의 얼굴엔 열띤 환희와 감동이 파도처럼 번져 갔다. 어찌 아니 그럴 수 있을까, 그들에게 공주는 곧 미륵불이다. 웃을락 말락 의미심장한 미소를 감추고 청명이 대운사 주지의 앞에 섰다.

"먼 길, 예까지 찾아오시느라 노고가 많으셨겠습니다."

"주지 스님께서 기울이신 노력에 비한다면 사해에 물 한 바가지를 비교하는 것과 다를 바 없습니다."

"공주님의 은덕과 보살핌이 없었더라면 이는 불가능한 일이었습니다. 하면 먼저 금당에 들러 부처님께 참배를 드리는 것이 어떠하신지요."

"응당 그리해야지요."

황제는 대운사 창건에 관한 모든 일을 청명에게 일임했고, 특히 오늘은 와병을 핑계로 개광식에마저 모습을 드러내지 않았다. 조정대신들을 이끌고 대운사를 찾은 수장은 청명이었다. 어찌 되었든 황족의 일원이 아닌 하나의 주체적인 지도자로서 백성의 앞에 서는 일은 오늘이 처음이다. 특히 대운사는 선황이 청명을 위해 창건하라 명한 절인 만큼 지난 몇 년간 한 치의 흠도 없이 지어질 수 있도록 관심을 쏟아왔었다. 온전히 제힘으로 이루어낸 일, 오늘을 위해 기울인 만반의 노력은 결코 말로 다 할 수 없는 것이다.

대신들과 관원들을 모두 물리고 홀로 미륵불을 모신 미륵전 금당에 살며시 발을 들인 청명이 가지런히 두 손을 모아 합장을 하고 눈을 감았다. 바깥의 시끄러운 소란은 마치 전생의 기억처럼 희미해지고, 고즈넉한 적요 속에 이따금 들려오는 풍경 소리가 유독 청아했다. 번뇌와 시름을 잊게 해주는 그 맑은 소리에 청명은 지그시 눈을 떴다. 눈을 뜨기 무섭게 저 위에서 자신을 내려다보는 미륵불과 눈이 마주쳤다.

"자비하신 부처님, 소녀의 부탁 하나쯤은 들어주실 수 있지요? 둘도 아닙니다. 오직 하나, 딱 하나인데 그 정도는 들어주시겠지요?"

부끄럽다. 차마 입 밖으로 내보이기엔 너무도 세속적인 욕심이라 훅 하고 얼굴로 끼치는 붉은 기에 양 볼이 뜨겁게 달아오른다. 그러나 청명은 오그라드는 손가락을 딱 붙이고 합장한 채 꿋꿋이 말을 이었다.

"하루빨리 황태녀가 될 수 있게 해주셔요. 소녀가 바라는 건 그것뿐입니다. 이리 노력과 정성을 다하는데 어찌 도와주지 않으시나요. 아시겠지요?"

혹 누가 들을까 한껏 낮춘 목소리로 재빠르게 속삭였다. 눈 한 번 깜박이지 않고 자비롭게 내려다보는 미륵불의 얼굴은 마치 네 정성은 몰라도 네 욕심은 잘 알겠다, 하고 말하듯 어쩐지 장난스럽게 놀리는 것만 같다. 불룩 심술이 난 청명이 다시금 목소리를 낮췄다.

"소녀가 부처님을 위해 바친 것만 지분전 이만 관이어요. 그게 얼마나 큰돈인지는 아시지요?"

꼭 아셔야 하는데 말이지, 이러다 모른다 발뺌이라도 하시진 않을까 걱정이다. 그렇지만 별수 있으랴. 부처님께 열심히 기도하는 것밖엔 방법이 없으니. 방금 했던 말은 전부 농이었다, 청명은 서둘러 덧붙이곤 공손히 합장을 하고 인사를 올렸다.

청명이 금당 밖으로 모습을 드러내자 백성들 사이에선 다시 탄성이 터져 나왔다. 합장을 하곤 연신 미륵불을 중얼거리는 여인들과 공주를 외치는 이들로 고즈넉해야 할 경내가 시장통처럼 시끄럽다. 청명은 이를 듣지 못한 척 뻔뻔하게 미소 지으며 주지 스님을 향해 돌아섰다.

"그럼 이제 개광식을 시작하시지요."

커다란 산 한 면 전체를 깎아 만든 미륵불에 입이 딱 벌어졌다. 어마어마한 크기는 그야말로 압도적이고 거대해 고금에 다시없을 규모임이 분명했다. 청명은 주지 스님이 내미는 석고를 알아차리지도 못할 만큼 얼이 빠져 있었다. 그러나 이는 문무백관, 그리고 백성들마저 마찬가지임이 분명했다. 아까까지 왁자지껄하게 떠들어대던 입들이 싹 다물어져 있었다.

순식간에 온몸이 긴장으로 딱딱하게 굳고 손끝 발끝이 전부 제 몸이 아닌 것처럼 말을 듣지 않았다. 불러도 대답을 않고 가만히 멈춰 선 청명에 주지 스님이 목소릴 낮추고 다시금 힘주어 불러서야 청명은 화들짝 놀라 고개를 들었다. 고개를 들고 주변을 둘러보았을 땐, 수천수만의 인파가 전부 자신을 응시하고 있었다. 머릿속이 하얗게 지워졌다. 지금껏 무슨 생각을 하고 있었는지, 무슨 행동을 해야 할지 전부 알 수 없었다. 단지 저 앞의 미륵불은 너무도 웅대했으며, 그 앞의 자신은 한낱 개미만큼이나 작고 볼품없는 미물에 불과했을 뿐이다.

지금껏 자신이 떠들어대던 말이 사해의 먼지만큼이나 보잘것없고 치기 어린 말이었다는 걸 한순간 깨달았다. 부처의 앞에서 지분전밖에 운운할 줄 모르는 속물이 바로 나이고, 난 내 욕심에 여기 모인 모두와 부처를 이용하려 한 협잡꾼이자 모사꾼에 불과하구나! 몸이 사시나무 떨듯 와들거렸다. 눈에 띄게 당황한 청명을 보고 외려 주지 스님의 얼굴이 창백하게 질렸다. 개광식이라 하면 불상을 만든 뒤 처음으로 불공을 드리는 가장 큰 의식이었다. 한데 막상 그 의식을 이끌기로 한 공주가 예고 없이 벌벌 떠니 주지 스님이야말로 가장 당황스러웠다.

그런 주지의 마음도 모르고 청명은 시선을 한곳에 고정하지 못하고 애타게 이리저리 주변을 둘러보았다. 겁먹은 토끼처럼 하얗게 질려 벌벌 떠는 모습이 평소의 오만하고 대찬 패기와는 거리가 멀었다. 방금 금당에 들어갔다 나올 때까지도 지극히 정상적이었는데 갑자기 공주가 저러는 이유가 무엇인지 대신들마저 무언가 이상함을 감지하고 수런수런 입을 뗐다.

'누구든 제발 도와줘.'

주지 스님이건 서안이건, 제발 아무나 나를 도와줘. 누구든 좋으니 이곳에서 나를 구해줘. 청명은 애타게 빌었다. 너는 이 자리에 설 자격이 없다, 미륵불의 양옆으로 선 두 역사가 무정하게 청명을 내려다보며 그리 꾸짖는 것만 같았다. 내가 할 수 있을까. 와들와들 떨리는 몸은 도저히 주체가 되지 않았다. 정말로 미쳤나 보다, 겨우 이런 일에. 어처구니가 없어 헛웃음이 나올 지경이었다. 애써 그리 중얼거리는데도 정작 몸엔 힘이 들어가지 않았다. 마지막으로 정처 없이 눈만 두룩두룩거리던 때였다.

「앞을 봐야지.」

하필 그곳에 왜 네가 있었을까. 수많은 사람들 사이, 마치 오래전부터 그 자리에서 나를 기다리고 있었던 것처럼 우연히 돌린 시선의 끝에서 그와 눈이 마주쳤다. 앞을 보라는 말에도 청명은 윤에게 고정된 시선을 떼질 못했다. 그가 짐짓 놀리듯 웃으며 톡 톡 손가락으로 미륵불을 가리켰다.

「할 수 있잖아. 할 수 있어. 어서.」

심장이 콱 세게 틀어 잡혔다 놓인 것처럼 따뜻한 온기가, 피가 전신을 도는 것만 같다. 가쁘게 내쉰 한숨과 함께 정신이 말짱하게 깨이고 막혔던 귓속으로 수많은 소음이 한꺼번에 밀려들었다. 그리고 해야 할 일이 무엇인지도 기억이 났다.

잠시 머뭇거리던 공주가 결심한 듯 다시 석고를 들고 한 발 미륵불에 가까이 다가서자 좌중엔 정적이 내려앉았다. 석고를 가슴 높이까지 올리고 조심스럽게 주악을 올리는 공주에 비로소 예불이 시작되었다.

"공주님을 보았는가? 어린 나이에도 당찬 기개며 꼿꼿한 기상이 보통 분이 아니란 말이지."

"에이, 아까 내가 보기엔 떠는 것 같더구먼."

"예끼. 자네 눈이 이상한 게지. 공주께서 어디 보통 분이시던가? 그분이 바로 정광천녀, 미륵불의 화신이시네."

경내 한구석에서 공양을 받기 위해 길게 늘어선 줄, 와자지껄 이야기를 나누던 사내 중 하나가 은밀하게 목소리를 낮추었다. 이에 호기심 어린 눈으로 다른 이들이 하나둘 모여들었다.

"정광천녀가 무엇인가?"

사내가 눈을 흘기며 답답하다는 듯 가슴을 두어 번 쳤다. 그의 목소리에선 자신만만한 기운이 흘러넘쳤다.

"여태 그 소문을 듣지 못했나? 공주님이 바로 부처께서 보내신 천녀다, 이 말일세. 한마디로 천명을 받잡으신 분이시다, 이거지."

"말도 안 되는 소리. 부처님이 왜 계집을 보낸단 말인가. 아무리 공주님이라 하여도 그분은 계집이 아니……."

"그런 말 함부로 하지 말게. 자네 같은 무식쟁이가 글이야 알랴마는, 대운경(大雲經)도 들어보지 못했단 말인가?"

말꼬리가 잘린 사내가 기분 나쁜 얼굴로 툭툭 어깨를 털었다. 영 줄어들지 않는 줄을 흘깃 넘겨보던 다른 사내가 행여 싸움이라도 벌어질까, 먼저 선수를 쳤다.

"대운경이 무언데?"

"북량에서 넘어온 옛 불전이지. 이 대운경에 무엇이 쓰여 있는 줄 알면 그리 말 못 할걸세."

의미심장하게 주변을 둘러보던 사내가 더욱 목소리를 은밀히 낮추고 몸을 가까이 했다. 덩달아 진지해진 이들도 한껏 가운데로 모여들었다.

"부처께서 이르시기를 중생을 위해 정광천녀께서 여인의 몸으로 나타날 것인데 이때 신하들이 천녀를 받들어 왕위를 이어갈 것이고 천하를 다스릴 것이라 그리 쓰여 있다네. 인간 세계의 모든 나라가 받들 것이고 저항하는 자가 없을 것이라지. 이게 장차 무얼 뜻하겠는가."

"설마."

경외와 희열에 찬 시선을 공유하며 그들이 작게 입을 벌렸다.

의기양양해진 그가 얼빠진 벗의 어깨를 퉁퉁 치며 다정하게 말을 이었다.

"이는 곧 부처께서 우리 중생들을 위해 천녀를 보내주신 걸 뜻한다 이 말이네. 어느 누가 감히 부처님의 뜻을 어기려 든단 말인가. 아니 그런가?"

"맞네, 맞아."

"그러고 보니 말이지. 공주님의 뒤에서 정광이 보이는 것 같기도 했어."

"나도 본 것만 같네."

"나, 나도 보았어."

와자지껄 떠드는 이들의 얼굴은 감출 수 없는 흥분으로 벌겋게 달아올랐다. 부처가 보낸 대리자가 자신들을 구제하기 위해 이 세상에 내려왔다는데 이에 흥분하지 않을 이가 없었다.

한껏 높아진 목소리로 희열에 차 공주를 연호하는 이들을 한참 지켜보던 한 사내가 이윽고 줄을 이탈했다. 연신 절을 올리는 사람들로 가득 찬 금당을, 그 뒤편의 웅대한 미륵불을 거침없이 지나치는 사내의 얼굴엔 우아한 미소가 감돌았다.

"대운경이라."

아무 생각 없이 불사를 찾았으리라곤 생각하지 않았지만, 이런 영특한 수를 썼을 줄이야.

여성 황제라니, 이는 고금에 일찍이 없었던 일이다. 특히, 나라의 근간인 유가 경전인 시경과 춘추에선 여인의 정치 간여를 철저히 금하고 배척했다. 명부정즉언불순(名不正則言不順) 언불순즉사불성(言不順則事不成)이라, 제대로 된 명분 없인 일도 제대로 성사되지 않는다. 정통성과 든든한 뒷배, 둘만으론 아무리 황제가 청명을 황태녀로 삼는다 해도 백성들의 마음을 잡을 수는 없는 노릇. 이런 악조건 속에서 청명은 유가와 도가의 경전이 아닌, 불경에서 황위 계승의 정당성을 기어코 찾아내었다. 나라의 근본이 유가라곤 하나 불도는 백성들의 삶 깊숙이 스며든 민중의 종교였다. 황궁의 여인들 중에도 궐내에 화상을 들이고 탑을 만들어 불도를 닦는 일이 많았고, 사대부에서 역시 불교를 숭상해 머리를 깎고 수계를 받는 일이 빈번했다. 그러니 불경의 논리를 이용해 여론을 잡으려 한 시도는 매우 영특하고 예리한 수였다.

입가를 비집고 나오는 웃음에 그는 씰룩이는 입술을 간신히 다잡고 걸음을 옮겼다. 평범한 의관으로도 넘치는 귀티를 감출 수 없는 사내를 향해 불공을 드리던 여인들의 시선이 저절로 흘렀다. 비단을 두른 어떤 문무백관보다도 우아한 자태는 허름한 의복으로도 숨겨지지 않는 완려한 기품을 드러냈다. 그런 시선을 아는지 모르는지, 느긋하게 합죽선을 부치던 그가 탁 소리 나게 당당한 태도로 거두어들였다. 그의 시선이 사찰의 깊숙한 안쪽, 금위들이 에워싼 작은 전각으로 꽂혔다. 금당 뒤편, 사람들이 오가지 못하도록 철저히 통제받는 저 공간엔 공주님이 숨어 있다. 꼭꼭 숨어 누구에게도 들키지 않으려 목소리를 낮춰 울고 있을 그의 공주님이.

"뚝! 이러다 백성들의 귀에라도 들어가면 어쩌시려 그러셔요. 어서 눈물을 그치셔야지요. 전부 잘 해내셨는데 대체 무슨 문제가 있다고 눈물 바람이실까? 예?"

아무 말도 않고 돌아서 대답 없이 흐느끼는 공주에 답답해진 서안이 이맛살을 찌푸리며 가슴을 쳤다. 개광식을 마치고 벌써 반 시진째, 전각으로 들어온 그 순간부터 공주가 난데없이 눈물을 보이기 시작한 것이다. 다정하게 얼러보기도 하고, 어린 시절처럼 엄하게 다그쳐 보기도 하지만, 이러니저러니 해도 고집스럽게 입을 열지 않는다. 절을 떠나야 할 시간은 점점 가까워지는데 좀처럼 울음을 멈추지 않는 청명에 마음이 급해져 갔다.

"무슨 일인지 소인에게만 털어놓으시면 아니 될까요? 대체 무엇이 우리 공주님 마음을 불편하게 했을까. 말해보셔요."

어린애처럼 달래보려고 했지만 날아오는 건 더 커진 울음소리뿐이다. 무엇이 그리도 서러운지 꺽꺽대며 울어대는 공주에 당황한 서안은 결국 두 손 두 발 모두 들고 서둘러 문밖으로 피신했다. 어찌 되었든, 사리에 밝으신 분이시니 출발할 시간이 되면 어련히 눈물을 그치리라 내심 핑계를 대며 서안은 울고 난 뒤 소세할 물을 준비하기 위해 경내를 허둥지둥 뛰어갔다.

서안이 떠나고 얼마쯤 지나, 한참을 끅끅대며 흐느끼던 청명이 울음소리가 새 나가지 않기 위해 입안 가득 물고 있던 무명천을 꺼냈다. 눈물에 하얗게 젖은 볼을 손등으로 쓱쓱 닦아내던 청명의 입술 사이로 서러운 숨소리가 불규칙적으로 흘러나왔다. 눈물은 어떻게든 그쳐 보았다지만 딸꾹질처럼 꺽꺽대는 소리가 여전히 목울대를 울렸다. 힐긋 서안이 두고 간 면경으로 건너본 자신의 얼굴은 보기 싫게 퉁퉁 부어 있었다. 격하게 달아오른 감정이 눈물과 함께 씻겨 내려가고 그나마 안정을 되찾기 무섭게 뒤늦은 후회가 밀려들었다.

'울 거면 조금만 더 참고 공주부에 돌아가 울기나 하지. 이 꼴로 어찌 밖엔 나가려고!'

청명은 입술을 깨물었다. 부끄러움과 죄책감은 둘째 치고, 일단은 벌여둔 일을 수습해야 한다. 개광식을 책임지겠다 나선 것도 자신이었고, 사람을 시켜 대운경을 백성들 사이에 퍼뜨리도록 시킨 것 역시 자신이었다. 그런데 이제 와 모른 척 부끄럽고 후회된다, 등을 돌릴 수는 없었다. 그러니 오늘 일은 최선을 다해 마무리를 지어야 했다.

"빠, 빨리 붓기라도 빼야 해."

누가 보아도 펑펑 운 얼굴이라 이대로 수만의 백성들과 문무백관 앞에 서기엔 무리가 있었다. 이럴 줄 알았으면 어떻게든 참았어야 했는데. 정말 이럴 때 보면 멍청하기 짝이 없어 한심해 죽을 것만 같았다. 청명은 씩씩대며 면경을 들어 이리저리 얼굴을 살펴보았다.

"고운 얼굴이 이, 이게 뭐야. 빨갛게 다, 달아오, 올⋯⋯."

"이젠 말까지 더듬느냐?"

입술을 불룩대며 고운 눈매를 찡그리던 청명의 얼굴이 휘둥그레졌다. 난데없이 들려온 사내의 목소리에 바짝 털을 세운 고양이처럼 몸을 긴장한 청명이 뻣뻣한 고개를 돌려 주변을 빠르게 둘러보았다.

"누, 누구냐! 사람을 부를 것이야!"

"바보 같긴. 이제 와 모른 척하겠다고?"

놀라 벌떡 일어나기 무섭게 그가 창을 열고 휙 잽싸게 방 안으로 들어왔다. 빙글빙글 여우같이 웃는 얼굴로 윤이 옷에 묻은 먼지를 툭툭 털며 청명을 향해 다가섰다. 정말이지 마른하늘에 날벼락이라, 비명도 지르지 못하고 새파랗게 질려 멍하게 얼어붙은 청명의 볼을 얄밉게 툭 친 윤이 청명의 맞은편에 쭈그리고 앉았다.

"어, 언제부터⋯⋯."

"언제부터라고 해야 하나?"

모른 척 딴청을 피우는 면상이 얄미워 죽겠다. 제가 우는 소리를 다 들었을 거란 데까지 생각이 미치자 붉으락푸르락 얼굴이 여러 색으로 변했다. 청명은 곧장 손을 들어 윤이 뛰어 들어온 창을 가리켰다.

"당장 안 꺼져? 이 미친놈아! 여기가 어디라고 감히 발을 들여! 신성한 경내에서 이 뭔 추태야!"

"그러는 넌 신성한 경내에서 이 뭔 상스러운 언사야?"

"몰라! 몰라! 여긴 어떻게 들어왔는데! 딱 보니 진왕으로 온 것도 아니구만 금위는 어떻게 넘기고 창으로 뛰어 들어와! 내가 여기서 소리라도 질러봐? 너 정말 죽고 싶어?"

"밤손님 흉내 한번 내봤다."

웬 웃기지도 않은 여유로운 척? 청명은 흥 코웃음을 치려 했지만 마음처럼 되지가 않아 코로는 팽 하니 바람 빠진 소리만 나왔다.

"그래, 앞으로도 자주 담 넘고 창 넘다가 삼경에 황성을 도는 수비대한테나 딱 걸려라. 그래서 진왕이 밤손님 짓거리하고 다닌다는 걸 만천하에 알려야 하는데 말이야?"

"너무하네. 친우가 장 맞는 걸 보고 싶어?"

"친우는 무슨! 빨리 나가! 정말 소리 지를 거야. 하나, 둘……."

"나랑 놀아."

손가락을 꼽던 청명의 움직임이 뚝 멈췄다. 또박또박 눈앞에서 손가락을 꼽던 작은 손을 단숨에 접어버린 윤이 히죽 웃으며 얼굴을 가까이 들이밀었다.

"응? 놀아다오. 심심해 죽을 지경이다. 친우라곤 너 하나뿐이니 너라도 나랑 놀아주어야지 않겠느냐?"

"너 이놈, 미쳐도 단단히 미쳤구나? 약 먹고 실성이라도 했어? 그리고 이, 이 손 안 놔?"

언제 보았다고 여인네 손을 잡긴 잡아, 이놈이. 붉어진 얼굴로 더러운 것 떼듯 휙 밀쳐 낸 청명은 치맛자락에 괜스레 손을 비볐다. 어쩐지 손바닥이 간질간질했다. 뻔뻔한 얼굴로 윤이 시무룩한 척 긴 눈매를 살풋 접었다.

"오늘 개광식이라고 저 아래 서시에서 큰 야시가 열린다 하던데."

듣지 못한 척 소매 끝을 만지작거리지만 귀가 쫑긋, 궁금한 소리였다. 자존심에 그게 무언데, 하고 묻지는 못하고 입술만 오물거리는 청명을 힐긋 쳐다보며 윤이 의미심장하게 말을 이었다.

"그것도 엄청 크다는구나. 광대며 재주꾼이며, 물론 황궁의 재인들에야 미치지 못하겠지만 백성들의 것은 한 번도 본 적 없지, 아마? 게다가 동시와 서시는 확실히 다르기도 하고 이런 큰 행사가 자주 오는 것도 아니니 말이야."

구미가 당긴다. 공주부를 비롯한 고관대작들의 저택은 대개 주작대로를 사이로 동편에 위치해 있었고 오늘 같은 날이 아니면 이곳 서편까지 올 기회도 없었다. 윤의 말대로 이런 기회는 자주 오지 않을 것이다. 그러나 쉬이 그러겠노라 말이 나오지가 않았다. 청명은 괜히 고개를 바짝 쳐들었다.

"그래서. 누가 가고는 싶대? 왜 그걸 내 앞에서 말해?"

"네가 가고 싶어 하지 않는 건 알지만, 그래서 내가 이렇게 부탁을 하는 게 아니냐. 응? 제발 좀 같이 가달라고. 가기 싫어도 한 번만 같이 가주면 안 될까?"

긴 소매를 두 손으로 잡고 팔랑팔랑 흔드는 꼴이 꼭 떼쓰는 어린애 같아 웃음이 났다. 청명은 괜히 더 도도한 척 그 손을 뿌리치며 외면했다.

"음. 생각을 좀 해봐야 하는데."

"그래, 얼마든 기다려 주마."

무어가 좋은지 바보처럼 웃는 얼굴이 꼴 보기가 싫어 홱 고개를 돌려 버렸다. 하지만 정작 자신은 야무지게 다문 입술 사이로 헤실 자꾸만 웃음이 나는 걸 참을 수 없었다. 청명은 지그시 입술을 깨물었다. 얼마쯤, 형식적인 숙고의 시간을 가진 뒤, 청명은 진중한 척 무겁게 입을 열었다.

"좋아. 아까 일도 있고, 다른 이의 괴로움을 그냥 두고 보는 것도 군자의 도리는 아니지. 하지만!"

위협적으로 손가락을 들이민 청명이 콕콕 윤의 어깨를 밀었다.

"혹시라도 이 일을 빌미로 무슨 함정을 꾸미려 하거나, 협박하고, 조금이라도 위험한 상황에 날 내몰면 너 정말 가만 안 둘 거야. 내가 하는 말이 무슨 뜻인지 알지? 나 청청명이야. 정말로 내 모든 걸 다해 배로, 곱절로 복수할 거니까 혹시라도 그런 생각했다면 꿈도 꾸지 않는 게 좋을 거다. 알겠어?"

탄식과 함께 윤이 두 손을 들고 결백을 주장했다. 그러나 청명은 들은 척도 하지 않는다. 의심의 눈초리를 거두지 않고 어깨를 으쓱하던 청명이 어디서 났는지 불쑥 붓과 종이를 내밀었다.

"자, 혹시 모르니 네 필체로 여기 각서를 써. 내가 부르는 대로. 속이려고만 들어! 가만 안 둘 거야!"

"무엇을 발원하셨습니까?"

"만백성이 평안하기를 빌었습니다. 그것 외에 더 바랄 것이 있을까요."

음전하고 단아한 눈매를 살풋 접으며 공주가 답했다. 단정하고 우아한 자태는 마치 한 폭의 미인도처럼 고왔지만 어쩐지 아까와 달리 부어오른 눈자위가 유달리 눈에 띄었다. 그러나 이내 주지 스님은 긴장이 심했기 때문이리라 수긍하고 고개를 끄덕였다.

"부디 살펴 가십시오."

"하면 이만 내려가 보겠습니다."

자비로운 미소와 함께 주지 스님이 합장을 했다. 청명 역시 예를 갖추었다. 비로소 길었던 개광식이 끝이 났다. 별다른 사고 없이 무사히 끝난 개광식에 마차에 오르기 무섭게 긴장이 쑥 풀려 한숨이 나왔다. 느른히 굽어진 허리를 조금 빳빳이 펴며 아무 생각 없이 고갤 돌렸을 때 얇은 휘장 너머로 이 마차만을 쳐다보는 백성들과 눈이 마주쳤다. 그와 동시에 청명은 휙 고갤 무릎 사이로 파묻어 버렸다. 가슴이 쿵쿵 뛴다. 똑바로 눈을 뜨고 저들과 시선을 마주할 용기가 나지 않았다. 들으려 하지 않아도 이쪽을 향해 떠들고 찬양하는 목소리가 귓가에 쿡쿡 박혔다.

미륵불이니, 정광천녀니 하고 떠드는 말들. 부끄럽고 치욕스러웠다. 좋은 생각이라고, 일을 추진하라 명을 내린 과거 자신의 입을 꿰매 버리고만 싶었다. 기껏해야 나는 모사꾼, 협잡꾼, 사기꾼에 불과한 가증스러운 계집애일 뿐인데. 저 모두를 속였다는 죄책감에 얼굴을 들기도 힘들었다. 청윤의 난데없는 난입으로 까맣게 잊고 있던 그 무게가 순식간에 다시 청명의 어깨를 짓눌렀다. 청명은 한숨을 내뱉으며 두 손에 얼굴을 파묻었다. 덜컹거리는 움직임과 함께 마차가 출발했다.

"아!"

그러고 보니 윤은 어디로 갔지? 정신이 든 청명이 고갤 바짝 들고 이리저리 주변을 둘러보았다. 꽁꽁 마차를 둘러싼 호위들 너머 길게 늘어선 백성들이 보인다. 그리고 기다렸다는 듯 저 멀리 그들 사이로 마차를 따라 유유자적 발을 옮기는 윤을 발견했다. 아마 거기선 장막 속의 청명이 잘 보이지도 않을 텐데 우스꽝스럽게 얼굴 위로 손을 들고 크게 흔드는 꼴이 꼭 바보 같았다. 실실 웃는 얼굴을 보니 괜스레 볼멘소리가 나왔다.

"바보인가?"

"누가요?"

마차에 한 사람이 힘께 올라타 있다는 걸 깜박 잊고 있었다. 놀라 화등잔처럼 커진 눈으로 청명은 움찔 뒤를 돌아보았다.

"아! 깜짝이야!"

"어찌 그러셔요?"

동그란 눈을 두룩두룩 굴리며 정아가 고개를 갸웃거렸다. 정말이지 간 떨어지는 줄 알았다. 바닥에 놓여 있던 부채를 들어 살랑살랑 바람을 일으키는 정아의 손을 획 잡아채며 청명은 푹 한숨을 내쉬었다.

"왜 기척을 내질 않아. 놀랐잖아."

"당연히 아시리라 생각해서……."

섭섭한지 눈썹을 아래로 길게 내려뜨리며 정아가 작은 목소리로 중얼거렸다. 그런 정아의 손을 단단히 붙잡은 청명이 침을 꿀꺽 삼켰다. 긴장에 딱딱하게 굳은 손바닥엔 식은땀이 벌써부터 송골거렸다.

"정아야, 너 내가 누구인지 알지?"

"그럼요. 공주님이시지요."

"그럼 네 주인이 누구인지도 알지?"

"그야 당연히 공주님이신데……. 왜 그런 당연한 말을 하셔요? 무어 필요한 거라도 있으셔요?"

영문을 모르겠다는 듯 큰 눈이 순박하게 깜박인다. 청명은 비죽 비집고 나오는 웃음을 숨기고 찬찬히 맞잡은 손등을 엄지손가락으로 쓸었다.

"그럼 이제 그 옷 벗어볼까?"

행렬은 길게 이어졌다. 긴 행렬의 선두엔 공주의 마차가 있었다. 그렇게 한참을 달리던 마차에서 불쑥 창이 열렸다.

"저, 저기."

작게 열린 틈 사이로 여인의 목소리가 흘러나왔다. 마차 바로 옆을 호위하던 금위가 이를 듣고 조금 가까이 붙어 섰다.

"무슨 일입니까."

"마차를 잠시 멈추어야 할 듯싶습니다."

"왜 그러십니까."

"공주께서 목이 마르시다 하여 드실 물을 구해와야 합니다."

"사람을 시켜 물을 가져오라 하지요."

"아, 안 됩니다! 우리 공주께선 절대 제가 아닌 다른 이의 손이 탄 건 드시지 않으십니다. 반드시! 제 손으로 구해 드려야 합니다."

영 까탈스러운 공주라 생각하는 게 틀림없었다. 곤란한 표정으로 잠시 고민을 하던 사내가 제 부관을 향해 달려갔다. 찌푸린 얼굴로 짧은 대화를 나눈 후 다시 돌아온 그가 말했다.

"아주 잠깐 세울 것이니 그동안 소저께선 내리시고 마차는 바로 출발시킬 것입니다. 이런 곳에서 낭비할 시간은 없습니다."

"예, 예."

무뚝뚝하니 불친절한 조건이었지만 이걸로 충분했다. 이윽고 마차가 멈추어 섰다. 막 마차 아래로 내려서려는 청명의 소맷자락을 울상이 되어 정아가 붙잡았다.

"마마, 어찌 소인더러……."

"너는 내가 시킨 대로 그 서신을 서안에게 전해주면 된다. 너를 책하시 말라 그리 써두었으니 걱정할 필요 없어."

"무슨 위험이 있을 줄 알고 호위 하나 없이 공주마마를 보낸단 말이어요. 게다가 진왕야라면……."

밖에서 큼큼대며 재촉하는 금위의 헛기침 소리가 들려왔다.

청명은 급해진 마음에 서둘러 정아의 손을 떼어냈다.

"못 믿을 놈이긴 해도 허튼 수를 쓸 만큼 어리석은 놈은 아니다. 그러니 너무 걱정 마. 늦지 않게 공주부로 돌아가마."

"공⋯⋯."

더 듣지도 않고 곧장 마차 아래로 뛰어내렸다. 항상 누군가에 부축해 내려오던 높이를 혼자 힘으로 내려오다 보니 잘못 착지했는지 발바닥에 얼얼한 통증이 감돌았다. 허리를 숙이고 발목을 만지작거리는 청명을 확인한 금위가 출발해도 좋다는 신호를 보냈다. 궁녀 복색을 하고 풀어 내린 긴 머리로 시선을 아예 차단시킨 청명을 향해 시선을 주는 이는 아무도 없었다. 어디서나 볼 수 있는 궁녀 계집애에 불과한 것이다. 길 한쪽에 비켜서 그렇게 더는 아프지도 않은 발목만 만지작거리며 긴 행렬이 지나가길 기다리던 청명의 손을 누군가 낚아챘다. 강한 힘으로 길게 늘어선 백성들 사이로 끌어당긴 그의 가슴팍에 이마가 탁 부딪쳤다.

"아얏!"

청명은 이마를 문지르며 윤의 품에서 떨어져 나왔다. 저 멀리 멀어져 가는 공주의 행렬을 구경하던 백성들도 하나둘 자신의 생업으로 돌아가기 시작했다. 웅성거리며 각자의 길로 돌아서는 사람들 사이 둘만이 멈춰 서 있었다. 윤이 콕 청명의 이마를 눌렀다 뗐다.

"아픈 척은."

"아파! 아프다고!"

싱글 웃으며 놀리는 말에 청명은 분해져 뻔뻔하게 이마를 손가락으로 가리키며 그에게 들이댔다.

"이거 봐! 빨개졌을 거야. 분명."

"하나도 안 빨개. 근데 용케 잘 빠져나왔다?"

"당연하지. 내가 누군데."

방금까지 놀림을 받던 상황인 건 까맣게 잊고 청명이 의기양양하게 속삭였다. 폭넓은 소맷자락을 팔랑거리며 한 바퀴 뱅그르르 돌았다.

"궁녀의 복색으로도 감춰지지 않는 미모이다만 뭐 이 정도 일이야 나한텐 식은 죽 먹기도 아니지."

"역시 똑똑해. 네가 최고다."

"자꾸 그런 식으로 놀려봐."

말아 쥔 주먹을 들이대며 때리려는 시늉을 하는 청명의 손을 느닷없이 잡아챈 윤이 성큼성큼 걷기 시작했다. 동그래진 눈으로 청명은 손을 빼내려 안간힘을 썼지만 그러면 그럴수록 더욱 힘만 가해질 뿐이다. 때문에 뻔뻔히 콧노래를 부르며 유유자적 걸음을 옮기는 윤을 따라 나란히 걸을 수밖에 없었다.

"야! 이거 안 놔?"

"지금부턴 날 오라버니라 불러야 해."

청명이 찌푸린 눈을 느리게 감았다 떴다.

"무슨 말을 하는 거야?"

"정체를 들키기라도 했으면 좋겠어? 연국공주가 서시 한가운데 맨몸으로 돌아다닌다고 그냥 목청껏 떠들고 다닐까, 그럼?"

"근데 왜 하필 네가 내 오라버니냐고. 그냥 네가 내 동생 하면 안 돼?"

"내가 키도 훨씬 크고 누가 봐도 너보다 나이도 많은데? 오라버니, 하고 불러봐. 어서."

눈을 찡긋하며 윤이 씨익 웃었다. 교활한 그 미소에 속에선 불이 솟는다만 딱히 무어라 반박해 줄 말이 없었다. 청명은 우물쭈물 소매 사이로 손을 감추고 모른 척 딴청을 부렸다.

"몰라, 부를 때 되면 부르는 거고 아니면 아닌 거지."

"서시에서 날 찾을 땐 윤 오라버니, 하고 불러라. 알았지?"

"시끄러워."

시답지도 않은 농담에 톡톡거리며 길을 따라 내려오자 맛있는 냄새가 풍기는 골목이 나타났다. 순식간에 몰려든 인파로 복작거리는 골목에 윤이 청명의 손목을 단단히 붙잡았다. 행여 잘못했다 손을 놓치기라도 하면 완전히 길을 잃어버릴 판이다. 몰려든 사람들에 지나가는 길마다 몸이 부대꼈다. 요리조리 잘 피해 보려 했지만 족족 밀려드는 인파에 자꾸 휘청휘청 치이는 청명의 손을 그가 꼭 붙잡았다. 단단한 다른 손으론 그녀의 팔을 안았다. 파도처럼 어디서 이리 나타나는지 계속해서 골목으로 쏟아드는 사람들에 청명은 자의 반, 타의 반으로 그의 품에 기대고야 말았다. 앞으로 꾸역꾸역 밀려 걸어가는 와중에도 맞닿은 머리 뒤로 느껴지는 윤의 가슴이 자꾸 의식이 되었다. 왜인지 자꾸 볼이 간질거려 돌아볼 수가 없었다. 그러나 얼마지 않아 그 길도 끝이 났다. 우수수 제각기 흩어지는 사람들 사이, 윤이 휙 청명의 손을 놓아주었다. 흠흠, 헛기침을 하며 윤은 뒷짐을 지고 은근슬쩍 앞서 가버렸다. 어쩐지 나란히 가기엔 묘하게 머쓱한 기분이 들었다. 청명은 조금 거리를 두고 쪼르르 그 뒤를 따랐다.

이국의 상인들이 모여 하나의 거리를 이루었다는 서시의 회방(回

坊)에 이르렀을 때였다. 길쭉한 모자를 쓰고 괴상한 복장을 한 벽안의 사내들이 제 나라말로 떠들며 청명의 곁을 지났다. 이국 사신단을 본 적은 있었지만 이렇게 바로 옆에서 자유로이 이국어를 이야기하는 건 처음 본 터라 청명은 속절없이 시선을 빼앗기고 말았다. 코를 찌르는 독특한 향신료 냄새와 이름 모를 짐승을 매달아둔 지붕, 길게 늘어선 좌판마다 놓여 있는 푸른색의 돌. 그야말로 시선을 끄는 것 천지였다. 이어진 여러 가게 중에서 청명은 문득 한 좌판 앞에 홀린 듯이 멈추어 섰다. 힐끔 윤을 돌아보니 맞은편 가게에 멈춰 서 서역의 비단을 보는 모양이었다. 이에 마음을 놓고 청명은 좌판 앞에 조금 몸을 기울였다. 가게 밖으로 걸어 나온 주인이 만져 보라며 청명에게 돌을 내밀었다. 공주부에도 널린 게 보석이었지만 돌멩이가 푸른빛을 낸다는 건 금시초문이었다.

"저 먼 서역에선 이런 돌도 푸른색을 띠는가?"

"그럼요. 그곳의 사람들은 이걸로 목걸이도 만들고 귀걸이도 만들고 집 안 곳곳 액운을 쫓기 위해 장식을 하기도 하지요."

곱기도 하지. 깨끗하고 맑은 색이 꼭 푸른 강물을 닮았다. 배시시 웃으며 돌을 만지작거리던 와중, 정아의 얼굴이 떠올랐다. 막무가내로 옷을 빼앗아 입고 도망친 것도 그렇고, 지금쯤 마차에서 떨고 있을 걸 생각하면 마음 한구석에 돌덩이가 얹힌 듯 좋지가 않았다. 예쁜 걸 좋아할 나이이니 이걸 가져다주면 정아의 마음도 조금은 풀릴지 모른다. 청명은 만지던 돌을 내려놓고 조금 더 예쁜 모양의 것을 골라보기 위해 바구니 가득 담긴 돌을 뒤지기 시작했다. 울퉁불퉁 모난 모양이 아닌 곱고 흠 없이 예쁜 아이를 고르려 이것저것 분주히 헤치던 그때였다.

"아!"

묵직한 무언가가 청명의 등을 쿵 치고 지나갔다. 하마터면 넘어질 뻔한 걸 가게의 기둥을 잡고 간신히 일어섰다. 청명의 몸에 부딪쳐 나동그라진 소년이 씩씩대며 일어섰다. 욱신거리는 허리를 문지르며 청명이 소년을 노려보았다. 먼저 와서 부딪친 게 누구인데 사과는커녕 방자하게 입술을 불룩거리는 소년의 태도에 욱하는 마음이 불끈 일어났다. 뒤뚱뒤뚱 달려 나온 가게 주인이 호들갑스레 방정을 떨었다.

"너 이놈! 소저께 어서 사과 못 드리느냐?"

주인이 목소리를 높이자 가게 앞을 지나던 이들의 시선이 삽시간에 청명과 소년에게 쏠렸다. 짜증스럽기는 했으나 조용히 넘어갈 수 있는 일이었다. 청명은 붉어지는 얼굴을 숨기며 서둘러 소년을 향해 빠르게 중얼거렸다.

"되었으니 그냥 가거라."

별다른 훈계 없이 용서까지 해주었거늘 저 버릇없는 꼬마는 끝까지 예의란 걸 몰랐다. 성의 없이 대충 고개만 까딱하곤 곧장 사람들 사이로 쏙 모습을 감춰 버리는 게 아닌가. 속이 상하는 걸 애써 감추고 청명은 주인에게 고른 돌 몇 개를 내밀었다.

"이것이나 계산해 주시게."

"아이고, 그럽지요. 전부 네 전입니다."

구경하기에 앞서 윤에게 용돈으로 받은 전이 얼마쯤 있었다. 피백의 아래로 주머니에 넣어 잘 묶어두었던 터라 이를 찾아 청명은 피백을 조금 들추고 치맛자락을 살펴보았다. 그러나 아무리 찾아보아도 보이지가 않았다. 뚝 움직임을 멈춘 청명을 힐끔거리던 주인장이 이내 손에 든 종이 꾸러미를 은근슬쩍 다시 뒤로 감췄다. 언제 왔는지 청명의 뒤로 다가온 윤이 어깨 너머로 종이 꾸러미를 가리켰다.

"이거 사려고?"

"예. 전부 네 전입니다, 나으리."

사람 좋은 미소로 윤을 향해 꾸러미를 내밀며 주인이 강요하듯 활짝 웃었다. 어깨를 으쓱하면서도 윤은 흔쾌히 돈을 내밀었다. 그리곤 계산을 마치고 받아 든 꾸러미를 툭 청명의 품에 안겨 주었다.

"자."

좋아할 줄 알았는데 기뻐하긴커녕 아무 말이 없다. 무언가 이상한 눈치를 감지한 윤이 고개를 낮추고 청명의 얼굴을 빤히 쳐다보았다. 일자로 굳게 다물린 입술, 이글이글 불타오르는 눈으로 청명이 고갤 바짝 들었다.

"아까 그놈이 틀림없어."

"뭐가."

"내 돈! 네가 준 내 돈! 그걸 들고 그 애가 도망쳤단 말이야!"

발을 동동 구르며 가슴을 탁탁 치던 청명이 불현듯 꾸러미를 그의 품에 냅다 안기곤 치마를 잡고 어디론가 맹렬히 뛰어가기 시작했다. 말릴 새도 없이 순식간에 벌어진 일이었다. 알아들을 수 없는 말에 윤이 미간을 찌푸리며 들린 종이 꾸러미를 들어보았다. 주인이 여상한 어조로 대신 답을 주었다.

"아까 소저에게 부딪친 꼬마 녀석이 하나 있었는데 그놈이 소저의 돈주머니를 노리고 일부러 그랬나 봅니다. 요즘 그런 되바라진 놈들이 많이 늘긴 했지요."

"그 꼬마가 돈주머니를 들고 도망을 갔다, 그 말인가?"

"그랬습죠. 아깐 몰랐다만 돈주머니가 사라졌다니 그리된 일이 아니겠습니까?"

그의 고운 낯이 순간, 작게 일그러졌다. 들어 올린 팔 너머 소매 깃 사이, 손목 위로 대롱대롱 매달린 주홍빛 주머니가 드러났다.

요리조리 작은 몸으로 북적대는 인파를 잘도 빠져나간다. 청명은 입술을 악물고 열심히 그 뒤를 쫓았다. 아무리 상대가 어린아이라도 저쪽은 이 난잡한 서시에서 나고 자란 꼬마이며 이쪽은 살아생전 경박하게 뛰어본 적이 없는 귀한 공주였다. 그러니 제 집이나 다름없이 능숙하게 갈림길에서 쏙쏙 빠져나가는 소년을 청명이 놓치는 건 당연지사였다.

서시의 지리에 밝지 않으리라 여겨 일부러 여관 복색의 자신을 골랐으리라, 거기까지 생각이 미치자 불끈 치솟는 노여움은 더욱 커져 갔다. 그깟 돈이야 차고도 넘친다지만 자신을 농락한 것은 용서할 수가 없었다.

"어디 간 거야!"

노여운 놈, 노여운 놈! 청명은 화를 이기지 못하고 바닥을 발로 몇 번이고 굴렀다. 분명 이 골목으로 간 것 같은데. 청명은 목을 빼고 기웃 골목 안을 살폈다. 낡은 가옥이 즐비한 좁은 골목에 조금 긴장이 되었다. 입술을 질끈 물고 골목 안으로 발을 들이자 서시의 와자지껄한 소음은 점차 멀어지며 뭉개져 가고 인기척이 없는 기묘한 정적이 청명의 주변을 감쌌다. 경계심에 쉬이 발을 더 떼진 못하고 골목 안쪽을 힐끔 살폈다. 그리고 때마침, 절묘하게 그 골목의 끝에서 막 돌아서는 소년을 발견했다. 동시에 모든 경계심과 팽팽한 긴장감이 허물어졌다. 청명은 아무 생각 없이 소년을 향해 내달렸다. 느닷없는 요란한 소리에 고갤 돌린 소년과 눈이 딱 마주쳤다. 저도 모르게 소년은 본능적으로 그 반대편으로 내달리려 몸을 틀었지만, 청명은 손쉽게 그 뒷덜미를 낚아챘다. 흉한 꼴로 바닥에 엎어진 소년이 흙먼지에서 얼굴을 들었다. 부끄러움에 붉게 달아오른 얼굴이 분노로 일그러졌다.

"이게 뭐하는 짓이야!"

"모른 척 시치미 떼지 말고 이리 내놔, 이 도둑놈아."

"도둑이라니! 무슨 말을 하는 거야?"

"어린놈이 거짓말까지 번지르르하게 하네? 정말 혼 좀 나볼래?-내 돈! 내 돈주머니, 네가 갖고 도망쳤잖아! 그래서 아까 날 밀쳤던 거고."

그 순간, 소년의 불끈 쥔 주먹에서 흙먼지가 내던져졌다. 눈앞이 캄캄해졌다. 눈을 뜰 수가 없어 허공에서 허우적거리는 청명을 밀치고 소년이 재빨리 일어섰다. 그 바람에 발을 헛디딘 청명은 소년이 엎어졌던 그 자리에 똑같은 모습으로 넘어지고 말았다. 질끈 눈물이 날 것만 같았다. 치욕감과 수치심에 화끈 달아오르는 목구멍이 뜨거웠다. 청명은 소매로 쓱쓱 눈가를 훔치고 벌떡 일어섰다. 흙투성이로 엉망이 된 차림 따윈 눈에 들어오지도 않았다. 자신을 이 꼴로 만들어 버린 꼬마 녀석을 가만두지 않겠다는 투지만이 청명을 활활 불태웠다.

"누님, 누님!"

초라한 가옥 안으로 뛰어들어 가려는 소년의 등을 잡아챈 청명이 온 힘을 다해 소년을 패대기쳤다. 그 반동으로 청명은 가옥 바닥으로 넘어졌고 소년은 싸리문으로 날아가 부딪쳤다. 엉덩이를 어루만지며 청명이 소년을 매서운 눈으로 노려보았다.

"누님!"

난데없는 공격에 벌겋게 달아오른 얼굴로 소년이 목청껏 목소리를 높였다. 제집이라 자신만만하다 이건가, 청명은 실소했다.

"문아!"

두 사람의 시선이 동시에 벌컥 열린 부엌의 문으로 쏠렸다. 이마의 땀을 훔치며 뛰어 나온 소녀가 둘을 번갈아 보다 이내 문이라 불린 소년에게 달려갔다. 흙투성이가 된 얼굴을 어루만지는 꼴이 아주 애처롭기 그지없었다. 청명은 들으란 듯 헛기침을 크게 했다.

"너 얼굴이 왜 이래? 어디 다치기라도 한 거야?"

"저 여인이 날 밀치고 때리려 했어. 내가 자기 돈을 훔쳤다고……."

"하! 기가 막혀서. 내가 널 언제 때리려 했어? 내 돈만 진즉 내놓았어도 이럴 일 없었잖아."

소매로 문의 얼굴을 닦던 소녀가 벌떡 일어섰다. 위압적인 태도로 성큼성큼 다가선 소녀는 빈정거리며 청명의 어깨를 툭툭 밀었다.

"기가 막히는 건 이쪽이지. 당신이 누군데 내 동생을 도둑이라 모함을 해? 왜 애먼 사람을 저 꼴로 만들고 모욕하는 건데?"

"너, 너 지금 날 민 것이냐? 네가 감히. 내가 누군 줄 알고!"

"그쪽이 누구인 게 뭐가 그리 중요한데. 내 동생 괴롭힌 못돼 빠진 년이다. 왜!"

"년? 녀언?"

뒷목을 잡고 쓰러질 지경이었다. 눈앞이 빨갛게 달아올라 온 몸의 피가 얼굴로 솟구치는 게 느껴졌다. 청명은 다물어지지 않 는 입을 벌리고 분노에 부들부들 떨리는 손으로 문을 가리켰다.

"저놈이 내 돈주머니를 훔쳤다. 그 잘난 네 동생이 도둑놈이 니 내 도둑놈답게 다루었을 뿐인데 남매가 쌍으로 천박하기가 이 루 말할 데가 없구나? 내 너희 둘 다 가만두지 않을 것이다. 그 래. 네 눈으로 확인해 봐라. 저놈 옷에서 내 돈주머니가 나오는 지 안 나오는지!"

청명의 입술이 자신만만하게 비틀려 올라갔다. 보란 듯이 돈 주머니가 제 아우에게서 나왔을 때 저 잘난 상판대기가 수치와 부끄러움으로 파랗게 질린 꼴을 보고 싶었다. 당당한 태도로 일 관하는 청명에 소녀의 눈동자가 잠시 흔들렸다. 그러나 이내, 소 녀는 야무지게 고개를 단단히 치켜들었다.

"내 동생은 그럴 아이가 아니다. 빈궁하게 살지언정 하늘에 우 러러 부끄러울 짓은 하지 말라 배웠는데 내 동생이 절대 그럴 리 없어."

"그럴 리 없으면 니 눈으로 직접 확인해 보라니까? 왜. 내가 벗 겨줘야 확인할 거야?"

청명이 팔짱을 끼며 빈정거렸다. 제 누이 뒤로 웅크려 선 문을 향해 다가서려는 시늉을 하자 소녀는 털을 곤두세운 어미 고양이 처럼 앙칼지게 노려보았다. 그리곤 청명에게서 시선을 떼지 않은 채, 소년에게 명했다.

"문아, 옷 벗어."

"하지만, 나, 나 정말 안 훔쳤……."

"저 소저께서 친히 확인이라도 하고 싶다지 않다느냐! 어서 보여 드리거라. 네가 훔치지 않았다는 걸!"

누이가 크게 목소리를 높이자 그제야 울먹울먹 문이 훌쩍이기 시작했다. 외간 여인 앞에서 옷을 벗기 싫다는 듯 한참을 망설였지만 침묵으로 독촉하는 누이의 기세 앞에선 결국 입술을 비죽이면서도 순순히 옷을 벗을 수밖에 없었다. 청명은 코웃음을 치며 소년을 한심하단 눈으로 훑어 내렸다.

'꼴에 자존심은 있어가지곤. 그래. 세상 무서운 줄은 몰라도 제 누이 무서운 줄은 안다 이건가?'

그런데 참 이상한 일이었다. 해진 조끼를 벗고, 얇은 윗옷을 벗었는데도 벗겨진 옷에선 돈주머니가 보이지 않았다. 청명은 조금 초조해져 힐끔, 소녀의 차가운 얼굴과 벌겋게 달아오른 소년, 그리고 남루한 옷더미를 번갈아 살폈다. 이제 문은 막 자신의 바지를 벗고 있었다. 수치심에 빨개진 귓불이 눈에 들어오는 것도 잠시, 어느새 손에 들린 바지를 공중에 탈탈 털며 문이 청명을 노려보았다. 심장이 철렁 내려앉았다. 이제 소년이 입고 있는 옷이라곤 하체를 가린 속곳뿐이었다. 청명은 말을 더듬거리며 소년의 신발을 가리켰다.

"신, 신에 감추었을지도 모르잖아. 그것도 벗어."

"작작 하지?"

그 순간, 소녀가 나직하게 뇌까렸다. 청명은 저도 모르게 흠칫 뒤로 한 발 물러섰다.

"이 정도 했으면 충분하잖아. 이래도 모자라? 뭐, 쟤가 속곳이라도 다 벗고 빨가벗은 채 니 눈앞에서 춤이라도 췄으면 좋겠냐고. 어?"

"그, 그게 아니라……."

"이제 네 차례야."

청명은 바짝 굳은 얼굴로 소녀를 올려다보았다. 하필이면 키도 저보다 훌쩍 커 내려다보는 소녀의 얼굴 위로 험악한 사천왕의 얼굴이 겹쳐졌다.

"너, 우리 문아에게 사과해. 당장."

"뭐?"

"사과하라고. 네가 쟤 무시하고 모욕한 거, 전부 다. 안 그러면 나도 가만 안 있어."

다부지게 말아 쥔 주먹 사이로 으드득 뼈가 갈리는 소리가 들렸다. 덜컥, 겁이 났다. 하지만 공주 체면에 맞을지도 모른다는 두려움은 둘째 치고 자존심이 먼저 상했다. 왜 하필이면 이런 실수를 했을까. 정말 저놈이 훔치지 않았을지도 모르지만 어딘가에 돈주머니는 숨겨두고 앞에선 저런 얄팍한 술수를 쓰는 건지도 모른다는 의심이 사라지지 않고 꿈틀거렸다. 청명은 고집스럽게 고개를 저었다.

"어디 다른 데다 숨겨두고 내 앞에서 연기하는 거 아니야? 내가 이걸 어떻게 믿어?"

소녀의 눈이 차갑게 번득였다. 청명은 침을 꿀꺽 삼켰다.

"너 정말 구제 불능이구나?"

잠시 경멸스레 청명을 응시하던 소녀가 손을 치켜들었다. 막 제 볼로 날아 들어오려는 손바닥을 보며 청명은 눈을 질끈 감았다. 그러나 기다려도 화끈거리는 고통은 없었다. 조금 더 기다려 보아도 아무 일도 벌어지지 않았다. 청명은 실눈을 뜨고 주위를 살폈다. 허공에서 붙잡힌 소녀의 손목이 보였다. 무슨 일이 벌어진 건지 눈을 의심하며 고개를 돌린 순간, 청명의 귓가에 그가 다정하게 속삭였다.

"어서 사과해. 그 주머니 나한테 있으니까."

귀를 의심할 수밖에 없었다. 난데없이 등장한 윤에 소녀가 흠칫 놀라 고개를 바짝 들었다. 그러나 이내, 기죽지 않고 소녀는 앙칼지게 그의 손을 뿌리쳤다.

"이거 놓으시지요!"

"소저께는 미안하게 되었습니다."

예의 바른 어투로 윤이 소녀에게 사과했다. 차가운 눈으로 둘을 노려보며 소녀가 얼빠진 얼굴의 동생을 품에 안았다.

청명은 어리벙벙한 눈으로 윤을 올려 보았다. 그의 얼굴이 전에 없이 차가웠다. 평소처럼 단정한 미소가 입가에 맺혀 있었지만 그 미소가 전부 거짓이라는 것 정도는 눈치챌 수 있었다. 그의 냉정한 시선이 다시 청명에 내려앉았다.

"보여? 이거 아까 네가 흘리고 간 거야."

"내 주머니."

자동적으로 주머니에 손을 뻗었으나 눈앞에서 그가 다시 품으로 집어넣었다. 윤이 차분한 어조로 청명의 말을 지적했다.

"네가 '흘리고 간' 주머니지. 보다시피 저 아이는 처음부터 네

주머니를 갖고 있지 않았고."

볼이 터질 것처럼 달아올랐다. 차마 고개를 들 수가 없었다. 굳이 말해주지 않아도 진작 알고 있었다. 소녀가 범인이 아니라는 것 정도는.

주머니를 잃어버린 게 제 잘못일지도 모른다는 확신은 사실 아까 전부터 마음속에서 피어오르고 있었다. 다만 중간에 이를 인정하기엔 일이 너무 크게 벌어졌을 뿐이고, 자신은 그럴 만큼 선한 인간이 아니었을 뿐이다. 잘못을 인정하고 사과를 할 용기가 들지가 않아서 오히려 더 뻗대고 말았다. 쿵쿵 가슴을 찢어발길 듯 크게 뛰는 심장에 정신이 혼미해졌다. 쥐구멍이 있다면 당장에라도 도망치고 싶은 심정이었다.

그러나 이는 명백히 제 실수, 잘못. 해야 할 말은 해야 한다. 또다시 도망치고 싶지는 않았다. 청명은 눈을 질끈 감았다.

"미안해. 저놈이 시켜서 하는 말이 아니야. 전부 내 잘못이야. 내 실수임에도 제대로 일을 알아보지도 않고 무례를 저질러 미안하다. 어떻게든 보상할게. 비단이나 쌀이나 원하는 것이 있다면 얼마든지 말해보아라. 전부 보내주마."

소녀의 얼굴에 선연한 조소가 번졌다. 피식, 웃음을 흘리며 소녀가 한 발 앞으로 걸어 나왔다.

"왜. 쌀 한 가마, 비단 얼마쯤 내어주면 우리가 감사합니다, 입 싹 다물고 머리라도 조아릴 줄 알았어? 우리가 그렇게 우스워? 당장 내일 먹을 것 걱정해야 하는 가난한 것들이니 적선이 어울린다 이 말이냐?"

"아니. 그, 그게 아니라……."

순간 당황해 말을 더듬으며 청명은 초조하게 손끝을 뜯었다.

"사과만으론 그 표현이 너무 약소하지 않나 싶어 더 마음을 쓴 건데……. 어차피 같은 사과면 무엇이라도 더 있는 게 낫잖아."

"거참 눈물 나게 고맙네. 형편까지 고려해 주고."

"대체 뭐가 문제야? 너는 왜 그리 모든 걸 비딱하게만 받아들여? 제 아무리 기갈의 해라도 그것이 마음을 해롭게 하지 않는다면 다른 이에 미치지 못함을 누구도 근심 삼지 않을 것(人能無以飢渴之害爲心害則不及人不爲憂矣-맹자 진심 상편)이라 했다. 재물이 없어 가난할지언정 마음마저 궁기에 사로잡혀 비겁하게 굴지 말란 뜻이다. 한데 너는 마음 씀씀이부터가 비뚤어져 다른 이의 호의마저 곡해하는구나!"

마음대로 튀어나온 말에 청명은 입술을 깨물었다. 억울한 마음에 멋대로 지껄이고 말았지만 제 귀로 들어도 이루 말할 수 없이 편협하고 허접한 변명에 지나지 않는다는 걸 느낄 수 있었다. 훅, 끼치는 부끄러움에 청명은 고개를 떨구었다. 속이 울렁거려 무슨 말을 해야 좋을지 알 수가 없었다. 제 밑바닥까지 샅샅이 까발려지는 기분에 차마 얼굴을 들 수가 없었다.

이럴 줄 알았으면 아무런 주석도 붙이지 말고 미안하다고만 할걸. 왜 나는 항상 이런 식의 치졸한 자존심밖에 내세울 줄 모를까. 후회스러웠다.

"돈이 없어 생활이 힘들어도 바른 마음을 가질 수 있는 건 뜻 있는 선비들뿐이라는데 네 눈엔 내가 그 잘난 선비로 보이느냐? 나같이 재물 없어 빈궁한 백성이 변치 않는 마음 따윌 가질 수 있을 리가 없지 않으냐?"

나직한 목소리가 귓가에 또렷하게 꽂혔다. 청명은 저도 모르게 고갤 들고 소녀를 빤히 쳐다보았다. 분명 잘못 들은 게 아니었다. 이는 맹자의 글귀였다. 청명의 말을 알아듣고 같은 맹자의 글귀로 응수한 것이다.

"그럴 리가 없지. 특히나 나 같은 계집애가 더더욱 선비일 리는 없잖아."

소녀의 입술이 작게 비틀렸다. 덧붙인 마지막 말은 나지막하나 분명하게 들려왔다. 어째서일까, 그 순간 머릿속에 쾅, 하고 폭죽이 울리듯이 쨍한 울림이 번졌다. 소녀의 야무진 얼굴에 떠오른 건 엷은 조소였으나 그 뒷맛은 씁쓸하기만 했다. 청명은 방금 전까지도 자신을 괴롭히던 부끄러움을 까맣게 잊고 말았다. 오로지 저 아이를 더 알고 싶다는 충동만이 머릿속을 가득 채웠다.

"너, 이름이 무엇이냐?"

"내 이름은 알아 무엇 하려고."

소녀가 의심과 경계의 눈빛으로 청명을 훑어 내렸다. 청명은 모른 척 소녀의 앞으로 다가섰다.

"나, 네가 마음에 든다. 너 내 친우가 되어라."

❀

"미쳤어? 친우는 무슨. 사과나 하라니까 무슨 친우 같은 소리야. 쌀이고 뭐고 다 필요 없으니까 내 동생에게 사과나 하시지?"

111

청명이 이상한 소리를 내며 머리를 감싸 쥐었다. 그런 청명을 힐긋 건너보며 윤이 천연덕스럽게 물었다.

"누구한테 말로 진 거 처음이지?"

"입 다물어."

청명이 아득 이를 갈았다. 그는 웃음을 감추며 흠흠, 헛기침을 했다.

아깐 정말이지, 살다 살다 그런 장관은 또 처음 보았다. 제 잘난 맛에 살던 청청명이 다른 사람한테 그렇게 궁지에 몰리는 꼴을 볼 줄이야.

호의를 거절당한 것도 모자라 면전에서 미쳤냐는 말까지 듣다니. 더는 참지 못하고 청명이 바락 소리를 질렀다. 민망함에 작은 얼굴이 새빨갛게 달아올랐다.

"너 내가 누구인 줄 알고 그래? 내가 바로 공주다. 내가 정말 연국공주라니까!"

"아, 그러십니까? 근데 이걸 어째? 난 네가 연국공주이든 황제든 관심 없는데. 아니, 더 잘됐네. 잘난 황족들 면상 한번 보고 싶었는데 이렇게 만나게 될 줄이야. 이거 영광이라고 해야 하나?"

소녀가 이죽대며 팔짱을 끼고 윤과 청명을 번갈아 보았다.

"그냥 네 뒤 저 공자는 진왕이라고 그래라. 누굴 보고 거짓말이야?"

"난 거짓말 따윈 안 해! 네가 원하는 거라면 얼마든 줄 수 있어. 그러니 내 친우만 해주면 되잖아."

"친우도 돈으로 사니, 넌? 너도 참 딱하다. 그리고 난 연국공주 싫어."

"왜 싫은데! 내가 얼마나 좋은 사람인데!"

"좋기는 무슨. 그런 가식적이고 졸렬한 사람, 정말 싫어."

마지막 일격에 청명의 파랗게 질린 얼굴은 거의 졸도 직전이었다. 윤과 소녀의 동생, 문은 어느새 나란히 마루에 앉아 상황을 관전했다. 청명은 가까스로 평정을 유지하려 노력했지만 썩 성공적이지는 않아 꾹 다물린 입가가 위태롭게 파들거렸다.

"내가 왜 싫은데? 내가 왜 가식적이고 졸렬한데? 설명해 봐."

"명애원이니 같잖은 구휼 사업을 벌이면서 수박 겉핥기식으로 자기 평판 올리려 하는 수작질이며, 장안에 허무맹랑한 헛소문이나 퍼뜨려서 민심을 사려 하질 않나. 그야말로 사기꾼이나 하는 짓이잖아. 그런 헛짓거리 할 시간에 진짜 백성들을 위해 할 일이 무엇인지 고민이나 해보라 해. 황족들은 다 똑같아. 다들 자기 식읍 늘리려 머리나 굴리고 겉으론 백성들을 위한다느니 갖은 수작질이나 부리지."

단단히 입이 틀어 막힌 청명을 잠시 응시하던 소녀가 이내 매몰차게 돌아섰다.

"사과는 아까 그걸로 되었어. 그러니 이만 나가줘. 난 먹고살기도 바쁜 팔자라 너랑 노닥거리면서 놀아줄 시간 없으니까."

"난, 난……!"

"이 잘난 나라에선 계집은 선비도 되지 못하고 제대로 된 생업도 얻기 힘들어. 뼈 빠지게 일을 해도 제대로 된 돈 한 푼 얻기 힘들다고. 그러니 이제 제발 좀 나가. 너랑 허비한 시간의 값어치가 얼마인 줄은 알아?"

무슨 생각을 그리 골똘히 하는지 입술만 공연히 잘근거리며 씨근덕대던 청명이 돌연, 거리 한복판에 멈추어 섰다.

"말도 안 돼. 화가 난단 말이야. 머리가 터져 버릴 것 같아."

"청청명."

그가 경고하듯 그녀의 이름을 불렀다.

"어째서 난 한마디도 제대로 반박해 주지 못한 거야? 계집은 선비도 될 수 없다니, 이건 너무 불공평해. 불합리하잖아. 빌어먹게도 그 계집애 말이 하나도 틀린 게 없어서 난 무어라 대꾸도 못 해주었어. 차라리 완전 말도 안 되는 말이었더라면 평소 하던 것처럼 깔아뭉개고 실컷 비웃어줄 수 있었을 텐데 분하게도 그 애 말, 하나도 틀린 게 없었어. 어째서 여인은 선비가 될 수 없어?"

그가 얼빠진 얼굴로 자신을 쳐다보는 것도 눈치채지 못하고, 분해 벌겋게 달아오른 볼로 열심히 목소리를 높이며 떠든다. 얼마나 분이 나고 억울했으면 눈가엔 보기 드문 눈물까지 그렁그렁했다. 그는 빠르게 눈을 깜박이며 멍한 얼굴로 청명을 돌아보았다.

"그게 무슨 뜻이야? 화난 이유가 그거 때문이었어?"

"그럼 뭐에 화가 나야 하는데? 아까 걔가 나보고 졸렬하다 한 거? 그런 거 하나도 신경 안 써. 나 욕하는 사람이 얼마나 많은데, 그런 같잖은 비난 하나에 화낼 만큼 멍청하지 않아. 내가 진짜 화가 나는 건 걔 말에 틀린 게 하나도 없다는 거야. 더 화가 나는 건 정작 똑똑하다고 자부해 왔던 난 그런 생각을 단 한 번도 해보지 못했던 거고."

"여인이 선비가 되지 못한다는 거?"

"그래. 어째서 여인은 선비가 되면 안 돼? 정사에도 참여하면 아니 된다 그러고, 과거를 통해 조정에 나와서도 아니 되고, 저 애 말대로 계집은 계집에 불과하다, 사내들은 여인이 나서는 걸 전부 막아 세우잖아. 대체 여인이 해야 할 일이 무엇인데? 집 안에 틀어박혀 치장이나 하고 사내가 오기를 오매불망 기다리는 거? 난 그게 억울한 거야."

야무지게 입술을 일자로 앙다물고 오목조목 따지고 든다. 한데 참 이상도 하지, 흙바닥에 뒹굴어 꼬질꼬질 볼품없는 차림을 하고, 어느 누구도 공주라 믿기 힘든 얼굴을 하고 있는데도 그 어느 때보다 반짝이니 참 영문을 알 도리가 없었다. 윤은 새삼스러운 얼굴로 청명을 지그시 응시했다. 그 시선을 느낀 청명이 보란 듯 미간을 찌푸리며 그를 비딱하게 응시했다.

"뭐. 너도 계집이 나서는 건 싫다, 이 말 하려고? 하긴, 너야말로……."

"또 끝까지 안 듣고 먼저 판단하지. 넌 그 버릇부터 고쳐야 해. 아까도 봐. 일 크게 만든 게 누구더라?"

반박할 도리 없이 입술이 꾹 다물렸다. 윤이 오연하게 웃으며 느릿하게 부채로 바람을 일으켰다.

"난 아무래도 상관없다. 누구든 능력껏 정사에 참여하고, 자신이 가진 재주로 바르게 등용되는 것이야말로 가장 이상적인 것이겠지. 하지만 이는 여인뿐만 아니라 귀천에도 상관없이 적용되어야 한다 본다. 너는 만약 내가 평민에 불과했더라면 지금처럼 국공의 봉작을 받을 수 있었으리라 보느냐?"

"그야 당연히 아니지."

"마찬가지다. 지금껏 내가 쌓아 올린 그 잘난 공적들도 결국은 황족이라는 거창한 껍질 없이는 아무것도 아닌 사상누각에 불과하다는 것. 나는 그게 제일 두렵다."

저 뻔뻔한 놈에게서 나오리라 생각해 본 적 없는 대답이었다. 의외라 청명은 조금 놀란 마음을 아무렇지 않은 척 감추며 뻔뻔히 부채를 빼앗아 들었다.

"별걸 다 걱정하시네. 걱정도 팔자구나. 멀쩡히 황족으로 태어난 주제에 쓸데없는 생각이나 하긴."

"걱정일지 아닐지는 두고 봐야 아는 거고. 그러니 네가 황제가 되거든 그런 폐단이나 좀 없애봐라. 물론 황제가 될 수 있을지나 모르지만."

간만에 건네는 꽤 마음에 드는 말에 기분 좋게 듣고 있던 청명의 얼굴이 순간 우스꽝스럽게 일그러졌다. 정말이지, 끝까지 마음에 들기가 힘든 놈이다. 청명의 야무진 주먹이 윤의 옆구리를 강타했다. 윤이 나직한 신음을 흘리며 주춤주춤 두세 걸음 옆으로 떨어졌다. 또 맞기는 싫은지 나불대던 입도 다물었다.

"나 저 애, 꼭 다시 만나야겠어."

"소산 낭자가 그리 반기지 않을 텐데."

"소산 낭자? 그게 누구야."

"아까 그 소저 말이다. 문아의 누이 되는."

닥쳐오는 배신감에 청명이 픽 하고 코웃음을 쳤다. 애써 대수롭지 않은 척 해보려 했지만 제가 듣기에도 뾰족한 목소리였다.

"언제 보았다고 통성명까지 했대? 나 싸울 때 넌 아주 즐겁게 시간 보냈나 보다?"

"나와 문아가 할 일이 무엇이 있었겠느냐? 너희들은 아주 신나 열심히 싸우기나 하고 남은 사내 둘은 우두커니 그걸 지켜만 보아야 하는데 그게 재미가 있겠어?"

"그래서, 이름이 뭐라고? 소산?"

"그건 네가 소산 낭자에게 직접 묻거라. 알려줄지나 모르지만."

하여튼 곱게 알려주는 법이 없다. 그러니 자꾸 매를 버는지도 모르지. 청명이 꼭 쥔 주먹을 들기 무섭게 윤이 잽싼 움직임으로 피했다. 조금만 빨랐어도 때릴 수 있었는데. 청명은 아쉬워 입을 다물었다.

"내가 바보냐? 한 번 맞지 두 번 맞게?"

뭐가 그리 재미있는지 실실 웃으며 윤이 약 올리듯 눈앞에서 얼쩡거렸다. 다 큰 놈이 어릴 적에도 안 하던 짓을 하니 어이가 없기도 하고 약이 오르기도 한다. 한데 어째서일까, 험악한 말이 나가도 진작 나갔어야 했는데 자꾸 입가엔 간질간질, 바보같이 미소가 피어오르려 하니 무슨 영문인지 알 도리가 없다. 감추어 보려 애를 쓰면 쓸수록, 점점 짙어지는 미소에 청명은 작게 어릿거리는 가슴을 누르며 모른 척 딴청을 피워보려 했다.

언제부터였을까. 이렇게 단둘이 걷는 걸음이, 함께 나누는 이 공기가, 그리고 그의 향기, 저 얄미운 미소, 느긋한 목소리 하나하나가 익숙해져 어색하지 않게 되어버린 것은. 그에게 익숙함을

느끼고, 어느 순간 그가 곁에 있는 걸 당연히 여기기 시작하게
되었다는 믿을 수 없는 사실에도 놀라운 마음은 전혀 일지 않았
다.

청명은 물끄러미 그를 바라보면서도 아닌 척, 갑작스레 이는
바람에 흩날리는 머리칼을 매만지는 시늉을 했다. 들키지 않으려
괜한 바람을 탓할 뿐이다.

4

얼마 후, 황궁에서 사람이 왔다. 함명전을 지나며 자주 보아 얼굴이 익은 내관이었다. 그가 가져온 서신은 조만간 황궁에 들 라는 황제의 명뿐만 아니라, 더불어 황후전에서의 부름도 함께였 다. 감히 황후가 내린 서신을 어찌하진 못하고 애꿎은 치맛자락 만 만지작거리며 청명이 대놓고 얼굴을 구겼다.

"무슨 속셈인 게지."

"무슨 일이야 있으시겠어요. 단지 오래 격조하였으니 공주께서 그리운 모양이시지요."

"서안, 말이 되는 소릴 해. 세상 모든 사람이 다 죽어도 '모후' 께서 날 그리워하실 일은 없다는 거 알잖아."

청명이 기지개를 켜며 다분히 극적인 어조로 한숨을 내쉬었다. 그러나 만나고 싶지 않다 하여 거부할 수 있는 상대가 아니었다.

"그래도 명색이 모후이시니 오랜만에 찾아뵙기는 해야겠지."

"예, 잘 생각하셨어요."

"자식이 없으니 하나뿐인 양녀라도 그리워하는 그 지극한 마음을 자식 된 도리로 몰라 드리는 것도 예가 아니니까."

청명의 입술이 비릿하게 말아 올라갔다. 청명이 황후의 패악을 참고 넘기는 것도 이러한 이유에서다. 명색이 황후일진대 후사를 보지 못해 피 한 방울 섞이지 않은 양녀나 돌봐야 했으니 그 울분이 양녀인 청명에게 몰리는 것도 당연지사. 어찌 보면 가엾기도 하나 청명이 황후를 가엾게 여길 일은 죽어도 없을 것이다.

사갈 같은 계집, 그것이 청명이 황후 진씨에게 내린 결론이었다. 중경의 귀족 중에서도 대대로 유서 깊은 진가의 일원인 황후 진주요는 결코 영리한 여자는 아니었다. 만약 그녀가 조금이라도 머리가 돌아가는 여자였다면 그렇게 대놓고 감정을 드러내는 실수를 저지를 리가 없었기 때문이다.

본디 황궁의 미덕이란 평정과 부동. 항시 어여쁜 미소를 그려 내며 꽁꽁 감정을 숨기는 것은 황궁의 여인이라면 누구나 당연히 배우고 익히는 일이었다. 그러나 황후는 주변의 시선이나 소문 따윈 조금도 개의치 않고 청명이 막 황제의 양녀가 된 순간부터 드러내어 적의를 표해왔다. 어미가 자식을 가르친다는 명목하에 보여온 질시와 적의는 황궁의 사람이라면 모르는 이가 없었다. 어쩌면 그 괴롭힘과 핍박이 지금의 청명을 만든 데 단단히 일조했을지도 모른다. 그 적의로부터 피하기 위해서라도 청명은 강해져야 했고, 살아남기 위해 조금 더 영리하게 굴어야 했다. 청명은 단 한 번도 그날의 수치와 모멸을 잊어본 기억이 없다.

때는 부친이 돌아가신 지 얼마 되지 않았던 여름, 숙부 영왕이 황위를 찬탈하고 두 달이 막 지나던 어느 날이었다. 매암매암 찢어질 듯 시끄러운 매미 소리에 귀를 틀어막으면서도 청명은 서안의 등에 업혀 매실을 따는 데 열중했다.

매실나무는 청명의 모친이 살아생전 가장 아끼던 나무라고 했다. 부친도 잃고, 꼴에 붕우라던 윤도 박주로 떠나 홀로 남겨져 바깥출입을 삼가던 청명을 생각해 서안이 떠올린 묘안이었다. 어머니에 대한 일이라면 분명 청명도 오랜만에 조금이나마 기분이 나아질지도 모른다는 생각이었는데, 예상대로 청명은 나무에 매실이 열렸다는 말을 듣자 기꺼이 구경하겠노라 말했다. 그러다 구경하는 것만으론 모자랐던지 친히 따고 싶다 그리 열의를 보이기까지 했다.

작은 손으로 열심히 매실 알을 따 바구니를 채우느라 청명은 그날 누가 정원에 나타났는지 알아차리지 못했다.

"방자하기 이를 데가 없구나! 어서 내려오지 못하겠느냐!"

어느 순간 나타난 황후가 까랑까랑한 목소리로 크게 외쳤다. 화들짝 놀라 돌아선 서안이 재빨리 공주를 바닥에 내려놓고 서둘러 무릎을 꿇고 머리를 조아렸다. 무슨 일인지 이해가 가지 않은 청명이 지지 않고 황후를 올려다보았다. 새하얀 얼굴은 날카롭게 찌푸려져 숙여드는 기색이라곤 추호도 없었다.

"몇 번이고 불렀거늘 정녕 듣지 못했단 말이냐."

"듣지 못했으니 예를 올리지 못한 게 아니겠습니까."

아이라 하여 자신을 향한 적개심을 느끼지 못할 리가 없었고,

예민한 계집아이들일수록 자신을 향한 호오를 구별하는 데 있어서 더욱 예리한 법. 차게 굳은 얼굴로 황후가 앞으로 걸어 나와 서안의 머리맡에 놓인 바구니를 집어 들었다. 청명의 시선이 자동적으로 그 바구니를 향했다. 황후는 보란 듯 옹골찬 매실 알을 만지작거렸다.

"모후가 왔으면 인사를 올리는 것이 여식의 도리가 아니더냐. 그 당연한 예조차 모르니 내 너를 가르치는 데 있어 어디서부터 시작해야 할지 막막하구나."

"송구하옵니다."

이를 악무는 그 귀여운 얼굴을 잠시 바라보다 그녀는 다시 매실나무로 시선을 옮겼다.

"이 일은 가만히 넘길 수가 없다. 여봐라, 사람을 불러 이 나무를 파내라 명하거라."

"말도 안 됩니다!"

으르렁거리며 앞으로 튀어나온 청명이 나무 앞을 두 손 벌리고 가로막았다. 아직 어린아이라 제 감정을 숨기는 데는 익숙지 않았을뿐더러 애초 숨길 마음조차 없어 보였다. 서러운 눈물만 뚝뚝 떨구는 커다란 눈 가득 노기가 담겨 있었다. 이러다 정말 큰일 나겠다 싶어 두려운 마음에 서안은 두 눈 꾹 감고 재빨리 청명의 앞에 엎드렸다.

"마마, 어서 황후 폐하께 용서를 구하셔요. 어서요."

"서안은 비켜!"

"어찌 감히 여관 따위가 나서는 것이냐!"

황후의 수족인 엄 상궁이 막대를 들고 크게 호령했다. 그러나 서안은 물러서지 않고 공주의 발아래 몇 번이고 이마를 부딪쳤다. 그녀에게 가장 중요한 것은 공주의 안위 하나였다. 어떻게든 일이 커지는 것을 막아야 했다.

"공주마마, 부디……."

황후가 눈짓을 하기 무섭게 엄 상궁이 앞으로 걸어 나와 서안의 등 위로 무자비하게 막대를 후려쳤다. 신음을 흘리며 주저앉은 서안을 본 청명의 눈에 새파란 노기가 번쩍였다. 뛰쳐나온 청명이 비대한 체구의 엄 상궁을 있는 힘껏 밀치고 그 앞을 막아섰다.

"여관 따위인 네가 어찌 감히 내 앞에 마주 서느냐! 당장에라도 죽고 싶은 게냐!"

목에 핏대를 세워가며 바락바락 대들지만 산만 한 덩치의 엄 상궁은 꿈쩍도 않으며 들은 척도 아니하였다. 결국 분을 이기지 못하고 청명은 엄 상궁의 막대를 빼앗아 외려 엄 상궁의 팔을 후려쳤다.

"아얏!"

쏟아지는 매질에 엄 상궁이 바닥에 넘어지고 나서야 청명은 바닥으로 힘껏 막대를 집어 던졌다. 요란한 소리를 내며 데구르르 굴러가는 막대에 모두의 시선이 옮겨갔다.

기이한 침묵만이 놓였다. 순식간에 벌어진 기막힌 일에 그들 중 어느 누구도 감히 입을 열지 못했다. 차라리 나서지 말았어야 했다는 후회에 서안은 소리 없이 주룩주룩 눈물을 흘렸고, 여전히 분을 이기지 못하고 청명은 조금이라도 더 때렸어야 했다는 생각에 몸까지 부들부들 떨었다. 자신의 행동이 경솔했음은 머리로도 잘 알고 있었지만 정작 아무런 후회도 들지 않았다. 오히려 개운한 기분까지 들었다.

"방자하기도 하지. 네 방자함은 익히 들어 잘 알고 있었다만 이리 정도를 지나치는 줄은 꿈에도 몰랐구나."

황후가 조용히 속삭였다.

"지금 엄 상궁을 향해 든 매는 결국 본궁을 향한 것이 아니더냐. 지금 본궁에게 대적하겠다는 것이냐."

"그럼 나무를 뽑고자 하심은 소녀를 뽑아내시겠다는 의미십니까. 마찬가지로 비약이 지나치십니다, 모후."

"자중할 줄 모르니 이를 가만 두고 볼 수도 없지. 엄 상궁, 싸리나무로 회초리를 만들어 오너라. 그리고 공주의 입에서 잘못했다는 말이 나오기 전까지 멈추지 말고 종아리를 쳐라."

그 말에도 표정에 변화조차 없는 청명의 얼굴을 흘깃 넘겨본 황후가 빈정거리며 말을 이었다.

"주제넘게 나선 저 여관에 대해선 곤장 열다섯 대를 명한다. 이 나무로 장을 칠 매를 만드는 것도 좋겠구나."

"아니 됩니다! 서안에겐 아무런 잘못도 없습니다. 벌을 내리실 것이라면 소녀에게만 내리실 것이지, 어찌 애꿎은 서안에게까지 벌을 내리신단 말이십니까. 이는 윗사람의 좋은 본보기가 절대 아니옵니다."

"지금 네가 나를 가르치려 드는 것이냐."

"모후!"

"열다섯 대로는 부족하겠다. 스무 대로 바꾼다."

"모후!"

그제야 청명의 얼굴에선 핏기가 싹 가셨다. 귀를 찌르는 비명

소리에 황후가 설핏 미간을 좁히며 눈을 찡그렸다. 흡족한 마음과 별개로 소음은 불쾌할 뿐이었다. 더운 날씨에 오래 서 있었더니 조금 머리가 아팠다. 그녀는 온기라곤 전혀 없는 모진 시선으로 바닥에 주저앉은 청명을 싸늘하게 내려보았다.

"더는 네가 금지옥엽, 어여쁜 공주가 아니라는 것 정도는 알 때가 되지 않았느냐. 본디 뼈아픈 가르침일수록 귀한 법이란다. 잘 알아두어라."

한바탕 황궁을 떠들썩하게 한 파란이 황제의 귀에 들어간 것은 그 뒤 한 시진이 지나고 나서였다. 황제가 직접 황후궁에 찾아갔을 땐 이미 청명의 종아리 가득 새빨간 줄이 죽죽 그어지고, 장을 맞기 위해 서안이 끌려갔으며, 나무는 뽑혀 나간 직후였다.

잘못했다 빌기는커녕 이 악물고 신음조차 내지 않는 독한 성정에 엄 상궁은 혀를 차면서도 온 정성을 다해 성심껏 황후의 명을 받들었다. 비록 황제의 개입으로 한 시진 만에 매질이 끝이 났지만 종아리 가득 든 흉은 시간이 지나서도 남아 있을 만큼 참혹했다.

황제가 그토록 크게 언성을 높이는 일은 처음 보았다. 그의 냉혹한 얼굴 가득 들어선 무정함에 황후는 벌벌 떨며 그의 소맷자락을 붙잡고 늘어졌다.

새파랗게 질린 얼굴로 비처럼 눈물을 주룩주룩 흘리는 그 꼴을 다소곳이 황제의 품에 안겨 청명은 잠자코 지켜보았다. 황제가 자신의 편을 들어주었다는 것도, 이 일이 무엇을 의미하는지도 머리로는 그 무게를 전부 이해할 수 있었다. 그러나 조금의 통쾌함이나 잔인한 쾌감은 찾아들지 않았다. 마치 남의 일을 보는 듯했다. 나무가 뽑히고 말았다는 그것만이 머릿속을 가득 채웠다.

"어찌 우는 것이냐. 네 유모도 다행히 무사하다 하는데."

황제가 엄지손가락으로 젖은 볼을 어루만졌다. 그제야 청명은 자신이 울고 있었음을 깨달았다. 숨을 들이켤 때마다 훌쩍거리는 소리가 났다. 청명은 황제의 가슴에 얼굴을 묻고 서럽게 흐느 꼈다.

"나무가, 나무가 뽑히고 말았어요."

그에게선 아버지와 다른 향기가 났다. 부친의 품에 안기노라면 안긴 품 가득 정갈하고 고운 난향이 피어오르곤 했다. 그러나 이 남자에게선 향긋하고 달콤한 향이 풍겼다. 결코 제 형제 남매를 죽인 살인자와는 어울리지 않는 향기였다.

단 한 번도 본 적 없는 숙부란 인간이 난데없이 나타나 황위를 찬탈하고, 자신의 아버지가 되었다. 즉위식까지 포함해 이번이 두 번째 만남이었다. 이 낯선 남자를 향한 알 수 없는 미움과 증 오, 그리고 안도와 위안이 제멋대로 뒤엉켰다. 기이한 익숙함에 청명은 눈물만 뚝뚝 흘렸다. 그가 속삭였다.

"나도 그 일은 참 안타깝구나. 나도 참 아끼던 나무였는데."

다정한 목소리, 그것으로 위안은 충분했다.

그 순간부터 그는 청명의 유일한 편이 되어주었다. 동시에 가 장 강력한 뒷배였다. 황제가 황후가 아닌 어린 공주의 편을 들어 주었다는 소문은 삽시간에 온 황궁으로 퍼져 나갔다. 청명을 우 습게 여기고 언제 죽을지 불순한 내기를 하던 종자들의 입은 싹 닫혔다. 본디 갈대보다 가벼운 것이 혓바닥과 황궁의 의리라. 어 느 쪽이 이로울지 저울질하던 여인들이 황후궁이 아닌, 그들이 그토록 업신여기던 공주궁으로 발을 돌린 건 순식간이었다.

청명은 자신이 살아남기 위해 택해야 할 일이 무엇인지 깨달았다. 어린애처럼, 지난날의 금지옥엽 귀중한 공주처럼 굴었을 때 다치는 건 단지 저 하나만이 아니었다. 제 곁을 지키는 사람들의 안위마저 위태롭다는 걸 청명은 똑똑히 알게 되었다. 그러니 주변을 지키기 위해서라도 다신 그토록 어리석게 굴 수 없었다.

그날 이후, 청명은 과거의 자신을 전부 버렸다. 과거처럼 무작정 고집을 부리는 일은 아예 사라졌다. 남은 건 예의와 순종을 아는 사랑스러운 여식 하나뿐이었다.

❀

"부황."

"청명이로구나."

수굿이 고갤 기울이는 태도가 방약무인이라는 말은 꿈에도 모른다는 듯 양순하고 천진하기만 했다. 청명은 연하게 웃으며 방석에 조심스레 무릎을 꿇었다.

"대운사에서 개광식을 잘 이끌었다 전해 들었다. 수고가 많았구나."

"부황께서 명하신 일이니 소녀, 최선을 다했을 뿐인 걸요. 그리 말씀해 주시니 기쁩니다."

앙큼하게 시치미를 떼며 겸손을 떠는 태도가 천연덕스러웠다. 그런 청명을 묘한 얼굴로 내려 보던 황제가 매실이 담긴 그릇을 가까이 끌어당기며 물었다.

"너 요즘도 매실은 먹지 않느냐."

"매실이요?"

여름이면 황제가 매실을 즐겨 먹는다는 건 익히 잘 알고 있다. 다만 청명은 오래전 여름의 일 이후 매실을 몹시도 싫어하게 되었는데 단 한 번도 그에게 그런 티를 낸 적이 없었다. 청명은 순진한 얼굴로 고개를 가로저었다.

"소녀도 가끔 매실을 먹습니다. 시큼한 향이 참 좋아서요."

"그래?"

대수롭지 않게 그가 손가락으로 굴리던 매실을 집어 맛을 본다. 이로 깨물기 무섭게 입안 가득 번지는 시큼하고 달달한 과즙.

그해의 여름은 유독 짧았다. 하얀 매화가 진 초록의 가지마다 동색의 탐스러운 과실이 주렁주렁 매달렸더랬다. 그리고 그 어떤 꽃보다 어여뻤던 소녀가 말했다.

"전하, 매실이 손에 닿지 않아요."

순진하게 깜박이던 커다란 눈, 세상의 그늘 따윈 모르는 하얀 얼굴이 유독 곱고 어여뻤다. 그가 떨리는 손을 뻗어 따준 매실을 두 손 가득 받아 든 소녀의 눈이 어찌 웃었는지, 여염한 입술은 어떤 선을 그렸는지 마치 눈앞의 일처럼 선연하다.

소녀가 그의 입술 사이로 밀어 넣던 그 매실의 맛은 어떠했던가. 입안 가득 퍼지던 달면서도 시큼한 맛에 그가 절로 미간을 찌푸리자 소녀가 웃음을 터뜨렸다. 그 청량한 웃음소리는 참 듣기 좋았는데. 다신 맛볼 수 없는 푸른 시절이 꿈처럼 지난다. 미간을 좁히며 그가 그릇에 씨를 뱉었다.

잠시 활짝 열린 창 너머 텅 빈 하늘을 배회하던 그의 시선이 이내 청명에게 옮겨갔다. 눈앞의 소녀가 황제의 시선을 느끼자 작게 고개를 수그렸다. 그의 입술에 묘한 미소가 맺혔다 시나브로 흐려졌다.

"부마도위에 대해 짐이 곰곰이 생각해 보았다."

기이한 침묵에 잠시 정신을 놓고 있던 청명이 화들짝 놀라 고갤 번쩍 들었다. 뻔뻔하게 태연한 척 연기해 보려 했지만 그 잠깐의 동요를 이미 황제가 눈치챈 걸 청명도 알아차렸다. 날카롭게 치켜 올라간 눈매가 순식간에 애처롭게 변했다. 눈에 보이는 어설픈 연기 따윈 집어치우고 금세 태세를 전환한 청명이 황제의 발치에 무릎을 꿇고 그의 손을 붙잡았다.

"부황. 소녀는 조금 무섭습니다. 갑작스레 혼인이라니요. 누군지도 모를 사람의 내자가 되어야 한다니 너무 무서워요. 좋은 사람이 아니면 어떡해야 하나요. 무섭습니다."

"청명."

"하지만 이미 마음을 정하신 게지요. 그러니 소녀는 부황의 명에 잠자코 따라야 하는 게지요."

긴 속눈썹 끝엔 처연한 눈물이 맺혀 있었다. 차마 흘리지는 못하고 풍성한 속눈썹 사이 그렁그렁 매달린 그 모습이 더 가련하다는 걸 아는 계산이었다. 무심한 눈길로 그런 청명을 바라보던 황제가 청명의 손을 떼어냈다. 결코 모진 손길은 아니었으나 그 작은 행동만으로도 청명의 가슴은 철렁 내려앉았다.

"설마 하나뿐인 여식의 혼사를 그리 쉬이 결정했을까. 쓸데없는 걱정도 많구나."

"어리석다 여기셔요?"

"짐은 네가 행복하길 바란단다. 그리고 그 마음은 결코 거짓이
아니다."

뜬금없는 말에 청명이 멍하니 황제를 올려 보았다. 갸파하게
마른 볼 위로 드리운 음영에 마치 그의 얼굴은 절간의 사천왕처
럼 무섭게 보였다. 청명은 침을 꿀꺽 삼켰다. 도무지 무슨 생각
을 하는지 알 수 없는 사내, 십여 년을 그의 품에서 자랐지만 여
전히 청명은 그가 두려웠다. 나를 어찌해서 살리셨나요. 감히 물
을 수 없는 물음이 청명의 입속을 맴돌았다. 결코 자비롭지 못한
사내가 내보이는 관대함은 외려 두려움을 불러일으킬 뿐이다. 그
런 청명의 머릿속을 읽기라도 했는지 그가 소리 없이 웃었다.

"청명아. 네 부마는 병부상서의 장남, 병부주사 정의산이 될
것이다."

❀

갑작스레 폭우가 쏟아졌다. 여름의 날씨란 한 치 앞도 예상할
수 없는 것인지 아까까지도 사방을 뜨겁게 달구던 기세 좋던 더
위는 가시고 마른하늘에 날벼락처럼 갑작스레 비가 쏟아졌다.
얇은 능라를 두르고 느긋하게 회랑을 활보하던 어여쁜 궁녀들은
화들짝 놀라 제각기 지붕이 난 복도로 뛰어들어 갔다. 젖어 축
늘어진 소맷자락을 짜며 종알거리는 그들의 입술이 샐쭉대었다.

활짝 열린 정방형의 창 너머 황금의 처마를 타고 뚝뚝 떨어지
는 빗방울에 근자 육신을 괴롭히던 더위가 순식간에 밀려가는

게 느껴졌다. 간혹 불어오는 바람에 진주 주렴이 흔들거리다 달그락 부딪치는 소리를 냈다. 기꺼운 얼굴로 그 모습을 지켜보던 여인이 잔을 들어 입술에 가져다 댔다. 훈기가 오르는 잔에선 옅은 향이 올라왔다. 잠시 그 향을 음미하던 여인은 이내 잔을 다시 내려놓고 염대에서 박하를 꺼내 찻잔 안으로 넣었다. 삽시간에 박하의 싸한 향이 내실로 번져 나갔다.

"원정에서 무사히 돌아왔다는 말은 들었는데 어찌 가장 먼저 황후전에 들르지 않으셨지요?"

빗소리에 묻혀 자칫 듣지 못했을 만큼 작고 나직한 목소리였다. 맞은편에 앉아 있던 진왕이 동요 없이 고개를 숙였다.

"송구합니다."

"그럼요. 조금 더 송구스러우셔야 합니다, 진왕."

차를 마시는 여인으로 잠시 내실엔 침묵이 감돌았다. 별다른 표정을 내보이지 않고 깍듯이 우아한 자세를 유지하는 진왕을 잠시 훑어 내린 여인이 작게 웃었다. 그 의미 모를 웃음에 진왕이 빤히 여인을 응시했다.

"언제 이리 장성하셨는지, 보아도 보아도 흐뭇하여 그러합니다. 그대가 강보에 안겨 있던 그때가 엊그제 같은데 이젠 완연한 사내가 다 되셨어요."

"예."

참 재미없는 사람이라며 여인이 깔깔 웃었다. 그러나 웃는 일이 거의 없는 터라 웃음소리는 억지로 짜낸 듯 어색하기만 했다. 여인이 웃는 걸 멈추자 어색한 침묵과 긴장이 실내를 더욱 무겁게 짓눌렀다. 이미 식은 차에선 약간의 비린내가 감돌았다. 거침없이 찻물을 바닥에 쏟은 여인이 불쑥 그의 손을 잡았다. 뼈마디가 드러날 정도로 바싹 마른 손가락이 칭칭 그의 손등을 얽어맸다.

"진왕, 올해 그대가 약관을 넘겼다지요."

그는 능숙하게 불쾌감을 억누르고 태연히 고개를 끄덕였다. 여인의 입이 크게 미소 지었다.

"그대의 모친이 아직 살아 있었더라면 좋았겠지만 그러지 못하니 본궁이라도 진왕을 챙겨야겠다는 생각이 들었답니다. 나와 그대의 모친은 참으로 각별한 사이가 아니었던가요."

곧게 다물린 그의 입술이 잠시 꿈틀거렸다. 그러나 진왕은 아무 대답도 하지 않았다. 그 침묵을 긍정으로 받아들였는지 황후가 긴 손톱으로 그의 손등을 친근하게 콕콕 찔렀다.

"내 조카아이가 올해 열여덟이랍니다. 어디 내놓아도 모자라지 않은 사랑스러운 여랑이지요."

그의 몸이 눈에 띄게 흠칫 굳었다. 황후의 입술에 맺힌 미소도 더욱 짙어졌다. 비로소 황후의 뜻이 읽혔다. 그러나 단단히 경직되었던 몸에선 이내 힘이 풀리고 말았다. 그 뜻을 알게 되었다 하여 달라질 것은 아무것도 없었기 때문이다.

"진연교, 상서우승의 고명딸입니다. 그 아이를 만나보세요."

그때였다.

"황후 폐하, 연국공주께서 드셨습니다."

아무것도 듣지 못한 것처럼 오연한 태도로 윤은 만지작거리던 찻잔을 내려놓았다. 묘한 눈으로 그런 윤을 훑은 황후가 이만 돌아가 보아야 하지 않겠느냐 뻔뻔히 물었다. 짧게 인사를 올린 그가 장지문을 향해 돌아섰다. 최대한 빨리, 되도록이면 마주치지 않고 황후궁을 나서려는 생각이었다. 그러나 장지문이 열리던 순간, 마치 기다렸던 것처럼 막 내실로 들어서던 청명과 딱 마주치고 말았다. 대수롭지 않게 흘깃 그를 올려 본 청명의 눈에 혼란이 깃들었다 빠르게 사라졌다. 청명의 차가운 시선이 내실 너머 황후와 그를 번갈아 오갔다.

경멸, 실망, 배신. 일순간 청명이 윤에게 내보일 수 있는 모든 부정적인 감정이 그녀의 얼굴에 노골적으로 드러났다. 잠깐의 망설임도 없이 야멸차게 청명은 윤을 지나쳤다. 그의 태도 역시 아무 일도 없었던 것처럼 태연자약하기만 했다.

오색의 유리가 반짝이는 긴 복도엔 궁녀 하나 없이 한적한 고요만이 감돌았다. 윤은 표정 하나 흐트러지지 않고 긴 복도를 따라 발을 옮겼다. 얼마나 걸었을까, 몇 발 내딛지 않아 그는 저도 모르게 발을 멈추었다. 그리고 뒤를 돌아보았다.

어리석은 희망은 그렇게 분분히 산산조각이 난다. 굳게 닫힌 장지문은 마치 그의 운명을 말해주는 듯했다. 결국 우리는 서로 다른 길을 걸어야 하는 운명이라고.

"오랜만입니다, 공주."

"모후께 문안 올리옵니다."

"예는 그만하면 되었으니 앉으세요."

입가의 근육이 경직이라도 된 것처럼 미소 한 번 짓기가 어찌 이리 어려운지 모르겠다. 심장은 아직도 지칠 줄 모르고 열심히 뛴다. 이게 전부 청윤, 그놈 때문이었다.

다 식은 차를 내어가고 새 찻주전자를 들고 온 궁녀가 황후의 앞에 그것을 내려놓았다. 청명 쪽으론 시선도 주지 않고 차를 따르는 데 열중한 양 굴던 황후가 문득 말하였다.

"진왕과는 오랜 친우이셨지요, 공주?"

"소문이 조금 과장된 것입니다."

"그런가요."

무표정한 얼굴로 황후가 청명의 앞으로 김이 오르는 잔을 밀어주었다. 예의상 입술을 적시는 시늉만 하고 청명은 잔을 내려놓았다.

"부마도위에 대해 황상께 듣고 오셨습니까."

황후가 알고 있으리라 생각은 했지만 이리 대놓고 먼저 선수를 칠 줄은 예상치 못했다. 양쪽 눈꼬리를 유순하게 내리뜨고 청명이 생그레 웃었다.

"모후께서 알고 계실 줄이야 몰랐는데."

"공주의 어미라는 사람이 혼인지대사를 모른다는 게 말이 되나요."

의미심장하게 웃으며 황후가 비단 수건으로 입술을 톡톡 두드렸다. 황제의 성격상 이를 황후에게 먼저 말했을 리는 없다. 황제와 제 옆에 얼마나 많은 사람을 심어두었을 것인가, 순식간에 기분이 나빠졌다. 물론 그건 청명 역시 마찬가지지만 그렇다 하여 불쾌한 기분이 사라지는 건 아니다. 특히 저 차가운 여인의 얼굴에 보기 드문 웃음기가 서려 있는 것부터가 묘하게 불길했다. 청명은 복잡한 마음을 억누르고 신중을 기하고자 마음을 갈무리했다. 그녀는 나긋나긋 수줍은 척 눈을 깜박였다.

"신경 써주시니 감사합니다."

"황궁의 경사이나 누구의 혼사가 먼저일지 잘 조율해 보아야 겠군요. 혹시나 겹치면 문제가 되지 않겠습니까."

"혼인을 앞둔 황족이 또 있습니까?"

스멀스멀 불길한 기운이 발끝, 다리를 타고 기어 올라왔다. 저도 모르는 새 청명은 눈썹을 날카롭게 치켜 올렸다. 황후 진씨가 싸늘히 웃었다. 도전적인 눈빛으로 청명이 황후를 빤히 응시했다. 황후의 입술이 비틀려 올라갔다.

"진왕부와 상서령부를 연결해 줄까 합니다, 공주."

"놀라운 일도 아니지요."

바짝 곧추세웠던 팔에 힘이 풀렸다. 청명은 소맷자락 아래로 주먹 쥔 손을 감추고 대수롭지 않은 척 태연히 미소 지었다. 그러나 연기가 서툴렀던지 황후의 입술에 걸린 미소는 더욱 짙어졌다.

"본디 세력이란 그 균형이 맞아야 하는 법이지요. 어디 한 군데로 기울어지면 결국 균형은 깨어지고 모든 것이 어긋나고 말아요. 황상의 뜻이 공주와 태위를 엮는 것이라 하면 내 뜻은 이것입니다."

"역시 부부는 일심동체라 그런가요? 확실히 부부의 정이란 대단합니다. 황상의 뜻을 그리 잘 간파하시다니."

황제의 사랑을 받지 못하는 황후를 향한 비웃음이었다. 청명은 빈정거리며 잔의 테두리를 만지작거렸다. 겉으로나마 형식적으로 쓰던 가면도 집어 던진 지 오래다. 청명은 노골적으로 불쾌한 기색을 드러내며 황후를 도전적으로 응시했다. 그 건방진 작태에도 노한 기색 없이 황후는 아직 김이 오르는 찻잔을 입술에 가까이 가져 댔다.

"연국공주. 그대는 내 딸이고 황상은 내 부군이시지요. 여인이 되어 자식과 지아비의 심중 하나 읽지 못한다 하면 부끄러운 일이 아닙니까."

청명은 저도 모르는 새, 입술을 잘근잘근 깨물고 있었다. 본인 스스로도 어찌 이리 격렬한 분노가 치미는지 이해할 수가 없었으니 애초 숨기기는 불가능한 것이다. 황후는 그런 청명을 향해 여유로운 미소로 맞받아쳤다.

"제아무리 가장 깊은 내궁에 틀어박힌 황후라 하나 나 역시 황궁의 주인입니다. 황궁의 벽마다 귀가 있음을 잊으셔선 아니 되지요."

청명을 향한 목소리는 질 좋은 비단처럼 부드러웠다.

"보필할 아이를 하나 보낼 터이니 곁에 두고 혼인 전까지 몸가짐을 단정히 하세요. 이는 모친인 내가 혼인을 앞둔 여식에게 해주는 마지막 배려입니다, 공주."

"혼사라니!"

"공주님, 제발 진정하셔요. 어차피 공주께서 원하시는 대로 다 되지 않았습니까. 어차피 부군이 되실 분은 태위부의 사람이시잖아요. 그럼 되었지 무엇이 또 문제라고……."

"지금 진왕과 진가의 계집을 엮겠다는 거잖아!"

길길이 날뛰는 바람에 결국 다상 위의 찻잔이 엎질러졌다. 조금도 신경 쓰지 않고 청명이 불끈 주먹을 쥐어 다시 한 번 다상을 내리쳤다. 손을 타고 얼얼하게 전해지는 알싸한 고통도 아무렇지 않았다.

빌어먹을 계집.

입안에 비릿한 피 맛이 돌았다.

황후의 속셈이야 제 손바닥 위처럼 샅샅이 읽혔다. 너무도 뻔한 수가 아니던가. 청명을 견제하기 위해 진왕을 가까이 두겠다는 것. 하찮아도 너무나 하찮은 수였다. 다만 그 수단이 문제이다. 진왕을 제 편으로 끌어들이기 위해 내놓은 방도가 바로 상서령부와의 혼인이라니. 제게 악감정을 품었던 건 익히 알았으나 이리 대놓고 드러내어 선공을 할 줄이야 꿈에도 몰랐다. 자신의 가문인 진가를 진왕의 뒤에 두고, 태위부를 등에 업은 청명을 견제하겠다는 황후의 의지가 눈에 선했다. 순식간에 모든 것이 원점으로 돌아가고 말았다.

'하지만 황후가 이렇게 나올 거라곤 이미 예전부터 예상했던 바잖아.'

그래, 솔직히 말한다면 예상치 못했다 할 수 없었다. 그도 그럴 것이 청명의 혼사를 방해하기 위해 오랫동안 어리다는 핑계를 대며 혼인을 미루었던 게 바로 명색이 모후인 황후였다. 아마도 태위부와의 혼인을 통해 청명이 얻을 세력을 경계한 탓일 테다. 그러니 태위에 버금가는 상서령의 힘을 반대편의 진왕에게 실어 주리란 건 삼척동자도 알 법한 당연한 이치였다. 더군다나 따지고 보면 윤의 모친은 황후와 먼 사촌지간, 영 생뚱맞거나 이상한 일도 아니었다.

한데 나는 어찌 이리 새삼스럽게 화가 나는 걸까. 스스로도 제 마음이 도통 이해가 가지 않으니 대체 이 마음의 주인이 누구인지 알 수가 없었다. 청명은 답답한 마음에 가슴팍을 조이는 끈을 대충 끌러 내렸다. 나직한 비명과 함께 서안이 찰싹 청명의 손등을 아프지 않게 때렸다.

"누가 보면 어쩌시려고! 체통을 지키세요!"

"그놈의 체통, 체통! 듣기 싫어. 찬물에 목욕이나 하고 싶어. 더워서 미치기라도 했나 봐. 나 정신 좀 차려야 해. 얼음장같이 얼얼한 물 좀 준비해 줘."

볼멘소리일 게 분명한 말을 중얼거리며 서안이 문을 닫고 외실로 나갔다. 청명은 멍하니 닫힌 그 문을 쳐다보다 이내 고개를 돌렸다. 꾹 쥔 주먹을 스르르 풀어보자 손톱자국이 남은 손바닥이 모습을 드러냈다. 낙유원에서 말에서 떨어지며 새하얀 손바닥에 난 작고 큰 여러 상처들. 피가 맺혀 붉어진 그 상처들엔 이제 피딱지가 붙기 시작했다. 상처의 흔적이 사라지고, 팔뚝과 등에 크게 난 멍 자국이 흐릿해지고 나면 그땐 이 이상한 기분도 사라질까.

만약 그렇다면 부디 어서 사라져 달라고.

상처든 혼란이든 애초 아무것도 없었던 것처럼 그 흔적도 남기지 말고 완전히 사라져 달라고, 청명은 그렇게 생각했다.

❀

벌써 칠 주야째. 그 우연한 만남 이후, 단 한 번도 그와 말을 나누지 못했다. 정확히 말하자면 인사뿐만 아니라 잠깐이라도 마주칠 일이 없었다.

쌍방적인 회피.

청명은 때아닌 감기를 핑계 대며 공주부 밖으로 일절 출입하지 않았고 윤 역시 진왕부의 공사를 핑계 삼아 저를 만나러 오지 않았다. 그렇게 차일피일, 명목상의 대련은 기약 없이 미뤄지기만 할 뿐이었다. 황제만이 청명을 염려하며 각종 탕제와 진주를 하사하는 둥 신경을 쓸 뿐이니, 그게 벌써 일주일째, 이젠 조금 짜증이 나기 시작했다.

청명은 심술궂게 입술을 잘근 깨물었다. 머리 위를 뜨겁게 달구는 강렬한 햇살, 신발 아래로 느껴지는 작은 돌멩이 하나마저 어쩜 이리도 거슬리는지, 마음에 드는 게 하나 없다.

'먼저 와서 사과를 하면 되잖아. 오해라고, 네가 괜히 또 쓸데없는 상상을 하는 거라고.'

답답한 자식. 그 말이 그렇게 어려운가? 잘못했다는 그 말 한마디가…….

그 순간 청명의 얼굴이 싹 얼음장처럼 차갑게 굳었다.

아니다. 애초, 그에겐 제게 사과할 이유가 없었다. 처음부터 윤은 황후와 얽히게 되어, 상서령부의 여식을 왕비로 맞을 수 있어 기뻤을지도 모른다.

아니, 기뻤을 것이다. 그러니 무어라 변명의 여지도 없이 들켜 버리자 이리 보란 듯 해명은커녕 본색을 드러내는 게지. 헛웃음이 나왔다. 하기는, 어느 누가 좋아하지 않겠는가. 금지옥엽 상서 우승의 고명딸 진연교를 왕비로 맞으며 상서령을 든든한 뒷배로 들일 수 있으니 이야말로 일거양득, 일석이조가 따로 없는데.

혼사는 가장 강력한 연맹. 청명을 견제할 수 있는 막강한 패를 얻었으니 그 기쁨이 어찌 크지 않을까.

'어리석구나, 청명아. 어찌도 이리 어리석니.'

청명은 비틀린 입술을 애써 길게 말아 올렸다. 그러나 억지로 끌어 올린 입꼬리는 어느 순간 허물어지고 말았다. 그 무너진 폐허로 정체 모를 감정이 물씬 밀려온다. 청명은 이를 모른 척, 고개를 재빠르게 내저었다.

'잘 해보라지 뭐. 나라고 생각이 없는 줄 알아?'

놈이 혼자로 그런 수를 쓴다면 이쪽도 다 생각이 있다. 어차피 실질적인 정통성은 청명이 지니고 있는 데다가 무엇보다 황제의 마음도 제게 쏠려 있으니 불리한 것은 오히려 저쪽이다. 게다가 대운경을 이용해 민심을 사려던 수 역시 성공적이라 스멀스멀 입을 타고 번져 나간다고 하니 이보다 좋을 수는 없었다. 물론 불심을 이용해 백성들을 속이려 했다는 죄책감은 어떻게도 지울 수 없었지만 청명은 바꿔 생각하기로 했다. 부처로 태어나지 않았으면 앞으로라도 진짜 부처가 되면 되는 게 아닌가. 같은 실수만 반복하지 않으면 된다. 청명은 좋은 황제가 되고 싶었다. 이는 진심이었다. 경위야 어찌 되었든 모든 게 순조로웠다.

하지만 그와 상관없이 윤은 윤이다. 제겐 비견되지도 못할 만큼 하찮은 놈이 주제도 모르고 동궁을 노리는 걸 머리로는 잘 아는데 어째서인지 쉬이 미워지지가 않았다. 시간이 약이라더니 그 말이 이런 데까지 적용되는지는 꿈에도 몰랐다. 꼬박 붙어 지내온 세월도 세월이라는 건가, 어느새 정이라도 들어버렸나 보다. 그 사실이 이처럼 뼈저리게 느껴질 수가 없어 더욱 분이 차올랐다.

따지고 싶은 것도 많았고 묻고 싶은 것도 많았다. 다만 용기가 나지 않았을 뿐이다. 만날 것이다 마음만 먹는다면 언제건 만날 수 있었다. 그러나 청명은 쉬이 용기가 들지 않았다. 먼저 찾아가는 것도, 얼굴을 마주하고 물을 용기도 들지 않았다. 저 혼자 애가 타 이러는 것일까 봐 자존심이 상했다. 그리고 무엇보다, 막상 윤을 마주해 그에게 왜 황후와 함께 있었느냐 물었을 때 그가 해올 답이 무서웠다. 그러니 아무 일도 못 하고 정말이지 바보처럼 이렇게 혼자 머리만 꿍꿍 싸매고 있는 것이다. 제가 생각해도 한심해 죽을 것만 같았다. 그게 바로 어제까지의 일이었다.

금일은 황후의 부름이 있었다. 정작 와야 할 사람의 소식은 없고 반갑지도 않은 사람의 부름이라니 짜증도 이런 짜증이 없었다.

본래도 뽐내어 권위를 드러내길 좋아하는 황후라 따로 사람을 불러 모으는 일이 잦았는데 어인 일인지 오늘은 그 모임에 청명도 포함되어 있었다. 무슨 바람이 불었는지 알 길이 없기에 더욱 수상하고 꺼림칙했지만 달리 거절할 방도가 없었다. 때문에 호수 근처로 향하는 내내 우울한 기분에 청명은 애꿎은 발만 질질 끌었다.

태액지에 가까워지자 호수에서부터 밀려오는 뜨끈한 바람이 느껴졌다. 머리칼을 제멋대로 나부끼는 바람 위로 축축한 물 냄새도 함께 느껴진다. 저 멀리서 악공들의 연주 소리와 높은 웃음소리가 어렴풋이 들려왔다. 그 소리에 청명은 자동적으로 머리를 매만지는 시늉을 했다. 불편한 얼굴로 뒤를 돌아보자 서안이 어여쁘다고 말하는 듯 활짝 웃어주었다. 이에 정체 모를 용기를 얻은 청명이 한 발 크게 내디뎠다.

청명이 태액정 앞으로 모습을 드러내자 키득거리던 정자 안이 일순 조용해졌다. 청명이 오리라는 걸 미리 전해 듣지 못했던 모양인지 놀란 귀부인들은 제각기 커다란 부채로 입을 가리며 수군거렸다. 조금 높은 단상에 앉아 그 모두를 내려다보던 황후의 시선이 정자 밖의 청명에게 닿았다. 황후의 눈이 조금 새치름해졌다. 그러나 언제 그랬냐는 듯 그녀는 환하게 웃으며 청명을 향해 두 팔을 벌렸다.

"우리 공주께서 드디어 오셨군요. 어서 이리 올라오세요."

"늦어 송구스럽습니다, 모후."

"괜찮습니다. 이런 곳에서까지 딱딱하게 예를 지킬 필요는 없지요. 어서 공주께서 앉을 방석을 준비하거라."

말이 끝나기 무섭게 궁녀 하나가 황후의 연단 바로 아래에 방석을 준비했다. 청명은 수많은 여인들을 가로질러 그 자리까지 걸었다. 셀 수 없는 시선들이 제 등 뒤로 꽂히는 것이 역력했다. 청명은 이를 알지 못하는 척 태연하게 옷을 정리하는 시늉을 했다.

"공주마마께선 날이 갈수록 더욱 아름다워지십니다."

힐끔 눈치만 살피던 여인들 중 하나가 먼저 선수를 쳤다. 누구인가 싶어 살펴보니 상서우승의 아내이다. 그녀를 필두로 하여 황후의 인자한 미소에 자신감을 얻은 다른 여인들의 찬사도 질세라 그 뒤를 이었다.

"하문요. 어쩜 이리 고우신지, 중경 제일미라는 말이 틀리지가 않습니다."

"우리 중주의 홍복이지요."

"어디 그뿐일까요, 현숙하시기로도 둘째가라면 서러우시니 이는 결국 황후 폐하의 가르침이 아니겠습니까?"

이를 흐뭇하게 지켜보던 황후가 겸손하게 저어한다. 이렇게 손발이 잘 맞는 짝짜꿍이 또 없다.

"아닙니다. 우리 공주께서 총명하고 명민하신 탓이지요. 한데 요즘 들어 공주께서 유달리 어여쁘시긴 하지요?"

의미심장한 어조에 눈치가 그리 빠르지 못한 여인네들은 고개만 갸웃댈 뿐이고 황후의 수족이나 다를 바 없는 상서우승의 아내 정씨는 생글생글 웃으며 말을 받았다.

"본디 여인이 더욱 어여뻐질 때는 오로지 한 이유뿐이라 들었는데……."

경박하다 못해 조금은 불경한 발언에 청명의 얼굴이 날카롭게 구겨졌다. 무어라 말을 내뱉으려던 찰나, 교묘하게 황후가 선수를 쳤다.

"아직 교지가 내려지지 않았지만 미리 말해두어도 되겠지요. 머지않아, 부마도위의 간택이 있을 예정입니다."

"하면 국혼이옵니까? 이는 나라의 경사이지요."

"공주마마, 감축드리옵니다."

저들끼리 교묘하게 시선을 주고받으며 청명을 향해 말뿐인 축하를 보낸다. 제각기 부마를 예측하며 빠르게 머리 굴리는 소리가 여기까지 들리는 것 같다. 그러나 청명의 시선은 오로지 황후에게 고정되어 있었다. 느긋하게 포도주를 기울이며 청명을 향해 무심한 시선을 던지는 그녀의 입술이 얄밉게 비틀려 올라간다. 청명은 입술을 깨물었다. 귀부인들 사이 소리 없는 혼란을 조용히 관조하던 황후가 느리게 입을 뗐다.

"한데 진왕은 아직 도착하지 않았다더냐."

그와 동시에 하얀 얼굴들이 일제히 황후를 향했다. 알아도 모르는 척, 황후가 뒤편의 상궁에게 눈짓을 했다.

"곧 도착하신다 하오니 너무 심려치 마시옵소서."

"진왕이 도착하거든 연교 네가 진왕을 모시고 후원을 돌아보거라. 오랜 원정에 지치셨을 테니 고운 정경을 보면 조금이라도 그 피로가 가실 테지. 알다시피 태액지의 운치는 단연 제일이지 않으냐."

"그리하겠습니다."

나긋한 목소리가 고요한 정자를 울렸다. 이에 기다렸다는 듯 정자 내 자리한 모두의 시선이 한 여인에게 쏠렸다. 이는 청명 역시 마찬가지, 조금 전까지 존재조차 몰랐던 그 계집에게 청명은 홀린 것처럼 시선을 빼앗겼다.

곱게 늘어뜨린 머리칼에선 윤기가 흘렀고 그 머리에 꽂힌 모란보다 입술은 더욱 붉었다. 수줍게 반짝이는 소녀의 눈이 여염하게 깜박였다. 기가 막혀 말이 나오지 않는다는 말이 이런 뜻이던가. 청명은 아무 말도 할 수가 없었다.

진연교, 상서우승의 금지옥엽 고명딸.

복숭아꽃을 닮았다는 그 계집애에 대해 이미 알아본 지 오래다. 알아본 바에 따르면, 금년 열일곱이 되었다는 그 계집은 누가 보아도 귀하게 자란 티가 나는 반가의 품위 있는 규수였더랬다. 즐기는 취미, 교우 관계, 배움의 정도 모두 그 나이대 여랑과 별반 다르지 않았다. 별달리 특별할 것이 없는 범상한 소녀. 무엇 하나 남다르지 않은, 적당하고 평범한 수준의 아이가 눈에 선하게 그려졌다. 그렇기에 청명은 그 '복숭아꽃'을 닮았다는 미색도 예의상 의례적으로 갖다 붙이는 미사에 불과하리라 여겼었다.

한데, 눈앞에서 다소곳이 눈을 내리깔고 웃는 저 계집앤 상상 속 그 아이가 아니다. 난데없는 배신감과 허탈함에 청명의 얼굴이 보기 싫게 일그러졌다. 소맷자락으로 배시시 입술을 가리던 연교가 문득 청명을 바라보았다.

청명과는 분위기부터가 확연히 다르다. 청명이 꼿꼿한 기세에 쌀쌀한 느낌이라면 연교는 누가 뭐래도 봄바람처럼 사랑스럽고 고운 느낌이었다. 앙증맞게 웃던 연교는 청명과 눈이 마주치자 고개를 갸웃 기울이며 인사를 올리는 시늉을 했다. 저도 모르게 청명은 고개를 홱 돌려 버렸다. 때마침 청명 옆의 한 여인이 맞은편에서 흐뭇하게 웃고 있는 상서우승의 아내 정씨에게 말을 건넸다.

"올해 열일곱이 되었지요? 이만하면 시집보내도 충분하겠습니다."

"그런 말 마셔요. 아직 부족한 것이 많아 더 가르쳐야 합니다."

"내 그 댁 아가씨에 대한 소문은 익히 들어 알고 있으니 거짓부렁은 접어두시지요. 상서우승 댁을 드나드는 매파가 끊이지 않는다 들었는데."

"선남선녀를 보면 짝을 이어주고 싶은 것이 본디 매파의 마음이라더니, 요즘은 본궁이 그런가 봅니다. 이 사람이 훌륭한 매파가 되어줄 터이니 다른 매파는 모두 돌려보내세요."

짐짓 농을 던지는 어투였으나 황후의 눈이 먹이를 발견한 솔개처럼 번득였다. 그런 황후에 진연교는 부끄러운 양 입술을 오물거렸고, 그 어미인 정씨는 기다렸다는 듯 고개를 조아렸다.

"황후 폐하께서 우리 연교를 이리 어여쁘게 보아주시니 감읍할 따름입니다."

작게 웃는 황후를 바라보던 귀부인들이 날카로운 시선을 주고
받는다. 때마침, 기다리기라도 한 것처럼 물 위를 미끄러지듯 사
뿐사뿐 걸어온 궁녀 하나가 진왕야께서 오셨노라 고했다. 일제히
시선은 그쪽을 향했다. 청명은 포도를 집어 입으로 꾸역꾸역 넣
었다. 새파란 하늘만큼이나 푸른 청의의 사내가 여인들의 세계
로 걸어 들어왔다. 보지 않으려 애를 썼으나 청명의 시야는 자석
에 붙기라도 한 것처럼 저절로 그를 담고야 말았다. 채 삼키지도
못해 입안은 이미 포도로 한가득 차 있었지만 청명은 억지로 연
둣빛 포도를 입안으로 밀어 넣었다. 그리하지 않으면 정말로 안
될 것만 같았다.

"황후 폐하."

"진왕께서 오셨군요."

한여름 햇살이 따가운지 그늘도 아닌 뙤약볕 아래 선 그의 눈
이 자못 신경질적으로 찡그려져 있었다. 그러나 그렇다 하여 그
가 정자 안으로 들어서는 건 말이 되지 않았다. 사내라곤 양물
없는 내관들만이 버티고 선 이곳에서 엄연히 황족인 진왕이 여인
들 사이 자리를 잡는 건 어불성설, 사리에 맞지 않는 일이다. 이
를 모르지 않을 황후가 왜 이곳까지 불렀는지 묻고 싶은 기색이
역력한 얼굴이었다. 미묘한 짜증을 즐겁게 바라보던 황후가 느릿
하게 입술을 뗐다.

"이를 어쩌나, 내 약속 시각을 잘못 전해 드렸군요. 이를 어찌
하지요?"

놀리는 듯 평이한 어조에 윤의 얼굴이 불쾌하게 구겨졌다. 청명

은 저도 모르게 침을 꿀꺽 삼켰다. 하지만 이내, 그는 깍듯이 고개를 끄덕였다. 그걸 본 청명의 눈썹이 날카롭게 치켜 올라갔다.

그답지 않았다. 이건 청명이 아는 청윤이란 사람이 아니다. 그녀가 아는 청윤은 적당히 오만하면서도 되바라지고, 교활했으며, 사람 어이없게 만드는 재주가 탁월한 그런 놈이지 제 눈앞의 공손히 머리를 숙인 저 남자가 아니었다. 도저히 이해할 수 없는 비굴함에 청명의 얼굴이 얼음장처럼 쨍하니 얼어붙었다. 심장이 마구 두근거렸다. 잠시 머뭇거리던 윤이 공손한 음성으로 답했다.

"다음에 다시 뵙는 것이 좋겠습니다."

더 참지 못하고 청명이 돌아서는 윤을 따라 막 몸을 일으키려던 순간,

"찾은 손님을 그냥 돌려보낼 수야 없지요. 연교야, 진왕을 모시고 잠깐 후원을 돌거라. 두 식경이면 충분할 것이다. 괜찮겠지요, 진왕?"

태연자약한 얼굴로 황후가 연교에게 손짓을 했다. 그 명령에 얌전히 끄덕이는 진연교도, 청윤도 그 모두가 군소리 없이 황후에게 고분고분 순종했다. 상을 짚은 청명의 손에서 스르르 힘이 풀렸다. 공연히 저만 바보가 된 기분이었다. 맥이 탁 하고 풀리며 청명은 하릴없이 윤을 쳐다보았다.

어느새 정자 아래로 내려간 연교가 수굿이 고개를 숙여 윤에게 예를 올렸다. 그런 연교를 잠시 내려다보던 윤이 먼저 몸을 돌려 후원 쪽을 향해 걸음을 옮겼고 그 뒤를 연교가 따랐다. 한 쌍의 남녀가 그렇게 전각에서 완전히 사라지자 곳곳에선 경망스러운 웃음소리가 터져 나왔다.

"어쩜 저리도 잘 어울릴까요?"

"역시 마마의 안목이 참으로 뛰어나십니다. 진왕야 같은 헌헌장부에게 감히 어떤 여인이 비견할 수 있을까 항시 그것이 궁금하였는데 오늘 보니 이런 선남선녀가 또 어디 있겠습니까. 소인들의 부족한 안목으론 역시 황후마마를 감히 따를 수가 없습니다."

"둘 다 딱 어리고 어여쁠 나이가 아닙니까. 참 좋을 때지요."

몸까지 떨며 웃는 여인들의 머리 위 꽂힌 붉은 꽃이 함께 경련하듯 떨린다. 꽉 앙다물린 청명의 턱에서도 경련이 일었다.

내가 대체 왜 이럴까. 왜 이럴까.

제발 정신을 차리라 아무리 타박하고 허벅지를 꼬집어가며 참아보아도 좀처럼 진정이 되지가 않는다.

'이게 나랑 무슨 상관이라고.'

청명은 소리 없이 중얼거렸다. 머릿속으론 이미 충분히, 사무치도록 잘 알고 있는 사실. 한데 어찌 이리 씁쓸한 기분이 드는지 모르겠다. 뭐라 형언할 수 없는 감정이 질투, 불쾌와 뒤엉켜 불타오르다 결국엔 서글픈 패배감만이 볼품없이 타고 남은 재처럼 덩그러니 남겨졌다.

5

"오랜 원정 탓에 많이 지치셨을 텐데 소녀가 전하를 귀찮게 하
는 건 아닌지 모르겠습니다."

한참 조용히 뒤를 따르던 여자가 불쑥 말을 걸었다. 그는 여자
를 향해 돌아섰다.

수줍게 웃는 얼굴, 나긋나긋한 자태, 분홍빛으로 물든 탐스러
운 볼.

누가 보아도 사랑스럽다 마지않을 어여쁜 미인이었다. 특히 금
방이라도 눈물을 떨굴 듯 울망거리는 큰 눈은 단연 사내의 보호
심을 자극하기에 충분했다. 그러나 그뿐, 여자는 '그녀'가 아니
다.

그가 무슨 말이든 해주길 바라는 눈치인 여자를 잠시 바라보
다 윤은 예의상 걷던 보폭을 조금 좁혔다.

"아닙니다. 황성으로 돌아온 지 꽤 되었으니까요."

"이리 존대를 해주시니 조금 민망한걸요. 말씀 낮추세요."

"황후께서 부탁하셨는데 그럴 수야 없지요."

이에 용기를 얻은 연교가 살짝 눈치를 보다 그에게 조금 가까이 다가섰다. 여인이 다가서기 무섭게 달콤한 향내가 훅 하고 번졌다. 흠칫 물러서던 것도 잠시, 윤의 눈이 조금 커졌다.

"이게 무슨 향입니까?"

"예?"

"무슨 향이냐 물었습니다."

순간, 붉은 기가 얼굴로 솟구쳤다. 부끄러운 척, 입가를 손으로 가리며 연교가 수줍게 답했다.

"향이 마음에 드셔요? 백모란이온데……."

백모란, 하고 다시금 중얼거리던 그가 이내 다시 발을 뗀다. 연교는 쪼르르 열심히 그 뒤를 쫓았다.

기실 후원을 안내해 주라 한 것은 핑계, 태액지에 처음 와본 연교가 이곳 지리를 알 턱이 없었다. 어차피 그녀의 목적은 그깟 길동무 따위가 아니다. 아무리 눈치가 없어도 이 정도 상황까지 되었으면 저 남자도 이 만남의 목적을 모른다 하지는 않겠지. 게다가 별달리 싫은 말을 하지 않는 걸 보면 진왕도 제게 마음이 있음이 분명했다.

하긴, 어느 누가 이 진연교를 싫다 거부할 수 있을까. 연교는 회심의 미소를 지었다.

진왕은 황후의 말에 반기를 들 만큼 깜냥이 커 보이진 않았다. 사실, 생각했던 것보다 일이 너무 쉽게 풀려 연교는 외려 불안하기까지 했다. 들려오는 핏빛 소문 속, 오랑캐를 잔혹하게 살육했다던 그 전쟁 영웅이 정말 눈앞의 이 말수 적은 남자란 말인가? 얼마쯤은, 오만하고 거칠며, 제 자랑밖에 늘어놓을 줄 모르는 따분하고 어리석은 사내를 기대했던 연교로선 조금 당황스러웠다. 생긴 것이야 지나치게 말끔하지만 뭐 못난 사내보다야 훨씬 나은 바이고, 말수가 적은 것도 얼마 지나지 않으면 애걸복걸 제게 매달려 올 거라 연교는 믿어 의심치 않았다. 다만 걸리는 것이 있다면,

'황후의 말에 지나치게 고분고분하다는 게 하나 걸려.'

물론 그 고분고분함 덕분에 진왕이 이 자리까지 끌려오긴 했지만 혼인을 한 후, 자신이 진왕비로 들어가게 된 후라면 말이 달라진다.

'진짜 시모라도 된 양 뻐길 얼굴을 생각하면 역겹단 말이지.'

그럴 순 없다. 행여, 나중에 가서 황후인 자신을 무시하고 오히려 태후의 몸으로 내궁을 이끌려 든다면 그보다 큰 문제가 없단 말이다. 그러니 싹은 일찌감치 뽑아버려야 한다. 어차피 사내하기는 여인에 달린 것. 잘만 속살거린다면 그 문제도 무리 없이 잘 해결될 것이라 연교는 믿어 의심치 않았다. 그러니 지금 당장 중요한 건, 저 재미없는 남자를 제 편으로 만드는 일이다. 연교는 이를 악물고 긴 치맛단을 힘껏 밟았다.

"아, 아얏!"

비단 찢어지는 소리와 함께 작은 비명 소리가 한적한 후원을 울렸다. 돌아보니 넘어져 무릎을 어루만지는 연교가 보였다. 창피한지 붉게 달아오른 얼굴로 연교는 고개를 푹 숙였다.

"송구합니다, 전하. 소녀가 정신이 없어…… 부디 용서해 주셔요."

손바닥은 돌부리에 긁혀 핏방울이 맺혔고, 치맛자락은 횡으로 길게 찢어져 영 못 쓰게 되었다.

"다친 건 낭자인데 어찌 제게 용서를 구하십니까."

"괜찮……."

말끝을 흘리며 연교는 입술을 깨물었다. 아픔을 삼키는 척, 얼굴을 살짝 찡그리는 것도 잊지 않았다. 이쯤 되었으면 부축해 주겠다, 안아주겠다, 먼저 손을 내밀겠지. 한데 아무런 반응도 없다. 연교는 힐끔 그의 얼굴을 올려다보았다. 정작 진왕은 대체 무슨 생각을 하고 있는지 무언가에 정신이 팔려 이쪽으론 관심도 두지 않고 있었다. 저를 앞두고 감히 다른 곳에 딴청을 팔다니, 밀려오는 모욕감에 연교의 입술이 쌀쌀히 다물렸다. 연교가 힘주어 그를 불렀다.

"전하."

그제야 그가 연교를 돌아본다. 어울리지 않게 얼이 빠져 있던 얼굴이 연교를 바라보는 순간 딱딱하게 굳었다. 연교는 어설프게 웃으며 그에게 손을 내밀었다.

"잡아주시겠어요? 아무래도 혼자서 걷는 건 무리일 듯싶은데……."

이 정도 했으면 먼저 도와주겠다 나서야 할 때인데, 계집 손 한 번 못 잡아보았나 무얼 저리 뜸을 들인단 말인가. 답답해 미어져 속이 부글부글 끓어오르는 걸 간신히 참아내던 그때,

"여관을 부르지요. 여인의 몸에 손을 대는 건 예가 아니니."

"전⋯⋯."

제 말은 들을 생각도 않고 몸을 돌리는 그에 놀라 연교는 저도 모르게 그의 옷자락을 움켜쥐었다. 그런 연교를 내려다보던 그가 짜증스레 눈썹을 추어올렸다. 방금까지 최소한의 예를 지키던 얼굴 위로 순식간에 냉정하고 싸늘한 기운이 번졌다. 겁을 먹은 연교는 그 손을 놓고야 말았다. 연교가 자신의 옷자락을 놓아주기 무섭게, 진왕이 조급한 걸음으로 발을 옮겼다. 혼자 덩그러니 남겨진 연교는 그 무정한 뒷모습을 멍하니 쳐다볼 수밖에 없었다. 밀려오는 서러움과 짜증에 연교는 애처럼 발을 굴렀다.

아, 정말 미쳤나 보다.

미쳤구나, 청청명. 정신이 나가다 못해 이젠 단단히 실성한 게지.

허겁지겁 수풀 사이로 달리는 내내 청명은 입술을 깨물었다. 그도 모자라 주먹으로 머리를 쥐어박고, 가슴을 때려보아도 망아지처럼 뛰는 심장은 멈출 줄을 모른다.

혹시 들킨 걸까? 아까 정말로 눈이 마주쳤던 건 아니겠지?

아, 정말로 청윤, 그놈에게 들켜 버린 거라면 수치사로 죽어도 충분하다. 들킬 바에야 차라리 죽어버릴 테야.

온몸, 팔, 다리, 목, 셀 수 없이 수많은 곳에서 심장이 뛰는 것만 같았다. 울렁울렁, 콩닥콩닥. 떨리지 않는 곳이 없었다. 숨이 턱 끝까지 닿았을 때, 청명은 사람이 오지 않을 법한, 나무가 깊이 우거진 그늘 옆 작은 바위 뒤로 몸을 숨겼다. 바위로 맞댄 등이 주르르 미끄러진다. 털썩 쭈그려 앉은 청명은 크게 숨을 골랐다. 여전히 가슴이 미친 듯이 뛰어댔다.

왜 그곳에 갔느냐 묻는다면 할 말이 없었다. 청명, 본인조차 그 이유를 알지 못했으니까. 단지 어쩌다 보니, 완벽한 우연의 일치로 거기까지 발길이 닿은 것뿐이다. 그리고 숨어서 그 두 사람을 염탐했던 이유에 대해서 또 묻는다면…….

입술 사이로 터져 나오는 비명을 삼키며 청명은 도리도리 고개를 저었다.

'정말이지 미쳤나 봐. 나 정말 미친 걸까? 왜 이러는 거야?'

절실한 그 물음에 답해줄 사람은 아무도 없었다. 청명은 괴롭게 무릎 사이로 얼굴을 묻었다. 감긴 눈 너머로 아까의 광경이 주마등처럼 스쳐 지나갔다.

진연교, 그 계집애, 생긴 것과 달리 간교한 줄은 알았지만 그 정도일 줄은 몰랐다. 하, 기가 막혀 헛웃음이 다 나올 지경이었다. 일부러 넘어진 다음, 배시시 웃는 꼴이 과연 요사스럽고 교활한 계집이었다. 그리고 청윤, 그놈도 무엇이 그리 좋아 처음 보는 여인의 몸에 손을 대려 해? 꼴에 사내라고 좀 반반한 계집 하나 나타나자 홀려 넘어간 모습이 한심하기만 했다. 겉으론 똑똑한 척 온갖 거만은 다 떨더니 멍청하게 속아 넘어가기나 하고.

흥, 청명은 크게 비웃어주었다.

저리도 어리석으니 황제 자리는 따 놓은 당상이군, 하고 덧붙여 중얼거리기도 했다. 하지만 왜 이리 기분은 싱숭생숭, 우울하게 가라앉는 걸까. 아무리 즐거운 척, 비웃어주려 해도 마음이 나지가 않는다. 청명은 고개를 푹 숙인 채 한참을 들지 않았다.

툭.

무언가가 따끔하고 어깨를 치고 떨어졌다. 화들짝 놀라 주변을 둘러보니 바닥에 초록색 나무 열매가 보였다. 다 익지 않은 열매가 가지에서 떨어진 모양이었다. 지레 겁이나 먹은 제가 한심해 한숨이 나왔다. 조심스럽게 열매를 어루만지던 청명의 뒤통수를 그때 무언가가 또 툭 하고 치고 지났다. 놀라는 것도 한 번이지, 두 번 연속으로 일어나니 이젠 조금 짜증이 난다. 매섭게 눈을 치켜뜨고 뒤를 휙 돌아본 순간, 청명은 고갤 돌려 순식간에 무릎 사이로 얼굴을 파묻어 버렸다. 잠잠해졌던 심장이 다시 또 뛰기 시작했다. 그것도 아까완 비교할 수도 없이 빠르게.

"고개 안 들어?"

아무것도 듣지 못한 척, 딴청을 부리지만 속은 타들어갔다.

'이를 어쩌면 좋지? 아, 정말 본 건가? 나 보고 쫓아온 건가?'

"다 봐놓곤 왜 못 본 척 딴청이실까."

빙글빙글 놀리는 그의 목소리에 웃음기가 배어 있었다. 그걸 알아차리기 무섭게 잠시나마 민망함과 부끄러움에 억눌려 있던 오기가 불꽃처럼 치밀어 올랐다. 발딱 일어선 청명이 윤을 향해 삿대질했다.

"말투가 심히 건방지구나!"

"거봐, 나 봤으면서 못 본 척은."

"못 본 척한 게 아니라 잠깐 생각하던 중이었거든? 넌 묵상도 모르느냐!"

"묵상이고 뭐고, 아깐 왜 그냥 갔어."

"그, 그걸 내가 왜 너한테 말해줘야 해?"

청명은 눈을 또록또록 굴리며 괜히 목소리를 높였다. 윤이 코웃음을 치며 청명을 향해 한 발 가까이 다가왔다. 옆으로 물러설 때를 놓친 탓에 영락없이 바위와 그 사이에 갇힌 꼴이 되었다. 기껏해야 두 뼘이나 떨어져 있을 거리. 제 숨소리가 이리도 큰지 지금까진 전혀 알지 못했다. 불길하게도 그가 두 손을 바위에 짚고 청명의 얼굴 쪽으로 슬쩍 몸을 기울였다. 청명은 침을 꼴깍 삼켰다. 상냥히 웃는 얼굴로 그가 그윽하게 속삭였다.

"왜, 내가 진 낭자와 함께 있는 모습이 궁금하기라도 했어?"

"아, 아니? 내가 왜 그게 궁금해야 해?"

"그런 게 아니면 왜 후원까지 따라와서 염탐이나 하셨을까. 우리 고귀하신 공주님께서."

청명은 이를 악물었다. 보자 보자 하니 머리끝까지 기어오르려 한다. 청명은 있는 힘을 다해 그의 정강이를 발로 걷어찼다. 입을 꾹 다물고 신음을 뱉지도 못한 채 다리를 부여잡는 그를 보자 기분이 조금 좋아졌다. 청명은 뻔뻔하게 히죽 웃었다.

"그래, 궁금하더구나. 당연하지. 상서령부의 계집과 얼마나 죽이 잘 맞을지 너 같으면 아니 궁금하겠니? 둘 다 요사스럽고 간사한 게 정말이지 부창부수가 따로 없어. 아주 한 쌍의 정다운 원앙 나셨다."

"말이 나와 하는 말인데 참 하늘과 땅 차이다?"

청명의 눈에서 불길이 활활 치솟는 것 같다. 애써 웃음을 꾹 누르고 그가 한숨처럼 중얼거렸다.

"난 세상 모든 여자가 전부 너처럼 손찌검을 하는 줄 알았는데 오늘 보니 그게 아니더라고."

"지금 나더러 손버릇 안 좋다고 비난하는 거야?"

그가 도리도리 고개를 저었다.

"그게 어찌 비난이겠어. 다 네 부군 될 사람을 걱정하는 이 친우의 마음인 거지."

"교활한 놈! 뚫린 입이라고 아주 신명 나게 떠들어대지? 그 교만한 입을 후회할 날이 올 거야. 조심해."

"역시 날 걱정해 주는 건 너밖에 없구나?"

"말귀 어두운 것도 병이라더니. 이건 걱정이 아니라 예언이다, 이놈아. 만에 하나 걱정이라도 이건 네가 아니라 네 내자 될 사람을 걱정하는 거거든?"

"본래 부부는 일심동체라더구나. 그러니 내 처를 걱정하는 마음은 곧 나를 걱정하는 마음이지. 네 뜻은 잘 알겠으니 더 설명할 필요 없다."

"그럼 그렇게 잘난 '진 소저'는 어디 두고 날 따라온 거래?"

왜 답이 없을까 해서 올려다보니 입을 꾹 다물고 있는 그의 얼굴이 보였다. 심장이 덜컥 내려앉았다. 청명은 억지로 입술을 끌어 올렸다.

"왜, 말해봐. 진 소저가 영 네 취향이 아니더냐?"

"무슨. 참하고 고운 낭자다. 외려 나한텐 과분할 정도로."

순식간에 기분이 땅바닥에 떨어져 바닥을 뒹굴었다. 묘한 패배감이 엄습했다. 입술을 잘근잘근 깨물면서도 애써 아무렇지 않은 척 청명은 명랑하게 대꾸했다.

"그래, 상서우승의 고명딸이니 얼마나 귀한 집 규수이냐. 진 소저를 왕비로만 맞는다면 상서령부를 등에 업는 건 한순간이지. 잘되었구나. 축하해."

이어지는 어색한 침묵에 청명은 더 과장스럽게 종알거렸다.

"보아하니 얼굴도 그만하면 어여쁘고 성격도 '참' 얌전하니 좋아 보이던데. 네가 맨날 입에 달고 다니던 그 '얌전한' 처자를 왕비로 맞게 되어 참 좋겠다. 나와 달리 여인답고 욕도 하지 않을 테니. 왜, 너무 좋아 같이 있는 게 쑥스럽고 부끄럽더냐?"

"좋은 여인 같아 보이더라."

"한데 왜 여기 왔냐고. 그 좋은 여인이랑 조금이라도 더 이야기나 나눌 것이지 왜 공연히 나는 쫓아오고 난리야."

분통이 터진 청명이 있는 힘껏 그의 어깨를 밀쳤다. 도저히 같이 걸을 기분이 나지 않았다.

'왜 내가 이런 말까지 해야 하는 거야.'

자존심이 상한다. 자존심이 상하다 못해 억울한 마음에 눈물이라도 날 것만 같았다. 정말이지 요즘에 들어선 자꾸 어린애가 되어가는 기분이다. 이런 하찮은 일에 기분이 상하고, 화가 나고, 별것 아닌 일에 흥분하게 되는 저 자신이 이렇게 한심할 수가 없었다. 청명은 이를 악물었다. 그리고 쿵쿵거리며 앞으로 제치고 나갔다. 그런 청명의 손을 뒤에서 윤이 붙잡았다. 엉겁결에 휙 돌려세워진 청명이 노려보며 그를 올려 보았다.

"이거 안 놔?"

"끝까지 듣고 가."

"네놈이 무슨 말을 하든 나는 듣고 싶지 않아. 네가 상서령부와 붙어먹을 때 나라고 가만히 있겠느냐? 나도 혼사를 하루빨리 앞당겨야겠다. 너한테 지지 않으려면. 근데 난 왜 이러는 거야? 왜 나만 이렇게 화가 나고 자꾸 짜증이 나?"

벌어진 입술 사이론 알아듣기도 힘든 헛소리가 제멋대로 흘러나오고, 그걸 듣는 그의 얼굴은 무슨 생각을 하고 있는지 도무지 알 수가 없고. 청명은 제 입을 틀어막고 싶은 심정이었다. 그런 청명을 말없이 바라보던 윤이 가만히 속삭였다.

"병부주사 정의산, 바르고 강직하기로 정평이 난 사내이다."

"그래서."

"그러니 너무 걱정하지 말라고."

"해서! 네가 나 대신 혼인이라도 해줄래? 그렇게 좋으면 네가 그 사람과 혼인해!"

"그게 무슨 억지야."

"몰라! 그냥 다 싫어. 모두 다 싫어. 근데 그중에서도 네가 제일 싫어!"

윤의 가슴팍을 힘껏 떠밀고 청명은 휘적휘적 앞서 나갔다. 어찌 마음이 이리도 오락가락, 어린애 놀음처럼 하루가 다르게 변하는 걸까. 억지를 부리는 걸 알면서도 좀처럼 쉬이 마음이 잡히지가 않았다. 울고 싶다는 기분이 이런 것인가 보다. 제 마음이 제 것 같지 않으니 이를 어찌해야 좋을지 도무지 알 수가 없었다.

※

"원래 사내들은 다 그래? 예쁘기만 하면 되냐고. 어떻게 그게 연기인지 아닌지도 분간을 못 해? 눈은 얼굴만 보라고 있나, 멍청하고 한심해. 세상 그런 천치가 없어."

"그러게요."

"나쁜 놈. 그렇게 사람 놀리면 재미나나? 실컷 당하라지. 그런 여우 같은 계집애한테 잡혀서 된통 당해 버려라. 아이!"

청명은 저도 모르게 팩하고 바닥에 바느질감을 내던지고 말았다. 그 순간 매서운 시선이 청명에게 꽂혔다. 이에 기가 죽은 청명은 시무룩하게 다시 바느질감을 주워 들었다.

"교활한 놈. 천하에 제일 모지리 같은 놈."

다시 마음을 잡고 바느질에나 골몰하려 했지만 쉽사리 마음이 잡히지가 않았다. 혼자 심통이 나 중얼거리는 청명을 한심하게 바라보던 소산이 다시 바느질감으로 시선을 돌렸다. 그리곤 대수롭지 않다는 투로 물었다.

"공주님, 혹시 진왕야를 좋아하십니까?"

"아니? 왜 내가 걔를 좋아해? 내가 언제 걔를 좋아한대? 어? 이게 좋아하는 걸로 보여?"

허, 어이가 없어 입이 다물어지지가 않는다. 청명은 눈을 동그랗게 뜨고 얼떨떨한 표정을 감추지 못했다. 소산이 무뚝뚝하게 대꾸했다.

"그럼 그걸 왜 신경 씁니까. 그냥 무시하면 되잖아요. 공주님은 공주님의 일이 있는 거고 그건 진왕야의 일이고. 공주님 일만 잘하면 되었지 그분의 일까지 공주께서 신경 써줄 필요는 없다 이거지요. 과한 오지랖이라곤 생각 안 합니까?"

"오, 오지랖이라니! 걱정도 몰라? 아니. 내가 걔 걱정을 해준다는 말은 아니고 말이 그렇다는 건데. 그리고 걱정을 하면 안 되는 이유도 있어? 그래도 친족인데 걱정 좀 해줄 수도 있지."

"언제는 그 '친족'이라 미워 죽겠다면서요. 맨날 공주님 걸 다

빼앗아가려 하는, 사악하고 교활하고 못된 놈이라면서요."

"그렇게 못되지는 않았어! 그냥…… 아, 몰라! 교활한 놈은 맞는데 못되지는 않았어. 나 또 무슨 말을 하는 거니? 진짜 더위라도 먹었나."

"한나절째 그거만 붙잡고 계시네. 내려 두세요. 제가 마저 할 테니."

어쩐지 부끄러워져 청명은 자신이 마저 하겠다 다시 바늘을 집었다. 마지막 마무리까지 끝낸 다음에야 곱게 개어 한편에 내려놓았다. 한데 오늘은 어쩐 일로 문아가 보이지 않는다. 평소 같으면 공주님 오셨냐며 옆에 달라붙어 종알종알거릴 그 꼬마가 안 보이니 청명은 조금 궁금해졌다.

"한데 문아는 어디 갔어? 보이지 않네."

"아까 상단 일 도우러 간다고 나갔는데…… 조금 늦네요."

소산이 설핏 미간을 찡그렸다. 그도 그럴 것이 벌써 해가 질 듯 하늘엔 주홍빛 물이 언뜻 비추기 시작했는데 아까 들어왔어야 할 녀석이 보이질 않으니 걱정이 될 법도 했다.

그동안 이 작은 집을 뻔질나게 드나들며 알게 된 사실은 생각했던 것보다 사정이 훨씬 힘들다는 것이다. 말 그대로 하루 벌어 하루 먹고사는 형편이라 두 남매는 하루가 모자라게 뛰어다녔다. 아무리 돈을 벌고 싶다 해도 여인인 소산으로서는 할 수 있는 일이 극히 한정되어 있었기에 삯바느질이나 이따금 부엌일을 도우러 다니는 일밖에 할 수 없었고 그 때문에 아직 어린 동생 문아도 함께 생활 전선에 뛰어들어야 했다. 그나마 사내아이기에 문아는 할 수 있는 일의 폭이 넓었다. 글을 알고 있었기에 상단에서 장부 정리를 돕기도 했고 잡일이나 심부름을 맡기도 했다. 때문에 집에 발붙일 새 없이 매일을 열심히 뛰어다니는 기특한 꼬마라는 건 청명도 잘 알고 있었다. 하지만 밥때까지 놓쳐 가며 늦게 오는 아이는 아니었는데. 청명은 목을 길게 빼 싸리문 너머를 훑어보았다. 그림자도 보이지 않는다.

"왜 안 오지?"

"제가 찾으러 가볼게요. 계세요."

일감을 내려놓고 소산이 신을 고쳐 신었다. 청명도 따라 벌떡 일어섰다.

"싫어. 같이 가. 혼자 갔다 무슨 일이라도 있으면 어쩌려고. 나라도 있어야지."

"정말 공주님 맞아요?"

"공주 맞다니까?"

"공주님이 위기의식이라곤 하나도 없네. 여기가 황궁인 줄 알아요? 무슨 일이 있어도 내가 당하는 게 낫지 공주님이 당하는 게 반가울 것 같아요?"

"그렇다고 너 하나만 보내? 그건 싫어. 혹시라도 무슨 일 있으면 어쩌려고. 어차피 나 혼자 몸으로 온 것도 아니야. 내가 그렇게 생각 없어 보여?"

소산은 한숨을 내쉬며 방글거리는 하얀 얼굴을 노려보았다. 제멋대로 군 적이 있냐는 양 속없이 웃는 얼굴이 자신만만하기 그지없었다. 결국 소산은 청명의 볼에 땀으로 달라붙은 머리카락을 떼어주며 그 얄미운 볼을 툭 건드렸다.

서시 중에서도 가장 외진 곳이라 오가는 이는 많았지만 그들의 옷차림은 하나같이 낡거나 남루했다. 화려한 홍등이 걸리고 독특한 향신료의 냄새가 풍겨오는 번화가와는 멀리 떨어진 곳이다. 바닥만 해도 떨어뜨린 음식들이 곳곳에 말라붙어 있었고 간혹 제멋대로 길가에 늘어선 쓰레기 더미에선 쥐가 설쳐 대는지 찍찍대는 소리가 들려왔다.

말끔하다 못해 귀한 태가 흐르는 비단옷을 입고 그 길을 지나는 청명은 눈에 띄다 못해 이질적인 존재였다. 게으르게 늘어진 상인들의 시선이 하나같이 청명에게 꽂혔다. 경외나 존경과는 확연히 다른 색이다. 이런 노골적인 시선에 청명은 익숙하지 못했다. 어느 누가 감히 공주인 자신에게 성적인 의도가 물씬 담긴 불순한 시선으로 쳐다볼 수 있단 말인가. 기분이 불쾌하게 가라앉았다. 뒤에서 따라오는 호위의 존재를 알아 그들의 시선이 별달리 위협적이지는 않았으나 그와 별개로 불쾌함은 불쾌함이다. 그랬기에 청명은 어서 빨리 대로로 나가길 바라며 소산의 뒤를 따라 말없이 걸음을 재촉했다. 그때였다.

"어어이, 거기 소산 낭자가 아닌?"

누구냐 묻기도 전에 이쪽으로 다가오는 사내의 속도가 더 빨랐다. 뒤엔 졸개들인지 사내 한 무리를 이끌고 선두에 선 남자가 활짝 이를 보이게 웃으며 소산의 앞에 섰다. 사내는 히죽 웃으며 소산과 청명을 번갈아 보았다.

"어디를 가시길래 이리 바쁘신감? 뒤에 낭자는 못 보던 얼굴이신데."

"길이 바빠 어서 가봐야겠습니다."

"에이, 우리 사이에 소개도 좀 시켜주고 그러는 거지 무어가 그리 빡빡해. 어서. 누구신데?"

"상단에 간 문아가 아직 돌아오지 않았던데 혹시 못 보셨습니까?"

구겨진 얼굴로 소산이 차갑게 말을 돌렸다. 청명은 그제야 사내의 정체를 눈치챌 수 있었다. 이따금 문아가 종알대던 이야기 속에 꽤 빈번하게 등장하던 그 음탕한 '공자님'이 아니시던가. 소산이 일감을 얻어오고 문아가 회계 일을 돕는다던 그 상단의 셋째 공자라는 자가 소산에게 껄떡거린다는 건 익히 들어 알고 있었다. 그자의 이야기를 할 때면 까불대던 문아도 풀이 죽어 조용해졌기 때문이다. 그런데 그자가 이렇게 제 눈앞에 나타나다니. 청명은 팔짱을 끼고 '공자님' 하는 꼴을 뻔히 지켜보기 시작했다.

"문아 그놈이야 일을 돕고 있겠지. 다 큰 사내놈을 낭자가 또 걱정할 건 무언가? 그 나이대 놈들은 풀어두면 다 알아서 자라네. 낭자는 낭자 한 몸만 잘 보살피면 될 것을."

"일이 바빠 이만 가보겠습니다."

"어허, 말이 아직 안 끝났는데 어딜……!"

지나가려는 소산의 손목을 사내가 홱 낚아챘다. 그 반동과 함께 소산이 휘청거리며 옷자락을 밟아 넘어질 뻔했다. 그걸 보기 무섭게 화가 머리끝까지 치솟은 청명이 저도 모르게 사내의 가슴을 밀쳤다. 사내가 소산의 손목을 놓쳤다. 그 틈에 청명은 재빨리 소산을 끌어당긴 다음 제 등 뒤로 숨겼다.

"이게 뭐하는 짓이냐! 내가 누군 줄 알고!"

"그런 너는 내가 누구인 줄 아느냐? 구멍만 한 상단 하나 운영하는 주제에, 분수를 모르고 날뛰는 꼴이 가관이로구나. 계집이

나 희롱하려 그 손이 필요한 것이라면 당장 끊어버리는 게 좋겠다."

"네년도 한통속이로구나! 네년들을 내 가만둘 줄 아느냐? 반반하고 고와 잘 봐주려 했더니 감사한 줄은 모르고!"

사내의 얼굴이 붉으락푸르락해지며 그가 두 팔을 걷어붙였다. 명이 떨어지면 금방이라도 잡아 족칠 듯 사내 뒤로 선 남자들이 주먹을 불끈 쥐는 게 보였다. 청명은 침을 꿀꺽 삼키며 소산의 팔을 붙잡은 손에 힘을 주었다.

"반반하지도 않고 곱지도 않은 네 흉측한 면상을 보니 난 널 잘 봐줄 필요가 없어 다행이다. 생긴 대로 논다더니 그 말이 바로 널 가리키는 말이구나. 소산의 고운 얼굴은 너 보라고 있는 게 아니니 착각은 그만두고 당장 소산에게 사과하거라!"

"네년도 가만두지 않을 것이다. 내가 누군 줄 알고! 내가 모시는 분이 바로 사공 나으리이시다. 알아듣겠느냐. 내 위에 사공부가 있다는 말이다. 이제 네가 저지른 일이 얼마나 큰 무게인지 눈치챘겠지. 네깟 계집이 감히 사공 어르신을 능멸하려 해?"

"너같이 흉측한 놈이 누구인지 관심도 없으니 네 소개는 다른 데 가서 하거라. 나도 보는 눈이란 게 있어서 말이다."

청명은 눈에 바짝 힘을 주고 야멸차게 코웃음을 쳤다. 비웃음이 효과적이었던지 사내는 더 분을 참지 못하고 길길이 날뛰며 달려들었고 제때 기다렸다는 듯 호위 셋이 나타나 그 사이를 가로막았다. 검 자루를 보이며 등장한 호위가 듬직하게 어서 가시라 눈짓을 해 보였다. 청명은 등을 꼿꼿이 세우며 마지막으로 사내에게 히죽 웃으며 손가락을 겨냥했다.

"그런데 얼굴은 씻고 다니느냐? 네 얼굴 가득 둥둥 떠다니는 기름기 정말이지 보고만 있어도 역겨워 죽겠다. 그 잘난 상단은 얼마나 가난하길래 자식 씻길 물도 없단 말이냐?"

"저년을 내 가만두지 않을 것이다. 네년을 내 당장 물고를 내야겠다. 무엇하느냐, 당장 잡지 않고!"

결국 화가 끝까지 폭발했는지 사내는 울부짖으며 이쪽으로 달려들었다. 그와 동시에 청명과 소산도 달음박질을 시작했다. 소산의 손을 꼭 잡고 미로같이 이어진 길을 따라 달리는 내내 계속 바보처럼 벌어진 입술 사이로 실없는 웃음소리가 흘러나왔다.

한참을 달려 회족 거리에 도착했을 무렵 둘은 나란히 작은 좌판 뒤로 숨었다. 여기까지 쫓아오지는 않았는지 뒤를 따라오는 이들은 보이지 않았다. 숨이 턱 끝에 달해 벌어진 입술 사이로 가쁜 숨소리가 흘러나왔다. 아무 힘도 나오지 않는다 생각했는데 헉헉대는 와중에도 서로를 볼 때면 무어가 그리 우스운지 자꾸만 웃음이 나왔다. 어느새 바닥에 스르륵 흘러내린 소산이 소매로 이마를 훔치며 웃음기 섞인 목소리로 입을 열었다.

"잡혔으면 어쩌시려고 그러셨대. 정말 공주 맞나 몰라요."

"그럼 친우가 처한 곤경을 모른 척하나?"

"언제부터 친우래요. 동의도 없이."

"내가 널 좋아하기 시작한 그때부터 이미 넌 내 친우였어. 한데 넌 왜 정작 저놈 앞에선 아무 말도 못 해? 그땐 나한테 막 소리도 지르고 말도 잘만 했으면서. 나보다도 똑똑하면서 왜 저런 별것도 아닌 놈한텐 아무 말도 안 하는 거야."

청명은 볼멘소리처럼 물었다. 소산이 치맛단을 툭툭 털며 대수롭지 않게 답했다.

"공주님은 공주님이시고. 저 사람은 저 사람이니까. 아무리 공주리 해도 나한텐 황제나 공주나 먼 세계 사람인 건 매한가집니다. 당장에 내 목숨줄 붙잡고 있는 건 황제가 아니라 저 사람이니 무서운 것도 저 사람이 먼저지요."

"그래도 공맹이니 훈계하며 혼내주었으면 찍소리도 못 했을지 어떻게 알아. 네가 그렇게 자꾸 참으니까 저런 파리 같은 놈이 우습게 알잖아."

"그렇게 할 말 다 하면서 사는 건 공주님이시니까 그렇고. 계집이 글을 안다는 것 자체가 어불성설인데 그게 더군다나 나같이 가난한 계집이라면 더욱 어떻겠습니까. 글을 아는 것도 기가 막힐 따름인데 사내 앞에서 아는 척 글귀까지 나불대면 그 꼴이 참 우습지 않을까요. 그것도 그 상단에 빌붙어 먹고사는 주제에."

"그런 게 어디 있어."

애써 항변해 보지만 저절로 목소리 끝이 갈라졌다. 소산은 입술을 깨물고 말을 잇지 못하는 청명의 이마를 소매로 훔쳐 주며 담담히 말을 이었다.

"그러니 앞으론 나서지 마세요. 공주님께서 절 생각해 주신 그 마음은 잘 알겠지만 이건 저 혼자 감내해야 할 일입니다. 번번이 이리 구해주실 게 아니라면 이러지 마세요. 물론 아깐 통쾌하긴 했지만."

"정말로 통쾌하긴 했어? 무얼 안다고 나대냐 생각하진 않았고?"

소산은 고개를 들었다. 울먹거리는 큰 눈동자 가득 그렁그렁 눈물이 고여 있었다. 청명은 알싸하게 아려오는 목구멍을 모른 척 억눌렀다. 지금이 아니면 언제 다시 용기를 낼 수 있을지 알 수가 없었기 때문이다.

"네가 내게 말했지. 여인은 선비가 될 수 없다고. 나는 지금껏 단 한 번도 그런 식으론 생각을 해본 적이 없었어. 왜냐하면 나는 존귀하고, 잘난 공주였으니까. 비록 여인으로 태어났어도 그 어떤 사내도 나보다 태생적으로 귀한 이는 없었으니까. 그러니 나는 여인이되 여인이 아니라 생각했다. 내가 글을 읽는 걸 말리는 이는 아무도 없었고 내가 똑똑해지는 걸 한심하다 여기는 이도 아무도 없었어. 왜냐하면 난 공주니까. 장차 황제가 되어 이 나라를 이끌 사람이니까!"

먼지 묻은 볼을 타고 서러운 눈물이 툭툭 멋대로 흘러내렸다. 청명은 벅벅 손등으로 눈가를 문질렀다.

"그런데 상황이 바뀌었지. 부황께서 돌아가시고 막상 내가 여인이라는 이유로 황제가 되지 못할 것이다 생각하니 억울했어. 여인이라는 이유로 왜 황제가 될 수 없는지 이해할 수가 없었어. 화가 나고 분했는데 그뿐이었어. 밉고 원망스러웠던 건 다른 누구도 아닌 내가 여인이라는 사실이었지, 여인이 황제가 될 수 없는 이 현실이 아니었어. 내가 윤을 미워했던 이유도 그것이야. 그 앤 나와 달리 사내니까. 그래서 난 그 애처럼 사내가 되고 싶어서 말을 배우려 하고 검을 배우려 하고 나와 맞지도 않게 무작정 따라 하려고만 했어. 어디 그뿐일까. 네 말대로 백성들을 속이고 현혹시키고 거짓 소문을 퍼뜨려서라도 황제가 되려 했지. 그들의 안위엔 관심도 없었거든. 내게 중요한 건 황위와 면류관, 그 둘

뿐이었어. 황제가 되고 싶었지만 단 한 번도 그 자리의 무게에 대해선 고민해 보지 않았어."

소산은 아무 말도 하지 않았다. 그 침묵이 비수처럼 청명의 가슴을 쿡쿡 찔렀다. 부끄럽고 한심했다. 말을 털어놓을 때마다, 하나둘 쌓이는 죄책감과 수치심이 눈처럼 불어난다. 고개를 들면 저를 한심하게 내려다보고 있을 소산의 얼굴이 선해 차마 고개도 들 수가 없었다. 하지만, 동시에 후련했다. 몹시도 후련하다. 가슴속으로 밀려들어 오는 상쾌한 바람은 아까의 그것과는 비교할 수도 없었다.

"그래서 너를 보면 부끄러워. 어째서 여인은 글을 읽어서도 아니 되고 제대로 된 보수를 받고 일하지도 못하고 기껏해야 삯바느질이나 하고 살아야 하는지 나는 한 번도 궁금해한 적이 없었거든. 알고 싶지도 않았고, 알았더라도 난 신경조차 쓰지 않았을 거야. 금세 잊어버렸겠지. 황위를 얻는 데 있어서 쓸모없는 정보니까. 난 몹시도 이기적인 계집애였어. 너를 처음 보았을 때 친우로 삼고 싶었던 이유도 그것이었다. 나 말고 글을 읽을 줄 아는 여인은 처음이라 신기해서. 세상에 잘난 건 나 하나뿐이다 생각했던 내 앞에 나타난 나보다 잘난 여인은 네가 처음이라 네가 궁금했어. 사실은 그것도 애초 비틀린 건데. 글 읽는 여인이 너 하나밖에 없다는 사실 자체가 이상하고 잘못된 건데. 널 보고 나서야 이 이상한 세상에 의심을 갖게 되었다는 게 난 너무 부끄러워. 그날 널 만나지 못했더라면 난 여전히 멍청하고 어리석고 눈먼 돼지 같은 공주였겠지. 그게 너무도 부끄럽고 치욕스러워. 세상을 잘 아는 척, 현명하고 똑똑한 척 떠들어댔던 내 입이 원망스러워. 한심해."

"말이 거치시네요."

"나 달라지고 싶어. 정말로 나, 좋은 황제가 되고 싶어. 아직도 그게 무엇인지 잘 모르지만 그래도 너와 함께라면 할 수 있을 것 같아. 적어도 이 이상한 세상보다는 나은 세상을 만들어보고 싶어. 여인도 학문을 배우고 적어도 동등한 위치에 설 수 있는 세상, 허무맹랑하고 누군가에겐 우습지도 않은 이야기일지 몰라도 시도해 보고 싶어. 그리고 그런 내 곁에 네가 있었으면 좋겠어."

청명은 고개를 들었다. 시선이 마주쳤다. 잠시 입술을 일자로 다물고 청명을 바라보던 소산이 입술을 뗐다.

"전 아무것도 몰라요. 글자 몇 개 안다고 치도를 아는 건 아니고, 세상의 비정함을 안다고 올바른 세상을 만드는 법을 알진 않아요. 사실 바른 세상이 무엇인지도 모르겠어요. 그런 세상이 올 거라곤 상상을 해본 적이 없으니까. 그래서 공주님을 믿지도 못해요. 그 바른 세상이 정말로 존재하는지도 모르는데 그런 곳을 만들겠다는 말을 어찌 믿겠어요. 그런데도 한 번쯤은 모른 척 속아주고 싶어요. 공주님이라면, 당신이 황제가 된다면 적어도 지금보다는 더 나은 세상이 올지도 모른다고 믿어보고 싶어요. 모두가 불가능하다 말해도요."

청명은 잠시 코를 훌쩍이다 조심스럽게 물었다.

"그럼 이제 내 친우 해줄 거야?"

"대체 그놈의 친우가 뭔데 자꾸 친우를 해달래요? 쑥스럽게."

"내가 지켜줄게. 내가 널 지켜줄 테니 너도 날 지켜줘. 내가 더 좋은 사람이 될 수 있게 곁에서 지켜주는 게 내 친우야."

"옆에서 욕해주고 잘못된 길로 가면 욕해주고 혼내주는 게 친우라면 참 간단하네요. 제 특기예요."

헤실 웃으며 청명은 소산의 팔에 찰싹 달라붙었다. 무어라 말하려는 듯 입을 달싹이던 소산이 한숨과 함께 고개를 멀리 돌렸다. 청명은 장난스럽게 그런 소산의 팔을 작게 흔들었다.

"소산. 그럼 이제 나랑 약속해."

"무얼요."

"절대 내 곁을 떠나지 않는다고."

"그거 꼭 연인들 사이의 밀약 같은데요."

소산은 의심스럽다는 얼굴로 눈썹을 추어올렸다.

"그리고 그 흉악한 놈의 상단에서도 나와."

"그럼 전 뭘 먹고살아요?"

"예현하사(禮賢下士)라고, 인재를 대우하는 건 군자의 당연한 이치지. 맹상군을 봐. 식객만 삼천을 두었는데 결국 그의 목숨을 구한 건 그 식객 중 하나였다잖아. 내 옆에서 도와줘. 나 이제 해야 할 일이 아주 많거든."

히죽 웃으며 청명은 소산의 팔을 잡아끌었다.

"말 나온 김에 네 동생 데리러 가자. 우리 문아 찾으러 나온 거잖아."

"아!"

잊고 있던 문아의 존재를 떠올린 소산이 퍼뜩 고개를 들었다. 어느새 청명을 잡아끄는 건 소산이 되어버렸다. 순식간에 이리저리 꼬인 복잡한 길을 뚫고 상단 앞에 도착하자 기다리는 이는 없고 이미 문아가 집으로 돌아갔다는 대답만이 그들을 기다리고 있었다. 그러나 정작 맥이 풀려 집으로 돌아왔을 땐, 기다리던 사람뿐만 아니라 예상치 못했던 이도 함께였다.

싸리문 앞에 기대어 서 기다리고 있던 윤을 본 청명의 눈이 휘둥그레졌다. 그런 청명을 보는 소산의 눈이 의미심장했다. 문아는 쪼르르 달려 나와 제 누이의 옆에 섰다. 청명이 쿡쿡 소산의 등을 찌르자 소산이 마지못해 먼저 입을 뗐다.

"여긴 어쩐 일이십니까?"

"저 애가 여기 있다길래."

"네, 네가 왜 날 찾아?"

청명은 저도 모르게 말을 더듬고 말았다. 윤은 어깨를 으쓱했다.

"찾으면 안 돼?"

"우리가 언제부터 그렇게 친밀한 사이였다고?"

"이거 섭섭하네. 친밀한 사이가 아니었다니."

"말장난하지 마!"

불현듯 생각난 어제 일에 갑자기 화가 치솟는다. 청명은 다급하게 소산의 팔을 흔들었다.

"우리 빨리 들어가자. 응?"

"싸우실 거면 밖에서 싸우세요. 문아, 배고프지?"

들은 척도 않고 소산은 문아를 끌고 먼저 들어가 버렸다. 그 뒷모습만 하염없이 쳐다보던 청명도 결국 새침한 눈으로 휙 그를 노려보았다.

"용건만 빨리 말해. 나 바쁘니까."

"오늘이 무슨 날인 줄 알아?"

"칠석이잖아. 근데 뭐."

"나 데리고 곤명지 가줘."

그가 산뜻하게 졸랐다. 청명은 잠시 그 말이 이해 가지가 않아 고개를 갸우뚱했다.

"뭐라고?"

"나 좀 데리고 가달라고. 곤명지."

"너 미쳤니?"

"아니?"

윤이 태연하게 고개를 가로저었다. 청명은 이제 치솟은 화를 어찌 분출해야 할지 가늠하고 있는 중이었다. 사람 놀리는 것도 한두 번이지 이젠 내가 전용 광대인 줄 알아? 막 욕을 퍼부으려는 순간, 그가 유유히 말을 빼앗았다.

"놀리는 것도 아니고 장난치는 것도 아니야. 정말 같이 가고 싶어서 그래."

김이 샌 청명은 눈을 데굴데굴 굴렸다. 그 틈을 타 윤은 더욱 서글픈 어조로 말을 이었다.

"알다시피 내 벗이라곤 너 하나뿐이지 않느냐. 미우나 고우나 너뿐인데 내가 찾을 이가 누가 더 있겠어."

"그래서."

"같이 가고 싶다고."

"난 벗 있거든? 그리고 그건 네 사정인데 왜 내가 너랑 거기를 가야 하는데?"

코웃음을 치는 청명을 향해 윤이 의기양양 대답했다.

"재미있을 테니까."

"어찌 그리 단언해?"

"너 한 번도 칠석날 곤명지에 가본 적 없지?"

"그래서."

"그러니 모르겠지."

"넌 가본 적 있어?"

"나도 없으니 너한테 가자고 하는 게다. 눈치도 없긴."

빈정거리는 물음에도 아랑곳하지 않고 뻔뻔한 답이 돌아왔다. 어이가 없어 입에선 바람 빠진 소리가 저절로 나왔다. 하지만. 청명은 입술을 질끈 물었다. 잠시 눈을 감았다 떴다. 그리곤 나직한 목소리로 새초롬히 속살거렸다.

"내가 가지 않겠다고 하면 어쩌려고?"

"그래서, 정말 가기 싫어?"

빙글빙글 웃는 목소리가 은밀하게 귓가에 울렸다.

일말이나마 남아 있는 이성은 이렇게 말했다. 놈의 간계에 속아 넘어가서는 아니 된다고. 어차피 놈은 불구지천의 적수, 청명을 끌어내리기 위해선 무엇이든 할 교활한 인간일 뿐. 관심을 두어서도 아니 되고 처음부터 싹은 잘라내는 것이 옳다고 말이다.

그러나 다른 한쪽에선 이미 속절없이 끌리는 마음이 물어왔다. 정말로 너는 네 마음이 궁금하지는 않냐고. 진정으로 이 비정상적이고 비이성적인 파란의 원인이 무엇인지 알고 싶지는 않냐고. 그리고 청명은 결정했다.

그 무엇이 되었든 기꺼이 탐구할 용의가 있다고 말이다.

펑- 퍼엉-

일정한 시간 간격으로 군청색 하늘을 오색찬란하게 수놓는 폭죽과 함께 매캐한 화약 냄새가 사방에 진동한다. 귀를 쫑긋하게 만드는 광대들의 연주와 각종 현란한 재주를 선보이는 기인들의 행렬이 길을 따라 길게 이어졌다. 곳곳에서 좌판을 들고 당과자를 파는 사내들의 손도 몰려드는 아이들 탓에 쉴 새 없이 바빴다. 본격적인 야시(夜市)의 입구에 들어서자 거리는 온갖 사람들로 북적이고 있었다. 흥겨운 분위기에 도취되어 덩달아 들뜬 청명이 한 발 앞서 걸어갔다.

"사람 정말 많다. 달콤한 냄새가 나."

막 피어난 꽃처럼 붉은 치마가 둥글게 부풀다 사그라들었다. 빙글 돌아 윤을 마주 보며 청명이 활짝 웃었다. 정작 그런 청명을 바라보는 윤의 표정이 기묘했다. 이에 청명은 험상궂게 고개를 갸우뚱했다.

"표정이 왜 그러실까?"

"앞이나 보면서 걸어. 그러다 넘어진다."

그의 눈이 길게 치켜 올라간다. 청명은 보란 듯 팔짱을 끼고 뒤로 걷기 시작했다.

"내가 정말 바보인 줄 아나 보네? 너 자꾸 사람 그렇게 무시하다가……."

"이야아아!"

나뭇가지로 칼싸움을 하던 소년 몇이 함성을 내지르며 요리조리 사람들 사이를 뚫고 넓은 대로를 내질렀다. 삼삼오오 모여 야시를 구경 나온 사람들은 그 소년들을 향해 눈을 흘기며 서둘러 길을 비켜섰다. 갑자기 밀리는 인파에 이를 보지 못한 청명만이 속수무책으로 거칠게 떠밀렸다. 발이 부딪쳐 막 넘어지려던 때, 윤이 청명을 잡아끌었다. 그의 가슴에 얼굴을 묻고 만 것도 한순간이었다.

"바보 맞네."

짓궂은 목소리가 뜨겁게 달아오른 귓가를 스쳤다. 화들짝 놀라 청명은 밀치듯 몸을 일으켰다. 태연한 척 빠르게 눈을 깜박였지만 이와 반대로 양 볼이 뜨겁게 달아오르는 것이 느껴졌다. 대수롭지 않게 품에서 청명을 떼어낸 윤이 유유자적 사람들 사이로 걸음을 옮긴다. 어인 일인지 묘하게 간질간질, 구름 위를 떠다니는 듯 기이한 기분이 온몸을 감쌌다. 멍하게 한동안 그 뒷모습을 바라만 보던 청명도 뒤늦게 화들짝 정신을 차리고 열심히 따라붙었다.

칠석을 맞아 곤명지 주변으론 긴 축제의 장이 열렸다. 호수의 누각마다 등과 꽃, 채색 끈으로 장식되어 발 디딜 틈 없이 수많은 연인들로 가득 차 있었다. 어쩐지 모를 머쓱한 기분에 청명은 괜히 헛기침을 하며 발걸음을 재촉했다. 그러다 문득 입을 뗐다.

"왜 이리 사람이 많지?"

"몰라 물어? 칠석날이니까 그렇지."

"누가 그걸 몰라서 그래? 그러니까 왜 여기로 왔냐고!"

말 한마디 지는 게 싫어 파르르 떠는 모습이 꼭 앙칼진 고양이를 닮았다. 윤이 빙긋이 웃으며 청명의 어깨 위에 손을 올렸다. 청명은 화들짝 놀라 고개를 바짝 들어 그를 쳐다보았다. 뻔뻔한 얼굴로 윤이 그런 청명을 쳐다보았다.

"칠석 구경에 곤명지를 뺀다는 게 말이 되느냐? 그건 장안의 봄에서 모란을 빼는 것과 같은 이치인데?"

"치, 말이나 못 하면."

청명은 흥 하고 코를 찡그리는 시늉을 했다. 뒤편에서 길을 가로질러 달려오는 말에 길 안쪽으로 청명을 당기며 윤이 대수롭지 않게 물었다.

"한데 네가 좋아하는 꽃이 백모란이었던가? 난 연꽃으로 알고 있었는데."

청명의 눈이 조금 커졌다.

"그건 또 어찌 알고…… 너 설마."

윤은 일단 고개부터 저었다. 동그랗게 커진 눈으로 아직 나오지도 않은 혐의를 벌써부터 극구 부인했다.

"아닌데?"

"말도 안 했는데 아니긴 뭐가 아니야. 너 설마 이젠 공주부의 화초까지 알아보고 다니느냐? 독하다 독해. 너도 참……."

청명은 고개를 절레절레 흔들며 그를 노려보았다. 역시 보통 놈이 아니다. 아무리 그래도 좋아하는 꽃 같은 것까지 알아보고 다닐 줄은 몰랐는데. 괜히 진 기분이다. 윤은 억울한 얼굴로 제 결백을 호소했지만 청명은 본 척도 아니했다.

"기가 막혀서. 여하튼 네놈의 그 정보력 하나만큼은 높이 사야겠구나. 좋은 가르침을 주어 아주 고맙다."

"규중 새단장한 아가씨 시새워 말아요. 길 위 단장한 풍류랑도 부끄러워할 것을. 지난밤 달은 물같이 맑아 문 열고 뜰에 들어서니 그윽한 모란 향기 가득하네요."

윤이 태연히 시를 읊으며 휘파람을 불었다. 청명은 그런 그의 옆구리를 힘차게 꼬집어 버렸다.

"풍류랑 같은 소리 한다. 이거나 놓고 말하시지?"

"그러다 뚝 떨어질라. 자, 물에 빠지면 여기서 누가 구해줄 것 같아?"

아프기는 했는지 고운 낯이 조금 일그러져 엄살을 부렸다. 그럼에도 여전히 어깨에 두른 손을 떼지 않은 채 뻔뻔히 손가락으로 다리 저 아래를 가리킨다. 그곳엔 새카만 어둠에 잠겨 그 깊이를 알 수 없는 호수가 있었다. 느긋한 걸음으로 호수를 가로지르는 다리를 건너며 그가 말을 이었다.

"당연히 나밖에 없지. 물론 빠지게 두지도 않을 거지만 그러려면 이 좁은 다리에선 이럴 수밖에 없거든. 봐, 다른 사람들도 다 우리처럼 걷잖아."

"저 사람들은……!"

연인이잖아, 이 멍청아. 어째서인지 말은 뒤를 잇지 못했다. 모른 척 청명은 입술만 잘근거리며 호수에 시선을 던졌다. 뜨끈거리는 볼을 감출 길을 알 수가 없었다. 이런 자신을 아는지 모르는지 윤이 능청스럽게 장사치에게 말을 붙이기 시작했다. 말이 좁은 다리지 실상은 마차 하나도 지날 만큼 넓은 다리라 곳곳엔 채색 끈을 파는 장사치들이 자리하고 있었다.

"이 끈들은 대체 무엇이기에 다들 하나같이 들고 있는 겐가."

"처음 오셨나 봅니다. 오늘이 칠석이니 석야묘와 석파묘에 들러 견우와 직녀에게 소원을 빌러 가는 게지요. 다리를 다 건너고 나면 다들 하나같이 올라가는 길이 보일 것입니다. 그 길로만 따라가시면 금방 나옵지요."

"두 개만 주게."

"예, 두 분 여기 있습니다."

곰살맞게 웃는 얼굴로 상인이 각각 푸른 끈과 붉은 끈을 윤과 청명에게 건네었다. 돈을 받아 든 그는 꾸벅 고개를 숙이고는 이내 다시 큰 소리로 호객질에 나섰다. 다리를 건너는 길, 아무 무늬도 없는 끈을 팔랑팔랑 흔들며 청명은 볼멘소리로 중얼거렸다.

"이런 거 사서 뭐 하려고."

"남들 하는 거 안 하면 섭섭하지."

"어린애도 아니고 유치해."

"네가 할 말은 아닌 것 같다?"

결국 옆구리를 꼬집히고 나서야 조용해졌다. 청명은 남몰래 웃으며 끈을 만지작거렸다. 손가락 사이로 감겨오는 천의 감촉이 부드러웠다. 앞서가는 연인들은 하나같이 웃고 있었다. 저들은 저 채색 끈에 어떤 소원을 담아 빌까. 문득 궁금해졌다. 이렇게 평범한 이들에 섞여 평범한 사람처럼, 평범한 일상을 보내는 경험. 실로 처음이었다. 그래서 새로웠고, 더 떨렸다. 남들이 매해 이날이면 빌었을 소원을 열여덟이나 되어 처음으로 빌어보는 것이라 생각하니 조금은 긴장이 되기도 했다. 청명은 힐긋 윤의 끈을 훔쳐보았다. 제 것과 마찬가지로 아무런 무늬도 없는, 색만 다른 것이다. 문득 윤이 빌 소원이 궁금해졌다.

"무슨 소원 빌 거야?"

"소원은 안 알려주는 거라 했는데."

"알 것도 같아서 물어본 거거든?"

안 들어도 뻔하지. 청명은 조금 심술이 치솟아 어깨에 놓인 그의 팔을 밀친 다음 씩씩 앞서 걸었다. 은근슬쩍 따라붙은 윤이 행여 토라졌을까 재빨리 말을 덧붙였다.

"소원은 안 빌 거다. 딱히 빌 것도 없으니까."

"세상에 소원 없는 사람이 어디 있어? 거짓말하네."

"정말이야. 이루고 싶은 꿈이 아무것도 없는데. 모두 이루어져서."

청명은 새로운 눈으로 그를 쳐다보았다. 의심스러운 눈초리로 훑어 내리는 청명에 윤이 억울하단 표정을 지었다.

"내 앞이라고 괜히 착한 척 내숭 떠는 거 아니야?"

"너 내가 거짓말하는 거 봤냐?"

"네가 거짓말하는 거 한두 번 본 줄 알아. 이 교활한 놈아?"

"아니라 할 순 없지만 아마 너랑 단둘이 있을 땐 안 했을걸?"

"자랑이다."

시답지 않은 말싸움을 하다 보니 어느새 긴 다리의 끝이 보였다. 상인의 말답게 모두가 한 방향으로 걷고 있었기에 길을 찾는 건 어렵지 않았다. 계단을 올라가는 긴 행렬의 끝에 서 그들도 계단 위로 오르기 시작했다. 얼마 걷지 않아 금방 석상이 모습을 드러냈다. 윤과 청명은 갈라져 각각 견우와 직녀의 석상 앞으로 줄을 섰다. 길게 늘어선 줄에서 차례를 기다리며 청명은 까치발을 들고 저 앞에 보이는 직녀상을 쳐다보았다. 벌써 수많은 사람들이 다녀갔는지 석상을 모신 사당의 주변은 온통 붉은 끈들이 잔뜩 매여 있었다. 청명은 고갤 돌려 힐끔 윤을 쳐다보았다. 무슨 생각을 하는지 끈을 만지작거리는 그의 얼굴이 웃음기 없이 진지했다. 왜인지 보아서는 안 될 것을 훔쳐본 기분에 청명은 서둘러 고개를 돌렸다.

'무슨 소원을 빌길래 저런 얼굴을 하지?'

당연히 황제가 되고 싶다는 그런 내용이겠지만서도 아까 정말 그가 말했던 대로 아무 소원도 빌지 않을지 모른다는 생각이 들었다. 적어도 제 앞에서만큼은 거짓말을 하지 않는다는 그 말은 옳았으니까. 교활하기로는 역시 천하제일이다. 다른 사람들 앞에서는 실컷 착한 척, 다정한 척 온갖 내숭은 다 떨다가도 정작 청명의 앞에서는 본색을 드러내니 나쁜 놈이 따로 없지. 피식 웃음을 흘리며 청명은 어느새 가까워진 석상에 한 걸음 다가섰다. 이젠 소원을 정해야 할 때다.

'무슨 소원을 빌지?'

단연 가장 큰 원이 있다면 이는 황제가 되고 싶다는 것이다. 이보다 큰 꿈은 없었고 이것 외엔 다른 꿈이랄 것이 없었다. 다만 어째서인지 자꾸 머뭇거리는 자신에 청명은 조금 당황스럽기 시작했다. 이유 없이 허전하고 자꾸 무언가를 빼먹은 기분에 찝찝함이 가시지 않았다.

청명은 윤을 다시 훔쳐보았다. 어느새 그는 석상의 발치에 끈을 매고 있었다. 전에 없이 진지한 얼굴로 두 눈까지 꼭 감고 정갈한 자세로 끈을 매는 윤에 청명은 넋을 빼고 홀린 것처럼 눈을 떼지 못했다. 고개를 돌리려 해도 자꾸 시선이 자연히 윤을 향해 흘러가고 말았다. 얇은 옷자락 너머 오르락내리락하는 가슴이 제멋대로 두방망이질 친다는 것도, 어느새 다가온 자신의 차례에 뒤의 여인이 신경질적으로 타박을 하는 것도 눈치채지 못했다. 여인이 툭툭 팔을 쳐서 알려주고 나서야 비로소 청명은 석상 앞으로 화들짝 걸음을 옮겼다. 각자의 염원을 담은 수많은 끈들이 이미 자리하고 있는 직녀의 석상이 무겁게 청명을 내려다보고 있었다.

은하수를 사이에 두고 7월 7일, 일 년 중 오직 이날에만 만날 수가 있었다는 연인. 일 년에 단 하루, 손도 잡을 수도 없다지만 멀리서나마 사랑하는 연인을 마주할 수 있다는 그 심정이 어떠할까.

청명은 그 마음을 알지 못한다. 사랑이 무엇인지도 알지 못하는데 그런 애타는 심정을 알 리가 없었다. 그럼에도, 청명은 직녀상의 발등에 느린 손길로 끈을 매는 내내 알 수 없는 기분에 사로잡혀 도무지 집중하지 못했다.

금일 칠석, 견우와 직녀는 과연 은하수에서 서로를 만났을까? 오늘도 까마귀와 까치가 날아와 두 사람을 위한 오작교를 만들어주었을까? 지난 일 년간 그토록 그리워했던 연인을 오늘은 마주할 수 있었을까?

어릴 적 서안의 품에 안겨 들었던 설화가 머릿속을 떠나지 않았다. 어린아이같이 유치하다는 걸 알면서도 자꾸만 그들의 이야기가 맴돌았다. 뒤의 여인이 헛기침으로 눈치를 주고 나서야 쫓기듯 사당 밖으로 걸어 나왔다. 먼저 마친 윤이 밖에서 청명을 기다리고 있었다. 빙긋이 웃으며 그가 손을 내밀었다. 그 손을 잡고 가파른 사당 계단을 내려온 청명이 입술을 삐죽였다.

"어쩐지 좀 억울해. 일 년 내내 죽어라 일만 하다가 딱 하루, 오늘만 만날 수 있다는데 그것도 멀리서나 지켜봐야 하고. 너무

하지 않아?"

"오작교를 통해 만났을 거야. 지금쯤 함께 있을걸?"

"네가 그걸 어떻게 알아?"

"비가 오지 않잖아. 비가 오면 그건 두 사람이 울고 있는 거래. 그러니까 지금은 울고 있는 게 아니라 웃고 있다는 거겠지."

나름의 논리에 괜스레 웃음이 나와 청명은 은근슬쩍 소맷자락으로 입술을 가렸다. 계단을 따라 내려가는 길 내내 사당으로 향하는 연인들의 행렬이 끊이지가 않았다. 칠석날이면 이렇게 어마어마한 인파가 곤명지를 찾는지 그동안 몰랐다는 게 더 신기하다. 조심조심 계단을 내려가며 청명은 앞서가는 윤의 뒷모습을 유심히 쳐다보는데 그때 불쑥 윤이 입을 열었다.

"아까 무슨 소원 빌었어?"

혹시 제 시선을 느꼈나 싶어 화들짝 놀라 청명은 재빨리 대답했다.

"까먹고 못 빌었는데?"

"아깝다. 일 년에 딱 하루 있는 날인데."

"까먹을 수도 있지. 세상일이 뭐 그렇게 다 계획한 대로 이루어지는 줄 알아?"

"그래, 그래. 까먹을 수도 있지."

놀리는 말투에 발끈해 청명이 무어라 반박하려던 그때, 차가운 무언가가 이마에 톡 떨어졌다. 걸음을 멈추고 청명이 손바닥을 뒤집었다. 투둑. 얼마 지나지 않아 다시 물방울이 손바닥 위로 떨어졌다. 분명 빗방울이다.

"야! 비 오잖아. 뭐, 비가 안 와? 어떡해!"

불어오는 바람 가득 스민 비 냄새에 청명은 발을 동동 굴렀다. 옅은 빗방울이 투두둑 몇 방울씩 떨어지기 시작하자 사방에선 작은 소동이 일기 시작했다. 차례를 지켜 길게 늘어선 줄은 순식간에 흐트러지고 사람들은 제각기 비를 피하기 위해 어디론가로 달려가기 시작했다. 그 혼란의 틈바구니 속에서 어찌할 바 모르고 눈만 데굴데굴 굴리던 청명의 손을 윤이 잡아챘다. 커다란 손에 잡혀 버렸다는 걸 인식하기도 전에 어느새 그들은 나란히 손을 잡고 달리고 있었다.

쏟아지는 소낙비에 화려한 등롱이 걸린 거리는 그야말로 난장판. 까딱 놓치면 영영 헤어질까 단단히 붙잡힌 손이, 먼지 하나 들어갈 틈 없이 밀착한 손바닥이 유독 화끈거렸다. 청명은 정신없이 윤의 손에 이끌려 달렸다. 차가운 빗방울도 더는 느껴지지 않았다.

석파묘를 내려와 다리를 건너 길게 이어진 저택의 담 지붕 아래로 그들은 뛰어들어 갔다. 등을 담장에 딱 붙여야 간신히 비를 피할 수 있을 만큼 협소한 공간이었지만 지금은 모든 누각마다 비를 피하기 위해 뛰어든 사람들로 그득그득 들어차 있어 이것만으로도 만족해야 했다.

후드득 떨어지는 빗방울은 뜨겁게 달아오른 야시의 열기를 식힐 듯 거침없었다. 청명은 비에 젖은 옷을 털어내며 하늘을 올려보았다. 갑자기 쏟아진 소나기이니 그치는 것도 금방일 테지만 그때까진 여기서 비를 피해야 할 모양이었다.

"칠석우네."

어쩐지 느긋하고 기분 좋은 목소리에 찌릿 노려보며 윤을 올려

보니 다정하게 웃는 얼굴이 보였다.

"비 안 온다고 했으면서. 견우와 직녀, 못 만난 거 아니야? 그래서 지금 은하수에서 두 사람 울고 있는 거 아니야?"

청명은 괜히 꼬투리를 잡아보았다.

"기쁨의 눈물이지. 재회의 기쁨에 행복해서 우는 거다, 두 사람."

"치."

말이라도 못 하면. 새침하게 고갤 돌려 청명은 빗방울이 툭툭 떨어지는 처마를 멍하니 응시했다. 방울방울 이룬 투명한 장벽에 시선을 빼앗긴 것도 잠시, 그러다 문득 윤과 너무 가까이 붙어 있다는 사실을 불현듯 깨달았다. 그걸 깨닫기 무섭게 온몸의 솜털이 바짝 일어서는 것처럼 기묘한 감각이 전신을 내달렸다. 숨소리 하나, 귀 뒤로 머리를 넘기는 행동 하나하나가 신경 쓰이기 시작했다. 하지만 여기서 흠칫 물러서자니 자신이 그를 과도하게 의식하고 있다는 걸 인정하는 것 같았고 오히려 더 어색한 기류를 만들 것만 같았다. 청명은 괜히 아무렇지 않은 척 축축하게 젖은 옷을 짜는 시늉을 했다. 그런 청명을 힐긋 쳐다본 윤이 물었다.

"많이 젖었어?"

"너랑 똑같이 젖었을 텐데, 뭐."

"조금만 기다리면 곧 비가 그칠 것이다. 그럼 그때 마차를 타고 공주부로 돌아가자."

"응."

다시금 침묵이 이어졌다. 귓가를 울리는 소리라곤 타닥타닥 사방을 두드리는 청량한 빗소리. 그리고 머리 위에서 들려오는 윤의 숨소리뿐. 마치 이 세상에 오로지 우리 두 사람만 존재하는 듯, 단둘만 남겨진 것 같았다. 그걸 인식하기 무섭게 삽시간에 양 볼은 뜨끈하게 달아올랐다.

"비가 많이 오네."

청명은 간신히 중얼거렸다. 그러지 않고는 제멋대로 요동치는 심장 고동 소리를 들키고만 말 것 같았다.

"비가 개고 나면 구름 한 점 없이 맑은 하늘이 다시 모습을 드러낼 것이다. 여름밤 은하수를 보는 것도 즐거운 일이지."

"그러게. 덕분에 칠석날 별도 보게 되었네."

또다시 침묵. 남의 속도 모르고 얄미운 여름 소낙비는 그칠 줄을 모른다. 그윽이 대지를 덮은 투명한 물안개를 보며 청명은 문득 그렇게 생각했다. 공주고 친왕이고 지위 고하를 떠나 이렇게 평범한 한 사람으로 서 있는 건 처음이라고 말이다. 그저 이 나이 평범한 여랑들이 그러하듯 밤이면 야시를 보러 나오고, 소낙비가 찾아오면 어디로든 비를 피할 지붕 한편에 몸을 숨기고, 간절한 염이 생기거든 저 하늘 위 자신을 바라보고 있을 어느 절대자를 향해 소원을 빌기도 하고. 돌이켜 보니 이것도 참 즐거운 추억이다. 언젠가 한참 시간이 지나고 나면 이 짧은 기억을 두고 그땐 참 즐거웠지, 하고 웃을 수 있는 그런 추억.

청명은 한쪽 눈꼬리를 찡그리며 작게 웃었다. 팔을 타고 짧은 오한이 찾아왔다. 어쩐지 몸이 으슬으슬 떨리는 게 여름비라고 무시할 게 아니었던 모양이다. 청명은 젖은 팔등을 손바닥으로 쓸어내리며 주위를 두리번거렸다.

"춥지. 이럴 줄 알았으면 우산이라도 하나 챙길 것을."

언제 본 건지 윤이 낮게 중얼거렸다. 청명은 어처구니가 없어 헛웃음을 터뜨렸다.

"네가 하늘님도 아닌데 어찌 날씨를 미리 알았겠어? 여기 우산 파는 사람 아무도 없었거든. 그야말로 소낙비인데 그걸 미리 아는 게 더 이상하지."

괜히 민망해져 톡 쏘아붙이던 그때, 파르르 작게 떨리던 어깨 위로 푸른 표의가 툭 떨어졌다. 놀라 고개를 들기도 전, 어느새 가까이 다가와 표의의 앞섶을 조심스레 매어주며 그가 속삭였다.

"젖긴 했어도 이거라도 걸치고 있으면 그나마 괜찮을 거다. 여기서 기다리고 있어. 금방 마차를 구해올 테니."

목이 막히기라도 한 것처럼 아무 말도 나오지가 않았다. 아니, 입술이 벌어지기라도 하면 비명이 터져 나올 것만 같았다. 청명은 두 눈을 크게 뜨고 사정없이 흔들리는 눈동자로 그를 응시했다. 무슨 문제라도 있냐는 양 태연하게 시선을 마주하며 그가 어깨를 으쓱했다. 아무 대답도 없는 청명을 보며 연하게 웃었다. 그리고 막 굵어진 빗줄기 속으로 뛰어나가려던 그를, 청명은 저도 모르게 잡아채고 말았다. 힘주어 꽉 다물린 주먹 사이로 그의 옷깃이 잡혀 있었다. 청명은 힘들게 목소리를 쥐어짰다.

"가지 마. 혼자는 무섭단 말이야."

그의 얼굴이 기묘하게 일그러졌다. 무슨 말을 하는지 잘 알아듣지 못하겠다는 표정은 순식간에 체념에 가까운 얼굴이 되었고, 이내 그림처럼 상냥한 미소를 그렸다. 어린아이 대하듯 그가 툭툭 청명의 머리를 쓸었다.

"뭐가 무섭다고. 그럼 비 그칠 때까지 그냥 기다릴까?"

차마 대답은 하지 못하고 청명은 그저 *끄덕끄덕* 고개를 숙였다. 눈앞을 가로막는 투명한 비의 장막이 마치 물안개처럼 바람에 일렁였다. 그 모습이 마치 꿈속처럼 어지러웠다. 청명은 가만히 손을 뻗었다. 둥글게 말린 손바닥으로 차가운 빗물이 고이기 시작했다. 그러다 한참 후 가득 고인 빗물을 조르륵 쏟아버리고 다시금 손을 뻗고. 이 어린애 같은 장난을 얼마나 했는지 모른다. 그럼에도 여전히 비는 그치지 않았다.

사실은, 그치지 않기를 바랐을지도 모른다. 조금만, 조금만 더 하고 이 비가 계속해서 머물러 주기를 바란 것은 아니었을까.

그리고 그때까지도 청명의 가슴은 쉴 새 없이 두근두근 뛰고 있었다. 보기만 해도 딱딱하게 굳어 어색한 자세로 그 단순한 동작만을 반복할 뿐이었다. 그러다 문득, 다시 고개를 들었다. 눈에 띄지도 않을 만큼 살짝, 아주 조심스럽게 돌린 시선 너머로 그의 얼굴이 보였다.

우아하고 고운 콧날, 청수한 눈매. 피곤하기라도 한지 초승달 같은 눈썹이 조금 치켜 올라가 있었다. 청명은 의식하지도 못한 채 윤의 얼굴을 샅샅이 살폈다. 그러다 문득 무언가가 눈에 들어왔다. 작은 빗방울이 흘러내리는 뺨 위로 자리한 작은 상흔. 그리 작은 것도 아니건만 어째서 그동안은 발견하지 못했을까? 청명은 저도 모르게 손을 뻗고 말았다. 그리고 막 가냘픈 손이 윤의 볼에 닿기 직전, 화들짝 놀라 재빨리 손을 거두었다. 의아한 시선으로 저를 쳐다보는 윤의 시선에 양 볼이 불에 데기라도 한 것처럼 뜨겁게 달아올랐다.

'내가 왜 이러지. 대체 왜 이러는 거야.'

청명은 그대로 굳어버리고 말았다. 갑자기 비에 달라붙은 옷자락 너머 맞닿은 그의 팔이, 불규칙한 속도로 뛰는 제 심장 소리가 의식되기 시작했다. 지금 저를 둘러싼 모든 것들이 이상하게 뒤틀리기 시작했다. 비정상적으로, 제정신이 아닌지 숨 쉬는 이 과정마저도 자연스럽지 못했다. 그냥 모든 게 다 이상했다. 눈앞이 어지럽다느니 눈이 먹먹하다느니 그런 게 정말 존재하리라곤 생각지도 못했는데. 난데없이 비를 맞고 정신이 나가기라도 한 걸까, 아무리 생각해 보아도 도저히 이성적으로는 이해가 가지 않는 상태였다. 벌어진 입술 사이로 간헐적인 숨소리가 흘러나왔다. 미치고 팔짝 뛸 상태라 발이라도 구르고 싶은 심정이었다. 청명은 긴 소맷자락 아래서 주먹을 쥐었다 폈다를 반복했다. 손톱으로 아프게 손바닥을 꼬집어보아도 좀처럼 뛰는 심장은 멈출 줄을 몰랐다.

'왜지? 왜 자꾸 이러는 거지. 내가 정말 미치기라도 한 건가?'

답답하다. 목은 타는 듯 마르고 머리는 지끈거렸다. 이대로 계속해서 캐묻다간 정말로 돌이킬 수 없는 답을 얻을지도 모른다는 본능적인 두려움이 청명을 휩쌌다. 그럼에도 이젠 너무 늦어버렸는지도 모른다. 더는 물러설 길이 없었다. 언제부터였는지 시작된 이 파란의 근원이 무엇인지 청명은 알아야 했다. 그러지 않고선 제멋대로 흐르기 시작한 이 마음을 멈출 방법이 없어 보였다.

그래서였다. 청명은 고개를 들었다. 이 작은 행동에도 엄청난 용기가 필요하다는 걸 청명은 난생처음으로 깨달았다. 그리고 언제부터였는지 청명을 바라보고 있던 그와 눈이 마주쳤다. 영락

없는 소년처럼, 여름 아침의 청량한 바람을 닮은 그 우아한 미소로 그가, 윤이 청명을 내려다본다. 그리고 청명은 하염없이 그런 윤을 올려다보았다. 어느새 비가 그친, 그의 뒤로 펼쳐진 남빛 하늘 위로 수십, 수백의 오색찬란한 불꽃이 터졌다가 흩어지길 반복했다.

수없이 피어나는 찬란한 빛무리.

내가 눈을 떼지 못하는 이유는 저 어여쁜 불꽃 때문이다.

널 보는 이 시선도 실은 저 불꽃을 향한 것뿐이다. 내 눈이 자꾸 널 향하는 것도, 내 눈에 자꾸 네가 자꾸 들어오는 것도 전부 사실은…….

'내가 너를 마음에 담았기 때문이구나.'

아무리 부정해 보려 해도 도저히 부정할 수 없는 단 하나의 이유.

나는 너를 좋아하는구나.

벼락같은 깨달음이 찾아들었다.

언제부턴가 네가 자꾸 신경 쓰이고 너의 모든 말투, 행동 하나하나가 나에겐 무거운 조약돌이 되어 잔잔한 연못에 파문을 일으키듯 내 마음을 복잡하게 만들고, 날 거슬리게 만들고. 나를 나답지 않게 만들었던 그 모든 이유가 사실, 단 하나의 이유였었구나. 청명은 멍하니 생각했다.

청청명이 청윤을 좋아한다.

인정하듯 기어코 그것을 하나의 문장으로 떠올리고 말았을 때, 속이 울렁거리고 가슴이 메슥거리기 시작했다. 눈앞이 어지러웠다. 어찌해서 지금에서야 깨달았을까. 내가 저놈을 좋아한다는 걸. 아니, 그보다 어찌 내가, 왜, 하필 저놈을 좋아한다는 걸까.

청명은 몸을 떨었다. 금방이라도 다리에 힘이 풀려 바닥에 주저앉을 것만 같았다. 청명은 새하얗게 질리도록 입술을 짓씹었다. 도저히 믿을 수 없는 결론에 정신이 혼미했다. 그러나 결국은 이 모든 걸 납득시키고야 마는 하나의 명제.

이미 자신은 저 교활한 놈을 좋아하고 있었다.

첫사랑이 찾아온 것이다.

6

투두둑–

빗소리가 들렸다. 며칠째 이어지는 비는 늦은 밤까지 그칠 줄 모르고 여전히 사방을 흠뻑 적시느라 바빴다. 한참을 가만히 귀를 기울이다 문득 빗소리를 자각한 청명이 무릎 사이에 파묻고 있던 고개를 들어 창문을 쳐다보았다. 둥근 달 모양의 창은 굳게 닫혀 있었다. 침상에서 몸을 일으켜 창가로 걸어가 걸쇠를 빼고 창을 툭 열었다. 시원한 바람이 훅 하고 내실 안으로 스며들었다. 선선한 공기에 숨을 들이마시며 청명은 창가에 팔을 괴고 조용히 밖을 내다보았다. 윙윙거리며 쏟아지는 빗소리가 마치 규칙적인 음률처럼 들렸다.

찾아온 여름 장마에 정원엔 비바람이 몰아쳤다. 우수수 키 큰 나무와 풀들이 세찬 바람에 위태롭게 흔들리고 간혹 내실 안으로도 차가운 빗방울이 튀곤 했다. 키가 높은 의자 위에 아스라이 걸터앉아 발을 대롱대롱 흔들며 청명은 이름 모를 노래를 흥얼거렸다. 그러나 그마저도 얼마 안 가 나온 하품에 중단되었다.

몸은 이리도 피곤한데 잠은 오지 않는다. 심장이 병이라도 난 것처럼 비정상적으로 뛰어대니 잠을 자려 누워도 눈이 감기지 않고, 이불을 덮지 않아도 답답해 가만히 누워 있을 수가 없었다. 며칠 내내, 정말이지 병이라도 걸린 것처럼 조여드는 가슴에 숨이 절로 막혔다. 당장 지금 이 순간까지도.

눈을 감으면 익숙한 얼굴이 보였다. 대체 어찌해야 할까.

이 병증의 이유를 알게 된 이후 시작된 증상이었다.

청청명은 청윤을 좋아한다.

내가 윤을 좋아한다.

처음엔 헛웃음만 나왔다.

이게 말이 되기는 해? 어찌 내가 청윤을 좋아한단 말이야. 말도 안 되는 말이 아니던가.

도저히 믿을 수가 없었지만 부인할 수 없는 사실이었다. 두근두근 뛰는 심장, 빨라지는 맥박, 눈앞이 어찔거리고 점점 가빠지는 숨, 뜨겁게 달아오르는 볼. 의심의 여지가 없었다. 연정 소설이야 한 번도 읽어본 적 없다지만 오가는 궁녀들을 통해, 서안이 가끔 흘리듯 전하던 이야기 속에서 심심치 않게 접해왔던 그런 증상이었다. 사랑에 빠진 여인들의 증상이라나 뭐래나. 그 당시엔 허무맹랑한 소리다 비웃으며 넘겼는데 이렇게 쉽게, 허무하게, 어이없이 찾아오다니 수치스러워 딱 죽고 싶은 기분이었다. 혼사도 커다란 수의 일부로 계산했던 청명에게 사랑이란 감정이

유의미했을 리가 없었다. 저와 접점이라곤 없을 것만 같았던 첫사랑에 이렇게 간단하게 빠질 줄이야. 어이가 없다 못해 하늘이 무너지는 것만 같았다.

그것도 다른 이도 아닌 청윤에게.

아무리 생각해 보아도 이해할 수가 없었다. 얼마 전까지도 증오하다시피 미워하고 이름만 들어도 분에 떨었는데 이제 와 그를 좋아한다고? 서로를 적대시하며 지냈던 지난 십년이 무색했다. 타도를 외치며 이를 갈았던 자신은 어디 가고 그를 떠올리면 저도 모르게 숨을 급하게 들이쉬고, 부끄러워 볼이나 빨개지는 이상한 여자애 하나만이 덜렁 남아버렸다. 아니라 우겨볼 여지도 없이 인정할 수밖에 없었다. 그러니 왜 하필이면 너냐 묻는 건 의미가 없다. 차라리 이 상황을 타개할 방도를 세워야 했다.

청명은 아무리 고민해 보아도 답이 나오지 않는 질문을 연신 던졌다. 그래서, 대체 나는 어찌해야 한단 말인가. 무엇을 선택해야 한단 말인가.

사실, 엄밀히 말해보자면 답은 뻔하디뻔했다. 아주 오래전부터, 공주로 태어나 제왕학을 익히기 전부터 품었던 꿈을 포기할 수는 없는 노릇이다. 태어나 지금까지, 평생을 그 꿈을 위해 스스로를 태워왔다. 그까짓, 한낱 사랑 놀음에 빠져 야망을 포기한다는 건 말도 안 되는 일. 시간이 지나고 염원하던 황위에 오르면 언제 그랬냐는 듯 가볍게 흩어져 버릴 찰나의 감정에 흔들려 대업을 그르치는 건 있을 수 없는 일이다.

이 밖에도 이 마음을 버려야 할 이유는 차고도 넘쳤다. 먼저 그들은 친척지간이었다. 근친상간이라, 떠올리는 것만으로도 치가 떨리는 말이다. 순식간에 밀려오는 수치심과 절망에 청명은 몸을 떨었다. 밀려오는 자괴감에 감히 고갤 들 수도 없었다.

어쩌다 내가 이런 고민을 하게 되었을까. 부끄럽고 또 부끄러웠다. 제정신이라면 있을 수 없는 일이다. 과거에야 근친혼이 성행했다 하나 지금은 상황이 달랐다. 배덕으로 치부되어 크게 지탄받는 마당에 황족의 몸으로 근친혼을 하겠다 나선다면 분명 보지 않아도 어마어마한 파란이 일 게 분명했다. 제가 가진 모든 걸 버리는 것부터 시작해 이 나라 안에서 청명이라는 이름을 갖고 살길 포기해야 했다. 설사 도망친다 하더라도 혹시나 태어날 자식들은 떳떳이 어떤 관의 장부에도 이름을 올리지 못해 제대로 된 삶을 살 수가 없을 것이다. 제가 아무리 이기적이어도 그렇게까지 할 수는 없었다.

그리고 다른 무엇보다, 윤은 자신을 좋아하지 않는다. 만약을 가정하던 저 모든 상황들을 단숨에 우습게 만들어 버리는 차가운 결론이었다. 가슴이 차갑게 식었다. 하긴, 어느 누가 자신 같은 여인을 좋아하겠는가. 욕심 많고 입도 험한 데다 오만방자한 계집애를. 발로 차고 욕을 하고 연못에 밀어 넣고, 돌이켜 보면 고와 보이거나 예뻐 보일 짓은 해본 적이 없다. 고운 모습이라곤 황제 앞에서 허영과 가식을 떨 때 이외엔 보여준 적도 없었다. 그러니 그에게 잘 보이기는 애초 글러먹었던 것이다. 먼저 내가 너를 좋아한다, 고백을 한다 해도 그가 이를 받아줄 가능성은 없었다. 오히려, 이를 약점 삼아 공격을 해오지 않으면 모를까. 저를 좋아하지도 않는 이에게 고백을 하고 제 모든 걸 던지기엔 자존심이 허락을 하질 않았다. 무엇보다, 그 후에 찾아올 비참함과 참담함까지 견딜 용기가 없었다.

아마도 내가 지닌 감정의 크기가 이 정도에 지나지 않는가 보지, 참 다행이구나, 청명은 그리 중얼거렸다.

그러니 묻어야 한다. 들키지 않게, 드러나지 않게 꽁꽁 숨겨야 한다. 이 가벼운 감정 따윈 아예, 애초부터 존재하지 않았던 것처럼 완전히 없애야 한다. 청명은 숨을 크게 들이쉬었다.

나는 황제가 될 것이다.

나는 반드시 황제가 될 것이다.

두 손을 모으고 간절히 주문을 외웠다.

나는 황제가 될 것이다.

나는 황제가 될 것이다.

이어지던 주문은 툭 끊겼다. 빳빳이 굳힌 몸이 가냘프게 꿈틀거렸다. 청명은 멍하니 고갤 돌려 밤하늘을 쳐다보았다. 어느새 빗줄기가 약해진 군청색 하늘 위, 은백색 달이 떠올라 있었다. 청명은 저도 모르게 그것에 손을 뻗었다. 가지런한 눈썹 모양의 어여쁜 달님, 저걸 갖지 못한다면 나는 죽을지도 몰라.

그러니 황제가 되어야 한다. 이 마음이 더욱 깊어지기 전에, 단단히, 확실히, 온전히 끊어내야 한다.

어차피 너와 나, 둘 중 하나는 황위를 두고 제거되어야 할 운명, 그렇다면 그건 내가 아닌 네가 되어야 한다. 그러니 다시 너를 만나도 떨지 않도록, 너를 내 손으로 사지에 밀어 넣는 그 순간이 와도 주저하지 않도록 나는 이 마음을 베고 또 벨 것이다.

나는 너를 절대로 좋아하지 않을 테다.

이 마음이 부디 쉽게 사라져 주길, 청명은 간절히 빌었다.

※

　　"공주님."

　　청명이 흠칫 고개를 들었다. 말간 얼굴에 당황스레 난처한 기색이 번진다. 볼을 긁적이며 계면쩍은 목소리로 청명이 중얼거렸다.

　　"깜빡 딴생각을 했나 봐."

　　"일하라고 데려와 놓고선 정작 집주인이 이리 태만하니 식객이라 한들 제 기량이 나오겠습니까?"

　　"그래. 내가 더위를 먹었는지 잠시 어떻게 되었던 모양이다. 걱정 마. 이제 정신 번쩍 들었으니까."

　　언제 풀이 죽었냐는 듯 두 주먹을 불끈 쥐고 청명이 단단히 결의를 다졌다. 여름의 태양 아래 바싹 시든 꽃처럼 시름시름하던 얼굴에도 불꽃처럼 생기가 돌았다. 자리에서 벌떡 일어난 청명이 창가로 걸어갔다. 소산의 시선이 그 뒤를 따랐다. 오후까지 쏟아지던 비로 하늘은 먹구름이 잔뜩 끼어 있었다. 흐릿한 구름 너머 해가 제 모습을 감추어 햇살이라곤 찾을 수 없었다. 청명은 일그러진 눈매로 히죽 웃으며 소산을 돌아보았다.

　　"그리 말하는 걸 보니 내가 내주었던 과제의 답을 구했나 보구나? 어찌하면 가식적이고 졸렬한 공주가 황제가 될 수 있을지."

　　"황제는 하늘이 내는 법이라는데 계집인 제가 그 답을 아는 게 말이 됩니까?"

　　"그래서 우리가 같이 있는 게다. 그 하늘의 뜻 좀 읽어보자고.

하나가 안 되면 둘이 모이는 거야."

속 좋은 소리를 늘어놓는 얼굴이 근심이라곤 하나 없이 자신만만하다. 소산은 한숨을 푹 내쉬면서도 생각해 두었던 이야기를 풀어놓기 시작했다.

"작년 여름을 기억하시지요. 유례없는 기근이 닥쳤던 일을요."

"모를 리가."

비 한 번 내리지 않고 이어지는 가뭄에 우물이 버쩍버쩍 마르고 마실 물이 없어 사람이 무더기로 죽어 나갔다. 이는 비단 남방 낙후 지역만의 일이 아니라 전국적으로 닥쳐온 대흉년인 탓에 그 피해는 더욱 심각했다. 그나마 금년은 제때 비가 내려 예년에 비하면 상황이 훨씬 나았으나 극심한 피해를 메우기엔 역부족이라 했다.

"또한 그해 겨울 토욕혼으로의 원정이 있었지요. 토목공사에 부역되었던 백성들이 그대로 그 부담을 질 수밖에 없었습니다. 작년 강회와 관중에서의 가뭄으로 백성들이 배를 곯는 것은 물론이요, 연이어 부역에까지 동원되었습니다."

청명은 고개를 끄덕였다.

"반대로 금년엔 황하 이남에서 열흘이 넘도록 큰비가 내려 낙수가 불어 넘쳤지. 낙양 시가지가 물에 잠기고 다리가 무너져 가옥 이백여 호가 쓸려 내려가 피해가 이만저만이 아니라 들었다. 한마디로 올해 농작도 완전히 그르친 거지. 금년도 양곡 생산이 크게 줄어 쌀값이 폭등할 것이라 황상께서도 고민이 크시거든."

"해서 황상께선 어떠한 방책을 세우신다 하십니까."

"잘은 모르나 중서령 허경종이 관원을 소집하고 봉선 의식에 대해 논의를 하고 있다 그런 전갈을 받았어. 그런 대사를 그자가 홀로 결정하지는 않았을 터, 늦지 않는다면 가을쯤에 황상께서 태산에 올라 천신께 제를 올리시겠지."

그러다 문득 설마 하는 얼굴로 청명이 소산을 바라보았다. 창가의 탁자에 말괄량이처럼 폴짝 걸터앉은 채로 그녀는 푹 한숨을 내쉬었다.

"공주는 제례를 지휘하지 못해. 여인이라고 황후도 대신들의 꼭두각시처럼 시키는 대로만 따르는 마당에 공주인 내가 어찌……."

"봉선 의식은 중요하지 않습니다."

늘어뜨린 긴 머리칼을 창가를 지나던 여름 바람 한 줄기가 간질이고 도망친다. 마치 검은 파도가 일렁이는 것만 같다. 청명은 멍하니 소산이 제 앞에 다가서는 것을 바라보았다. 침착하지만 더없이 은근한 어조로 소산이 속삭였다.

"어차피 백성들은 하늘의 제례니 하는 것을 알지 못해요. 중요한 건 저들의 피부에 와 닿는 무언가지요."

짧게 숨을 들이켰다. 마치 아리송한 수수께끼와 같았다. 알 듯 말 듯 머릿속을 헤치고 돌아다니던 무언가가 일순 손아귀에 틀어 잡혔다. 좁아진 미간을 엄지손가락으로 어루만지며 청명은 중얼거렸다.

"천심이 아닌 민심을 수습하라 이 말이로구나."

"수습이라는 말은 옳지 않습니다. 민심이 곧 천심일진대 하늘의 뜻을 얻고자 하신다면 진정으로 민심을 살피셔야지요. 민심을 공주의 편으로 돌려두어야 합니다."

"그러나 민심만으로 황제가 되지는 않아."

반항하듯 청명의 눈썹이 슬며시 치켜 올라갔다. 그런 청명을 빤히 쳐다보던 소산이 냉정한 어조로 쏘아붙였다.

"지금 공주께선 아무것도 갖고 계시지 않습니다. 적통임은 크게 중요치 않아요. 계집은 재주가 없는 것이 미덕이라는 말을 경전으로 받들고 자라온 그들의 눈에 여인이 황제가 되겠다 떠드는 일이 얼마나 우스울까요. 정통성이나 명분은 사내들의 말 얼마쯤에 언제든 깨질 수 있는 겁니다."

머리를 한 대 둔중한 무언가로 얻어맞은 기분이었다. 틀린 말이 아니었다. 그 '사내들'이 정통성보다 중요한 무언가가 청명이 갖고 있지 않은 남근이라고 주장한다면 싸워보기도 전에 이 전쟁의 패배자는 이미 자신으로 정해지고 만다. 결국, 제 거취는 사내들에게 달린 문제였다. 황제의 알량한 환심을 사고자 노력해 왔던 것들도, 혼사에 집착해 왔던 것도 역시 전부 그 일환에 불과했다. 씁쓸한 뒷맛이 입안을 감돌았다.

"그래. 네 말이 맞다."

소산의 시선이 청명을 따른다. 그녀는 가만히 눈을 마주치며 부드럽게 미소 지었다.

"나는 가진 것이라곤 정통성밖에 없어. 해서 혼사를 통해 내 부족한 것을 채우려 들었지. 든든한 뒷배 말이다."

담담한 목소리에선 감춰지지 않는 조소가 묻어났다.

"그렇게 해서라도 황제가 되면 그땐 지긋지긋한 사내들의 손아귀에서 벗어날 수 있을 줄 알았는데 내 스스로 자진하여 그들의 손바닥에 올라가려 하고 있었구나."

이내 청명의 얼굴은 딱딱하게 굳어버렸다. 작게 일그러진 미간, 꾹 일자로 다물린 입술. 나는 이 상황에 대해 모욕을 느껴야하는가. 아니면 어쩔 수 없는 일이다, 양보할 부분은 양보해야한다 순순히 받아들여야 하는 섯일까.

청명은 주먹을 쥐어 창틀을 세지 않게 내리쳤다. 그럴 수는 없었다. 아직 시작도 해보지 않았는데 바보처럼 타협하고 참을 수는 없었다. 그러기는 싫었다. 알게 된 이상 이대로 그들의 계산대로 끌려가지는 않을 것이다.

"진짜 뒷배를 만들어야겠구나."

"진왕이 가진 뒷배가 무어라고 생각하십니까?"

"지, 진왕은……."

갑작스레 등장한 윤의 이름에 청명은 당황해 말을 더듬었다. 얼굴까지 달아오르지 않은 게 천만다행이었다. 애써 냉정을 유지하려 노력하며 청명은 눈을 굴렸다.

"진왕이 가진 것은…… 병부지. 병권. 윤은 병권을 쥐고 있어!"

"태위가 버티고 있으니 병부의 모든 권한이 진왕의 것은 아니라 하나 적어도 공주님보단 더 고지에 서 있음이 분명합니다."

"그 말은 나더러 태위부와 정말 혼사라도 맺으란 말이야? 싫어, 그건."

고집스레 고개를 저으며 노려보는 눈이 꽤 매섭다. 소산이 고개를 도리도리 내저었다. 그 느릿한 움직임에 반항기 어린 두 눈에 의문이 떠올랐다. 소산의 입술이 의미심장하게 미소를 지었다.

"병권을 갖기 어렵다면 대신 다른 것을 얻으셔야지요. 그 대척

점을 보셔요. 무엇이 있는지."

"병권의 대척점이라면……."

뇌리를 스쳐 지나는 것이 있었다. 청명의 눈이 일순 커졌다. 소산이 태연히 말을 이었다.

"이제부턴 그들에게 간택을 당하는 것이 아니라 공주님께서 간택하시는 겁니다. 공주님의 사람이 될 이들을 직접 고르셔요."

"어떻게?"

"문(文)은 도(道)를 동반하고, 도는 정치를 보좌하니 결국 문은 정치를 떠날 수 없다 합니다."

잠시 멍하니 표정 없이 소산을 바라보던 청명의 얼굴이 시시각각으로 변하였다. 아아, 뒤늦은 깨달음이 찾아들었다. 멍하게 벌어져 있던 입술 끝이 가늘어지다 끝내 어여쁜 미소를 그려내었다. 하늘 위 거대한 구름이 갈라지고 그 사이로 태양이 모습을 드러냈다. 만 갈래로 쪼개진 햇살이 흩어져 지상으로 쏟아져 내린다. 새로운 길이 나타났다.

황제의 입술이 길게 늘어졌다. 그러나 아직은 아무것도 확신할 수 없었다. 청명은 재빨리 고개를 숙이고 머리를 바짝 조아렸다. 한참 후 머리 위에서 상주를 내려놓는 소리가 들렸다. 입안이 바싹바싹 말라왔다. 그의 목소리가 귓가로 꽂혔다.

"재미난 것을 들고 왔구나."

"턱없이 모자란지라 부끄러울 따름이옵니다."

재빨리 턱을 당겨 바닥에 이마가 닿을 듯 고개를 수그린다. 목소리, 어떤 목소리였지? 웃고 있었나, 아니면 불쾌하단 기색이었던가. 청명은 기억을 돌이켜 보려 했지만 금세 까맣게 잊혀져 기억이 나지 않았다. 이를 가만히 관망하던 황제가 느릿하게 입을 떼었다.

"토목공사를 크게 벌이지 말고 중경 부근 백성들의 조세와 부역을 면제토록 하라?"

"지난해부터 이어진 가뭄과 수해 탓에 하남과 산동, 강회, 관중에서 큰 기근이 발생했습니다. 더욱이 지난겨울의 원정으로 인력과 물력이 크게 소모되었기에 지금은 다른 것보다 민심을 먼저 수습하여야 할 때이옵니다."

"토목공사라 함은 중경 외곽에 짓는 황궁을 지칭하는 것이냐. 이는 나라의 근본을 바로 세우는 일이거늘 네 어찌 짐이 처결한 일에 토를 다는가."

"부황께선 소녀에게 나라를 다스림에 있어 그 근간은 백성이라 가르침을 주셨습니다. 군주된 자의 도리는 먼저 백성을 생각하는 것이라 소녀는 그리 배웠습니다. 만일 백성들의 이익을 해쳐 가며 욕심을 채운다면 이는 넓적다리를 베어 배를 채우는 것과 같사옵니다. 이어진 기근으로 비단 석 필로도 쌀 한 되와 바꾸지 못할 만큼 쌀값이 지나치게 올라 백성들은 굶주리고 있습니다. 배부르게 먹지도 못하는 이때 부역까지 겹치자 생업을 버린 채 머리를 깎고 중이 되는 백성들이 넘쳐 난다 하옵니다. 명애원과 같은 구호원 몇으로는 그 모두를 구하기에 턱없이 부족한 실정입니다. 부황께선 만백성의 어버이십니다. 서방의 오랑캐를 토벌하고 천하를 평정하신 대영웅이셔요. 부디 은덕을 베푸셔 부황의 공덕을 칭송하는 백성들의 마음을 부디 헤아려 주시옵소서."

외우기라도 한 듯 빠르게 고하는 말에 황제가 천천히 숨을 내쉬었다. 청명은 더욱 이마를 바닥에 가까이 붙였다.

"근간에 배움을 게을리하지 않았나 보구나. 하지만 짐은 네게 이런 것을 건언해도 좋다 허락한 기억이 없다."

그가 자르듯이 말했다. 청명은 고개를 들었다. 무어가 잘못되기라도 했느냐 묻듯 순진한 얼굴로 고개를 갸웃거렸다. 그러나 말을 잇는 그 태도는 지극하고 공손하기 이를 데 없었다.

"부황의 심기를 어지럽혔다면 이는 마땅히 책망받아야 할 일이오나 부황을 생각하는 이 여식의 어리석은 걱정만은 진심이었습니다. 다른 뜻이 있어 감히 올린 말이 아니오니 부디 살펴주시옵소서."

"진심이라. 그 진심이 무엇을 뜻하는 것이냐."

"폐하의 높으신 공덕을 부디 천하의 만백성이 알아주기를 바라는 마음이지요."

조금은 시무룩한 말투였다. 그는 허한 웃음을 지으며 딸을 내려다보았다. 발칙하게 마주 응시해 오는 두 눈은 꼭 이슬을 머금은 머루처럼 반짝 빛을 낸다. 그가 고저 없이 말했다.

"짐을 생각하는 너의 정성이 참으로 갸륵해 감동스럽다. 짐은 참 복이 많은 사람이야."

황제는 서탁 위에 놓인 상주를 다시금 들어 빠르게 훑어 내렸다. 청명은 뛰는 가슴을 애써 억누르며 그 움직임을 말없이 바라보았다. 이내 그가 말을 이었다.

"네 뜻을 가납하마."

뜻을 알 수 없는 눈이 청명을 바로 응시했다. 손가락으로 턱을 가볍게 문지르며 그가 한가로이 미소 지었다.

"또한 원하는 대로 사서의 편찬을 연국공주, 네게 맡기지."

❈

비가 그치고 맑게 갠 하늘 사이로 어렴풋이 동이 트기 시작했다. 여느 때와 다를 바 없는 아침이 시작되었다. 처마에서 뚝뚝 떨어지는 빗방울을 피해 총총히 걸음을 옮기는 내관들의 발이 바빴다.

왁자지껄 이야기를 나누며 정전으로 향하는 조신들의 발걸음은 가볍기만 했다. 비가 그치고 막 해가 뜨는 새벽녘의 선선하고 상쾌한 공기는 마치 오늘 하루도 무사하고 태평히 흘러갈 것을 예고하는 것만 같았다. 조회를 주관하던 황제가 느닷없이 사서 편찬을 언급하기 전까지는 그랬다.

"구리로 거울을 만들면 의관을 단정히 할 수 있고 역사로 거울을 삼으면 흥망성쇠를 알 수 있다 했다. 사서 편찬은 예부터 제왕들이 중시하던 국가 대사로 짐 역시 이것의 중요성을 통감하고 있던 바이다. 한데 기특하게도 연국공주가 짐의 이런 마음을 미리 알고 부지런히 공부하여 연구를 하고자 한다 하니 이는 기특한 일이 아닌가."

무심한 시선으로 좌중을 훑어 내리던 그가 면류관의 금줄을 만지작거리며 말을 이었다.

"해서 짐은 사서 편찬에 대한 모든 권한을 공주에게 맡길 작정이다. 경들 역시 그런 줄 알고 공주를 잘 보필해 주길 바라네. 조회는 여기까지 하도록 하지."

명백한 축객령에 모든 조신들은 하릴없이 물러설 수밖에 없었다. 드넓은 정전 밖으로 빠져나오기 무섭게 탄식을 닮은 볼멘소리가 곳곳에서 터져 나오기 시작했다.

"이는 황상의 뜻이 이미 정해졌다는 말이 아니고 무엇이겠습니까!"

걍팍한 인상의 상서우승 진견이 가장 먼저 불만을 터뜨렸다. 그는 분을 못 이기겠다는 듯 거칠게 관복을 헤집었다.

"이럴 때 갑작스레 사서 편찬이라니요. 이는 성심이 공주에 있다는 뜻입니다!"

하나뿐인 여식을 진왕부에 시집을 보내고 그 자신은 황후의 아비, 국구가 되어 외척 노릇을 해보리라 마음먹었던 푸른 꿈이 산산조각이 난 마당에 화가 솟지 않을 리 없었다. 붉으락푸르락 열이 올라 그는 자신이 무슨 말을 뱉는지도 모르는 눈치였다.

"자고로 입은 무겁고 몸은 가벼워야 하는 법."

진여회의 입에서 느릿하게 흘러나온 말에 종알대던 입이 순식간에 꾹 다물렸다. 멀리서 그를 알아본 몇몇 청년이 쪼르르 이쪽으로 달려와 깍듯이 예를 갖추고 인사를 올렸다.

상서령, 진여회. 외친임에도 삼공 중 사공의 요직을 겸한 그는 경사에 박식하고 능력이 출중해 당대 최고의 재상이라 칭해지는 뛰어난 관리였다. 오래전 북주의 왕족이었던 진 가문은 대대로 대관을 지내온, 관롱집단 중에서도 가장 으뜸가는 가문이었다. 귀족 가문의 자제다운 거만이나 독선은 찾아볼 수 없이 겸손하고 예의가 바르던 그는 어린 나이에 빠른 출세 가도를 달려 말년에 이른 지금은 감히 만인지상이라는 평을 받는 명재상이었다. 장성한 세 아들은 각자 제 자리에서 자신의 역할을 해내는 만큼은 자라주었고 그의 딸은 황후가 되어 진가를 더욱 빛나게 만들었다. 그야말로 세도가 중의 세도가. 그리고 찬란한 진가의 명성만큼이나 그 수장인 진여회 역시 국공이라는 작위를 받아 제 가문의 치적을 이어갔다.

하얀 수염이 성성 자라 어찌 보면 너그럽고 인자한 인상을 풍기기도 했으나 빽빽한 눈썹 아래 자리한 눈은 형형하고 강렬해 보통의 범인은 감히 그의 얼굴을 잘 쳐다보지 못했다. 그는 문득 구름 한 점 없이 푸른 하늘을 올려 보며 자못 다정한 말투로 말을 이었다.

"황상의 넓은 뜻을 좁은 소견으로 가늠하려 드는 일 자체가 불충이다. 생각보다 일찍 마쳤으니 황후를 뵙고 돌아가야겠구나."

황후궁에 도착하자 그가 올 것을 미리 알았던지 상궁 하나가 기다리고 서 있다 그를 안으로 인도해 들어갔다. 내실에 들어서기 무섭게 황후, 진주요가 의자에서 벌떡 일어섰다. 말로 듣지 않아도 속을 끓였을 것이 뻔해, 그는 제대로 된 인사조차 없이 아비를 잡아끄는 딸을 감히 책할 마음도 품지 않았다. 마지막으로 보았을 때보다 딸의 얼굴은 보기 싫게 말라 있었다.

"아버님. 어찌 되었답니까."

"이미 들으시지 않으셨습니까. 황상께선 이미 마음을 굳히셨습니다."

"확실한 것입니까. 정말 황상께서, 정말로 공주에게……."

바들바들 떨리던 턱이 바짝 굳는다. 한 손으로 이마를 짚으며 황후가 거칠게 숨을 내뱉었다. 그런 딸을 가만히 내려다보던 진여회가 느릿하게 입을 열었다.

"황후의 부군 되시는 분의 마음을 어찌 제게 물으십니까. 애초 그 마음을 황후께서 손에 넣기만 하셨어도 일이 이리되지는 않았을 것입니다."

묘하게 날 서린 음성이었다. 북받치는 서러움에 입술을 달싹이다가도 황후는 끝내 입을 열지 않았다. 제아무리 아비라 하나 차마 말 못 할 사정은 누구에게나 있는 법이다. 여인으로서의 수치와 치욕을 제 입으로 까발리고 싶지는 않았다. 한참을 가만히 숨을 고르던 황후가 고개를 들고 진여회를 올려다보았다. 한결 진정된 눈치였으나 여전히 새빨갛게 충혈된 눈에선 미처 정제되지 못한 분노가 흘러넘쳤다. 황후는 애써 태연을 가장하며 이마를 쓸어 올렸다.

"공주의 혼사 이전에 진왕과 연교의 혼인을 서둘러 앞당기는 것이 좋겠습니다. 어찌 되었든 공주가 동궁의 주인이 되는 일은 어떻게든 막아야 합니다. 그러니……."

"어찌 그리만 생각하십니까."

차가운 기세로 그가 황후의 말을 끊었다. 전에 없던 냉대에 황후가 어안이 벙벙한 얼굴로 제 아비를 쳐다보았다. 이를 아는지 모르는지, 그는 긴 손가락으로 다상 위의 찻잔을 느긋이 어루만졌다.

"공주가 황태녀가 되는 일이 그리 나쁜 것만은 아닙니다. 부마도위는 아직 정해지지 않았으니까요."

총명한 황후의 얼굴이 일순 새파랗게 얼어붙었다. 그녀는 차마 제 귀를 믿지 못하고 애꿎은 소맷자락만 쥐어뜯으며 간신히 입술을 떼었다.

"아버님."

"어찌 황후께선 그리도 공주에게 박하신 겝니까. 마마께서 조금만 더 살가운 어미의 정을 보였더라면 일이 이 지경으로 되지는 않았을 테지요. 어미 없이 자란 여아입니다. 부모 모두 잃은 아이에게 작은 정만이라도 내어주었더라면 공주는 말 잘 듣는 개처럼 황후의 말에 따랐을 것입니다. 그 좋은 기회를 날리신 건 다름 아닌 황후이십니다. 공주라고 하나, 고작 해야 어린 계집아이일 뿐. 계집이 정사를 알 리가 없지요. 그 옆에 부마 하나 세워두기만 한다면 이보다 쉬운 일이 어디 있겠습니까."

"아버님."

황후는 이를 악물었다. 다부지게 깨물린 입술 너머 안쪽에선 비릿한 피 맛이 감돌았다. 바득바득 치켜뜬 눈으로 황후는 제 아비, 진여회를 무섭게 노려보았다.

"제 말은 다 어디로 들으셨습니까. 공주입니다. 그 계집아이의 간교함에 대해 제가 몇 번이고 말하지 않았습니까!"

"계집은 계집. 여황이라, 허울 좋은 말뿐이지요. 면류관을 쓴다 한들 계집에게 없던 남근이 생기지는 않습니다."

"연국공주는 아니 됩니다. 차라리 저를 죽이세요. 그 아이는 절대 아니 됩니다."

"마마."

딸자식의 미련한 고집에 그의 눈썹이 차갑게 치켜 올랐다. 이쯤 했으면 멈출 법했으나 황후는 멈추지 않고 끈질기게 물고 늘어졌다.

"그 계집이 황위에 오르는 건 제가 죽기 전엔 있을 수 없습니다. 상서령부에서 제 뜻을 거스르고자 한다면 이 황후 역시 가만두고 보진 않을 것입니다."

"어찌 이리 어리석게 구시는 겝니까. 사가 시절, 이리 형편없이 황후를 가르친 기억이 나는 없습니다. 진가의 미래를 내다보셔야지요."

행여 바깥으로 소리가 새 나갈까, 악문 이 사이로 나직하게 으르렁거리는 목소리가 흘러나왔다. 보통 이 같으면 감히 맞서지도 못할 무서운 눈빛이었으나 황후는 지지 않고 맞섰다. 가련할 정도로 손을 덜덜 떨면서도 황후는 기어이 잔을 들어 차를 한 모금 넘겼다. 깔깔하게 마른 입안이 적셔지자 그나마 진정이 되는 듯싶었으나 이어진 말에 그녀는 얼어붙고야 말았다.

"한림학사를 천거할 것입니다. 황상께서 진정으로 공주를 황태녀에 올릴 작정이시라면 이를 싫다고만은 하지 않으시겠지요. 어찌 되었든 공주에게 필요한 건 든든한 뒷배이니 말입니다."

"아버님! 정녕 제 뜻을 거역하시겠다 이 뜻이십니까!"

"황후 폐하께선 정녕 이 아비의 뜻을 거스르시겠습니까."

진여회는 입꼬리를 말아 올리며 다정하게 물었다. 그러나 이는 물음이 아닌 명령. 황후는 주먹을 말아 쥐며 입술을 깨물었다. 죽기보다 싫다. 그러나 이 마음을 제 아비에게 전할 길이 없었다. 아니, 전한다 한들 이 마음을 알아줄 리가 없었다. 계집의 투기는 그 어느 것보다 흉하고 천한 것이라, 경멸스럽다는 눈으로 저를 훑지 않는다면 모를까. 그러니 입을 다무는 수밖에 없었다. 어찌할 바 모르고 입을 꾹 다문 황후의 침묵을 동의로 받아들인 진여회는 조금 누그러진 어투로 말을 이었다.

"진가의 여인이 아니셨다면 마마께선 지금의 그 자리에 오르지 못하셨을 것입니다. 한데, 이제 와 가문이 아닌 얕은 감정을 앞세우시다니요."

"아버님. 우리에겐 진왕이 있지 않습니까. 그 아인, 절대 제 말을 거역할 수 없습니다. 시키는 것이라면 무엇이든 할 아이입니다. 그런 쉬운 패가 손안에 있는데 어찌 굳이 어려운 길을 택하시려 하십니까. 마찬가지입니다. 연교, 그 아이를 진왕비로 들여보내어 황후로 세워도 진가의 명맥을 이을 수 있습니다. 부디 재고하여 주세요."

황후는 제 아비의 소맷자락을 애처롭게 잡아 쥐었다. 서러운 눈물이 볼을 타고 진주처럼 뚝뚝 떨어졌다. 가련하게 매달리는 모양새에 한숨이 절로 나왔다. 진여회는 모질게 그 손을 뿌리치고 옷매무새를 정리했지만 마음은 참담하게 가라앉았다.

그의 여식은 놀라울 만큼 총명하고 명민한 아이였다. 제 오라버니들과 비교해도 넘치는 재기를 지녔고 배포 역시 계집답지 않게 컸다. 이름 모를 후궁의 아들로 태어난 영왕의 비로 보내기엔 그 배포가 아까울 만큼 어여쁜 계집아이였다. 그는 주요를 황태자비로 만들 작정이었다. 그러나 아비의 말은 한 번을 거역할 줄 모르고 유순히 따르던 아이가 처음으로 고집을 꺾지 않았다.

영왕에게 시집을 보내달라는 요구.

딸은 황태자비가 되기를 거부하고 한미한 시비를 모친으로 둔 영왕의 비가 되겠다 고집을 부렸다. 차마 믿을 수 없었다. 화를 내보기도 했고 좋은 말로 구슬려 보기도 했지만 주요는 한사코 마음을 돌리지 않았다. 결국 그는 주요를 영왕비로 보낼 수밖에 없었다.

자신이 그토록 원하던 자리로 보내졌으니 차라리 잘 살기라도 했으면 오죽 좋았을까. 그 결과는 몹시도 절망적이었다. 가례를 올린 지 스무 해가 다 되어가도록 두 사람 사이엔 자식이 없었다. 어디 후사가 없다는 것뿐일까. 애정이라곤 찾아볼 수 없는 불행한 부부 사이였다.

액정의 몇 안 되는 품이 낮은 궁인들을 제한다면 황후 하나만이 유일한 그의 비였으나 그렇다 하여 황제가 황후를 가까이하는 일은 없었다. 여인을 취하지 않는 그를 두고 남색이라는 풍문만이 분분히 나돌았다. 달에 한 번, 의례적으로 갖는 택일을 제외하면 그가 황후를 찾는 일은 없었고 두 사람 사이의 골은 더욱 깊어져 갔다.

그런 황제가 유일하게 드러내어 아끼는 여인이 양녀인 연국공주뿐이니 주요가 공주를 미워하는 마음도 이해가 가는 바였다. 다만 그 정도가 지나칠 따름이다. 구겨진 미간을 검지로 문지르며 진여회가 거친 숨소리를 냈다. 제 아비의 눈치만 살피며 황후는 젖은 볼을 영견으로 대충 훔쳤다. 한참 후, 그가 입을 뗐다.

"진왕이 사내이기 때문에 나는 그를 탐탁지 않게 여기는 것입니다. 우리가 그의 비밀을 쥐고 있다 하나 진왕 역시 사내. 결국 황위에 오르고 난다면 어느 순간부턴 자신이 진짜 황제라도 된 양 국사를 독단하고 싶은 욕망에 빠지게 될 테지요. 이는 지극히 당연스러운 이치입니다. 그런 작은 불씨 하나도 남겨두고 싶지 않습니다. 또한 애초 성심이 공주에 있다면 이를 꺾고 진왕이 동궁의 주인이 될 확률은 극히 희박하지요."

"아버님, 공주는 무서운 아이입니다. 간사하고 교활합니다. 겉으론 순진한 척 내숭을 떨지만 그 속을 알 수 없이 궤휼해 더욱 영악하지요. 어찌 아버님께선 공주에 대해 그리 쉬이 단언하십니까."

"황후 폐하."

유난히 쌀쌀맞게 들리는 목소리에 화들짝 놀라 황후는 몸을 떨었다. 이에 느긋하게 웃는 얼굴로 진여회가 넌지시 황후의 손을 맞잡았다. 황후의 매끈한 손은 주름진 아비의 손안에 단단히 붙잡혀 금방이라도 이를 뿌리치고 나올 듯 파르르 떨었지만 결국 아무 반항 없이 얌전히 가라앉았다.

"공주는 계집입니다."

황후는 아무 대답도 하지 않았다. 그런 황후를 찬찬히 내려다보는 그의 눈빛은 고집부리는 어린 자식을 타이르는 부모의 그것처럼 인자하고 자애롭기만 하다.

"여황제라, 일찍이 이는 고금에 없던 일이지요. 계집이 면류관을 쓴다니, 어느 누가 감히 그 우스운 모습을 그려볼 수나 있겠습니까. 하나 그 뒤에 나, 진여회가 있다면 다릅니다. 공주를 황태녀로 만드는 것도 나이고, 여황으로 만드는 것도 나입니다. 본디 계집은 우매하고 어리석어 그 그릇이 정해져 있는 법. 게다가 공주는 아직 새파랗게 어린 풋내기에 불과하니 나는 마마께서 어찌 이리 괜한 일에 마음을 쓰시는지 모르겠습니다."

아무리 아니 된다 목을 놓고 외쳐 보아도 그는 들은 척도 않을 것이다. 차가운 미소를 그리는 아비의 얼굴은 냉담하기만 했다. 돌이킬 방법은 아무것도 없었다.

❁

뜨거운 여름 햇살이 대리석 회랑으로 분분히 쏟아져 내렸다. 지붕 위로 내리쬐는 햇살에 그늘 한 점 없는 뙤약볕 아래 발을 옮기는 궁인들의 얼굴은 모다 찡그려져 있었다. 장마가 끝이 나자 뜨거운 더위가 절정에 이른 것이다. 종종걸음으로 대전을 향하는 일군의 궁인들 선두엔 공주가 있었다. 공주가 지난 자리엔 고운 연보랏빛 잔상만이 아른하게 남아 있었다.

막 조아렸던 머리를 든 궁녀 몇이 멀어지는 공주의 뒷모습을 힐끔 훔쳐보았다. 흐르는 물결처럼 사뿐히 옮기는 걸음마다 굽이치듯 일렁이는 옷자락과 우아하게 틀어 올린 삼단 같은 검은 머리칼, 태생적으로 지닌 기품에 날이 갈수록 여인의 아름다움이 더해지니 근래에 들어선 그야말로 꽃봉오릴 터뜨린 모란처럼 활짝 만개한 듯했다. 아무리 황궁의 여인 중 곱지 않은 이가 없다 하나, 같은 여인의 눈으로 보아도 확연히 다른 세상의 것 같으니 부러운 마음이 들지 않을 수 없었다.

"참 좋으시겠다. 황상을 부친으로 두신 데다 저리도 아름다우시니 남부러울 게 무엇이 있겠누."

궁녀 하나가 누가 들을까 작은 목소리로 빠르게 제 동무의 귓가에 속삭였다.

"한데 너 그건 들었니? 부마도위에 대해 말야."

"부마도위라니? 그게 무슨 말이야?"

눈이 동그래져 자신의 소맷자락을 잡고 늘어진 동무를 향해 궁녀는 으스댔다.

"병부주사께서 공주마마의 부군이 되실 거래. 이미 소문이 파다하단다, 얘."

"근거 없는 헛소문 퍼뜨리다가 너 혼쭐난다?"

울상이 된 동무가 안타깝기는 하나 소문이 퍼지는 건 시간문제다. 어차피 누구의 입으로 듣건 변하지 않을 일. 궁녀는 은밀히 목소리를 낮추었다.

"황후 폐하를 모시는 궁녀 아이에게서 들었지. 지난 조찬에서 황후께서 똑똑히 그리 말씀하셨단다."

"말도 안 돼."

두 손바닥 사이에 얼굴을 묻는 궁녀가 첫사랑을 잃은 소녀처럼 울상 지었다. 그도 그럴 것이 병부주사 정의산이라 하면 궁내 여관들 사이 이름 높은 그 사내가 아니던가. 듬직한 헌헌장부라는 사실에 더해 유난히 말수가 적은 과묵함은 그의 이름을 높이는 데 단단히 한몫했다. 기량 역시 단연 발군이라 그의 이름이 병부를 넘어 걸출한 인물들이 넘치는 황궁까지 오르내린다니 그를 향한 흠모의 눈길은 더욱 늘어만 갔다. 때문에 저뿐만 아니라 웬만한 어린 궁녀치고 한 번쯤 병부주사를 마음에 품어보지 않은 여인이 없었을 것이다. 그런 병부주사가 공주의 부군이 되신다니. 과연 오르지 못할 나무는 쳐다도 보아선 아니 된다는 말이

215

이렇게 뼈저리게 느껴질 수가 없었다.

"연국공주께서 문안을 청하시옵니다."

장지문이 열리고 익숙한 향기가 흘러나왔다. 평소와 다를 바 없는 난향이었는데 오늘은 그 사이에서 탕약의 냄새도 함께 느껴졌다. 이질감을 느끼며 청명은 발을 걷고 별실로 들어섰다. 한데 황제 혼자만이 있으리라 생각했던 그 공간에 저보다 이미 먼저 황제를 독대하고 있던 사람이 있었다. 청명이 들어온 걸 알아채고 돌아본 그와 눈이 마주치자 청명은 저도 모르게 흠칫 한 발 뒤로 물러섰다. 다름 아닌 병부주사 정의산이었다. 의산이 예를 갖추려 몸을 일으키려 하던 그때, 유유자적한 목소리가 어딘가에서 들려왔다.

"가만 앉아 있거라."

목소리가 들린 방향으로 고갤 돌리니 가부좌를 틀고 좌상에 앉아 있는 황제가 보였다. 그리고 그의 옆엔 이미 다 마셨는지 바닥을 보이는 약그릇이 보였다. 황제의 곁에 서 있던 태감이 다반에 약그릇을 받쳐 들고 종종걸음으로 별실 밖으로 나섰다. 이어 드르륵 문이 닫히는 소리가 났다. 청명은 느린 걸음으로 두 걸음 앞으로 걸어 나와 예를 갖추었다.

"문안 들었습니다, 부황."

"공주가 이 아비를 생각해 찾아주니 참으로 기특하구나."

"자식으로 당연한 도리인걸요."

소리 없이 웃던 그가 손짓을 하자 어디서 나타났는지 다른 내관 하나가 청명의 앞에 방석을 내려놓았다. 청명은 힐끔 정의산을 훔쳐보며 자리에 앉았다. 기이한 침묵만이 별실 안을 감돌았다. 무슨 연유에서인지 제 앞의 두 사람 다 유독 말이 없으니 이어색한 분위기에 질식할 것만 같았다. 일부러 배시시 웃으며 청명은 황제를 올려다보았다.

"부황. 긴 비가 끝이 났습니다."

"그래, 더위가 기승을 부리겠구나. 이도 얼마 남지 않았다. 곧 가을이 찾아오면 언제 그랬냐는 듯 차가운 바람이 불 테니 말이다."

"소녀는 겨울이 좋습니다. 차가운 공기를 쐬노라면 몸도 마음도 쾌청하니 깨끗해지는 기분이어요."

"네 어미와는 다른 말을 하는구나."

"예?"

뜬금없는 소리에 청명은 멍청하게 되묻고 말았다. 그러나 답 대신 그는 말을 돌려 버렸다.

"사서 편찬은 잘 되어가고 있느냐?"

별수 없이 청명은 한 번 고개를 숙인 뒤 차분히 답했다.

"문학관을 설치하고 문사들을 모으는 중입니다. 영남에서 유만경과 원위지라는 자들이 뛰어나기로 이름이 나 있어 그들을 필두로 등용하려 합니다."

"알아서 잘할 것이라 믿는다. 전권은 네게 있으니 짐은 신경 쓰지 말고 잘 해보아라."

황제가 꼿꼿이 세워 있던 등을 슬며시 기대었다. 약간의 긴장이 맴돌던 분위기가 이와 함께 풀리는 것이 눈에 보였다. 아까보다 확실히 웃음기가 밴 어조로 그가 입을 열었다.

"일전에 공주가 병부주사를 만난 적이 있다지. 아까 들으니 두 사람 낙유원에서 마주쳤다 하던데."

그러더니 덧붙이듯 씩 웃으며 정의산을 향해 턱짓을 했다. 청명은 자연히 정의산을 돌아보았다. 눈이 마주친 정의산이 긴장해 턱을 굳히고 고개를 바짝 숙였다.

"송구합니다. 소인이 그때 끝까지 모시지 못해……."

"아닙니다. 그땐 본의 아니게……."

어색해도 이렇게 어색할 수가. 숨이 턱턱 조여오는 것만 같다. 청명은 애매하게 미소를 흘리며 소맷자락 아래서 손톱만 쥐 뜯었다. 가만히 턱을 괴고 그런 청명을 내려다보던 황제가 옅은 웃음을 보였다.

"두 사람, 이렇게 함께 붙여두니 썩 잘 어울리는 선남선녀로구나. 짐은 몰랐는데."

모르긴, 저를 부른 이유가 이렇게나 훤하니 보이는데! 느닷없이 문안을 요구하는 통에 반색하며 달려와 보니 이건 무슨 어울리지도 않는 중매 노릇이란 말인가. 이를 갈면서도 청명은 상냥하게 대답했다.

"부끄럽습니다."

"어쩌다 보니 말이 길어져 병부주사를 오래 붙잡고 있었는데 이 이상 묶어두면 뒤에서 짐을 욕하겠군. 공주도 얼굴을 보았으니 이만 물러가도 좋다. 두 사람 다 물러가 보거라."

느닷없는 축객령이다. 중매질도 하던 사람이 해야 한다고, 이건 누가 보아도 노골적일 만큼 뻔한 엮어주기 수작질이었다. 어찌 되었든 청명, 저를 도와주려는 목적임은 분명했지만 그래도 이건 아니다. 당사자가 낯이 화끈거릴 지경이었다. 발을 걷고 나란히 걸어 나오는 두 사람을 힐끔거리며 궁녀가 장지문을 열어주었다. 긴 복도를 따라 어색한 침묵을 유지하며 걷는 내내 쏟아지는 시선에 뒤통수가 따끔거렸다.

"공주부까지 모셔다드려도 되겠습니까."

한참 아무 말 않고 묵묵히 걸음을 떼던 그가 먼저 입을 뗐다. 힘겹게 꺼낸 말이었는지 그의 귓불이 붉게 물들어 있었다. 차라리 아무 말도 하지 않았으면 좋으련만. 이유 모를 불편함에 손가락이 배배 꼬였다. 그러나 이 사람은 황제가 점찍어둔 부마감이었다. 태위부와의 혼사가 기껍지 않더라도 이보다 훌륭한 부마감은 없다는 것엔 소산도, 자신도 모두 동의하는 바였다. 그러니 혼사도 그리 나쁘지는 않을 것이다. 주도권을 빼앗기지 않는다는 가정하에 정의산은 청명이 선택할 수 있는 가장 좋은 남편감이었다. 적당히 웃는 얼굴로 청명은 고갤 갸웃거렸다.

"공주부가 어디인지는 아시나요?"

불편한 속내를 숨기고 어색하지 않은 척, 불편하지 않은 척, 능청을 떠는 건 궁에서 자란 청명의 특기 중 하나였다.

"잘은 모르나 가다 보면 어디든 나오지 않겠습니까."

"그때 낙유원에서 공에게 낙유원 안내를 부탁드렸다간 큰일이 날 뻔했겠네요."

"송구합니다. 제가 모자란 것이 많아."

"마차가 있는 곳까지만 보필해 주셔요. 안 그래도 바쁘신 분께 부담을 드릴 수는 없지요."

막상 맡겨준다 하니 의산은 멋쩍게 미소를 지으며 송구하다,

작게 중얼거렸다. 커다란 덩치와 달리 의외로 발견한 귀여운 면에 꽁꽁 둘러싼 긴장과 경계의 벽이 조금 느슨하게 녹아내리는 것이 느껴졌다. 평소엔 어디 엿과 바꿔 먹은 눈치를 이럴 때는 어김없이 발현하는 정아가 궁녀들에게 낮은 음성으로 뒤로 빠져라 윽박지르는 게 한참 앞에 서 있는 제 귀에까지 들려왔다. 부끄러움과 민망함은 상전인 제 몫이라 청명은 그저 눈만 꾹 감고 말았다.

의산은 이런 상황을 알지도 못하는지 문자 그대로 길 찾는 데만 열중해 이쪽으론 관심도 주지 않았다. 청명은 어색하게 그 뒤를 쫓았고 정아를 포함한 이 일대의 모든 궁인들은 이 모습을 보며 흐뭇하게 웃기만 할 뿐이었다. 다른 사람들의 눈엔 다정한 사이로 보일지 몰라도 당사자의 입장에선 이보다 고역이 없었다. 땡볕 아래를 한없이 헤매고 다니기엔 내리쬐는 태양이 너무도 강렬했다. 이대로 길을 잃어 더위에 지쳐 쓰러질 바엔 차라리 제가 안내하는 게 낫겠다 싶었다.

"아무래도 날이 덥습니다. 마차까진 혼자서도 갈 수 있으니 걱정하는 마음만으로도 충분합니다."

"송구합니다. 소인이 모자란 탓에 공주께 큰 결례를 저지른 듯합니다."

그의 얼굴이 눈에 띄게 굳는다. 지나치게 자책하며 의산이 고갤 숙였다. 외려 미안해진 청명이 서둘러 대답했다.

"중요한 건 데려다주시겠다는 그 마음이지요. 길은 제가 안내할 터이니 공께선 제 이야기 상대가 되어주셔요."

"소인이 그리 재미난 편이 아니라 좋은 말 상대가 될지나 모르겠습니다.”

이 남자, 호방한 인상과 달리 소심한 성격이다. 쭈뼛대며 눈도 마주치지 못하는 것도 그러거니와 내내 어쩔 줄 모르고 연신 사과만 하며 스스로를 힐책하는 말투 역시 그러했다. 이를 보니 저도 모르게 한숨이 나왔다.

조금만 더 기다려 보자.

아직 이 사람도 제가 낯설어 더욱 긴장해 이리 구는 겔 테지. 그리고 성격이 조금 소심하면 또 어떠한가, 사람 좋고 제 말에 잘 따르는 부군이면 그로 충분하다. 청명은 마음을 다잡고 활짝 웃으며 그를 돌아보았다. 눈이 마주치기 무섭게 의산이 고갤 푹 숙였다.

“궁금한 게 많습니다. 병부의 일이 힘들진 않으신지요? 듣기론 병부주사께서도 이번 원정에서 큰 공을 세우셨다던데.”

“힘들다니요. 당치도 않습니다.”

“원정 이야기를 들려주시겠어요?”

순간, 처음으로 그의 얼굴에 반짝 화색이 돌았다. 느닷없는 반전에 오히려 놀란 쪽은 청명이었다. 기운 없이 수줍게 옹송그린 그의 어깨가 떡 벌어지나 싶더니 축 처져 있던 입가는 헤실헤실 실룩거리기 시작했다. 영락없이 곰이 웃는 모양새다.

“원정은 그리 힘들지 않았습니다. 오히려 진왕야의 휘하에 들수 있었던 것만으로도 영광스러운 일이었습니다.”

“진왕이요?”

그는 공주의 목소리가 조금 떨린다는 것도 눈치채지 못하고 신이 나 말을 이었다.

"처음 출정에 나섰을 때만 해도 무관으로 부끄러우나 실은, 조금 두려운 마음이 있었습니다. 아무리 오랑캐라 한들 이십만의 토욕혼을 상대하기에 오만의 군은 현저히 적었으니 말입니다. 한데, 첫 전투가 끝난 직후 그런 부끄러운 감정은 씻은 듯 싹 사라졌습니다. 그날 새벽은 밤하늘엔 달조차 보이지 않는 완연한 어둠이었는데 갑자기 높은 곳으로 보병 천을 이끌고 따르라 하셨었지요. 그때만 해도 소신은 진왕야를 잘 믿지 못했습니다. 지금 돌이켜 보아도 왕야의 놀라운 혜안에 저는 감히……."

종알거리던 입이 다물린 건 그로부터 한참이 지나서였다. 열심히 떠들던 의산이 대답 없는 공주를 힐끔 돌아보았다. 대체 왜 그런 표정을 짓는지 이해가 가지 않는다는 얼굴이었다. 무슨 상념에 빠졌는지 멍하니 다른 곳에 정신이 팔린 공주를 빤히 응시하던 그가 조심스럽게 목소리를 냈다.

"공주마마."

공주는 대답이 없었다. 그는 다시 한 번 공주를 불렀다.

"공주마마."

꼬박 두 번을 부르고 나서야 공주가 화들짝 놀라 의산을 쳐다보았다. 왜인지 발갛게 달아오른 볼이 더욱 붉어졌다. 그 모습이 위엄찬 공주가 아닌 사가의 제 누이와 다를 바 없는 소녀의 모습이라 그는 저도 모르게 웃고 말았다. 머쓱하게 따라 미소 짓던 공주는 다 왔다며 어색한 인사를 건네었다. 어느새 일행은 궁문 앞에 도착해 있었다.

"고맙습니다. 덕분에 즐겁게 올 수 있었어요."

"그럼 들어가 보시지요."

꾸벅 허리를 굽히며 의산은 청명을 힐긋 훔쳐보았다. 지금에서야 공주와 진왕의 사이가 견원지간이란 걸 떠올린 까닭이었다. 혹시 은연중에 실언을 한 건 아닌가 싶어 그의 등줄기에선 식은 땀이 흘러내렸다. 다행히 공주의 기분은 썩 나빠 보이지 않았다. 아니, 사실 약간은 어디 혼이라도 팔고 온 사람처럼 멍하니 넋이 빠진 모양새라 그는 고개를 갸우뚱했다. 잠시 대답이 없던 그녀가 연하게 웃으며 한 발 뒤로 물러섰다.

"살펴 가셔요."

가란 말이 떨어지기 무섭게 예를 갖춘 의산이 재빠르게 뒤돌아섰다. 어지간히 저와 있는 게 힘들었던 모양이다 싶어 청명은 그저 웃을 수밖에 없었다. 그가 모퉁이를 돌아 자취를 감추자마자 정아는 쪼르르 달려와 어찌 그냥 보내셨느냐 경망을 떨었다. 그 어떤 말도 할 수 없어 청명은 다만, 그러게 말이다 하고 웃어 넘기기만 했다.

얄밉기도 하지. 야속한 하늘은 복잡한 이 속도 모르고 구름 한 점 없이 새파라니 청명히도 반짝였다.

날이 갈수록 속은 새카맣게 타들어간다. 그러나 너는 이런 내 마음 따위 알지도 못하겠지. 나만 이리 애태우고 고민하고 네 생각에 밤잠을 이루지도 못하고 멍청하게 바보처럼 변해가는 것이겠지. 이런 게 외사랑이란 걸 알면서도 어째서 좀처럼 멈춰지지 않는 걸까. 괜스레 서러운 마음에 청명은 입술을 짓씹을 뿐이었다.

성절(聖節)이 돌아왔다.

전국 각지 관에서는 황제의 탄신일을 맞아 곡창을 열어 곡식과 술을 나누었고 일주일간 황성의 모든 가게는 장사를 그만두고 가게를 걸어 잠갔다. 그야말로 황성 전체가 축제 분위기에 물들어 때아닌 흥분의 도가니로 변해 버렸다. 너른 대로 곳곳엔 붉은 축원과 등롱이 걸려 황제의 만수무강을 기원했다. 긴 줄에 매달려 바람결에 작게 흔들리는 꽃 모양의, 그리고 물고기 모양의 등. 북적거리는 장내를 뛰어다니며 거침없이 활보하는 어린아이들. 한풀 꺾인 더위 사이로 열기가 사라진 부드러운 바람이 살랑살랑 불어와 다가올 가을을 예고하는 듯했다.

황궁 안으로 사두마차가 끝없이 들어섰다. 자신이 모시는 주인의 이름을 연호하며 비켜서라는 마부들의 외침과 자욱하게 이는 흙먼지에 그야말로 대봉문 앞은 인산인해. 어느덧 해가 지기 시작하자 간만의 축제 분위기에 밖으로 나온 사람들로 발 디딜 틈 없이 사방이 가득 들어찼다. 화려하게 치장한 여인과 재주를 부리는 광대들, 푸른 눈의 호인들까지 가는 곳마다 인파로 그득그득했다.

이는 황궁 역시 마찬가지라, 군사 십만이 들어서도 모자라지 않은 드넓은 대원전 앞으론 수천의 햇빛 가리개와 천막이 설치되고 그 아래론 긴 좌상이 놓였다. 술잔을 기울이는 공경대부들과 각국 사절단의 목소리가 시간이 흐름에 따라 점점 높아지고 황궁 담 너머 저 멀리선 희미한 축포 소리와 함께 번쩍거리는 불꽃이 이따금 터졌다. 술을 잘 하지 않는 황제도 오늘만큼은 흔쾌히

잔을 비웠고 얼마 전의 대승에 연이은 경사에 사방에선 웃음꽃이 피었다.

속살이 비칠 듯 하늘거리는 나삼을 차려입은 수백의 미인들이 연단 한가운데 등장했다. 미려한 피리 소리와 함께 자무(字舞)가 시작되었다. 치맛자락이 둥글게 부풀었다 펼쳐지자 그야말로 향긋한 꽃이 피어나는 듯했다. 수백의 무희가 동시에 빙글 돌며 천(天)자를 그려내니 그야말로 장관이 따로 없다. 교교한 웃음을 흘리며 부채를 들고 반쯤 입술을 가리는 무희들 사이로 백석벽안의 미인이 등장했다. 유난히 흰 살결이 반쯤 드러나는 관능적인 호복을 입은 그 이국의 미인은 피부가 옥과 같았고 코는 송곳처럼 뾰족했다. 농염한 자태로 뽐내는 호선무(胡旋舞)에 곳곳에선 탄식이 터져 나왔다. 음악이 끝이 나고 무대 중앙에 꿇어앉은 무희들을 향해 박수가 쏟아졌다. 턱을 괴고 무희들을 잠시 바라보던 황제가 짐짓 아래쪽에 앉은 공주에게 고갤 돌렸다.

"태평공주의 일화를 들어본 적이 있느냐."

"부황의 뜻을 잘 모르겠습니다."

"태평공주가 부모의 앞에서 춤을 보인 나이가 열다섯이었다 하더구나."

아아, 알아들었다는 의미로 눈이 동그래져 작게 고개를 끄덕인다. 자못 수줍게 눈치를 살피던 공주가 천연스레 웃으며 앞에 놓인 부채를 펼치는 시늉을 했다.

"원하신다면야 소녀도 그 정도는 할 수 있습니다, 부황. 물론 볼만하지는 않을 테지만 마음이 중요하지 어디 실력이 중요하나요?"

"되었다. 누워서 절 받는 기분이로구나."

웃는 얼굴로 황제가 공주에게 술잔을 내렸다. 그 모습을 흐뭇하게 바라보던 태위가 공손하게 읍했다.

"두 분의 사이가 참으로 정겨우시니 이는 중주의 홍복이옵니다."

힐끔 서로 간에 시선을 주고받는 것도 잠시, 그곳에 자리한 모든 공경대부들이 너 나 할 것 없이 한마디씩 보태기 시작했다. 다정한 부녀 사이라는 둥, 입에 발린 찬사가 줄지어 이어졌다. 그때, 상서령 진연회가 불쑥 입을 열었다.

"공주의 효심이 지극하십니다. 신들 역시 이를 마땅히 본받아야 할 것입니다."

공주의 웃음은 소리 없이 청초했다. 흘긋 내려다본 시선이 그와 맞부딪쳤다. 고집스럽게 깜박이는 커다란 눈이 그를 향해 감춰지지 않는 의문을 흘린다. 그는 어리다고밖에 볼 수 없는 미성숙한 그 소녀를 향해 잠자코 마주 웃어주었다. 추이를 관망하던 예부상서가 힐끔 눈치를 살피다 곰살맞게 말을 보태었다.

"어서 훌륭한 부마가 간택되어 공주의 곁을 듬직이 지켜주셔야 할 터. 하나 어떤 사내를 옆에 두어도 감히 공주께 비견되지 못할 테니 폐하의 고민이 감히 크실 듯합니다."

입가에 빙긋 웃음을 띤 황제가 예부상서에게도 술잔을 내렸다. 껄껄, 호쾌하게 번져 가는 웃음소리에 황제의 곁에 가만히 앉아 있던 황후의 얼굴은 차갑게 굳어갔다. 속내를 숨기는 데 서투르기도 했지만 애초 그녀에겐 숨기고픈 의지 자체가 없어 보였다. 싸느란 표정으로 불룩거리는 입술을 비틀어 올리며 그녀는 술잔을 비웠다. 빈 잔으로 황제가 술을 따르며 속삭였다.

"어디 불편하기라도 하시오?"

"이 좋은 날, 불편할 리가 있겠습니까."

조소 어린 코웃음과 함께 황후는 짐짓 겸양을 떠는 시늉을 했다. 어울리지 않게 신경 쓰는 척하는 그의 태도에 이가 갈리도록 사무쳤다. 피가 거꾸로 솟는 기분을 차마 숨기지 못하고 그녀는 힘겹게 입술을 떼었다. 부드러운 목소리 너머로 차디찬 칼날이 드러났다.

"다만 마음이 아파 그러합니다. 공주가 저리 아리땁게 자랐을진대, 선후께서 이 모습을 지켜보지 못하신다니 같은 여인으로서 어찌 안타깝지 않을 수 있겠습니까."

비릿하게 말아 올라가는 입술, 황후가 정면으로 황제를 응시했다. 입가에 형식적으로나마 감돌던 미소는 그의 얼굴에서 자취를 감춘 지 오래, 실로 오랜만에 그녀는 진심으로 활짝 웃었다. 저를 찢어 죽이기라도 할 듯 노려보는 그의 얼굴에 겁을 먹지 않았다면 거짓이지만, 두려움은 잔인한 희열에 완연히 압도되었다. 진정, 이렇게 기쁠 수가 없었다.

"폐하께서도 기억하시겠지요. 선제와 선후께서 얼마나 공주를 아끼셨는지요. 그야말로 완벽한 가족이 아니었습니까. 선제께선 선후를 아끼시는 데 정도를 두지 않으셨으니 그 지극한 정성과 금슬은 감히 모든 부부가 본받아야 한다 말해도 과언이 아닐 겁니다."

"재미있군."

그가 피식 실소를 터뜨렸다. 팽팽히 얼어붙어 긴장된 분위기를

가르고 음울한 얼굴로 황제가 더 해보라는 듯 고개를 슬쩍 까닥
거렸다.

"지금 보니 공주의 외양이 신묘할 정도로 선후와 닮아 있지 않
습니까. 어찌 이리 닮았을까요. 폐하께서 왕부에 계실 적, 소녀
시절의 선후를 기억하신다면 지금이 딱 그 나이가 아닙니까. 폐
하께서 직접 말씀해 주시지요. 공주가 선후를 많이 닮았습니
까?"

선황에 대한 언급은 금기시되어 왔다. 황후의 수발을 들던 천
한 시녀의 자식이라는 출신과 더불어, 역모를 빙자해 제 형제들
을 직접 참살하고 제위를 찬탈했다는 데에서 이미 현 황제의 정
통성은 결여되어 있다시피 했다. 정통성으로만 따진다면 지금의
황위는 당시 아홉 살이던 공주가 이어야 했고, 때문에 대신 황위
에 올라 공주를 양녀로 입적한 그를 두고 은거한 선비들은 크게
비판하는 상소를 올리는 등 안팎으로 시끄러웠다. 확실히 껄끄
러운 사안이다 보니 지금에 와 이를 언급하는 이는 아무도 없었
고 그나마도 뒤에서나 은밀히 떠드는 수준에 불과했다. 드러내어
반감을 표하는 황후를 보며 공경대부 이하 만조백관 중 경악하지
않는 이가 없었다. 태연을 유지하는 이는 오직 황후와 황제뿐이
다. 황제가 눈을 빛냈다.

"감히 황후가 궁금해할 사안이 아니라 여겨지는데. 이 좋은
날, 군이 그 이야기를 꺼내는 의중이 대체 무엇일까?"

"어찌 신첩이 궁금해해선 아니 된다 그리 단언하십니까. 황상
의 곁을 지켜온 지가 어언 스무 해, 하나뿐인 정비가 아니더이까.
아시지 않으셔요. 먼 훗날, 합장묘에 들어갈 이는 다른 '누구'가

아니라 바로 신첩임을요.”

“그럼. 알다마다.”

그의 입술이 야멸차게 비틀렸다. 이어 술잔을 들어 시원하게 털어 넣은 황제가 주전자를 들고 황후의 빈 잔에 술을 따르기 시작했다. 술잔을 넘어 줄줄 흘러넘치는 술에 탁자 아래로 술이 뚝 뚝 떨어지는데도 그는 멈추지 않았다. 주전자에 담긴 술을 전부 비우고 나서야 즐겁다는 듯 바닥에 와장창 주전자를 내던지는 황제에 황후는 질렸다는 얼굴로 낯을 구겼다. 그는 보란 듯 유유히 턱까지 괴어가며 황후에게 손짓을 했다.

“어서 드시오. 짐의 마음일지니.”

“얼마쯤 내어주신 마음 한자락, 소중히 간직하지요.”

기어이 그 독한 술을 전부 비우고야 만다. 올라오는 독한 술기 운에 아미를 좁히고 미간을 구긴 황후가 고갤 돌리고 기침을 토해냈다. 그런 황후를 즐겁게 바라보던 황제가 이내 연단 아래 신하들을 향해 미소로 잔을 들어 보이자 마치 아무 일도 일어나지 않았던 것처럼 모두가 황제의 만복을 빌며 만세를 삼창했다.

그러나 청명의 얼굴은 하얗게 질린 지 오래였다. 무정하다 못해 가증스럽게 돌아가는 판국에 환멸이 일었다. 뒤통수를 둔기로 세게 얻어맞은 기분이었다. 겉으론 나른하게 부채를 한들거리며 청명은 자연스럽게 얼굴을 가렸다. 새파란 분노에 고운 얼굴이 잔뜩 일그러졌다.

모욕적이다. 어째서 제 모친이 타인의 입에 이런 식으로 오르내려야 하는지 이해가 가지 않았다. 자신이 모친을 닮지 않았다는 건 오래전 부친의 입을 통해 닳도록 들어왔던 말이었다. 생김

새부터 성품까지 모친은 자신과 달리 다정다감한 분이었더랬다. 한데 거짓을 입에 담으면서까지 죽은 모친과 부친을 언급하는 황후의 무례는 자못 비상식적이었다. 되새기기 무섭게 다시 이는 불쾌에 도저히 얼굴이 수습이 되지가 않았다. 그러다 문득 의심이 일었다. 정작 저보다도 더 흥분하고 나선 황제의 그 태도가 찝찝한 뒷맛을 남겼다. 저 음흉한 남자가 저리 유난스럽게 군다는 것 자체가 정상의 범주를 벗어난 일. 제가 알지 못하는 무언가가 있음을 날카롭게 감지해 냈다.

'어머니와 황제가 알고 지내던 사이였을까.'

좀처럼 그려지지 않는 조합. 청명은 고갤 도리도리 저었다. 제가 아는 바론 두 사람 사이엔 접점이 없었다. 청명의 모친은 청명을 낳던 그날 돌아가셨고 그때, 황제는 당시 자신의 영지였던 영주(鷑州)에 내려가 있었다. 그가 황성으로 올라온 건 청명의 나이, 여덟 살이 되던 해였다.

입술을 잘근거리며 곰곰이 생각에 집중하다 무의식적으로 고개를 돌린 순간, 윤과 딱 눈이 마주쳤다. 창졸간에 벌어진 일이었다. 우연처럼 마주하게 된 건지, 아니면 애초 그가 이쪽을 쳐다보고 있었는지 이는 확실치 않았다. 하지만 그와 눈이 마주치기 무섭게 얼굴이 불에 덴 것처럼 화끈거렸다. 얼굴의 근육마다 전부 딱딱하게 굳어버린 것처럼 멋대로 일그러져 자신이 어떤 표정을 짓고 있는지도 알 수가 없었다. 아무 감흥 없이 무표정하던 그의 얼굴에 짐짓 짓궂은 미소가 가만히 피어올랐다. 청명의 시선을 놓아주지 않은 채 그가 입꼬리를 길게 늘어뜨렸다. 심장이 철렁 내려앉았다. 이곳에 도착한 직후, 그와 마주하지 않으려 얼마나 노력을 기했는데, 그 모든 노력이 한순간에 수포로 돌아갔다. 가슴이 마구잡이로 뛰어대기 시작했다. 정말로 옷 밖으로 뛰어나올 것처럼 그렇게 뛴다. 붉게 달아오른 얼굴을 후다닥 돌리는 청명의 귓불은 붉게 달아오르고 있었다.

'어색했겠지. 이상하다 오해하지는 않을까? 괜히 의심을 살 짓을 한 건 아닌가?'

머릿속에 벌이 가득 들어찬 것처럼 웅웅거려 정신이 하나도 없다. 부채를 부치는 손길만 빨라져 곁에 서 있던 정아가 그리 더우시냐, 웃으며 물어오기까지 했으나 청명은 하나도 듣지 못했다. 애꿎은 입술만 짓씹을 뿐이었다.

오늘을 기다리며, 수도 없이 그려보았던 그 모든 계획이 하나도 기억나지가 않았다. 머리가 하얗게 질려 어떤 눈으로 윤을 바라보고, 어떤 목소리, 어떤 얼굴로 그를 대해야 할지 하나도 알 수 없었다. 모든 게 백지로 되돌아갔다. 그야말로 혼돈, 극심한 혼란이었다. 그런 와중에도 자꾸 눈은 맞은편으로 향하려 한다. 이래선 아니 된다고, 마음속으로 아무리 외쳐 보아도 제 몸의 일부가 아닌 것처럼 제멋대로 움직이는 얼굴은 자꾸 한참 떨어진 곳의 윤을 찾으려 했다.

먼 친척들의 사이에 끼어 앉아 다정한 얼굴로 대화를 나누는 그의 얼굴이 한눈에 들어왔다. 아무리 멀리 있어도 윤은 또렷이 제 눈에 들어왔다. 또다시 바보처럼 홀리고 만다. 청명은 부채로 얼굴을 반쯤 가리고 그를 바라보는 데 정신이 팔리고 말았다.

가만히 지켜보다 보니 그의 곁에 가까이 붙어 앉아 눈을 접어가며 웃는 정연도 함께 보였다. 부아가 치밀었다. 우습지도 않게 친밀한 태도가 심히 거슬리다 못해 짜증이 일었다. 나는 이리 혼자 덩그러니 떨어져 가까이 다가갈 수도 없는데 저 계집애가 당당히 윤의 옆자리를 꿰차고 웃음을 흘리는 꼴을 지켜만 봐야 한다니 부아가 치밀어 견딜 수가 없었다. 먼저 다른 황족들과 교분 쌓기를 꺼렸던 게 자신이란 건 이미 편리하게 잊어버린 지 오래. 괜한 소외감에 청명은 툭툭 바닥만 발로 찼다.

그러던 그때였다. 대화의 장에서 일어선 윤이 어디론가 걸어가기 시작했다. 따라서려는 내관도 물리친 채 홀로 어디론가 걸음을 옮긴다. 청명의 시선은 다급히 윤을 좇았다.

가슴이 크게 오르내렸다. 대체 어디로 가는 걸까. 누구도 답해줄 수 없는 질문만이 연신 머릿속을 맴돌았다. 어느새 그의 짙은 청의는 눈앞에서 사라졌고, 윤이 사라진 곳엔 새카만 어둠만이 가득했다. 야무지게 주먹을 말아 쥐고 청명은 눈을 질끈 감았다.

'윤이 어디를 가든 이는 네가 신경 쓸 일이 아니다. 관심도 두어서는 아니 돼.'

그런데 자꾸 몸은 금방이라도 일어설 듯 들썩거리고 초조히 떨리는 마음은 이유 모를 불안함에 막막해져 갔다. 이러면 아니 된다, 아니 된다, 청명은 입술을 모질게 깨물면서 주먹 쥔 손을 바르르 떨었다. 발을 덜덜 떨었다. 마시지도 않은 술에 취기가 도는 기분이었다.

심장이 뛴다. 평소엔 그 존재조차 의식하지 못할 만큼 잠잠하던 심장이 돌연 뛰기 시작했다. 쿵쾅쿵쾅. 도저히 견디지 못할 정도로, 가만히 앉아 있을 수가 없을 만큼, 그렇게 뛰기 시작했다. 청명은 이를 악물고 발을 쾅쾅 굴렀다. 눈을 질끈 감았다.

'제발, 제발.'

어디가 불편하냐, 다급하게 물어오는 서안의 목소리도, 흐릿하게 번져 가는 악공들의 연주 소리도. 그 모든 게 희미하게 귓가를 스쳐 지난다. 꽉 다물린 눈 사이로 눈물이 번지려 했다. 꾸역꾸역 눈물을 삼켰다. 정말 바보인가 보다. 왜 이런 날, 이런 순간에 하필 지금 눈물이 나려 하나. 정말이지, 나 자신이 이렇게까지 한심하고 허술하고 멍청한 인간인지 청명은 처음으로 깨달았다.

간신히 쌓아 올린 마음의 둑이 허물어질 듯 위태롭게 흔들거린다. 얼마나 오랫동안 기도했던가, 그를 다시 보았을 땐 이 마음을 들켜서도 아니 되고 이 마음을 더는 지녀서도 아니 된다고. 몇 번이고 상상하고 머릿속으로 그려보았는지 모른다. 다시 윤을 만났을 때, 언제 너를 마음에 품었냐는 듯 차갑게 모진 말을 뱉는 자신을, 예전 그때처럼 오로지 자웅을 겨룰 적수로만 대하는 자신을 상상했다. 수백 번 연습하고 또 연습했다.

그런데 어찌 현실은 이리도 힘들까. 모진 말을 뱉기는커녕 눈조차 제대로 마주칠 수 없었다. 혹시나 들키고 말까 봐, 이 마음을 들키고 완전히 무너지고 말까 봐 청명은 감히 그를 바라볼 수도 없었다. 기껏 할 수 있는 건 그의 뒷모습이나 몰래 훔쳐보는 일뿐인데 이마저도 힘에 겹다. 왜 이리 나만 괴롭고 힘이 드는 거냐고, 보이지 않는 절대자의 멱살을 잡고 묻고 싶은 심정이었다.

이대로 그를 놓칠 것만 같았다.

나는 윤을 놓치고 싶지 않다.

그 생각 하나에 모든 벽이 와르르 무너지고 말았다. 총명하고 영민한 공주라는, 타인의 앞에서 매사 완벽한 가면을 벗어본 적 없던 청명이, 오만하고 감정을 숨기는 것으로는 따를 사람이 없던 청명이, 그 둑이 터진 듯 주체하질 못한다. 눈물이 날 것만 같았다.

한참 전부터 낮은 목소리로 애타게 공주를 부르던 서안이 벌떡 일어선 청명의 소맷자락을 반사적으로 붙잡았다. 그러나 무서운 기세로 청명은 그런 서안을 뿌리쳤다. 그리곤 어딘가를 향해 뛰기 시작했다. 정아가 공주를 쫓아보려 했지만 역부족이라 그저 발만 동동 구를 뿐이었다.

오가는 사람이 없는 긴 보랑을 따라 청명은 무작정 달렸다. 가슴이 미친 것처럼 쿵쾅쿵쾅 뛰었다. 숨이 턱 끝까지 닿았다. 길게 늘어진 치맛자락이 거추장스럽게 다리 사이로 달라붙자 청명은 치마를 잡아들고 뛰었다. 마침 앞에서 오던 궁녀 몇이 청명을 알아보고 고개를 숙여 인사를 올렸다. 그들이 주고받는 의심스러운 눈초리와 불안한 기색이 청명의 눈에도 들어왔다. 한데, 왜인지 웃음이 난다. 평소 같았으면 재빨리 매무새를 가다듬고 괜한 허영을 떨며 위엄을 떨었을 텐데 그럴 생각이 들지 않았다. 바보 천치, 세상천지 거리낄 것 없는 비렁뱅이라도 된 것처럼, 그렇게 한없이 웃음만 났다. 그를 만나러 간다는, 오직 그 일념만이 몸과 마음을 지배했다.

그리고 막 모퉁이를 돌아서던 순간, 저만치 앞에서 걸어가는 윤을 발견했다. 그와 동시에 왔던 길로 청명은 재빨리 돌아섰다. 커다란 기둥 뒤에 몸을 감추고 숨을 골랐다. 가쁘게 오르내리는 가슴, 이마를 타고 흘러내리는 땀방울, 헉헉거리는 숨소리. 그러다 다시 얼굴을 빼고 그를 바라보았다. 새하얀 달빛이 쏟아지는 대리석 회랑을 따라 윤이 혼자 걷고 있었다. 무슨 생각을 하느라 저렇게 혼자 외롭게 걷는 걸까. 너는 대체 어떤 고민을 하길래.

나 자신보다 다른 사람을 먼저 걱정할 수 있다니. 이런 게 사랑이란 것인가. 이런 자신이 신기해 웃음이 나는 동시에, 불현듯 가슴이 먹먹하게 잠겨왔다. 목이 아파왔다. 청명은 웃었다.

바보 같기도 하지. 기껏해야 이렇게 뒤에서 바라보는 것밖에 할 수 없으면서.

그런데 이 뒷모습 하날 훔쳐보는 것만으로도 지난 시간, 수차례 고민하고 괴로워하고 슬퍼하던 그 기억들이 전부 새하얗게 지워지는 듯했다. 이렇게 바라만 보는 것으로도, 그 모든 게 덧없이 흐려진다. 오길 잘했다 싶었다. 나는 이걸로 충분하다. 더 바랄 것이 없었다.

간신히 마음을 추스르고 청명은 다시 기둥 밖으로 빼꼼 고개를 내밀었다. 여전히 그는 혼자였다. 장신의 그림자가 그의 뒤로 길게 늘어졌다. 불쑥, 어리석은 충동이 들었다. 기왕지사 일이 이렇게까지 된 마당에 얼마쯤 더 무모한 용기를 낸다 하여 더 나빠질 일은 없을 테지. 청명은 배시시 웃었다.

기묘한 산책이 시작되었다. 그의 발자취를 따라 사뿐사뿐 소리 없이 윤의 뒤를 따랐다. 윤이 한 발 내디디면 청명도 한 발 내딛고, 윤이 멈추어 달을 바라보면 청명도 멈추어 그런 윤을 바라보았다. 미로같이 펼쳐진 회랑을 따라 그렇게 나란히 걸었다. 요요한 달빛만이 은은하게 사방을 비춘다. 높이 자란 풀들 사이,

풀벌레 우는 소리만이 나지막이 들려왔다. 이 세상에 오직 둘만 남겨진 그런 적막이 몸을 감쌌다. 구름 사이로 나온 달빛이 창백히 온 세상을 비추고 우리 둘을 비추었다. 말 한마디 건넬 수 없었지만 욕심은 나지 않았다. 잠시나마 이렇게 바라볼 수 있는 것만으로도 이미 충분했다. 어차피 욕심을 낸다 하여 달라질 건 아무것도 없었으니까. 그런 헛된 욕심은 품어서도 아니 되고, 꿈꿔서도 아니 된다.

그러니 여기까지다. 청명이 다가갈 수 있는 거리도, 품을 수 있는 마음의 크기도, 전부 여기까지다. 더는 가까이 가선 안 된다. 청명은 입술을 깨물고 발소리를 낮추어 돌아섰다. 행여 그가 뒤를 돌아 저를 발견할세라, 서둘러 저 하나쯤은 충분히 가릴 만큼 큰 기둥 뒤에 숨어들었다. 기둥에 등을 맞대고 스르르 주저앉았다. 눈앞이 부옇게 흐려온다. 청명은 서둘러 눈가를 비볐다. 화끈거리는 코, 아려오는 목, 뜨겁게 달아오르는 눈자위.

참으로 어리석은 게 사람의 마음인지라, 아니 된다는 걸 알면서도 쉽사리 멈춰지지가 않았다. 더 이상 나아가면 혼자 다치고, 혼자 아파할 걸 아는데도 좀처럼 멈춰지지가 않는다. 억울하고 밉다. 멍청하고 어리석은 내가 미워 죽어버릴 것만 같았다. 차라리 보지 않으면 편할 것 같은데 막상 보지 못하니 보고 싶어 죽을 것만 같고, 막상 이렇게 마주하고 보니 거침없이 커진 이 마음이 두렵고 슬퍼 막막한 절망이 찾아들었다. 그런데도, 또 보고 싶다. 이율배반적인 모순에 콱 목이 막혀왔다.

이런 나를 알면, 윤은 얼마나 비웃을까. 눈물이 비처럼 쏟아지는 와중에도 피식, 바람 빠진 웃음이 나왔다. 짓궂게 빙긋 웃으며 장난스러운 말로 놀려올 그가 눈앞에 그림처럼 선하게 그려진다.

내가 그리도 좋아? 하긴, 너라고 어찌 내게 빠지지 않고 배기겠느냐. 그런데 어쩌한다. 네가 연국공주이고 내가 진왕인 이상, 우린 이루어질 수가 없는데.

나도 알아. 아니까 이 모양, 이 꼴이 된 거야.

젖은 볼을 쓱쓱 닦으며 청명은 실없게 미소 지었다. 상상 속, 그가 다정하게 손을 내밀었다. 빙긋 웃는 그의 얼굴엔 다정과 연민이 스며 있었다.

너는 네 갈 길을 가고 나는 내 갈 길을 가야지. 네가 자꾸 우니 나는 어찌해야 할지 모르겠다. 그러니 울지 마. 응?

그러고도 남을 사람이다. 얄밉고, 재수 없고, 천하에 다시없을 괘씸한 놈이지만 사실은 다정한 사람이니까. 우는 청명에 안타까워 등을 보여줄지도 모른다. 울지 말고 업히라고 속삭이며. 그리곤 더럽게 콧물 흘리지 말라고 농담조로 덧붙이겠지. 그럼 나는 교활한 놈이라고 소리 지르며 윤의 옆구리를 세게 꼬집을 것이다. 코를 훌쩍거리면서도 아마 그의 등에 업혀, 울었던 기억 따윈 전부 잊어버리고. 마치 아무 일도 없었던 것처럼.

시간을 되돌려 원래대로 돌아가고 싶다. 그때가 언제인지도 이젠 잘 모르겠지만 윤을 좋아하지 않았던 그 시절, 오로지 열을 내고 열등감에 길길이 날뛰던 그때로 돌아가고 싶었다. 한데 그때로 돌아간다 하여 다시 너를 좋아하지 않았을 수 있을까? 너의 다정함을 모를 수 있었을까?

결국은 이렇게 나는 다시 너에게 마음을 빼앗겼을 테지. 마음이 아프다. 이런 게 짝사랑이라면 그 누군가는 왜 이리 가혹한 감정을 만들었을까. 나는 아프고 싶지도 않았는데. 내가 원하는 건 적당한 사람을 택해 그를 부마로 맞아 무사히 황위에 오르는 것뿐이었는데. 왜 너는 그리도 다정해 내 계획을 망치고, 왜 그리 웃어서 나를 제정신이 아니게 만들고, 왜 하필 너라서 나를 이리 괴롭게 만드는 것이냐. 되도 않은 고집을 부려본다. 어리석은 나를 대신해 너를 원망하고 모든 화살을 너에게로 돌린다. 어차피 너는 알지도 못할 터이니.

비가 내리던 그 밤, 처마 밑에서 너와 눈이 마주치지 않았더라면.

낙유원에 남겨졌던 그날, 네 등에 업혀 붉어진 네 귓불을 보지 않았더라면.

아니, 아예 처음 너를 만났던 그날, 이방인이던 너를 불러 세우지 않고 보지 못한 채 그대로 지나쳤더라면!

이리 아프지는 않았을 텐데.

청명의 얼굴에 더는 웃음기가 남아 있지 않았다. 멍하니 고개를 들어 하늘을 바라보았다. 밤이 되자 천지는 암흑에 잠겼지만 그 암흑 속에 달이 뜨고 별이 뜬다. 새하얀 별들이 쏟아질 듯 펼쳐진 은하수가 군청빛 하늘을 덮었다.

이젠, 일어나야 할 때다. 어디로 사라졌을지 발만 동동 구르며 애를 태울 서안을 더 괴롭힐 수는 없는 노릇이었다. 일어서 툭툭 치맛자락을 턴 후 청명은 기둥 밖으로 걸어 나왔다. 어느새 이 긴 보랑 끝에는 윤도 보이지 않았다.

미련을 끊어낼 수 없다면 꽁꽁 접어 숨기기라도 해야 한다. 빳빳이 경직된 입가를 매만지며 청명은 애써 어여쁜 미소를 그려 보였다. 다행히 웃는 모양새가 그리 어색하진 않은 것 같다만 문제가 있다면 퉁퉁 부어오른 눈자위다. 누가 보아도 울다 온 얼굴이니 괜한 말이 나올까 슬금슬금 걱정이 되기 시작했다. 아까 일도 있고 하니 호사가들은 분명 입을 모아 공주의 심약한 성미에 대해 떠들어댈 테고 그럼 무슨 낯으로 황제를 보아야 한담.

핑계 댈 말을 떠올리기 위해 애써 머리를 쥐어짜며 다시 태액지로 돌아가던 길이었다. 그 길의 끝에서 하필이면 황후와 마주치고 말았다. 독한 술을 연거푸 들이켠 탓에 더 연회를 버틸 수 없었는지 궁녀들의 부축을 받고 황후궁으로 돌아가는 길인 모양이었다.

먼저 고갤 숙이고 인사를 올리는 청명을 발견한 황후의 눈이 야릇하게 반짝였다. 양옆에서 팔을 잡고 부축하던 궁녀 둘을 믿을 수 없는 힘으로 떨치고 그녀가 청명을 향해 비틀비틀 걸어왔다.

"우리 공주가 아니십니까. 어딜 갔다 이제 오시는 겝니까."

"속이 좋지 않아 잠시 바람을 쐬던 중이었습니다."

"아하, 어찌 속이 좋지 않으셨을꼬. 아까 그 이야기 때문입니까, 공주?"

붉은 입술을 혀로 적시며 황후가 히죽 웃었다. 어느새 한 발 가까이 다가와 청명의 팔을 단단히 붙잡고 다른 한 손으론 볼을 쓰다듬는 얼굴이 붉게 달아올라 있었다. 뭔지 모를 기분 나쁜 느낌에 청명은 뒤로 물러서려 했지만 황후는 좀처럼 놓아주지 않았다.

"어찌 그러셔요. 본궁이 공주의 모친이 아닙니까. 어서 불러보세요. 모후, 하고요."

"모후, 많이 취하신 듯합니다. 어서, 황후 폐하를 모시지 않고 무엇하느냐."

"한 발이라도 가까이 다가오는 계집이 있다면 가만두지 않을 것이다!"

한편에 물러서 고개를 숙이고 있는 궁녀들을 부른 순간, 황후가 날카롭고도 싸늘한 목소리로 일갈했다. 어찌할 바 모르고 멈춰 선 궁녀들은 다만 몸을 떨며 물러서 주인의 명에 따랐다.

"모후, 어서 처소로 돌아가시지요. 밤이 깊었습니다."

청명은 차라리 살가운 목소리로 황후를 달래는 길을 택했다. 술에 취해 정신이 없는 사람을 제정신으로 대하려는 시도 자체가 어리석은 짓이다. 그러나 이에 넘어가지 않고 황후는 흐느끼듯 웃으며 청명의 볼을 하염없이 쓸었다.

"어찌 이리 곱게도 자라셨을까. 어여쁘기도 하지. 얼마나 기쁘시겠느냐. 아리땁게 자란 여식을 보는 어미의 마음이란 게 이런 것일까. 나는 모르겠구나. 영영 알지 못하겠다."

"보는 눈이 많습니다. 어서 돌아가셔요."

드물게 활짝 웃는 얼굴이 이렇게 낯설 수가 없다. 항시 메마르게 비죽거리던 그녀의 얼굴에선 버릇처럼 보이던 신경질과 예민함은 사라지고 날것 그대로의 속내가 오롯이 드러나 있었다. 그래서인지 청명 역시 평소처럼 황후를 대하기가 힘이 들었다. 이유 모를 불안함에 한시라도 빨리 황후와 떨어지고 싶다는 생각뿐이었다. 그러나 황후에겐 놓아줄 생각이 없어 보였다.

"자, 공주. 모녀지간에 다정한 담소라도 나눠보는 것이 어떠할까요? 얼마 후면 공주 역시 하가할 테니 명색이 어미라는 사람이 그냥 보낼 수는 없지요. 모친으로서 맡은 바 도리는 하고 보내야지 않습니까? 마침 달도 밝으니 태액루에 작은 상이라도 준비하라 명하지요."

"아닙니다. 부황께서 기다리실 텐데……."

"부황, 부황이라! 하!"

황후가 청명의 손을 잡고 한바탕 파안대소를 했다. 웃음이 걷힌 얼굴은 싸느라니 굳어 날카로운 눈을 반짝이며 그녀가 관자놀이를 손가락으로 지그시 눌렀다.

"그래요. 황상께서 공주를 기다리실 겝니다. 어서 가보셔야지, 이 눈치 없는 사람이 공연히 공주를 붙잡아 책잡힐 짓을 했군요. 한데 말입니다, 공주. 한 번쯤은 그런 생각해 보신 적 없으십니까."

아무 대답도 않고 입을 꾹 다물고 있는 청명의 손을 툭 놓으며 황후가 말을 이었다.

"현령궁의 변이 있던 직후, 어찌 황상께서 공주를 양녀로 입적하셨는지에 대해 한 번쯤은 궁금해할 법도 했는데 말이지요."

"모르는 게 약이라는 말도 있지 않습니까. 굳이 궁금하지도 않은걸요."

"거짓말. 궁금하면서. 내심 궁금해하지 않았습니까. 어째서 저 비정한 남자가 나를 거두었을까, 하고요."

"마마."

뒤에 서 있던 상궁이 더는 듣지 못하고 앞으로 튀어나왔다. 황후의 소매를 붙잡으며 우는소리로 연신 황후를 부른다. 그런 상궁을 한 손으로 거칠게 밀치며 황후는 빙긋 웃었다.

"그 어여쁜 머리로 곰곰이 생각해 보세요. 답이 나올지나 모르겠지만."

"제 걱정까지 해주시다니, 참 자애로우시지요. 어서 들어가 쉬시는 편이 좋겠습니다."

"그래요. 몹시 피곤하군요. 나는 이만 돌아갈 터이니 공주께선 그럼 연회나 더 즐기다 가세요."

황후가 비죽비죽 웃으며 청명의 볼을 툭툭 두드렸다. 비밀을 담은 눈빛이 서늘하게 청명을 훑어 내렸다. 애초 술에 취했던 적이 없었던 듯 놀랍도록 꼿꼿한 자세로 그녀는 태액지를 걸어 나갔다. 그 뒤로 꾸벅 고개를 숙인 채 종종걸음을 옮기는 궁녀들이 따른다. 홀로 남겨진 청명은 그 뒷모습만 멍하니 지켜보았다. 마치 한바탕 지긋지긋한 꿈을 꾼 것처럼 피로했다.

"여인들의 기 싸움이란 참 무섭구나?"

익숙한 목소리를 알아차리기도 전, 반사적으로 고개가 먼저 돌아갔다. 어두컴컴한 사위에서 윤이 걸어 나왔다. 눈을 빼고 얼굴 전체를 가린 부채가 탁 소리와 함께 접혔다. 그리곤 뜬금없이 그 부채를 청명에게 던진다. 저도 모르게 어설픈 자세로 부채를 낚아채고 나니 그제야 윤에게 말려들었음을 깨달았다. 한데 참 이상하기도 하지, 막상 이렇게 가까이서 서로를 마주 보는데도 아까의 그토록 떨리는 기분은 온데간데없이 사라져 있었다. 뾰로통하게 입술을 비죽거리며 청명은 부채로 그의 어깨를 탁 때렸다. 아고고, 아픈 척 엄살을 피우는 얼굴을 보니 또 웃음이 나온다. 아까 전, 이 남자 때문에 제가 그리 열심히 울었다는 게 실감

나지가 않았다. 참 새삼스럽고도 이상한 일이다.

"훔쳐보는 버릇은 또 어디서 배웠담."

"네게 배웠지. 고귀하신 공주님의 취미시잖아. 몰래 훔쳐보고 도망가기."

"야! 내가 언제!"

하필이면 그 민망한 기억을 끄집어내다니! 이를 질끈 물고 청명은 눈에 보이는 곳은 다 때려주기 시작했다. 얄밉게도 잘만 피한다. 밉살스럽도록 태평한 얼굴로 윤이 톡톡 청명의 매끈한 이마를 건드렸다.

"이 어여쁜 머리로 곰곰이 잘 생각해 봐라. 언제 그랬는지."

"한 번만 더 놀려봐. 가만 안 둘 거야."

큰소리로 아무렇지 않은 척 엄포를 놓자 과장되게 허리를 꾸벅거리며 실언을 했다 사과하는 척한다. 이에 또 실없이 웃음이 터졌다. 어이없게 웃고 만 게 부끄러워 괜히 그의 옆구리를 꼬집었는데 막상 꼬집히는 윤의 얼굴은 뿌듯함에 반짝였다. 청명은 시선을 내리깔고 애써 웃음을 감추려 노력했다. 그사이, 뒷짐을 지고 어딘가로 윤이 걷기 시작했다.

"어디 가는 거야?"

"술기운이 돌아서. 너는 연회장으로 돌아가던 길이 아니었냐?"

"나, 나도. 술기운이 돌아 걷던 중이었는데?"

거짓말이 입에서 술술 흘러나왔다. 역시 무엇이든 하다 보면 느는 법이다. 청명은 소리 없이 웃으며 그의 뒤를 도도도 따랐다.

얼마 걷지 않아 작은 정자가 나왔다. 연회가 열리는 태액지를 따라 지어진 무수한 이름 모를 정자들 중 하나였다. 오가는 사람은 없고, 오로지 풀벌레 우는 소리와 더불어 시원한 물바람이 불어 들어왔다. 간혹 희미한 물새 우는 소리도 함께.

정자에 오른 윤이 주변을 살피지도 않고 먼저 벌렁 드러누웠다. 찌릿, 한 번 한심하게 노려본 뒤 청명은 태액을 향해 고갤 돌렸다. 두 개의 달이 떠올랐다. 작은 구름이 낀 하늘 위 은백색 달과 잔잔하고 매끄럽게 떨리는 푸른 수면 위 동일한 또 다른 달이 마치 쌍둥이처럼 서로를 마주 보았다. 유독 시원하게 불어오는 바람에 검푸른 머리칼이 제멋대로 나부꼈다. 바람에 따라 실려오는 물비린내가 이렇게 기분 좋은 냄새인지는 처음 알았다. 배시시 웃는 청명을 곁눈질로 흘긋 바라보던 윤이 입을 뗐다.

"무슨 일 있느냐. 대련도 자꾸 미루고, 요새 얼굴 보기가 영 힘들구나."

"힘든 게 무어가 있다고."

태연한 목소리를 내려 했지만 쉽지 않다. 청명은 부러 뒤쪽으론 시선도 주지 않고 달에서 눈을 떼지 않았다.

"내가 꼴 보기도 싫어?"

"그걸 지금 알았느냐?"

"싫으면 욕이나 한 바가지 퍼붓지 왜 사람을 피하고 그래."

"뻔뻔하구나. 피하긴 언제 피했다고. 착각도 병이다. 냉수 먹고 속이나 차리렴."

"자꾸 말만 돌리지 말고."

그 순간, 속으로만 끓여오던 설움이 폭발하듯 터져 나왔다.

"말 돌리지 않으면 어쩔 건데!"

북받치는 비참함에 입술만 연신 짓깨물며 청명은 감히 말할 수 없는 속내를 다시 주섬주섬 끌어 모았다.

'이렇게 네 앞에 앉아 있는 것만으로도 내겐 큰 용기를 필요로 하는 일이란 말이다.'

이런 제 마음을 알 리가 없으니 저런 속없는 소리나 할 수 있겠지. 외사랑이 이리 힘들고 고통스러운 것일 줄이야 이전엔 알지 못했다. 왜 나만 아프고 힘들어야 하나, 그 어느 누구에게도 털어놓을 수 없다. 다만 속으로 혼자 감내해야 했다. 그러니 저런 사소한 말마저도 제겐 큰 비수처럼 느껴졌다.

"그래. 차라리 그렇게 예전처럼 성질을 내란 말이다. 남 대하듯 낯설게 대하지 말고."

그가 불쑥 중얼거렸다. 청명은 돌아보지 않겠다는 다짐을 까무룩 잊고 말았다.

"네가 자꾸 나를 멀리하면 난 어떻게 해야 할지 모르겠다."

그와 눈이 마주쳤다. 일순간 침묵이 내려앉았다. 심장이 뛰는 소리가, 침을 꿀꺽 삼키는 소리가 전부 그에게 들릴 것만 같다. 더불어 이 분홍빛 마음도 들킬 것만 같았다. 그렇지만, 눈을 뗄 수 없었다. 늑대같이 깊은 두 눈에 사로잡혀 헤어 나올 수 없었다. 마치 시간이 멈춘 듯했다. 묘한 침묵이었으나 말이 필요하지 않았다. 무슨 대답을 해야 할지 고민할 여유조차 없었다. 그의 눈빛에 홀리고 만 순간, 꽁꽁 숨겨두었던 속내가 튀어나오고 말았다.

"내가…… 보고 싶었어?"

짧은 침묵이, 무거운 정적이 청명의 목을 가쁘게 졸라왔다. 그의 얼굴이 일순 딱딱하게 굳어버렸다. 머릿속이 새하얗게 질렸다. 그제야 청명은 제가 무슨 말을 했는지 차차 정신이 들기 시작했다. 무작정 뱉어버리고 난 뒤, 뒤늦은 후회가 찾아들었다. 아직 제겐 그의 놀림, 혹은 비웃음을 감내할 용기가 없었다. 차마 들을 수 없었다.

아직은, 아직은 아니었다.

그리고 그가 입술을 막 떼던 그 순간, 청명은 그대로 자리를 박차고 도망쳤다.

7

가을이 찾아오는 속도는 빨랐다. 푸릇푸릇한 초록빛 나뭇잎에 붉고 노란 기운이 번질 무렵, 살갗으로 끈적하게 감돌던 뜨거운 열기도 찾아온 서늘한 바람에 뒤로 물러섰다. 그야말로 완연한 가을, 비로소 길고 길었던 여름이 끝이 났다.

구름 한 점 없이 푸른 하늘을 흘긋 올려 보며 청명은 잔을 내려놓았다. 한차례 인 바람에 머리카락이 크게 흩날리다 잠잠히 가라앉았다. 흔들리는 나뭇가지를 멍하니 바라보던 청명이 문득 입을 열었다.

"오늘이 며칠이지?"

"마마도 참, 그리 기다려지셔요?"

네 마음 다 안다는 듯 친근하게 웃어오며 정아가 빈 잔으로 주전자를 기울인다. 그 말에 홱 하니 새치름해진 청명이 쌀쌀맞게

47

정아를 응시했다.

"방자하구나."

"소인이 실언을 하였습니다. 용서하셔요."

차가운 말투에 얼른 표정을 굳히며 정아가 눈치껏 뒤로 물러섰다. 하지만 그렇다 하여 마음이 풀리는 것도 아니었다. 애초 심정이 이리 오락가락하는 이유는 정아의 방정맞은 말 때문이 아닌 탓이다. 저도 모르게 땅이 꺼질 듯 한숨이 나왔다. 마음에 커다란 돌이 얹히기라도 한 듯, 속이 답답하다. 때마침 멀리서 종종걸음으로 이쪽을 향해 걸어오는 서안이 보였다. 서안을 발견하기 무섭게 화색이 되어 정아가 서안을 향해 달려갔다.

"어찌 이리 늦으셨어요?"

"심부름꾼에게 무얼 좀 들려 보내느라 조금 늦었다. 공주님, 서신이어요."

실룩거리는 입술을 감추지도 못하고 서안이 서신을 내밀었다. 푸른 비단에 감싸인 서신을 받아 들었다. 끈을 풀어 내리는 그 짧은 틈도 못 참겠는지 서안과 정아는 어쩔 줄 몰라 하며 서로 손을 맞잡고 이쪽에 눈을 떼지 못한다. 당사자인 청명보다도 둘이 오히려 난리 법석이었다. 청명은 헛웃음을 흘리며 천천히 서신을 끌렀다. 정갈한 글씨체로 짧게 쓰여 있는 말은 간단했다.

─그럼 내일 낙유원에서 뵙겠습니다.

"어찌 이리 짧단 말이어요? 정말 이게 다예요?"

"군더더기 없는 성품이란 건 알았지만……."

울상이 되어 서안이 흘긋 자신의 얼굴을 살피는 게 느껴졌다. 혹여 청명이 섭섭해하거나 실망하지는 않았을까, 걱정하는 눈치이다. 그러나 정작 청명은 아무렇지 않았다. 차라리 보통의 여인답게 실망이라도 했으면 좋으련만, 도리어 너무 아무렇지 않아 문제이다. 그러나 기대에 부응하기 위해서라도 청명은 거칠게 서신을 툭 던지듯 내려놓았다. 순식간에 입을 꾹 다물고 서안이 청명에게 다가왔다.

"너무 신경 쓰지 마셔요. 알고 보면 저리 무뚝뚝하니 투박한 사내가 오히려 진국이랍니다. 괜스레 흰소리나 늘어놓는 사내들과는 비교도 아니 되지요."

"그러믄요. 게다가 병부주사께선 황성 최고의 신랑감이 아니십니까? 이는 폐하께서 공주님을 아끼시는 증표가 아니고 무엇이겠습니까. 귀부인들이며 규방 규수들마다 다들 공주님을 부러워 어쩔 줄 모르는걸요?"

"윤도 최고의 신랑감인걸."

"예?"

정적에 무심코 고갤 드니 얼이 빠져 자신만 쳐다보는 정아와 서안과 눈이 딱 마주쳤다. 그제야 퍼뜩 정신이 들었다.

"아, 아니. 내 말은. 그러니까. 아무리 앙숙이라도 무작정 질시하는 건 옳지 않다 이 말이지. 인정할 건 인정하고 그러는 게 대인배의 정신 아닌가?"

다급해진 마음에 손까지 내저어가며 열심히 해명했다. 이에 짧게 시선을 주고받은 서안과 정아가 더욱 환하게 웃으며 고개를 끄덕였다.

"그럼요. 진왕야께서도 최고의 신랑감이시지요. 역시 우리 공주님께선 어쩜 이리 배포도 크신지, 정말이지 호인 중의 호인이셔요."

"에구. 우리 공주님 성품을 지금까지 몰랐더냐. 정의롭고 정정당당하신 걸론 우리 마마에 비견할 자가 없지."

어색한 미소와 함께 서안이 과장스럽게 짝 하고 손뼉을 딱 쳤다. 이와 동시에, 정아도 소리 내어 웃으며 서안의 옆으로 딱 붙어서 청명을 힐끔거렸다. 기분 나쁜 얼굴로 청명이 노려보자 그제야 할 일을 잊어버렸다며 멀리로 도망가 버린다. 멀어져 가는 분홍빛 치맛자락을 노려보던 청명이 입술을 비죽거렸다.

"대체 왜 저러는 거야? 내가 뭐 틀린 말이라도 했어?"

"틀린 말이야 안 하셨지요."

"그럼!"

서안이 달래듯 청명의 머리를 매만진다.

"아무것도 아니어요. 공주님, 차라리 들어가셔서 내일 착용할 잠과 화전을 고르시는 게 어떠하셔요? 부군 되실 분이시니……"

"누가 부군이 될 사람이야?"

"그야 병부주사를 가리키는 말이지요."

매만지던 손을 멈추고 서안이 의아하단 듯 청명을 바라보았다. 말문이 막힌 청명은 무어라 대답해야 할지 말을 골랐다. 그러나 아무 대답도 떠오르지 않았다. 쉬이 입을 떼지 못하는 청명을 잠시 응시하던 서안이 청명의 옆에 작게 무릎을 굽히고 시선을 같이했다.

"혼인을 앞두고 마음이 번다하신 게지요?"

침묵을 긍정으로 받아들인 서안이 작게 한숨을 내쉬며 청명의 새하얀 손등을 쓰다듬었다.

"우리 공주님이 언제 이리 자라셔서 벌써 혼사를 치르신다니. 소인 역시 마음이 복잡하고 싱숭생숭하답니다. 항시 강한 척 의연한 척 구시지만 공주님께선 어느 누구보다도 따뜻하고 여리신 분이시지요. 병부주사께서도 이런 공주님을 잘 알아주실 겁니다. 좋은 부군이 되어주실 거예요."

정작 제겐 어울리지도 않는 위로였다만, 겹쳐진 손바닥을 통해 전해오는 온기만큼이나 따뜻한 마음에 눈시울이 뜨겁게 달아올랐다. 요즘에 들어선 터무니없이 눈물이 많아진 것만 같아 괜히 부끄럽고 민망해 청명은 눈에 잔뜩 힘을 주고 빠르게 깜박였다. 이를 본 서안이 작게 웃으며 식은 차를 다시 가져오겠다며 눈치껏 자리를 비켜주었다. 혼자 남겨진 청명은 다 식은 찻물을 멍하니 내려다보다 다시 고갤 돌려 텅 빈 정원으로 시선을 옮겼다.

어느새 찾아온 가을, 찬연스레 내리쬐는 가을 햇살 사이로 상량한 바람이 불어온다. 중경의 가을은 어느 곳보다 이르게 찾아와 빠르게 물러간다. 겨울이 오기 전, 부마의 이름이 쓰인 교지가 만천하에 알려질 것이다. 그러고 나면…….

입술을 질끈 문 청명이 빠르게 고개를 내저었다. 더는 아무것도 생각하지 말자. 단 하나만 생각하자.

황금의 궁전. 제위. 면류관을 쓰고 붉은 계단을 오르는 모습. 오랫동안 바랐던 꿈을 모두 이룬 그 찬란한 미래만을.

그러나 결국엔 어디선가 불어온 소슬한 바람에 소용없이 가슴은 저릿해지고야 말았다.

산들바람이 불자 호수의 잔잔한 표면이 물결에 올랑거린다. 새하얗게 부서지는 햇살에 잔잔한 파문이 일었다. 느리게 수면 위를 유영하던 오리들이 떼떼이 몰려 물고기를 잡으려 주둥이를 잠방댔다. 먹이를 던지기 위해 물가에 가까이 다가선 연인들과 가족들로 낙유원은 더욱 북적거렸다.

가을이 되어 새 옷으로 갈아입은 낙유원은 지난번에 왔을 때와는 사뭇 다른 느낌을 주었다. 붉고 노란 색색의 단풍으로 만산홍엽을 이룬 경치도 그러했지만 왠지 모를 쓸쓸한 기분에 더욱 그럴지도 모른다. 아니, 어쩌면 이마저도 자신의 착각일지 몰랐다. 애써 이를 외면하며 청명은 잠자코 호수를 따라 걸음을 옮겼다. 저 멀리서 자신을 발견했는지 이쪽을 향해 허겁지겁 달려오는 정의산이 보였다. 의산이 급하게 허리를 굽히며 예를 올렸다.

"오셨습니까."

"예."

한데 어찌도 이리 어색한 걸까. 무슨 말을 해야 좋을지 하나도 알 수가 없었다. 원래 이런 내가 아닌데, 때아닌 껄끄러운 침묵에 속이 불편하게 뒤틀리는 듯했다. 이는 의산 역시 마찬가지였는지 잠자코 고개만 주억거릴 뿐이다. 어색하게 시선을 돌리던 청명이 먼저 입을 뗐다.

"저번엔 뒤쪽 산을 돌아보았는데 오늘은 호수를 함께 볼 수 있게 되었네요. 공 덕분에 단풍 구경도 오고 참 고마워요."

"그땐 진왕야와 함께 오셨었지요."

"맞아요."

또다시 침묵이 내려앉았다. 하지만 이 어색한 상황을 타개해 보겠다는 의지조차 들지 않았다. 될 대로 되어라, 체념하기라도 했는지 입이 꾹 다물렸다. 별다른 대화 없이 호수 주변을 걷던 도중 의산이 문득 멈추어 섰다. 건조한 얼굴로 돌아보는 청명을 향해 그가 무언갈 내민다. 펼쳐진 손바닥 위로 꽃이 툭 떨어졌다.

"이게 무엇인가요?"

"혹시 좋아하실까 궁금하여 가져왔습니다."

저도 모르게 웃음이 나왔다. 붉어진 귓불로 볼을 긁적이며 의산이 중얼거렸다.

"실은 제 누이가 공주님께 드리면 좋아할 거라 말해서……."

"누이요? 공께 누이가 있었나요?"

의외인 소식에 반색을 하며 청명이 물었다. 그가 붉어진 얼굴로 손끝만 만지작거리며 작게 미소 짓는다. 할 줄 아는 이야기라곤 전쟁 이야기밖에 없는 퍽 답답한 사내라 생각했건만 이런 다정한 면도 있을 줄이야. 흥미롭다는 얼굴로 귀를 기울이는 청명에 그는 퍽 수줍은 얼굴을 하면서도 열성적으로 대답했다.

"예, 두 살 어린 누이입니다. 아직 시집을 가지 않았지요."

"그럼 저와 나이가 같겠네요? 공의 누이는 어떤 분인가요."

"제 눈엔 아직 아기 같기만 합니다. 곱고 여리고 순한 아이인데 어찌 고집은 그리도 쇠심줄인지. 가끔은 말도 잘 안 듣는데 그래도 귀엽습니다. 사랑스러운 아이지요."

그가 이렇게 말을 많이 하는 건 처음 보는 것만 같다. 청명은 웃음을 감추질 못하고 그의 얼굴을 빤히 쳐다보았다. 민망해하며 의산이 고갤 푹 숙인다. 부끄러워 이마를 긁적이다 그가 힐끔 청명의 눈치를 살폈다.

"실은 제 누이가 공주님을 참 좋아합니다. 오늘도 함께 낙유원을 간다 하니 질투도 그런 질투가 없었습니다."

"아하, 정말요? 그럼 다음에 올 땐 누이분도 함께 오셔요. 저도 꼭 뵙고 싶어요."

"정말 그리해도 되겠습니까? 그 아이가 알면 진심으로 기뻐할 것입니다."

그의 얼굴이 눈에 띄게 밝아졌다. 정말이지 뛸 듯 즐거워하는 의산에 오히려 지켜보는 청명이 더욱 웃음이 나왔다.

"조금 있다 이 소식을 알려주면 얼마나 기뻐할지 벌써부터 궁금합니다."

"말동무가 생긴다니 저도 기쁜걸요. 이렇게 꽃까지 챙겨주는 다정함을 보면 보지 않아도 좋은 여랑일 것만 같아요."

"공주님께선 참 다정하십니다."

"예?"

뜬금없는 칭찬에 어안이 벙벙해 청명은 의산을 올려 보았다. 부끄러워하면서도 의산이 또렷이 청명을 바라보며 말을 이었다.

"실은 처음 공주님에 대한 소문을 들었을 때만 해도 조금은 반신반의하는 마음이었습니다. 한결같이 모두가 입을 모아 다정하고 따뜻한 분이라 그리 말하는데도 소신은 잘 믿지 못했습니다."

양심에 찔리는 걸 꾹 참고 가만 고개만 끄덕여 보지만 정말이지 낯간지러운 소리다. 자신이 평판 관리 하나는 참 잘해놓았구나 싫어 뿌듯하기보다도 오히려 민망하고 난감하기만 했다. 때문에 얼굴이 기이하게 일그러지는 걸 꾹 참아내야 했다. 의산이 안온한 눈으로 그런 청명을 차분히 응시했다.

"하지만 제가 만나본 공주님께선 그 소문보다 더 좋으신 분이십니다. 마치 제 누이처럼 다정하면서도…… 송구합니다. 소인이 실언을 했습니다."

금세 그가 얼굴을 딱딱히 굳히고 고개를 수그렸다. 청명이 재빨리 손을 저어 이를 만류했다.

"아닙니다. 실언이라니요."

그리고 고개를 들어 저를 바라보는 의산과 눈이 마주쳤다. 별다른 말이 없어도 그제야 모든 게 이해가 가는 순간이 찾아왔다. 절로 헛웃음이 나왔다. 상대를 이성으로 바라보지 못한 건 청명만이 아니었다. 의산에게 사내로서의 정을 느끼지 못한 청명처럼 이는 의산 역시 마찬가지였던 것이다. 의중을 헤아리려 노력할 필요도 없었다. 유난히 담백하던 그의 태도와 지금 이 어설픈 미소만 보아도 답이 나오는 결론이었다. 다시 두 사람 사이에 긴 침묵이 놓였다.

'하지만 그렇다 한들 어찌할 테냐. 변하는 건 없을 터인데.'

이미 시작된 혼사를 멈출 길은 없다. 정략적으로 얽힌 혼사에 당사자의 마음이 중요할 리가 없었으니까. 씁쓸하고 공허한 감정이 가슴을 스치고 지났다. 차마 말을 잇지 못하고 붉은 단풍이 크게 우거진 길로 발을 내딛던 순간이었다.

"연국공주께서 아니십니까?"

귀에 익은 목소리였다. 뒤를 돌아보던 그때, 활짝 웃는 얼굴로

여자가 이쪽을 향해 자박거리며 다가왔다. 진심으로 반갑다는
듯, 미소 짓는 여자의 얼굴은 순진하게 반짝였다. 여자의 정체가
진연교라는 걸 알아차리기도 전, 청명은 그 뒤에서 다가오지 않
고 멈추어 선 남자를 먼저 발견했다. 가슴이 철렁 내려앉았다.
연교가 우아하게 무릎을 굽히며 인사를 올렸다.

"공주님을 이곳에서 뵈올지는 생각도 못 했습니다. 혹, 소인을
기억하시는지요?"

"내가 일일이 기억할 만큼 스스로가 중요한 인물이라 생각하
는가?"

작은 얼굴이 삽시간에 붉게 물든다. 당황한 건 청명 역시 마찬
가지였다. 저도 모르게 가시처럼 뾰족 튀어나온 날카로운 말에
본인도 놀랐지만 의식을 했다 해도 도저히 좋은 말이 나오진 않
았을 것 같았다. 차가운 눈으로 연교를 훑어 내리며 청명이 말을
이었다.

"얼굴도 본 적 없는 이가 일방적으로 아는 척 인사해 오는 것,
심히 불쾌하군."

"송구하옵니다. 그럴 의도가 아니었습니다."

"내 일행입니다. 반가운 마음이 커 벌어진 일이니 공주께서 너
그러이 용서해 주시지요."

턱을 바르르 떨며 되도 않는 연기를 하던 연교가 그림처럼 불
쑥 누군가의 등 뒤로 가려졌다. 어느새 다가와 보호하듯 연교의
앞으로 선 윤이 담담한 눈으로 청명을 바라보았다. 연교의 입술
사이로 의기양양한 미소가 번진다. 청명이 조소를 지으며 매서운
눈으로 윤을 노려보았다. 붉게 말아 올라가는 입술에선 미처 감

춰지지 않는 원망이 흘러넘쳤다.

"진왕께서 이곳에 계실 줄은 몰랐군요."

"낙유원의 단풍이 유명한 건 어제오늘 일이 아니니까요."

시라도 읊듯, 뻔뻔하고 담백한 말투다. 기가 막혀 청명은 헛웃음을 지으며 삐딱한 자세로 팔짱을 꼈다. 노골적으로 드러내는 적의에 뒤에 서 있던 의산이 짧게 숨을 들이켜는 소리가 여기까지 들렸지만 참을 수가 없었다.

"유명한 단풍 구경 실컷 하다 가세요. 그럼."

그 말에 기다렸다는 듯 연교가 윤의 옷깃을 작게 당기는 걸 청명은 똑똑히 보았다. 그러나 다만, 윤은 대답 없이 청명을 바라볼 뿐이다. 기이할 정도로 무표정한 그 얼굴을 보면 볼수록 답답하게 끓어오르는 속에 화가 치밀어 올랐다. 애태우고 상처받는 건 제 몫인데 어째서 네가 그런 표정을 짓느냐 따져 묻고 싶은 심정이었다. 화가 난다. 억울하고 미웠다. 왜 이런 날마저도 나를 방해할까. 너를 잊어보려 애쓰는 나를 비웃듯 나타나, 눈앞에서 하필이면 저런 꼴을 보이는 그가 미웠다. 그래서 상처를 주고 싶었다. 정제되지 않은 말들이 속사포처럼 튀어나왔다.

"염치가 없는 것도 유분수이지, 이리 대놓고 방해하시는 그 의도가 무엇인지 묻고 싶습니다. 궁인들도 떼어놓고 단둘이, 이리도 다정히 걷고 있는 걸 보면 정녕 아무 생각도 들지 않으셨나요? 나는 진왕과 여랑의 의도가 왜 이리 불순하게 느껴지는지 영 모르겠습니다."

"공주님."

억지를 부리는 청명에 의산이 당황하여 불렀다. 그러나 싸늘하게 내려앉은 분위기를 유하게 만들 만한 말재주가 그에겐 없었고, 때문에 그가 할 수 있는 일이라곤 이것뿐이었다.

"저쪽으로 가보면 배를 탈 수도 있다 합니다. 혹시 가보시겠습니까?"

얼음장처럼 차갑게 얼어붙은 청명의 얼굴이 울상이 되어 어색하게 웃는 의산을 마주하자 작게나마 녹아내렸다. 어쩔 수 없어졌다는 듯, 작게 한숨을 내쉬며 그러겠노라 답하는 청명의 시선이 짧게 그에게 꽂혔다 이내 거두어졌다.

그런 청명에게서 윤은 시선을 떼지 못했다. 뒤도 돌아보지 않고 매몰차게 걸어가는 꼿꼿한 청명의 뒷모습을 힐끔 흘겨보며 한 발 앞으로 걸어 나온 연교가 입술을 비죽였다.

"공주님께서 저리 무서운 분이신지 처음 알았습니다. 물론 전부 제 잘못이지만요. 제 무엇이 공주님의 마음을 언짢게 만든 걸까요?"

"낭자의 잘못이 아닙니다. 제 잘못이지요."

멀어지는 연보랏빛 인영에서 눈을 떼지 않고 그가 나지막이 중얼거렸다. 무언가 모를 기분 나쁜 예감에 연교는 이맛살을 찌푸리며 힐긋 진왕의 얼굴을 쳐다보았다. 무엇에 홀리기라도 했나, 가을에 처연히 흩날리는 낙엽처럼 전쟁귀라는 남자가 어울리지도 않는 청승을 떠는 모습이 낯설다 못해 이상했다. 순간 가슴이 철렁 내려앉았다. 기민한 눈치, 연교는 이젠 멀어져 잘 보이지도 않는 연국공주와 진왕을 빠르게 번갈아 보았다. 원인 모를 찜찜한 기분이 좀처럼 저를 놓아주지 않았다. 연교는 넌지시 떠보듯 명랑하게 재잘거렸다.

"한데 공주의 옆에 계신 분은 병부주사가 아니신지요? 조만간 병부주사께서 부마도위가 되실 거라는 소문이 파다하던데 틀리지 않나 봅니다. 웃는 모습이 참 선남선녀이셔요."

"그런가."

진왕이 무심하게 고개를 끄덕였다. 연교는 남몰래 숨을 돌리며 새삼 미소 지었다. 설마, 그럴 리 없지. 이젠 별의별 망상까지 다 드는 모양이다. 두 사람은 천하에 다시없을 앙숙으로 유명하거늘 어찌 그런 요망한 생각을 다 했을까. 연교는 옅게 웃으며 고개를 도리도리 저었다. 그러나 엄습해 오는 어둑한 그림자는 사라질 줄 모르고 여전히 그 주변을 맴돈다. 그런 연교를 향해 진왕이 돌아보았다. 마치 아무 일도 없었다는 듯, 그의 얼굴은 담담하다 못해 무표정하게 가라앉아 있었다.

"이 정도면 다 둘러본 것 같은데, 이제 그만 돌아가도록 하지요."

어찌 제게 이토록 집중을 못 하시냐, 귀여운 투정을 부리기도 전 돌아서는 그의 걸음이 먼저였다. 결국 연교는 왈칵 치솟는 화를 감추지 못하고 낙엽을 발로 걷어찼다.

속이 끓었다. 부글부글 끓어오르는 속에 가슴이 답답하고 괜한 현기증이 일었다. 가만 앉아 있지 못하고 벌떡 일어선 청명이 난데없이 내실을 배회하기 시작했다. 안에서 이는 기이한 소란에 서안이 문 뒤에서 목소리를 냈다.

"공주님, 들어가도 될까요?"

들어오라는 답에 막상 들어가니 온갖 장을 열고 수선을 피우

는 공주가 보인다. 재빨리 다가선 서안이 당황해 청명을 가로막
았다.

"무얼 찾으셔요. 소인을 부르시면 될 일인데."

"방 안의 공기가 탁하고 좋지가 못하구나. 침향을 피워다오."

"향을 오래 쐬시면 머리가 아프실 터인데요."

길어지는 말에 짜증스레 이맛살을 구기자 서둘러 입을 다물고
서안이 작은 장을 열었다. 오랫동안 쓰지 않아 먼지가 묻은 향로
가 모습을 드러내었다. 옆에 있던 비단으로 먼지를 대강 닦아낸
후 서안이 침상 머리맡에 이를 올려두었다.

"혹시 몰라 창도 열어둘 터이니 혹, 너무 머리가 아프시거든 다
시 부르셔요."

귀찮다는 얼굴로 청명이 대충 고개를 끄덕인다. 불을 붙이기
무섭게 진한 향이 순식간에 온 방 안을 감돌았다. 평소엔 지독하
다 여겨 침향을 피우는 일이 거의 없었는데 금일은 오히려 이 짙
은 향에 몽롱해지는 기분이다. 무언가에 홀리기라도 한 듯, 털썩
청명이 침상 위로 걸터앉았다.

빗과 향유를 든 서안의 얼굴이 조금 불안하게 변했다. 바람에
너풀거리는 촛불에 일렁이는 공주의 얼굴이 평소와 달리 위태로
워 보였다. 공주의 뒤에 앉아 향유를 묻힌 빗으로 머리를 빗어
내리며 서안이 조심스럽게 입을 열었다.

"금일, 단풍 구경은 재미있으셨습니까?"

"응."

눈을 감고 청명이 나지막이 속삭였다.

"한데 그곳에서 윤을 만났어."

혹시 그럼 지금 이 저조한 기분의 정체가 진왕과의 다툼 때문이란 말인가. 그러나 이게 한두 번 있던 일도 아니었고 단순한 기 싸움 때문이라 치부하기엔 평소와는 사뭇 그 느낌이 다르다. 서안이 열심히 머리를 굴리는 새, 심상한 어조로 청명이 말을 이었다.

"서안은 진연교에 대해 알아?"

"상서우승의 고명딸이 아니십니까."

"그래. 오늘 같이 있더라."

빗어 내리던 손길이 뚝 멈췄다. 목 끝에서 해야 할 말이 탁하고 걸린 기분이었다. 무슨 말을 해야 좋을지 전혀 알 수 없었다. 피가 식어 내리는 기분이 이런 것일까. 서안은 파르르 입술을 떨었다.

"분명 병부주사는 좋은 남편이 될 거야. 그렇지?"

"그럼요, 공주님. 우리 공주님께 딱 어울리는 좋은 부군이 되어주실 겁니다."

"그래. 그럴 거야. 좋은 사내 같아 보였어. 우직하고, 의리 있고, 누이를 대하는 태도를 보니 다정하기도 하고. 분명 좋은 남편이 되어줄 거야."

청명이 등을 돌려 서안을 바라보았다. 한데 저 큰 눈 가득 일렁이는 물기는 무엇이란 말인가. 그 눈을 도저히 마주하지 못하고 서안은 입술을 깨물었다. 억장이 무너지는 심정이었다.

"그런데 왜 이런 기분이 드는 거야? 난 모르겠어, 내가 대체 왜 이러는지. 정말이지 미쳤나 봐."

곱고 어여쁜 얼굴이 순식간에 무너지듯 일그러졌다. 하얀 볼 위로 눈물이 흐른다. 두 손으로 얼굴을 감싸며 청명이 서안의 품으로 무너져 내렸다. 어떤 말을 해야 좋을지 알 수가 없었다. 항상 어른스러운 척 도도하게 굴지만 그 속내는 아직 다 자라지 않은 어린아이처럼 어리고 연약하다는 걸 가장 잘 아는 이가 서안이었다. 한데, 이런 청명의 첫사랑이 하필이면 진왕이라니. 다른 사람도 아닌 진왕이라니.

만약이라는 가정조차 할 수 없는 관계가 바로 이 둘이었다. 그분은 아니 된다, 어찌 그분을 마음에 담았느냐 물을 수도 없었다. 이를 누구보다 잘 인지하고 있을 이가 청명이다. 그러니 서안이 해줄 수 있는 일이라곤 슬픔을 이기지 못하고 흐느끼며 몸을 떠는 작은 소녀를 안아주는 일뿐이었다. 그녀는 함께 울어주었다.

한참 가엾게 몸을 떨며 울던 청명이 서안의 품에서 고개를 들었다. 서안은 아무 말 없이 청명의 젖은 볼을 닦아주었다. 이에 진정되지 않은 몸이 다시금 격하게 떨렸다.

"잠드실 때까지 곁에 있어드릴까요?"

"내가 아직도 어린아이인 줄만 알지?"

바람 빠진 소리처럼 부스스 옅은 웃음소리를 내며 청명이 싱긋 미소 지었다. 어느새 이리 자라셨을까. 기특한 마음이 반, 서글픈 마음이 반이었다. 다정한 손길로 서안은 청명의 머리를 쓸어주었다. 그런 서안을 마주 보며 청명이 부러 밝은 목소리로 속삭였다.

"어서 가. 밤이 깊었다."

"하지만……."

"외실 밖의 궁녀 아이들도 전부 물려줘. 자는데 누가 가까이 있으면 오히려 불편하니까."

지어낸 핑계가 어설프기 짝이 없다. 퉁퉁 부은 눈으로 저리 말하니 더욱 가엾다는 걸 본인은 알까. 그러나 눈치껏 서안은 작게 웃으며 알겠노라 고개를 숙였다. 문을 닫고 서안이 내실을 나갔다. 복도를 따라 멀어지던 발소리가 이내 들리지 않게 되자 이를 가만히 듣던 청명이 그제야 풀썩 베개로 얼굴을 파묻었다. 아직도 흘릴 눈물이 남아 있는지 금세 베갯잇이 축축이 젖었다. 얼마나 울었는지 모른다. 한참을 흐느끼다 문득 떠오른 것이 있었다. 그녀는 맨발로 급하게 침상을 뛰어 내려왔다. 서책들이 정리되어 올려진 서탁이 창가에 있었다. 떨리는 손으로 서책들 중 하나를 집어 들었다. 넘어가는 책장들 사이 종이 한 장이 끼어 있었다.

　　-이를 어길 시 진왕 청윤은 연국공주 청청명의 원(願)을 무엇이든 들어준다.

　지난여름, 대운사에서 우연히 마주쳤을 때 고집을 부려 받아낸 각서였다. 청명은 그대로 허물어져 내렸다. 무릎 위에 얼굴을 묻고 아이처럼 엉엉 울음을 터뜨렸다. 그때는 이리도 아플지 몰랐다. 그를 좋아하게 될 것이라고도, 이렇게 힘들 것도, 그가 제게 이토록 소중한 사람이 되어버릴 것도 알지 못했다. 다정한 손길, 상냥한 얼굴, 더는 교활하지 않은 미소, 그 모든 게 선명히 눈앞에 그려졌다. 눈을 감아도 보인다. 결코 잊을 수 없을 것만 같았다. 그 사실에 새삼스레 다시금 눈물이 뚝뚝 떨어졌다.
　아까까지 머리 바로 위에서 청명을 내려다보던 달이 어느새 저 나뭇가지 끝에 걸려 있었다. 우느라 구부리고 있던 팔이 저릿하게 아파왔다. 팔 위로 사느라니 스치고 가는 바람도 유난히 싸늘했다. 젖은 얼굴을 든 청명이 멍하니 열린 정방형의 창 너머를 바라보았다. 먹물이 흘러내린 듯 새카만 하늘 위엔 흔한 별조차 보이지 않는다. 마치 이 세상에 저 혼자 남겨진 기분이었다.

차라리 잠을 청하자. 한숨 깊게 청하고 일어나면 얼마쯤은 잊을지도 모른다. 그마저도 다시 깨어나 정신이 들고 나면 이 괴로운 마음은 다시 시작될 터이지만 적어도 꿈에서까지 쫓아올 만큼 잔인하지는 않을 것이다. 발을 질질 끌어 다시 침상에 몸을 뉘었다. 텅 비어 공허한 가슴으로 시린 바람이 불어들어 온다. 다시금 감긴 눈 사이로 비죽 눈물이 흘러내렸다. 들키길 두려워하는 사람처럼 서둘러 이를 닦아낸 청명이 푹신한 이불 속으로 몸을 웅크리고 파고들었다. 알 수 없는 추위에 조금 떨던 것도 잠시, 소르르 잠이 밀려들었다. 청명은 눈을 감았다.

매캐한 냄새. 더운 열기. 아무래도 심상치 않은 더위였다. 얇은 나삼을 잠결에 벗으며 청명은 잠시 뒤척였다.

'너무 더워.'

가슴 골짜기를 타고 땀방울이 흐르는 것이 느껴졌다. 더불어 열기 어린 바람이 훅 하고 온몸을 감싸는 것도. 저도 모르게 미간을 찌푸린 청명이 다시금 뒤척였다.

'때를 넘긴 더위가 다시 찾아온다는 건 들어본 적이 없어.'

한 번도 경험한 적 없는 더위였다. 지나간 계절이 다시 도래한 것도 아니고 이건 지나치게 더웠다. 벌어진 입술 사이로 뜨거운 공기가 밀려들었다.

아니, 이건 더위가 아니다. 더위라 하기엔 팔에 닿는 열기가 지나치게 뜨거웠다. 무언가 심상치 않음을 감지한 그 순간, 청명은 눈을 떴다. 화들짝 놀라 몸을 일으킨 청명의 눈에 붉게 타오르는 사방이 들어왔다. 정확히 침상을 둘러싼 정방형의 공간을 제외한 전부가 불길에 사로잡혀 있었다. 현실감 없는 광경에 얼어붙던 것도 잠시, 전신에 소름이 돋았다.

맨발로 황급히 침상을 뛰쳐나왔다. 다행히도 외실로 나가는 덧문은 불길에 점령되지 않았다. 그러나 사방에서 불어닥치는 화기에 맨몸으론 도저히 뚫고 나갈 수가 없었다. 청명은 다급하게 이불로 몸을 감싸고 덧문을 열어 복도로 달려 나갔다. 금세 온몸이 땀으로 범벅이 되었다. 흩날리는 재 가루와 저를 한입에 삼켜 버릴 듯 일렁이는 화마. 복도를 달리는 내내 지독한 연기에 코와 눈이 맵게 시려왔다. 눈물이 비처럼 흐른다. 더는 숨이 쉬어지지 않았다. 도저히 숨을 쉴 수가 없었다. 캑캑 기침을 하며 청명은 복도에 주저앉듯 쓰러졌다. 새하얗게 번지는 머릿속, 답답하게 조여오는 가슴. 청명은 가슴을 쥐어뜯듯 옷깃을 벌렸다. 숨이 막혔다.

'정말 이대로 죽는 건가.'

진주 같은 눈물이 후드득 볼을 타고 흘렀다. 목이 쉬도록 아무리 비명을 지르고 소리쳐 보아도 이 궁 안에 살아 있는 생명이라곤 오로지 저 하나였다. 안에서 번지기 시작한 불을 아직 아무도 알아차리지 못한 것일까. 모든 궁인을 전부 물린 것을 뒤늦게 후회했으나 소용없었다.

점점 다가오는 불길, 화기에 달아오르는 여린 피부. 순결하게 빛나던 하얀 침의는 어느새 날리는 재 가루와 불에 그을려 엉망이 되었다. 발에선 어디서 다쳤는지 피가 나고 있었다. 하지만 청명은 아무것도 느끼지 못했다. 밖으로 나갈 문을 눈으로 아무리 찾아도 보이지 않았고 그나마 남은 문은 이미 활활 타오르는 불에 사로잡힌 지 오래. 도저히 몸을 일으킬 수가 없어 청명은 질질 몸을 끌며 기어가기 시작했다. 우두둑, 등 뒤에서 무언가가 떨어져 나가는 굉음 너머로 여인들의 비명 소리가 희미하게 들려왔다. 궁 밖에 사람들이 몰려온 모양이었다. 젖 먹던 힘까지 끌어내어 간신히 목소리를 내었다.

"살려, 다오. 누구, 여기 아무도……."

더는 아무 힘도 나지 않았다. 끈 풀린 인형처럼 무너지듯 고개를 떨군 청명이 뜨거운 공기에 괴롭게 얼굴을 구겼다. 스르르 의식이 흐려져 갔다. 미세하게 가슴이 오르내리며 뱉는 숨은 옅어져 갔다.

'정말 이대로 죽는 걸까.'

이 모든 게 죽음으로 향하는 과정일지도 모른다. 더는 뜨거운 열기도, 저릿거리는 상처의 아픔도 느껴지지 않았다. 뜨거운 바닥에 볼을 대고 청명은 느른히 눈을 깜박였다. 앞이 가물거리는 눈이 아롱거리는 눈물에 다시금 흐릿하게 번져 갔다. 피식, 웃음이 나왔다.

이럴 줄 알았더라면, 그리 보내지 말 것을.

뒤늦은 후회가 밀려들었다.

아까 그 모습이 마지막인 줄 알았더라면 그런 모진 말은 하지 않았을 텐데. 어여쁘고 고운 모습만 보여주어도 모자랄진대, 소용없는 미련이 가슴에 맺혔다. 너를 보아서 반가웠다고, 사실은 질투가 나 그리 못되게 굴었던 거라고 솔직하게 말해볼걸. 전해

볼 용기조차 내지 못했던 제 마음이 너무 아리다. 왜 그땐 용기를 내지 못했을까. 매몰차게 비웃음을 사고 놀림을 받아도 한 번쯤은 꺼내어볼 것을. 이젠 영영 돌이킬 수 없었다.

불쑥 졸음이 몰려왔다. 이대로 잠이 들어서는 아니 되는데. 청명은 소리 없이 중얼거렸다. 입술을 달싹일 힘도 남지 않았다. 불길에 사로잡힌 복도 끝이 아지랑이처럼 붉게 번져 간다. 깜박이는 눈은 점점 느려졌다. 놓칠 듯 희미해지는 의식 속에서 꿈꾸듯 우는 소리를 들은 것만 같았다.

모든 기억이 하얗게 번지던 그때, 차가운 공기가 폐부로 밀려들었다. 시리도록 차가워 목과 코가 저릿거렸다. 거친 기침이 토해졌다. 마치 얼음물에 내던져진 듯 온통 차디찬 한기가 온몸을 감돌았다.

"청청명!"

누군가 청명의 어깨를 거세게 붙잡고 흔들었다. 안 그래도 어지럽던 머리가 흔들리니 두통이 밀려왔다. 어릿하게 번지는 통증에 미간을 찡그리며 청명은 눈을 떴다.

그리고 간신히 눈을 뜬 그 순간, 청명은 말을 잊고 말았다. 도저히 믿을 수 없는 현실에 목에 무언가 탁 막히기라도 한 것처럼 어떤 말도 나오지가 않았다. 다만, 한 줄기 눈물만이 툭 볼을 타고 궤적을 그렸다.

"정신 차려! 제발 여길 봐."

그이다. 그가 청명을 구하기 위해 와주었다. 강렬한 환희가 가슴속에서 맹렬히 번져 갔다. 그를 마주 볼 수가 없었다. 만약 이게 꿈이라면 영영 깨고 싶지 않았다. 환영처럼 그의 얼굴이 아른거렸다. 만약 이 전부가 현실이 아닌 환영에 불과하다면 이 달콤한 꿈에서 벗어나고 싶지 않았다. 차마, 현실을 확인할 용기가 없었기에 다시금 청명은 눈을 감을 수밖에 없었다.

그러나 한편으론 그를 보고 싶다는 이율배반적인 감정이 거세게 휘감았다. 그가 애달아 하는 걸 조금 더 보고 싶었다. 나 때문에 소리를 지르고, 평소의 그 잘난 가면 따위 내던진 채 어린애처럼 구는 모습을 내 눈으로 보고 싶다는 어울리지도 않는 이기심이었다. 두 상반되는 감정이 일으킨 모순은 결국 본능을 좇았다.

"눈 떠. 제발 정신 차려. 아무것도 바라지 않을게. 어리석은 꿈 따위 이젠 꾸지 않아. 그러니 살아만 줘. 제발 눈 떠. 응?"

그가 운다. 나로 인해 저 차가운 사람이 운다.

그의 얼굴이 고통에 일그러지는데 왜 나는 이리 기쁜 걸까. 정말 죽어가기 때문일지도 모른다. 그런데도 버석 웃음이 났다. 어차피 이렇게 죽을 거라면 한 번쯤은 용기를 내도 좋겠지. 청명은 생각했다.

그랬기 때문이었다. 처음으로 자신을 내던졌던 것은.

청명은 힘없이 덜덜 떨리는 손을 들어 올렸다. 뜨겁게 달아오른 손바닥이 그의 뺨을 감싸 쥐었다. 크게 뜨인 윤의 눈이 청명과 마주쳤다. 물기 어린 눈동자가 애처롭게 흔들렸다. 그 모습이 마치 십여 년 전, 그를 처음으로 보았던 날을 연상시켰다. 그날의 어리고 약했던 작은 소년이.

사실, 그때 내가 너를 붙잡았던 이유는, 그 이유는.

단 한 번도 난 너에게 솔직했던 적이 없었어.

청명은 감싸 쥔 그의 얼굴을 가까이 당겼다. 아무 반항 없이 끌려오는 윤을 잠시 청명이 말없이 바라보았다. 한 뼘도 떨어지지 않은 거리에서 시선이 마주쳤다. 이렇게 가까운 거리에서 서로를 마주한 적이 있었나 하는 의미 없는 의문이 스치던 것도 잠시, 부드럽지만 가쁜 숨결이 먼저 느껴졌다. 청명은 눈을 감았다. 잠깐의 망설임도 없이 그를 끌어당겼다.

그리고 입술이 닿았다. 부드러운 감촉. 방금까지 뜨거운 불 속에 있던 것이 믿어지지 않게 촉촉한 입술이 메마른 청명의 입술을 적셨다. 겹쳐진 두 입술이 서투르게 달싹였다. 꽃잎이 내려앉듯 조용히, 그리고 조심스럽게 부드러운 숨결이 하나가 되었다.

따뜻한 그의 손이 청명의 목덜미와 턱을 살며시 어루만졌다. 떨리는 입술 사이로 말캉한 혀가 밀려들어 온다. 다정하게 말아 오는 그의 혀에 청명은 파르르 눈꺼풀을 떨었다. 주체할 수 없이 뛰는 가슴이 마치 고장이라도 난 것처럼 정신없이 온몸을 둥둥 울렸다. 더 바랄 것이 없다고, 청명은 생각했다. 샅샅이 탐색하듯 핥아 내리는 그의 혀에 머릿속은 이미 새하얗게 질려 버린 지 오래.

입맞춤은 점점 짙어지고 농밀해져 갔다. 벌어진 입술 사이로 침입해 온 혀는 교활한 늑대처럼 부끄러워 도망치는 청명의 것을 휘감았다. 가빠오는 숨을 참지 못하고 청명은 애타게 그의 옷깃만 꾹 붙잡았다. 이 입맞춤을 먼저 시작한 게 자신이라는 건 이미 까맣게 잊어버렸다. 금방이라도 뒤로 넘어갈 듯 위태롭게 흔들리던 청명의 뒷목을 단단히 받친 손이 지그시 붉게 물들어 버린 귓불을 어루만진다. 간지러움에 고개를 떠는 청명을 내려다보던 윤의 입술 사이에서 키득 웃음이 나왔다. 그러나 잠시 떨어진 입술은 언제 그랬냐는 듯 다시 청명의 입술을 덮쳤다. 일말의 틈도 허락하지 않겠다는 듯 말랑말랑한 입술을 모조리 삼켜 버린다. 다만 달라진 것이 있다면 그나마 남아 있던 수줍음은 온데간데없이 사라졌다는 것이다.

갈급하게 파고드는 윤의 혀에 청명의 고개가 뒤로 젖혀졌다. 입안 구석구석, 연약하고 여린 속살과 혀, 젖은 입술을 물고 빨았다. 겹쳐진 입술 사이로 성마른 숨이 색색 흘러나왔다. 정말로 몸 안의 모든 숨을 다 써 정신을 잃을 것 같다는 생각이 들 즈음, 비에 젖은 꽃잎처럼 서로를 탐하던 입술이 느리게 떨어졌다.

허공에서 시선이 뒤엉켰다. 무슨 말을 해야 좋을까. 난생처음 만난 첫사랑에 수줍어하는 소녀처럼 청명은 시선을 내리깔았다. 어울리지 않게 붉은 기가 감도는 그의 볼을 보자 부끄러워진 까닭이었다. 앵꽃처럼 발갛게 달아오른 얼굴로 청명이 소담한 입술을 달싹였다. 그러나 차마 아무 말도 할 수 없었기에 눈을 감고 가만히 그의 가슴에 머리를 기대었다. 어디선가 불어오는 차가운 바람이 뜨겁게 달아오른 두 볼을 다정하게 식혀준다. 기댄 그의 가슴 너머, 제 것처럼 빠르게 뛰는 그의 심장 소리가 들렸다.

더는 아무 생각도 들지 않았다. 부드럽게 제 귓가를 쓸어주는 그의 다정한 손길, 이것으로 충분했다. 그렇게 시야가 명멸했다.

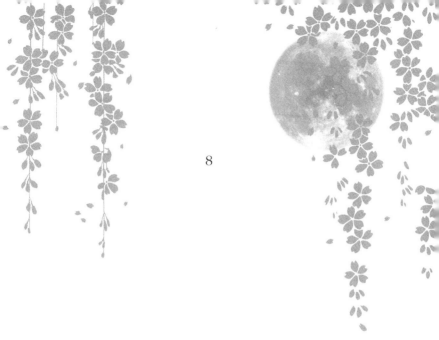

8

늦은 밤, 느닷없는 독대 요청에 황제는 짜증스럽게 기침을 했다. 근자에 들어 갑작스레 부쩍 기력이 쇠한 터라, 해 질 무렵만되어도 쉽게 피곤을 느끼는 일이 허다한 탓이다. 태감은 듣기 좋은 말로 잘 돌려 오늘은 이만 돌아가시라 권하였지만 상서령은들은 척도 아니하며 반드시 직접 뵙고 올릴 말이 있다 그 고집을꺾지 않았다. 결국 그는 종종걸음으로 별실의 황제에게 있는 그대로 고했다. 황제의 형형한 눈이 싸늘하게 태감을 훑어 내렸다.

"절박한 일이 있으시다니 들어는 보아야 도리겠지."

태감의 뒤를 따라 별실로 들어선 진여회가 두 손을 앞으로 모아 읍을 올렸다.

"신, 진여회 황상께 아뢰옵니다."

"얼마나 급한 일이시길래, 이 야심한 시각에 친히 짐을 찾아오셨을까."

휴식을 방해받은 노여움에 저절로 날카로운 목소리가 튀어나왔다. 성성한 수염 뒤로 얄팍한 입술이 빙긋 미소 비슷한 것을 그렸다. 그가 공손하게 고개를 숙였다.

"부디 주변을 물려주시길 청하옵니다."

까다롭기도 하지, 황제는 성마른 웃음을 터뜨렸다. 이어 귀찮음이 역력한 기색으로 그가 두어 번 손을 내젓자 별실 안의 내관 둘과 궁녀 셋이 소리 없이 뒷걸음질 쳐 장지문 너머로 사라졌다. 이따금 창 너머로 바람 소리만이 들려오는 별실 안엔 무거운 침묵이 가라앉았다. 느른히 좌상에 앉아 황제는 수긋이 고개를 숙인 진여회의 정수리를 흘긋 내려다보았다. 그의 눈썹이 자못 신경질적으로 치켜 올라갔다.

"자, 이제 아뢸 것을 아뢰어보도록 하지."

진여회가 고개를 들었다. 일렁이는 촛불에 음영 진 황제의 옆얼굴은 유독 말라 강퍅한 인상을 주었다.

"간밤의 화재로 연국공주께서 크게 몸을 상하시지 않았다 하니 천만다행이옵니다."

"다행이군."

별일 아니라는 듯 능청을 떠는 황제를 흘긋 올려 보며 진여회는 잔잔한 미소를 지었다.

"그러나 만일 공주께서 크게 다치셨더라면 직계의 혈통은 이로서 영영 끝이 났을 것입니다. 벌써부터 혼사를 논하는 것이 이르다 여겨질지 모르나 소신은 공주의 혼사가 다른 무엇보다 중대사임을 새삼스레 되새겼사옵니다."

"해서."

"한림학사의 인품은 널리 알려진 사실입니다."

황제가 메마른 웃음을 터뜨렸다. 그러나 웃음기가 사라진 그의 눈은 형형하게 빛을 냈다. 상체를 똑바로 일으켜 세우며 그가 입을 열었다.

"노골적인 청탁이군. 짐은 하나뿐인 여식을 두고 거래를 할 만큼 그리 계산적인 인간이 아니야."

"그리 말씀하시니 신이 송구스럽습니다, 폐하."

"그대의 사돈 되는 한림학사를 짐이 모를 리가 없지 않은가."

"심중에 이미 내정자가 있으십니까."

헛웃음을 감추지 못하고 황제는 그 뻔뻔한 얼굴을 차갑게 응시했다.

"무람없기도 정도가 있는 법이지. 경의 권세가 아무리 드높을지라도 격의 없는 그 태도는 심히 거슬리는군. 야심한 시각에 짐을 찾아 묻는 말이 고작 내정자 타령이라. 이 말인가?"

그러나 무슨 배짱인지 놀라거나 부끄러워하는 기색 하나 없이 진여회는 단지 고개를 더욱 숙일 뿐이다. 열이 솟구치자 잠잠해졌던 두통이 다시금 올라오기 시작했다. 황제는 지끈거리는 관자놀이를 검지로 누르며 억지로 눈을 감아 분을 삭이려 시도했다. 나가라 막 큰소리를 치려던 그때였다.

"긴 이야기가 있사옵니다. 들어주시겠습니까."

감긴 눈이 조용히 뜨였다. 진여회는 소리 없이 웃었다.

"신의 불경은 마땅히 벌을 받아야 할 것입니다. 그러나 그 모든 건, 이야기를 듣고 난 차후에 소신을 책하시옵소서."

"재미있군."

"이십 년 전, 한 왕부에서 시작된 이야기지요."

그의 눈이 반짝 빛을 발한다. 진여희는 비로소 감추어두었던 그 깊은 이야기를 털어놓아야 할 시점이 왔음을 깨달았다. 얄팍한 입술이 길게 늘어졌다.

"어느 날, 사람들의 눈에 띄지 않게 비밀리, 왕부에 의원이 찾아들었습니다. 마원이라, 당시 박주에서 이름 높던 의원이었지요."

⚜

"정신이 드셔요?"

여인의 목소리가 들렸다. 하얗게 번진 시야에 눈이 부셨다. 눈을 가늘게 뜬 청명이 눈살을 찌푸리며 고개를 들려 했다. 환한 햇살에 눈을 뜨기가 어려웠다. 이에 누군가 열린 창을 닫았는지 어느 순간 한결 눈을 뜨기가 쉬워졌다. 그제야 제대로 주변을 둘러볼 수 있었다. 가물가물 느리게 깜박이는 눈으로 청명은 멍하니 천장을 올려 보았다. 동시에 젖은 얼굴의 서안이 가장 먼저 들어왔다.

"공주님!"

급하게 제 손을 부여잡고 볼에 부비며 서안이 금방이라도 울음을 터뜨릴 듯 울먹거렸다. 까끌거리는 목이 연기에 바싹 마른 것처럼 아무 목소리도 나오지 않았다. 거친 입술을 달싹이며 청명이 손가락을 까딱거렸다. 퍼뜩 정신을 차린 서안이 벌떡 일어서 물을 가져왔다. 조금씩 떠 입술로 몇 방울씩 흘려보내자 얼마 지나지 않아 메말랐던 목에 촉촉한 물기가 감돌았다. 머리가 지끈거렸다. 잔뜩 잠긴 목소리로 청명이 작게 속삭였다.

"서안."

"공주님. 마음 놓으셔요. 무사하셔요. 전부 무사해요. 어디 아프진……."

"서안, 나 산 거지?"

"그럼요."

서안이 코를 팽 풀며 우스꽝스럽게 웃어 보였다. 청명도 따라 간신히 웃었다. 한바탕 시끄러운 꿈을 꾸었던 것처럼 온몸이 피곤했다. 서안은 청명이 눕기 편하게 베개를 가져와 등 뒤로 작게 받쳐 주었다.

"저는 다신 공주님을 뵙지 못할 줄 알고……."

작은 눈 가득 다시금 눈물이 그렁그렁 고인다. 청명은 그런 서안의 손등을 조용히 쓸어주었다. 눈물을 훔치며 서안이 말을 이었다.

"만일 그랬더라면 소인도 함께 갔을 거예요. 우리 공주님만 어찌 혼자 보내겠어요."

"말을 해도 어찌 그리 불길하게 말할까. 응? 살았잖아. 그럼 되었지."

"소인에게 남은 분은 오로지 공주님뿐이신데. 차라리 죽는 게 나아요."

"또 그런 말 한다. 그러지 말아."

두 자식을 병으로 모두 잃고 갈 곳 잃은 애정을 갓난아기 시절부터 청명에게 오롯이 쏟아온 서안의 마음을 모를 리 없다. 청명은 연하게 미소 지으며 서안의 팔에 조심스럽게 안겼다. 서안의 품에선 다정한 향기가 풍겼다. 가만히 눈을 감고 청명은 멍한 머릿속에 무엇이라도 떠올려 보려 했다. 다만, 아무것도 기억이 나지 않았다. 온종일 긴 꿈을 꾼 것처럼 멍하기만 했다.

"불은 다 꺼졌습니다. 여긴 후원의 별채여요."

그런 청명의 마음을 읽었는지 머리를 쓸어 귀 뒤로 넘기며 서안이 속삭였다.

"불은, 불은 왜 난 거래?"

"그것이 아직 확실치가 않은데 아마도 침향 때문이 아닌가 싶습니다. 작은 불씨가 그 옆의 서책에 옮겨 붙었다 하더이다."

아아, 기억이 난다. 간밤, 내내 청승을 떠느라 침향은 신경도 쓰지 않고 침상에 누워 눈물을 흩뿌렸지. 등줄기로 소름이 흘렀다. 그 작은 실수로 하마터면 죽을 뻔했다니. 그 모든 기억이 마치 오래전 일처럼 까마득했다.

"지난 이틀 소인이 얼마나 애태웠는 줄 알기나 아셔요?"

"내가 이틀이나 누워 있었어?"

"독한 연기 탓인지 쉬이 일어나시질 못하셨지요. 폐하께서 태의며 온갖 귀한 약재를 다 하사하셨습니다. 어찌나 노발대발하시는지 마마께서 깨어나시지 않았더라면 아마 소인은 폐하 손에 죽었을지도 몰라요."

"내가 서안을 그냥 보내겠어?"

입가로 잔잔한 미소가 번졌다. 청명은 실실 웃으며 서안의 품으로 조금 파고들었다. 포근하고, 다정하고, 따뜻했다. 이런 따스함이 얼마 만에 즐기는 나른한 휴식인지 모르겠다. 머릿속이 하얗게 비워지니 모든 욕심도 함께 사라진 모양이다. 아무렴 어떨까, 지금은 아무 생각도 하고 싶지 않았다. 단지, 조금만 더 이대로 쉬고 싶을 뿐이었다.

"그나저나 진왕 전하께선 어떠실지 모르겠어요."

꾸벅꾸벅 고단하게 감기던 눈꺼풀이 돌연 크게 뜨였다. 짙은 속눈썹이 파르르 가늘게 떨었다. 소맷자락을 손톱으로 쥐 뜯으며 청명이 시선을 아래로 내리깔았다.

"진왕이라니?"

애써 침착함을 가장했으나 가는 목소리는 사정없이 떨렸다. 그제야 무언가를 깨달은 서안이 입술을 깨물며 몸을 움츠렸다.

"그것이…… 공주님을 불에서 구해 나오신 분이 진왕야이십니다."

새하얗게 비워진 머릿속에 순간 무언가가 스쳐 지났다. 꿈꾸는 것조차 민망하고 부끄러운 그 야릇한 꿈이 실제가 되어 걸어 나온다. 심장이 철렁 내려앉았다.

너무도 허무맹랑해서 감히 실제라 믿을 수 없는, 이는 환상이 아니었던가. 청명은 저도 모르게 자동적으로 입술을 매만졌다. 삽시간에 얼굴에 확− 붉은 기가 솟구쳤다. 뜨겁게 달아오른 볼, 가슴이 뛰기 시작했다. 한없이 다디단 향긋한 꿈이, 결코 꿈이 아니었다.

가슴속이 오롯한 기쁨으로 붉게 번져 둥글게 부풀어 오른다. 다른 아무것도 상관없었다. 오직, 윤만이 머릿속을 가득 채워 온 세상이 찬란하게 빛나는 듯했다.

행복하다. 그래, 이건 기쁨이고 행복이었다. 사람이 이렇게도 행복할 수 있다는 걸 청명은 처음으로 깨달았다. 단순히 서로의 마음을 알게 되었다는 것만으로 세상 만물 모든 것이 그 빛을 잃는다. 오로지 이 세상에 저와 그만이 남았다. 짜르르 기이한 감각이 등줄기를 거꾸로 타고 올랐다. 뛸 듯이 몸을 일으킨 청명이 일순 찾아온 현기증에 잠시 비틀거렸다. 나직한 비명과 함께 서안이 청명의 몸을 받치며 찰싹 허벅지를 아프지 않게 때렸다.

"몸도 성하지 않으신 분이! 오늘 하루는 꼬박 여기 틀어박혀 누워만 계셔요."

바보같이 헤실헤실 입가에 걸린 미소를 감출 생각도 않고 청명이 일부러 고개를 갸웃거렸다.

"싫은데? 나 아무렇지도 않은데?"

"어머, 정말 왜 이러실까. 어서 눕지 못하셔요? 앗! 태의를 부르는 걸 까맣게 잊고 있었네."

"부를 필요 없어. 난 말짱해."

말이 끝나기도 전에 긴 치맛단을 밟고 털썩 침상 위로 넘어졌다. 그런데도 뭐가 그리 좋은지 속없이 웃기만 한다. 그 밤까지만 해도 내내 울던 게 누구인데 기가 막혀 서안은 허리에 손을 올리고 공주를 찌릿 노려보았다.

"밖에 누구 없느냐, 공주께서 깨어나셨다. 태의를 불러오너라."

덧문 밖으로 작은 소란이 일었다. 얼마 지나지 않아 태의가 허겁지겁 내실로 들어왔다. 그 뒤로 탕약을 든 의녀 한 무리가 따랐다. 잠시 진맥을 하던 태의가 사람 좋은 미소와 함께 물어왔다.

"몸은 어떠하십니까?"

"머리가 조금 지끈거리는 걸 제하면 아무렇지 않네."

"독한 연기를 마신 탓이지요. 그리 오래 마시지는 않으셨으니 약을 드시고 몸을 편히 하시는 것만으로도 충분할 듯합니다."

의녀에게서 약을 받아 든 그가 친절하게 덧붙이며 청명에게 약을 건네었다. 훈김과 함께 올라오는 진한 약 냄새에 콧잔등을 찡그렸지만 이내 눈 꾹 감고 단번에 들이켰다. 입안에 감도는 쓴맛에 절로 이맛살이 구겨졌다. 손등으로 입술을 훔치는 청명을 다정히 내려다보던 태의가 고갤 돌려 서안에게 주의를 주었다.

"그래도 모르니 한동안은 바깥출입을 삼가시는 것이 좋겠네."

"한동안이라니?"

눈을 동그랗게 뜨고 경악에 찬 청명의 말을 빼앗아 서안이 대신 답했다.

"그러믄요. 필히 그리하지요."

"잠깐만."

"마마, 들으셨지요? 당분간은 몸을 추스르는 데에만 신경 쓰셔야 합니다. 허튼 생각일랑은 하지도 마셔요."

두 여자 사이의 신경전에 눈치만 보던 태의가 슬그머니 일어서 방 밖으로 급하게 빠져나갔다. 서안의 독선에 어이가 없어진 청명이 눈을 부릅뜨고 목소리를 높였다.

"서안! 난 괜찮다니까?"

"괜찮기는 뭐가요. 제가 보기엔 공주님께선 더 쉬셔야 합니다. 아까 태의께서 하는 말 잘 들으셨지요?"

"하지만 난 멀쩡하단 말이야. 아무렇지도 않다고. 그리고 이 중요한 시기에 누워 허송세월이나 할 멍청이가 어디 있어?"

"공주님!"

그게 공주의 입에서 나올 말이냐며 서안이 질겁해 찰싹 손등을 때렸다.

"이제 혼사도 치르실 분께서 이게 무슨 경망스러운 언동이셔요! 그런 얼굴 해도 소용없어요. 소인이 공주님의 심사를 모를 줄 알아요?"

볼을 잔뜩 부풀린 청명이 토라진 목소리로 낮게 중얼거렸다.

"내 심사가 무엇인지 서안이 어찌 알아."

"진왕 전하를 만나시려는 게지요!"

밑도 끝도 없이 불쑥 내지르는 말에 청명은 어안이 벙벙해졌다. 그리고 순식간에 창백한 볼이 해당화처럼 붉게 물들었다. 입을 다물지도 못하고 멍청하게 저를 올려 보는 청명의 손을 꼭 부여잡고 서안이 애타게 속삭였다.

"이는 절대 안 될 일입니다, 마마. 부디 정신 차리셔요. 소인이 마마를 모신 세월이 얼마입니까. 이는 전부 잠깐의 혼란이고 착각이어요. 그 잠깐의 흔들림에 지금껏 이루어오신 모든 걸 잃을 생각이셔요? 이는 아니 됩니다. 소인은 이를 가만히 두고 볼 수 없어요."

"서안."

"공주님, 오늘 누가 찾아왔는 줄 아셔요? 한림학사께서 친히 찾아오셨습니다. 이게 무얼 뜻하는지 모르시진 않으시겠지요."

한림학사라니, 서안의 입에서 나오리라 예상치도 못한 이름에 청명은 멈칫 정지했다. 그 틈을 타 서안은 다시금 청명의 손을 꽉 틀어쥐었다.

"한림학사가 어찌 나를 찾아."

"왜 이곳까지 찾았겠습니까? 이는 곧 하늘의 뜻이 공주를 가리킴입니다."

단단히 주먹 쥔 손은 맥없이 그대로 탁 풀려 버렸다. 모든 것이 뿌옇게 번져 한 치 앞도 가늠할 수 없는 안개 속을 걷는 기분이다. 청명은 바싹 마른 입술만 잘근거렸다. 홀로 생각에 빠진 청명을 바라보는 서안의 얼굴에 한결 안심한 기색이 감돌았다. 그제야 제 공주답다 여긴 것이다. 그녀는 안온한 어조로 말을 이었다.

"저들인들 어쩌겠습니까. 성심이 곧 공주께 향했음이 뻔하니 어느 쪽을 택하는 게 더 나은지 비로소 깨달은 게지요. 그러니 공주님께선 다른 건 아무것도 보지 마세요. 이대로만 무탈하게 나가면 원하시는 걸 얻으실 수 있단 말입니다."

한림학사라 하면 진여회의 사돈 되는 중서시랑의 장남이다. 서안의 말이 옳다. 이는 명백한 화친의 손길이었다. 그러나,

"수상해."

이유 모를 불쾌함에 고운 낯이 차갑게 구겨졌다.

"손바닥 뒤집듯 마음을 바꾸다니, 그게 더 이상하단 말이야. 만일 그것이 진실로 화친의 의도라 해도 무엇보다 황후가 이를 용인했을 리 없다. 미치지 않고서야 황후가 나를 도울 리가 없지. 게다가 며칠 전까지도 그들은 진왕부와의 혼사를 주선하던 중이었어. 제 손녀를 진왕비로 만들고선 진왕을 버린다, 그게 말이나 돼?"

"그야……."

서안의 목소리가 작아져 갔다. 아까의 들뜸은 찾아볼 수 없이 차분히 가라앉은 눈으로 청명은 서늘한 시선을 한곳에 고정했다. 한참을 말없이 가만히 생각에 잠겨 있던 청명이 돌연 입을 열었다.

"황상께선 공공연히 병부주사에게 부마 자리를 줄 것을 표했지. 그때까지만 해도 이미 부마 자리는 병부주사에게 내정되어 있던 것과 다를 바 없었는데 이제 와 부마 자리를 놓고 태위부와 경쟁해 보겠다고? 아무리 따져 보아도 저들에겐 유리한 점이라곤 하나 없는데 무슨 자신감으로."

"황상께서 공주를 아끼시니 저들도 진왕보다 공주께서 동궁의 주인이 되리라 그리 여긴 게지요."

"내 뜻은 그게 아니야."

청명이 얼굴을 찌푸리고 똑바로 서안을 바라보았다.

"서안의 말대로 황상이 나를 황태녀로 세울 작정이라면 상서령의 도움 없이도 충분히 이루어낼 수 있어. 어차피 중요한 건 부황의 뜻이니까. 그리고 나로서는 태위와 손을 잡으면 될 일이지. 그러니 지금에 와 저들이 내게 손을 내밀어도 별 볼 일만 없다는 거야. 차라리 끝까지 진왕의 편을 드는 게 저들로서는 더 나을지도 몰라. 한데 굳이 진왕부와 척을 져 가면서까지 내게 손을 내밀었잖아. 지닌 패가 무엇이길래 저리 자신만만히 나오는 거지? 내가 절대 거부하지 못하리라 생각하는 저 자신감이 난 의심스러워. 대체 어떤 패이길래 부마 자리를 충분히 얻어낼 수 있을 만큼 대단하다는 거야?"

"마마."

청명은 제 손을 감싸 쥔 서안의 손을 부드럽게 풀어 내려놓았다.

"난 결코 황위를 포기할 마음이 없어. 그러니 안심해. 서안이 생각하는 그런 일 절대 없을 거니까."

"그러나 속내는 그러시지 않잖아요. 소인이 모를 거라 생각하셔요?"

눈물을 머금은 눈으로 서안이 흐느끼듯 소리쳤다. 고인 눈물은 이내 뚝뚝 떨어져 장작처럼 마른 팔등을 적시기 시작했다. 그런 서안을 묵묵히 내려다보며 청명은 입을 꾹 다물었다.

뻥 뚫린 가슴 한복판으로 싸늘한 바람이 불어들어 오는 듯했다. 한순간이나마 찾아왔던 찬란한 행복은 타고 남은 잿더미처럼 볼품없이 꺼진 지 오래였다. 아무리 마음이 닿았음을 기뻐하고 혼자만의 외사랑이 아님에 행복해하면 무엇할까. 정작 그들이 할 수 있는 일은 아무것도 없었다. 살아 서로의 얼굴을 보기 위해선 그들은 각자 정해진 길로 걸어야만 한다. 그리고 그 곁엔 서로가 아닌 다른 이가 함께할 것이다. 자신이 아닌 다른 여인이 진왕부의 여주인이 되어 윤의 옆에 있는 모습을 나는 과연 뻔뻔히 바라볼 수 있을까?

상상만으로도 이겨내기 힘든 격한 감정이 치솟아 올랐다.

원하지 않는다.

놀랍도록 끔찍한 이기심이었다. 윤의 곁에 내가 아닌 다른 여인이 서 있길 바라지 않는다. 하지만 그런다 한들 어쩔까. 결국 살아남아 원하는 걸 쟁취하기 위해선 어느 하나는 포기해야 한다. 그렇다면 나는 윤을 위해 지금껏 이뤄온 내 모든 걸 버릴 수 있을까?

무수히 스스로에게 던져 왔던 질문. 지금껏 그 답은 주저 없이 하나였다. 찰나의 감정에 홀려 대업을 놓을 수 없다는 것. 하지만 지금은…….

청명은 괴롭게 머리를 내저었다. 무력감은 스스로를 더 큰 나락으로 치닫게 만들었다. 그런 청명을 애타게 바라보던 서안이 결국 잊은 일이 있다는 어설픈 핑계와 함께 문밖으로 뛰쳐나갔다. 서안이 원하는 답을 들려줄 수 없기에 청명은 서안을 붙잡을 수도 없다. 서안을 달래기 위해 듣기 좋은 말로 위로할 수도 없었다. 이는 결국 잠깐의 미봉책에 그칠 뿐, 진실이 아니기 때문이다.

그럼 나는 정말 어쩌면 좋을까. 아무리 고민하고 또 고민해 보아도 컴컴한 어둠처럼 앞이 막막하기만 했다. 먹물처럼 번지는 짙은 절망에 힘겹게 이마를 쓸어 올리며 청명이 벽에 등을 기대었다.

"보고 싶어."

입 밖으로 내기 무섭게 다정한 마음은 폭포처럼 쏟아져 내렸다. 그가 보고 싶다. 이 와중에도 윤만 곁에 있어준다면 세상 어느 것도 두렵지 않을 것만 같다.

"보고 싶어."

다시금 힘주어 불러본다. 그윽한 목소리, 다정한 눈빛, 청명을 바라볼 때면 아름답게 휘어지던 우아한 눈매, 그 모든 것 하나하나가 새로이 피어나는 꽃처럼 청명의 주변을 향긋하게 맴돌았다.

그가 보고 싶다. 몹시도, 보고 싶었다. 지금껏 어찌 그의 얼굴을 보지 않고 멀쩡히 살아 숨 쉬었을까. 단 일각도 보지 않고는 눈물이 날 것만 같은데. 불안하게 흔들리는 눈망울에 어느새 눈물이 핑 도는 걸 청명은 힘껏 꾹 참아냈다.

마냥 세상을 아름답게만 바라보는 어리석은 연정이 이토록 사람을 몽매하게 만든다. 차가운 이성은 냉혹한 현실을 가리키고 있음에도 분홍빛 연정은 마냥 행복해 어쩔 줄을 몰랐다. 청명은 배시시 웃고 말았다. 윤이 보고 싶었다. 만나면 무슨 이야기를 해줄까. 막상 만나 눈을 마주치고 나면 부끄러워 정작 그의 얼굴을 바라보지도 못할 텐데. 그럼 윤은 빨개진 볼을 짓궂게 놀리며 장난을 칠지도 모르지. 그런 덧없는 상상을 해본다.

❀

날이 밝았다. 등청하는 백관들로 황궁으로 향하는 남문 앞이 조금 소란스레 분주했다. 가마에서 내려 반가이 인사를 나누는 이들부터 들어서기 직전, 옷매무새를 단정히 여미는 이들까지 각양각색이었다. 곳곳에서 이는 말 먼지에 공기가 조금 희끄무레했다. 손으로 바람을 부치며 가마에서 내리는 상서우승 진견을 향해 다가오는 이들이 있었다. 중서시랑과 태상소경, 그리고 그의 두 아들이다.

"지난밤 이야기를 들으셨습니까. 난데없이 공주부에 불이라니요."

그는 안타깝다는 양 눈매를 살포시 접으며 고개를 절레절레

저었다.

"가을에 불이 나는 일이 어디 한두 번이어야지요. 다만 공주
께서 크게 상하지 않으셨다니 천만다행입니다."

"간밤에 그 소식을 듣고 어찌나 놀랐는지. 무서워 침향이란 침
향은 모두 내놓으라 명했습니다. 공주께서도 하루빨리 쾌차하셔
야 할 터인데. 앞으로 당분간 이 장안 내에서 침향은 구경하기도
힘들겠습니다."

우습지도 않은 익살에 그는 쌀쌀히 웃어 보였다. 남형을 통과
키 위해 발을 재촉하던 와중 조금 커다란 목소리가 들려왔다. 남
형 앞에 줄지어 서 있던 조관들의 눈이 일제히 한 군데를 향했
다.

홍안의 젊은 청년들이 막 궁성 문 앞을 지나고 있었다. 개중엔
가끔 나이가 들어 보이는 자들도 있었으나 전부 불혹에 이르지
않은 한창의 나이니 출사한 지 얼마 안 된 새파란 젊은이들이라
해도 과언이 아니다. 무어라 이야기를 주고받으며 지나는 그들의
목소리 위로 묻어나는 사투리의 지방은 제각기 달랐으나 얼굴
가득 드러나는 거침없는 기색만큼은 하나같이 호방하고 자신만
만했다. 오던 이들 중 누군가가 먼저 이쪽을 발견했는지 일순간
이쪽을 바라보던 그들이 고개를 꾸벅 숙이며 다가왔다.

"등청하시는 길이십니까?"

"자네들도 일찍부터 고생이 많군."

진견이 불편한 기색을 애써 감추며 어색한 미소로 화답했다.
청년들 중 하나가 빙긋 미소로 마주 응시해 왔다. 자세히 보니 학
사들을 이끌고 있다는 원위지라는 청년이다.

"국가 대사에 미흡한 힘이나마 보탤 수 있다는 것만으로도 이는 황상의 크신 은혜가 아니겠습니까. 그러니 조금도 고생스럽지 않습니다."

공손하나 단호한 어조로 원위지가 대답했다. 며칠째 이어진 토론으로 벌써 눈을 붙이지 못한 지 사흘이 넘어가고 있었다. 그렇기에 훤한 얼굴 아래 거뭇거뭇한 그늘이 진 이도 여럿 보였으나 그들의 얼굴은 모두가 감출 수 없는 자랑스러움으로 반짝이고 있었다.

진견의 얼굴이 저도 모르는 새 작게 일그러졌다. 배알이 곤두서고 뒤틀리는 기분이었다. 뒤로 선 이들 중 누군가 혀를 차는 소리가 제 귀로 똑똑히 들려왔다. 그러나 여기서 반목을 만들 수는 없는 노릇이다. 허허 사람 좋게 웃으며 진견은 그들의 어깨를 토닥였다.

"그 노고를 우리라고 어찌 모르겠는가. 사서 편찬은 나라의 근간을 바로 세우는 일이니 그대들이 하는 일이 어떤 무게인지 항시 잊지 않고 최선을 다해주길 바라네."

"하면 저희는 먼저 등청토록 하겠습니다."

꾸벅 예를 갖춘 뒤 푸른 청의의 사내들이 일제히 돌아섰다. 모든 관원들이 입궐 시 거쳐야 하는 남형(南衡)과는 정반대 방향이었다. 멍하니 그 뒷모습만 바라보던 대신들의 눈매가 가늘게 좁혀졌다. 깔깔한 입술을 혀로 축이며 중서시랑이 먼저 입을 열었다. 못마땅한 기색이 역력한 목소리였다.

"세상이 참 많이도 바뀌었습니다. 이젠 너무 늙었으니 물러날 때가 되었다 이 말인가 봅니다."

"감히 한낱 사관이 북문을 통해 출입하다니. 이는 전례가 없는 일입니다. 공주의 월권이 지나쳐요!"

"어디 월권뿐이겠습니까. 횡포입니다, 횡포요! 무슨 대단한 일을 한다고 문학관을 새로 짓는다고 했다 어젠 전용 마차까지 내어주었다 합니다. 이게 말이나 되는 일입니까."

아까까지 공주를 걱정하던 늙은이들은 어디 갔는지 제 밥그릇을 빼앗긴 그들의 얼굴이 언제 그랬냐는 듯 열이 올라 붉으락푸르락 달아오른다. 본디 궁성의 북문이라 함은 황궁으로 통하는 뒷문으로 황족들만이 드나들 수 있는 문이었다. 지위 높은 고관들 역시 허가가 떨어져야만 출입할 수 있어 보통의 대신은 감히 접근조차 어려웠다. 한데 출사한 지 얼마 되지도 않은 애송이들에게 북문을 자유로이 드나들 수 있는 특권을 내어주었으니 요즘 조정이 시끄러운 것은 당연지사, 그들에게 시기의 시선이 쏟아지는 것도 불가피한 일이었다.

명분은 사서를 편찬해야 할 학사들이 모든 조관들이 드나드는 남형을 통해 등청, 퇴청을 한다면 쓸데없이 소비하는 시간이 길어져 그러한 지시가 떨어졌다 하지만 실제로는 공주의 독단이었다. 머리 좋다는 유생 중에서도 추리고 추려 지방 각지에서 올라온 이 수재들은 기실 공주의 날개와 다를 바 없었다. 관직은 높지 않으나 공주를 보좌키 위해 새롭게 등장한 이 청년들은 북문학사로 불리며 자신들의 특별한 지위를 내세워 서서히 조정에 발을 들이고 있었다. 특권과 처음 맞닥뜨렸을 때 대부분의 사람들이 보이는 반응은 질시이지만 시간이 흐를수록 그것은 질투이자 부러움으로 점차 모습을 달리해 간다. 그것이 바로 진견의 부친이자 상서령, 진여회가 경계하는 것이었다.

하지만 그렇다 해보았자 결국은 저희의 손바닥 안인 것을. 멀어지는 그들의 뒷모습에서 눈을 뗀 진견이 찬찬히 혀를 차며 자못 다정한 미소와 함께 뒤를 돌아보았다.

"너무 심려치 마시지요. 패기만만한 젊은 시절도 결국은 한철이 아니겠습니까."

그의 입술 위로 감춰지지 않는 오만함이 묻어났다.

❀

소스라치듯 놀라 몸을 일으켰다. 등줄기를 타고 식은땀이 흘렀다. 송골송골 맺힌 땀에 긴 머리카락 몇 가닥이 볼에 달라붙어 있는 걸 떼어내며 청명은 마른 한숨을 내쉬었다. 무슨 내용인지 기억도 나지 않는 꿈이었다만, 하나, 아주 기분 나쁜 꿈이라는 건 알겠다. 알 수 없는 찝찝함에 불안한 기분이 들었다.

"꿈이라 다행이다."

무엇인지는 몰라도 그 꿈이 현실이 아니라 다행이었다. 청명은 목소리를 내어 서안을 불렀다. 다반에 물을 받쳐 들고 서안이 침상으로 다가왔다. 서안이 건넨 물을 받아 들고 마신 후 청명이 고갤 들어 서안을 바라보았다.

"금일은 입궁을 해야겠어. 황상을 찾아뵙는 걸 더 미룰 수는 없는 노릇이잖아."

서안의 뜻대로 꼬박 이틀을 침상에 누워 바깥출입을 삼갔다. 그 이틀이 꼭 이태와 같았다. 한 발자국도 내실 밖으로 내디딜 수 없는 답답함은 문제도 아니었다. 얼굴 한 번 내비치지 않는 윤에 대한 분노가 먼저였다. 처음 하루는 윤 역시 부끄러워 먼저 찾지 못하는 게다 서툰 추측으로 오히려 이쪽에서 먼저 이해해 주려 했지만 이젠 코빼기도 내밀지 않는 그 오만방자함에 울분이 솟았다. 애절함은 무슨, 일단 만나 담판을 지어야겠다는 결의를 활활 불태우며 청명은 서안을 훔쳐보았다. 서안의 눈을 피해 공주부를 나가면 어떻게든 윤과 얼굴을 마주할 수 있으리라는 판단이었다.

"마마, 오늘은 조금……."

애매하게 말끝을 흐리며 서안이 힐끔 청명의 눈치를 살폈다. 아무렇지 않게 다반에 빈 그릇을 내려놓으며 청명이 명랑하게 되물었다.

"왜? 어제 태의의 말 들었잖아. 이젠 완전히 멀쩡한데?"

"그것이."

서안이 입술 끝을 잘근거리는 걸 청명은 눈치챘다. 무언가 틀어진 것이다. 가슴이 싸하게 내려앉았다.

"무슨 일인데."

"마마."

"말해. 무슨 일이야."

확연한 명령에 서안은 벌벌 떨면서도 있는 대로 고할 수밖에 없었다.

"그것이…… 마마. 어찌 된 일인지 금군이 진왕을 포박해 데려갔다 합니다. 때문에 장안이 난리도 아니어요."

"언제."

"어, 어제이옵니다."

"한데 어찌 내게 지금껏 이를 고하지 않았어!"

비명처럼 청명이 소리를 내질렀다. 안 그래도 파리한 얼굴은 더욱 창백하게 질려 핏기라곤 찾아볼 수 없었다. 손이 바들바들 떨려 도저히 진정이 되지가 않았다. 흔적조차 남지 않은 불길한 꿈의 정체는 바로 이에 대한 경고이자 전조였던가.

청명은 쉴 새 없이 떠는 손을 들어 억지로 이마를 쓸어 넘겼다. 이럴 때일수록 차분해야 한다. 생각을 하자. 생각을 하자. 그러나 아무리 되뇌어보아도 머릿속은 텅 비어버린 것처럼 아무것도 떠오르지가 않았다. 청명은 입술을 깨물었다. 비릿한 피 맛이 입안을 감돌았다. 어떻게든 이성을 찾아보려 노력해 보지만 초조한 마음은 점점 이성을 잃고 다급해져만 갔다.

"무슨 일인지 정말 아는 게 없어? 아무 말도 없이 금군이 진왕부에 들어섰다고? 무슨 연유에서인지조차 설명하지 않고? 그럴 리가 없잖아."

"때문에 말만 분분하지 정작 나온 건 아무것도 없습니다. 황상께서 직접 내리신 명이라 하니 알 도리가 없지요."

"붙여둔 자들은, 그자들에게선 별말이 없었어? 일이 벌어지기 전에 황상이 누군가와 만났다든지 이상한 기색을 보였다든지 그 정도도 알아채지 못해?"

참지 못하고 울분을 터뜨렸다. 창백한 얼굴엔 어느새 새파란 노기가 번졌다.

"아까 한 시진 전쯤 전갈이 하나……."

재빨리 서안이 품에서 작은 종이를 꺼내 내밀었다. 종이를 찢을 듯 거칠게 펼친 청명이 몇 자 적히지 않은 서신을 외우기라도 할 듯 뚫어지게 노려보았다.

진여회. 그자이다. 그자가 일을 만든 원흉이었다. 병상에 누워 있는 사이 이쪽으론 한림학사를 보내고 그 뒤론 진왕을 추포시켰다. 그 의도는 빤하다. 진왕에게서 완전히 등을 돌렸음을 뜻하는 것이다. 진왕은 완전히 패했다. 일이 무엇이건 금군까지 동원했다는 건 이미 그들에게 확신이 있다는 것일 테다. 어떤 추문이건 그에 대해 빼도 박도 못할 증좌를 가지고 있을 가능성이 농후했다.

연국공주에게 진왕의 실권은 곧 호사이다. 동궁을 두고 겨루는 적수의 몰락을 어찌 기뻐하지 않을 수 있을까. 이대로라면 무사히 원하는 모든 걸 얻을 수 있을 것이다. 동궁과 제 곁을 지킬 적당한 부마. 지난날, 정말이지 오랫동안 꿈꿔오고 그려오던 하나의 목표였다.

하지만 청명은 아니다. 청청명에게 청윤은 고작 진왕 나부랭이가 아니었다. 그러니 기쁠 리가 없었다. 차가운 분노에 가슴이 일렁였다. 청명은 이를 앙다물었다. 무슨 일이 있어도 윤을 놓치지 않는다.

지금에서야 비로소 깨달았다. 나는 윤을 위해 지금껏 이뤄온 내 모든 걸 버릴 수 있을까? 이젠 확실히 대답할 수 있었다. 윤이 없다면 그 아무것도 소용없다. 그를 놓치는 것은 영원한 패배를 의미했다. 그가 없는 생은 아무런 의미도 없다.

더는 낭비할 시간이 없었다. 청명은 벌떡 일어섰다.

그는 작은 전각에 갇혀 있었다. 너른 전각의 모든 창과 문은 단단히 밖에서부터 틀어 잠겨 있었다. 마치 그가 도망할 것을 걱정하듯 전각의 사방을 금군이 둘러쌌다. 보이지는 않으나 철걱대는 발소리와 이따금 들려오는 구령 소리가 이를 가리켰다.

비가 내리는 모양이었다. 추적추적 내리는 빗소리와 더불어 초를 켜지 않는 전각은 마치 동굴 속처럼 어둑어둑했다. 그는 팔베개를 하고 누워 가만히 눈을 감았다.

아무런 예고 없이 진왕부로 들이닥친 금군을 보자 가장 먼저 떠오른 얼굴은 다름 아닌 제 아비였다. 별말이 없어도 단숨에 알 수 있었다. 이렇게 원통히 모든 게 탄로 났음을 알았더라면 그는 과연 어떤 표정을 지었을까. 기이하게도 그것이 가장 궁금했다. 일생을 두고 준비한 과업이 '아들'의 손에서 끝이 났음에 차가운 분노를 터뜨렸을 것이다. 모자라고 한심하다며 이를 갈고 저를 죽이려 들지도 몰랐다. 이를 상상하니 어이없게도 피식 실소가 나왔다. 죽음에 대한 두려움은 어째서인지 찾아들지 않았다.

매일 밤, 태어나 자신의 정체를 알게 되었던 그날 이후 거의 매일같이 꾸었던 꿈이다. 악몽은 현실이 되었다. 그래서 더더욱 지금의 현실이 현실 같지 않았다. 지금이 꿈인지 생시인지 분간조차 되지 않았다. 그러니 어쩌면 지금 이 모든 건 꿈일지도 모른다.

그러나 그 밤, 청명을 만났던 그 순간마저 꿈으로 돌려야 한다면 그는 차라리 죽는 편이 낫다고 생각했다. 그 입맞춤마저 스스로의 착각이고 허망한 꿈에 불과하다면 이건 너무 비참하지 않은가. 잔인하다 못해 끔찍한 형벌이었다. 죽는 순간까지라도 그것만은 고이 간직하고 싶었다.

불쑥 청명의 얼굴이 아른거렸다. 교교한 달빛을 닮은 어여쁜 소녀가 그를 향해 다정히도 웃는다. 하얀 얼굴에 깊이 파이는 귀여운 볼우물, 겹이 진 큰 눈이 애교스럽게 깜박였다.

너는 항상 이런 식으로 일방적이지.

그는 작게 눈을 찌푸렸다. 기실, 청명은 제게 웃음을 보인 적이 없었다. 그러니, 이 모든 건 정말이지 그의 상상에 불과할 뿐이다. 어릴 적의 그 소녀는 그를 보기만 하면 이를 갈고, 심통스럽게 볼을 부풀리고, 분을 이기지 못해 온갖 수를 써가며 괴롭히기나 했으니까. 그런 청명이 제게 보이는 미소라곤 기껏해야 자신의 수에 넘어가 보기 좋게 당한 윤을 비웃으며 보이는 얄미운 조소뿐이었다. 버릇없고, 제멋대로에 심술궂기까지 한 얄미운 계집애를 왜 좋아하게 된 걸까. 왜 너 없인 살 수 없게 되어버린 걸까.

그가 감춰온 가장 큰 비밀이었다. 오랜 시간 숨죽여 지켜온 깊은 비밀. 죽는 순간까지도 절대 들키고 싶지 않은 그 비밀을 그는 그 밤, 청명에게 흘리고 말았다. 세상 전부가 알아도 청명은 결코 알아서는 안 될 비밀이었는데 도저히 멈출 수가 없었다. 제 목에 감아온 그 가느다란 팔에, 부드러운 입술, 달콤한 향기에 모든 것을 잊고 말았다. 그리고 그 꿈이 깨고 나서야 정신이 들었다.

'어찌 내게 입을 맞추었어?'

그리 물었을 때 청명이 답해올 말이 두려웠다. 그 고운 얼굴에 떠오를 비웃음이 겁이 났다. 내가 너 같은 놈을 좋아할 것 같냐며 야멸차게 웃을까 무서웠다. 그래서였다. 청명이 정신을 잃었을 때 그는 비로소 제가 저지른 일을 깨달았다. 청명이 다시 눈을 뜨기 전에 서둘러 서안에게 청명을 안겨준 뒤 도망치듯 공주부를 빠져나갔다. 청명이 깨어났다는 걸 들은 뒤에도 감히 먼저 찾아갈 용기를 내지 못했다.

그럴 수밖에. 청명이 자신과 같은 놈을 좋아할 리가 없지 않은가. 청청명에게 청윤은 기껏해야 동궁을 두고 다투는 교활한 적수, 그 이상도 이하도 아니다. 그러니 이 감정을 들키고 나면 영영 다시는 적수로도 청명의 곁에 남을 수 없게 된다. 들키지 말았어야 했는데, 끝까지 억눌렀어야 했는데. 후회해 봐야 이미 상황은 늦어버렸다. 전각에 갇힌 몸으로 무얼 할 수 있을까.

금위까지 보내 잡아들인 걸 보면 이미 모든 증좌가 나왔음을 뜻했다. 그는 죽게 될 것이다. 그 하나로 끝나지 않는다. 이는 구족을 멸하고도 남을 죄였다. 다만 남아 있는 핏줄이 없으니 그 혼자만이 모든 죄를 이게 되었다. 그건 참 다행이었다.

어찌 이곳에 잡혀왔는지는 알아보지 않아도 그 경과가 분명했다. 그들이 윤에게서 등을 돌렸다. 황태자가 되어야 하지 않겠냐 간살스레 속삭이던 그 약은 입술들이 비구름처럼 흐리게 번진다. 이제야 그들도 어느 쪽을 택하는 게 더 유리한지 제대로 깨달았나 보다. 조금도 화가 나지 않았다. 언젠가는 벌어지리라 예상했던 일들이 단지 조금 일찍, 앞당겨 일어났을 뿐이다. 마치 긴 꿈을 꾼 것처럼 피곤했다. 몹시도 피곤해 눈을 붙이고 잠을 청하고 싶었다. 그러나 동시에 그 시간마저 아까웠다.

청명이 보고 싶다. 해당화를 닮은 어여쁜 얼굴도, 톡 쏘아붙일 때면 샐쭉해지는 입술, 유독 작고 하얀 손과 보드라운 목덜미. 그 애가 보고 싶었다. 후회가 밀려들었다. 이럴 줄 알았더라면, 그 만남이 마지막인 줄 알았더라면 용기를 내어 한 번이라도 찾아가 볼걸. 두 눈을 가리던 팔이 아래로 내려갔다. 그는 빈 허공을 보았다. 나직하게 속삭였다.

"보고 싶다."

입 밖으로 원을 낸 순간 마음은 구르는 눈덩이처럼 순식간에 불어난다. 어찌 그동안은 이 마음을 숨길 수 있었을까. 스스로도 기가 막힐 노릇이다.

청명이 보고 싶었다. 당장 내일 참해져 효시당한다 해도 단 한 번만 그 애를 볼 수 있다면 그걸로 충분했다. 그의 얼굴이 무방비하게 풀어졌다. 이 역시 욕심이다. 어리석은 욕심은 결국 인간을 망칠 것이다. 그 선례가 바로 제 아비였고 결과가 자신이었다. 이를 잘 알아 그는 욕심을 내지 않았다. 그것이 부친이 저지른 가장 큰 과오였다. 그는 애초 저를 '아들'로 택해서는 아니 되었다. 나약한 그의 아들은 황제가 아닌 여자를 택해 아비가 내린 과업을 스스로 저버렸다. 그가 살기를 바랐던 이유는 황위에 대한 갈망이 아닌, 한 번이라도 여인을 더 볼 수 있기를 원한 하찮은 원이었다.

금욕적이다 싶을 만큼 그는 스스로를 억누르고 절제하는 데 능숙했다. 청명이 알면 길길이 날뛸지도 모르지만 사실은 동궁에 대해서도 단 한 순간도 욕심을 가져 본 적이 없었다. 이는 애초 자신의 것이 될 수 없기도 했거니와 그는 단 한 순간도 청명에 맞서보겠다는 생각을 품지 않았다. 청명에 관련된 것이라면 더더욱 그러했다. 감히 청명에게 욕심을 낼 수가 없었다. 그에게 청청명은 절벽 위의 꽃처럼 결코 닿을 수 없는 존재였다.

콧대 높은 그 도도한 얼굴로 바락바락 대들고, 가끔은 한대 쥐어박아 주고 싶을 만큼 얄밉게 구는 오만한 계집애를 그는 동경했다. 태생적으로 내려다보는 데 익숙한 청명의 꼿꼿하고 담대한 기개를 부러워했다.

청명이 하늘이라면 그는 땅이고, 청명이 양지라면 그는 응달이다. 청명이 찬란하고 고귀하면 고귀할수록 그는 추악하고 더러운 자신의 한계를 절감했다. 태어나기를 본디 그리 정해진 운명, 그랬기에 그는 자신이 약하면 약할수록 청명은 절대 갈라지지 않을 강한 보석이라 그리 여겼다. 가질 수 없는 것에 욕심을 내기보다는 동경하는 쪽을 택했다. 겉으로는 그 거만한 계집애에 질색하고 미워하는 척 굴었지만 태양을 따르듯 저절로 그리 향하는 시선을 거둘 수가 없었다. 본디 가질 수 없는 아름다운 것에 끌리는 건 인간의 본성이었으니까.

하지만 지금처럼 나약했던 과거의 자신이 후회스럽긴 처음이다. 한 번쯤은 솔직하게 말해볼 것을. 꾸며내지 않아도 너는 아름다운 사람이라 미운 표정을 지어도 어여쁘고, 못된 말을 내뱉은 얄미운 입술마저도 사랑스러운 그런 사람이라고.

나는 그런 너를 단 한 번도 미워한 적이 없었다고.

"전하."

그때 장지문 너머에서 여인의 목소리가 들려왔다.

"잠시 안으로 들어가겠습니다."

감긴 두 눈이 번쩍 뜨였다. 반사적으로 몸을 일으키기도 전, 문이 열리는 속도가 더 빨랐다. 연보랏빛 궁녀의 복색을 한 여인이 열린 문 너머로 사뿐히 들어섰다. 쉬이 볼 수 있는 평범한 비단에 감싸인 몸은 유독 가냘팠으나 궁녀답지 않게 꼿꼿한 자태에선 숨길 수 없는 강인함이 흘렀다. 그는 우뚝 멈추어 섰다.

"전하. 그동안 평안하셨는지요?"

장지문을 틀어 잠그며 청명이 피식, 천연스럽게 속삭였다.

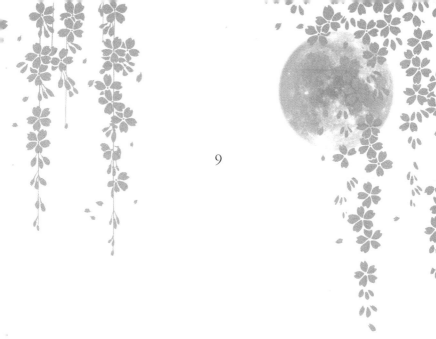

9

"어느 날, 사람들의 눈에 띄지 않게 비밀리, 왕부에 의원이 찾아들었습니다. 마원이라, 당시 박주에서 이름 높던 의원이었지요."

앞을 내다볼 수 없는 어둠이 내려앉은 밤, 눈이 가려진 채 시종 하나에 이끌려 낭야왕부로 들어서는 순간까지도 그는 무슨일이 벌어질지 자신의 앞날을 예측하지 못했다. 왕부에서도 가장 깊숙한 곳, 그는 자신이 들어선 이 공간이 낭야왕부의 외진 전각이라는 것도 알지 못했고 눈앞의 여자가 낭야왕부의 여주인인 왕비라는 것도 알지 못했다. 그가 아는 바라곤 맡긴 일을 해내면

주어지게 될 황금뿐. 반쯤 정신이 나간 여인을 보고서 동정을 느낄 만큼 그는 인간적인 의원이 아니었다. 그는 사내가 시키는 대로 여인을 진맥했다. 그의 존재조차 모르고 멍하니 허공에 시선을 고정한 여인은 누가 보아도 기품이 흐르는 귀부인이 분명한지라 그는 이따금 여인을 힐끔거리곤 했다. 그때마다 곁에서 그를 감시하던 수염 없는 사내는 헛기침을 내며 주의를 주었다. 짧은 진맥이 끝이 나고, 그는 예상대로 여인의 회임을 수염 없는 사내에게 일렀다. 그 순간, 덧문 하나를 사이에 둔 외딴 방에서 낯선 남자의 목소리가 들려왔다.

"자네는 매일 이곳에 들러 저 여인을 진맥하도록 하게."

시리도록 차갑고 비정한 목소리였다. 올 때와 마찬가지로 그의 눈은 가려져 되돌려 보내졌고 매일 밤, 같은 일이 반복되었다.

오랜 시간이 흘렀다. 여인의 배는 점차 불러갔으나 상태는 더욱 나빠졌다. 완전히 정신이 나가기라도 했는지 여인은 배 속의 아기를 죽이기 위해 자해를 시도했고 여인이 틀어박힌 방 안에선 음울한 공기만이 가득했다. 여인의 팔은 시시때때 벌어지는 자해를 막기 위해 형구처럼 끈으로 단단히 얽매여 있었다.

시간이 점차 흐르며 그는 이 집이 무언가 보통의 귀족 집안과 사뭇 다름을 눈치챘다. 회임에 기뻐해야 할 여인은 정작 자살 기도에만 급급했고 그 부군 된 사내는 단 한 번도 얼굴을 내비치지 않았다. 단지 덧문 너머에서 이따금 들려오는 목소리만이 그 사내의 존재를 드러낼 뿐이었다. 수염 없는 날카로운 인상의 사내는 퍽 충직한 심복이라 훌륭한 중간인 노릇을 해내었지만 이 이상, 그가 여인에 관심을 보이는 데에는 지나치게 예민하게 굴었다.

더욱 이상한 것은 수염 없는 사내와 벙어리 계집아이 하나를 제한다면 여인을 돌보는 시비가 아무도 없다는 것이었다. 그가 눈치챈 바로는 보통 대갓집이 아닐 터인데 이리 비밀리에, 그것도 이 집안의 여주인일 여인을 방 안에 묶어둔 채로 감금한다는 건 실로 믿기지 않는 일이었다. 비밀을 감춘, 특유의 수상쩍은 냄새가 났다. 그러나 다만, 그는 호기심 이상으로 이 일에 관심을 보여서는 안 된다는 걸 직감적으로 깨달았다. 이 음침하고 괴악한 여인과 불길한 집에서 빨리 떠나기만을 빌었다.

다행히 여인은 무사히 사내아이를 출산했다. 지독한 난산이었으나 사내아이라는 사실 하나에 주인은 몹시도 기뻐했다. 자신의 아내가 생사를 오간다는 사실에는 조금도 관심이 없어 보였다. 덧실 너머 들리는 환희에 찬 웃음소리에 보기 드물게 수염 없는 사내의 얼굴에도 미소가 지어졌다. 괴로운 건 여인 하나뿐이었다. 여인은 아예 정신을 놓았는지 알 수 없는 말만 중얼거렸는데 이들 중 어느 누구도 그런 여인에게 관심을 주는 이가 없었다.

못내 찝찝했으나 그는 어서 빨리 받을 걸 받고 이 집을 떠나길 바랐다. 생각보다 보수는 더욱 후했다. 사내아이라는 사실이 중요했던지 주인은 그에게 약속했던 것의 두 배나 되는 황금을 주었다. 그리고 그는 언제나처럼 눈이 가려진 채 서시 한가운데로 옮겨졌다. 눈가리개를 풀고 보았을 땐 귀신처럼 수염 없는 사내와 그 시종은 사라진 지 오래였고 그 혼자만이 덜렁 남아 있었다.

마치 한밤의 꿈과 같이 모든 게 아득하고 몽롱했다. 각박한 일상 속에서 열 달간의 그 이상한 기억은 금세 잊혔고 그는 언제 그런 일이 있었냐는 듯 돈을 버는 데 급급했다. 오 년의 시간이 흘렀다. 그는 박주를 넘어서 황성까지 그 이름을 날리게 되었고 성공가도를 달리고 있었다. 아예 황성으로 이주를 해온 뒤론 권문세가의 진료를 보며 그는 더욱 승승장구했다.

그러던 어느 날, 그의 집에 한 여인이 찾아들었다. 한눈에 보아도 귀한 태가 흐르는 귀부인이었다. 멱리로 얼굴을 가리고 시녀 하나만을 대동해 찾아든 여인을 보고 의아함을 느끼기도 전 여인이 입을 뗐다.

"오 년 전, 한 여인을 진맥한 적이 있었지. 그리고 그 여인은 사내아이를 낳았고."

의식조차 못하고 저편에 묻어두었던 오래전의 기억이 고구마 줄기 캐듯 우수수 쏟아졌다. 그러나 지난 일들을 절대 입 밖으로 내어서는 아니 된다는 명이 있었기에 그는 모른척 시치미를 뚝 떼며 공손하게 대답했다.

"오 년 전, 사내아이를 낳은 여인이 이 황성 안에 어찌 한둘이 겠습니까."

"내가 누구인지 아는가."

실소를 흘리며 여인이 멱리를 벗었다. 날카롭고 건조한 인상의 여인이 모습을 드러냈다. 그는 머릿속까지 꿰뚫어 보는 듯한 차가운 시선에 머리를 수그렸다.

"영왕부의 여주인이 바로 나일세. 그러니 바른대로 고하는 게 자네의 신상에도 좋지 않을까?"

"소, 소인이 아는 건 없습니다. 단지 웬 미친 여인이 사내아이를 낳았다는 것밖에는 아는 게 없습지요."

바닥에 조아린 이마에선 식은땀이 비처럼 흘렀다. 어쩌다 황족과 일이 꼬이고 말았을까. 이미 지난 일이다 여겨 전부 잊어버린 일을 이제 와서 끄집어내는 이유가 무엇일까. 황금을 받아 들었을 때 차라리 먼 곳으로 떠났어야 했다. 아무리 후회하고 탓해 보아도 때는 늦었다. 여인은 의원을 한심하다는 시선으로 무정하게 내려다보았다.

"되었네. 이 일로 자넬 벌하거나 추궁할 생각은 없으니. 도망치거나 황성을 떠날 생각은 접는 편이 좋겠군. 내가 바라는 건 하나일세. 언젠가 내가 자네를 다시 불러들이는 날이 오면 방금의 이야기를 똑같이만 고하도록 하게."

영왕부의 여주인, 진주요는 비에 젖은 새앙쥐처럼 덜덜 떠는 사내를 잠시 내려다보다 이내 고개를 돌렸다.

❀

"마음이 아프구나. 결국은 이리되고 말았어."

홀짝이던 차를 내려놓고 황후가 무미건조하게 답했다. 고개를 끄덕이던 궁녀가 빈 잔에 차를 따랐다.

"해서, 그 아이는 지금 어디에 있다 하더냐?"

"외궁의 빈 전각에 유폐되었다 하옵니다."

"공주는?"

"지금 황상을 알현하고 있사옵니다."

"타 죽을 뻔했다더니 멀쩡한가 보구나. 너는 이만 나가보도록 해라."

장지문이 스르륵 닫혔다. 순간, 욱하는 무언가에 그녀는 잔을 집어 닫힌 문으로 힘껏 던져 버렸다. 요란한 소리와 함께 산산조 각이 난 찻잔이 바닥으로 떨어졌다. 뜨거운 찻물에 덴 손이 벌겋 게 달아올랐다. 황후는 천천히 곁에 놓인 영견으로 젖은 손을 닦 았다.

놈이 공주를 살렸다 했다.

좀처럼 억눌러지지 않는 화에 온몸이 뜨겁게 불타는 기분이었 다. 피가 거꾸로 솟는 듯했다.

멍청한 놈, 아무리 입술을 짓씹고 욕을 퍼부어보아도 마음이 도통 진정되지가 않는다. 그를 처음 보았던 때가 생각이 난다. 때 는 열네 해 전, 겨울이었다.

낭야왕비는 어릴 적 한집에서 같이 자란 사촌 언니였다. 위로 만 세 오라버니를 둔 주요는 다른 누구보다도 낭야왕비에게 큰 애착을 갖고 있었고 낭야왕비가 후일 시집을 가기 전까지도 꾸준 히 연락을 주고받던 친밀한 사이였다. 그러나 어찌 된 영문인지 박주의 낭야왕부로 떠난 낭야왕비와 어느 순간 그 연락이 뚝 끊 기고 말았다. 제겐 이모가 되는 낭야왕비의 모친에게 그녀의 소 식을 물어도 그들은 아무런 답도 주지 않았다.

그사이 주요는 오랫동안 홀로 짝사랑을 해왔던 영왕과 혼례를 올렸다. 돌이켜 보면 제 생에서 그때처럼 행복했던 순간은 없었 다. 영왕은 유독 말수가 적고 무뚝뚝했지만 냉염하고도 미목수 려한 그의 얼굴에 더해 이는 참된 사내의 멋으로만 여겨졌다. 주 요는 앞으로 제게 펼쳐질 마냥 아름다운 미래에 도취되어 다른 모든 것은 잊고 말았다. 그리고 점차 박정한 현실을 직시하여 갈 즈음, 박주에 머물던 그녀의 사촌 언니, 낭야왕비를 찾아갈 기회가 생겼다.

　살을 엘 듯 날카로운 찬바람에도 주요는 꽁꽁 몸을 싸매고 낭
야왕부로 향했다. 어언 다섯 해 만의 만남이었다. 소문을 전해
듣기로, 낭야왕비는 아들만 하나를 두었는데 건강이 매우 좋지
않다 했다. 그러나 그 가족들 중 어느 누구 하나 찾아가지 않아
낭야왕비를 찾은 손님은 주요가 유일했다. 기실 부정한 자신의
남편에 대한 서운함을 언니에게 하소연하기 위해 찾은 방문이었
으나 낭야왕비를 마주하는 순간 주요는 이 계획이 어그러졌음을
깨달았다.

　직접 본 낭야왕비의 상태는 들은 것보다 훨씬 심각했다. 정신
을 완전히 놓았는지 왕자를 보기 무섭게 경기를 일으키며 목을
조르려 들었고 그런 왕비를 말리기 위해 내실엔 산만 한 덩치의
궁녀가 다섯씩이나 배치되어 있었다. 대화를 나누기엔 도저히 무
리인 상황이라 그대로 돌아서려던 때, 왕비는 기적처럼 주요를
알아보고 정신을 차렸다. 어릴 적, 업어 놀아주던 그 동생이 찾
아왔다는 사실이 기뻤는지 보기 싫게 마른 얼굴엔 희미한 미소
가 번졌다.

　오랜만이었다. 파리한 얼굴색과 물어뜯었는지 피가 맺힌 입
술, 거칠거칠한 피부. 많은 게 변했지만 제 언니라는 사실은 여전
히 변하지 않았다. 왕부로 시집간 언니의 얼굴을 보니 지난 세월
미뤄두었던 이야기가 봄꽃처럼 피어올랐다. 간만에 정신을 차린
왕비를 향해 잠시 미심쩍은 시선을 주고받던 궁녀들은 이내 그들
이 편히 이야기를 나눌 수 있게 자리를 비켜주었다.

　방금 전, 실성했던 여인처럼 발작을 일으켰다곤 믿기지 않을

만큼 정상적인 모습으로 왕비는 말을 꺼냈다. 웃음을 터뜨리는 모습, 작은 것에도 깜짝깜짝 놀라는 모습 하나하나 예전과 같았다. 어렸을 때도 그러했듯 주도적으로 대화를 이끌어가는 건 언니인 낭야왕비 쪽이었다. 주요는 다만 왕비의 무릎에 머리를 베고 누워 가만가만 그 이야기에 귀를 기울이기만 했다. 가물가물 졸려 느리게 껌벅이던 주요의 눈꺼풀이 번쩍 들린 것은 왕비가 입을 연 지 얼마 않아서였다.

"살금살금 괴물이 내 다리를 기어 올라갔어. 그리곤 내 안으로 들어갔지. 그것을 죽이려고 어떻게든 없애려고 온갖 수를 다 썼는데 결국 나는 실패했단다. 그리고 열 달 후 괴물이 다시 세상에 나왔지. 내 다리 사이로 괴물이 나왔어. 그런데 그것이 다시 내 배를 가르고 내 다리를 찢고 나를 죽이려 드는구나! 한 손엔 불을 들고 다른 한 손엔 칼을 들고 나왔던 곳으로 다시 돌아가겠다 협박을 해. 어쩌지? 주요야? 네가 나 대신 그걸 없애다오. 그러지 않으면 나는 살아도 산목숨이 아니고 죽어도 죽은 게 아니다. 네가 날 대신해 그걸 없애야 해. 응? 응?"

느닷없이 끼치는 소름에 주요는 화들짝 놀라 몸을 일으켰다. 그러나 애써 아무렇지 않은 척 중얼거렸다.

"언니는 농담도 참……."

"그 애, 낭야왕의 아이가 아니란다."

공기가 얼어붙었다. 왕비의 눈은 반짝 빛을 내었고 핏기 없는 입술은 결연하게 미소 지었다. 불길한 미소였다. 주요는 그 순간, 자신이 듣게 될 이야기가 모든 것을 바꿀 열쇠라는 것을 직감적으로 깨달았다.

"놈이 태어나던 밤, 전하께선 그 생부를 친히 죽이셨지."

그렇게 시작된 이야기였다.

낭야왕비, 그녀의 혼삿날은 여느 때와 다를 바 없이 평화로운 어느 날이었다. 모두가 축하하는 가운데 치러진 친영례가 끝이 나고 그녀는 빈 전각에서 떨리는 가슴으로 밤이 찾아오기를 기다렸다. 무언가 일이 이상하게 돌아가고 있다는 걸 깨달은 것은 초야를 기다리느라 긴장해 있던 그녀에게 찾아든 이가 남편인 낭야왕이 아닌 집채만 한 몸집의 궁녀 둘이라는 사실이었다. 그녀는 입이 막히고 눈이 가려진 채 그들의 어깨에 들려 어디론가로 옮겨졌다.

혼인과 동시에 외진 전각에 갇힌 그녀는 삼엄한 감시와 함께 바깥과의 연락이 완전히 차단되었다. 세상에는 그녀의 깊은 병환이 떠들썩하게 알려졌다. 이유도 모르고 며칠이나 그렇게 갇혀 있었을까, 그녀 혼자만이 들어 있던 전각으로 누군가가 들어섰다. 며칠 만에 보는 사람의 얼굴이었다. 하나는 그녀의 낭군인 낭야왕이었지만 다른 하나는 알지 못하는 얼굴이었다. 그녀는 저도 모르게 흠칫 엉덩이를 빼고 몸을 뒤로 물러섰다. 밀려오는 두려움에 덜덜 떠는 왕비의 턱을 들어 올린 낭야왕이 대수롭지 않게 턱을 돌려가며 얼굴을 품평했다.

"이 정도면 곱지 않으냐."

왕비는 부들부들 떨었다. 이름난 가문의 금지옥엽으로 자란 자신을 한낱 창루의 계집 대하는 듯 다루는 태도에 모욕적이기도 했으나 이 방 안에 사내 둘과 저, 혼자만이 있다는 일차적인 두려움이 먼저였다. 침상 끝으로 몸을 빼려는 그녀의 손목을 세게 움켜잡은 그가 빙글 비릿한 미소를 지었다.

"왕비께서 부군인 나를 두려워하시니 거참 마음이 아프기 그지없군."

"송, 송구합니다. 전하."

잘 나오지 않는 목소리를 가다듬어 그녀는 간신히 중얼거렸다. 무엇이 그리 재미있는지 낄낄 웃음을 터뜨리는 그의 목소리도 듣기 싫었다. 뱀같이 간사한 그의 얼굴은 더욱 보기 싫었다. 그러나 더욱 싫은 건 이 수치심을 아랫것에게 들키는 이 상황이다. 그녀는 제발 낭야왕이 흑의의 사내더러 나가라 명하길 빌었다.

"자, 소개를 시켜 드려야지. 이쪽은 내 왕비이다. 이름이?"

"영, 영화이옵니다."

"왕비께서도 고갤 들어보시지요. 이쪽은…… 그래, 통성명까지는 과한 듯싶군. 이름까지 알아갈 사이는 아니니 말이야. 자, 내가 할 일은 여기까지이니 이제부턴 네 몫이다. 판을 깔았으니 이제 실컷 좋을 대로 해보아라. 나는 이곳에서 지켜볼 터이니."

귀를 의심케 하는 말에 그녀는 불에 덴 듯 놀라 고개를 치켜들었다. 그걸 본 낭야왕이 짓궂게 웃음을 터뜨렸다. 개구리 같다며 놀리는 말도 알아듣지 못하고 그녀는 두려움에 찬 눈으로 두 사내를 번갈아 보았다. 표정 없는 그 사내는 뚫어져라 그녀를 응시했고 낭야왕은 흐뭇한 눈으로 그런 사내의 어깨를 두어 번 두드렸다.

"자, 어서 왕비의 옷을 벗겨 드려라. 오늘 하루 고단하셨을 터인데 머리도 내려 드리고 무거운 옷도 벗겨 드려야지."

명을 받고 침상에 다가서는 남자에 그녀는 저도 모르게 비명을 내질렀다. 그리고 순식간에 그녀의 **뺨**이 홱 젖혀졌다. 얼얼해 감각이 사라진 볼 위로 눈물이 툭 떨어졌다.

"어허, 왕비께서 경망스레 비명이라니. 혹시나 아랫것들이 듣기라도 하면 무슨 상상을 하겠소?"

"전, 전하. 살려주셔요. 제발 살려……."

"본왕이 언제 왕비를 죽이겠다고 했나. 조용히 입이나 다물고 있으시게. 왕비께서도 곧 좋아지실 겝니다."

귀엽다는 듯 자신이 후려쳐 붉어진 볼을 툭툭 두드린 그가 침상에서 조금 떨어진 의자에 느슨하게 걸터앉았다. 탁자 위로 발을 올린 그가 작게 고개를 끄덕이자 다른 사내가 침상 위로 올라왔다. 저의 옷을 잡아채려는 그의 손을 재빠르게 피한 그녀가 침상 아래로 굴러떨어졌다. 바닥을 기어 낭야왕의 발치에 엎드린 왕비는 눈물범벅이 된 손으로 절박하게 그의 발을 붙잡았다.

"전하. 어찌 신첩을 이리 대하십니까. 누가 알기라도 하면 어쩌시려고. 이는 아니 될 일입니다, 전하!"

"왕비."

일말의 온기도 담지 않은 그의 시선이 한심하게 그녀의 몸뚱이를 훑어 내렸다. 그 냉혹한 시선에 목이 턱 메어왔다. 자신이 버려지리라는 사실을 직감했으나 그녀는 차마 현실을 믿을 수가 없었다.

"왕비께선 몸이 많이 아프신 겝니다. 나는 그런 병든 계집을 왕부로 보낸 그대의 아비를 벌하라 청하지도 않을 것이고 부덕한 그대를 쫓아내지도 않습니다. 본왕은 다정한 지아비이니까요. 그

러니 그대는 듬직한 왕자 하나만 내게 안겨주시면 됩니다. 알아
들으시겠습니까?"

　그녀는 무의식적으로 도리도리 고개를 저었다. 그런 그녀를 향
해 그가 참 모자란 여인이 아니냐 껄껄 웃음소리를 냈다. 이내
웃음기를 싹 거둔 얼굴로 그가 고갯짓을 했다. 어느새 소리 없이
제 뒤에 서 있던 사내가 왕비의 겨드랑이 아래 손을 넣고 그녀를
끌어 올렸다. 침상으로 질질 끌려가면서도 그녀는 있는 힘껏 비
명을 질렀다. 누구든 그녀를 구해주리라는 심산이었다. 그러나
잔인하게 코웃음을 치며 그가 무언갈 침상 위로 던졌다. 재갈이
었다.

　"어느 간 큰 자가 왕의 침실 문을 열고 들어오겠습니까. 괜한
데 힘쓰지 말고 가만히 누워 계시지요. 멱따는 소린 듣고 싶지
않으니 왕비의 입에 물리거라."

　"전하! 신첩이 만일 세상에 이를 고한다면 어쩌시려고 그러십
니까. 두렵지도 않으십니까!"

　"본왕이 호락호락하니 어설프게만 보이시나 봅니다. 가문의 명
예와 여러 가지를 고려해 보셔야지요. 과연 왕비의 부친께서 왕
비의 편을 들어주시리라 믿으십니까. 말도 안 되는 이야기를 떠
드는 왕비의 입을 신뢰할 자가 누가 있겠습니까. 아니 그렇느냐.
어서 재갈이나 물려라."

　그와 동시에 그녀의 비명은 재갈 아래로 깊게 파묻혔다. 사내
가 그녀의 몸 위로 올라탔다. 찢기다시피 거칠게 옷이 떨어져 나
갔다. 사방을 밝힌 초에 그녀의 알몸이 훤하니 드러났다. 그러나
수치심을 느낄 겨를도 없이 강제로 벌어진 다리 사이로 흉물스러

운 것이 파고들었다. 고통에 찬 비명 역시 재갈에 파묻혀 들리지 않았다. 작은 공간엔 헉헉대는 사내의 숨소리와 나른하게 접선을 부치는 소리만이 가득했다. 전희라곤 전혀 없는 일방적인 관계. 난생처음 겪는 고통과 수치, 비참함, 모욕, 분노를 실은 눈물이 비처럼 줄줄 흘러내렸다.

거칠게 숨소리를 뱉으며 몇 번 진퇴를 반복하던 사내가 마침내 제 위로 축 늘어지자 미끈거리고 불쾌한 액체가 다리 사이로 흐르는 게 느껴졌다. 혀를 깨물고 죽고 싶었지만 입을 틀어막은 재갈에 그러지도 못했다. 단지 끅끅거리며 우는 수밖에 없었다.

어쩌다 이리되었을까. 그녀가 바라던 초야는 이런 게 아니었다. 왕비 자리를 바라던 것도 아니었다. 단지 연정 소설 속 여인들처럼, 평범한 사내를 만나 다정한 은애를 받고, 비록 아플지라도 그 사람이 주는 연정에 함께 참아낼 수 있는 그런 보통의 초야를 바랐다. 그러나 그랬던 그녀의 소소한 바람은 산산조각이 났다.

낭야왕은 그녀의 입에 물린 자갈을 풀지 말라 명했다. 식사 때를 제외하곤 내내 재갈을 물린 채로 그녀는 벙어리 시녀의 감시를 받아야 했다. 도망하려는 기색을 보이자 남장을 한 궁녀들이 왕비의 전각을 꽁꽁 둘러쌌다. 그도 모자라 그는 그녀가 단단히 실성을 했다는 소문을 냈다. 가문의 수치라 여겨 그녀의 아비와 어미는 연락을 완전히 끊어버리고 걸음도 하지 않았다. 그녀가 분노에 차 내지르는 비명은 그런 소문에 더욱 부채질을 했다. 미친 왕비의 전각으로 찾아오는 이는 아무도 없었다. 완전한 고립이었다.

그리고 혼자 남은 그녀의 전각으로 찾아오는 이는 오로지 둘뿐이었다. 그들은 새카만 어둠이 내려앉을 때면 비밀스럽게 문을 열고 들어섰다. 다른 사내는 그녀를 탐하느라 정신이 없었고 처음부터 끝까지 낭야왕은 그런 유희를 즐겁게 지켜보았다. 가끔은 이런 자세를 취해보라, 능글맞게 훈수를 두기도 했다.

수치심과 자괴감을 잊기 위해 시작된 공상은 어느 순간부턴 왕비의 일상이 되었다. 그녀는 현실을 잊기 위해 어린 시절로 도피했다. 점차 머릿속은 맑아졌다. 머리맡의 침향에선 지독한 양귀비 향이 올라왔다. 상상 속에서 그녀는 하루 종일 꽃밭에 누워 있었다. 그 옆엔 가끔은 오라버니가 있어주기도 했고 웃는 얼굴로 어머니가 있기도 했다. 깨어나기 싫은 공상 속에서 왕비는 잠잠히 수그러들었다. 반항을 잊은 왕비를 보며 낭야왕은 아쉬운 얼굴을 했지만 반쯤 정신을 놓은 것에 안도하며 그녀의 재갈을 풀라 명했다.

그러던 어느 날이었다. 평소처럼 꽃밭에 벌렁 누워 있던 왕비는 발아래 치맛자락이 자꾸 당기는 걸 느꼈다. 왠지 모를 께름칙함에 몸을 일으킨 그녀의 눈에 울룩불룩거리는 제 치마가 보였다. 무언가가 치마 안으로 기어 들어왔다! 비명을 지르며 떨쳐 내려 방방 뛰고 다리를 쥐 뜯어보아도 쉬지 않고 다리를 기어 올라온 그것이 오므린 다리 사이로 들어오기 시작했다. 왕비는 쉬지 않고 비명을 질렀다. 그러나 구하러 오는 이는 아무도 없었다. 부글부글 끓는 배 속을 헤치고 다니던 괴물은 쉬지 않고 그녀의 속을 갉아 내렸다. 왕비는 노란 액이 나올 때까지 헛구역질을 했다. 그녀는 벙어리 궁녀가 자신을 한참 이상한 눈으로 보는 것도 눈치채지 못했다.

그 밤, 왕비의 전각에 든 이는 둘이 아닌 셋이었다. 기분 나쁜 눈의 사내 하나와 내관, 그리고 제 남편이었다. 그녀의 바싹 마른 팔을 쥐고 한참을 조물락거리던 사내가 무어라 속삭였다. 그녀는 아무 말도 알아듣지 못했다. 그 밤 이후 매일같이 왕비의 몸을 가르고 들어오던 사내는 보이지 않았다. 낭야왕은 왕비의 편의를 보아주며 그녀가 먹고 싶은 음식을 마음껏 먹을 수 있게 하라는 특혜까지 내려주었다. 그러나 속을 마구 비트는 괴물 탓에 왕비는 아무것도 입에 댈 수가 없었다. 제 배 속을 기어 다닐 괴물이 흉측하고 두려워 그녀는 하루라도 빨리 괴물이 사라지기를 빌었지만 점점 불러가는 배에 그것이 제 안에 자라나고 있음을 직감했다.

괴물은 여전히 제 속에 들어 있었다! 왕비는 괴물을 죽이기 위해 모든 수를 썼다. 식음을 전폐하고, 무거운 함으로 제 배를 내리쳤고 부러 침상에서 구르기도 했다. 그런 그녀를 막기 위해 왕비의 전각엔 더 많은 수의 궁녀들이 배치되었다. 왕비의 손엔 형구가 매달렸고 입엔 다시 재갈이 물려졌다. 혹시라도 허튼 수를 쓸까 단 한 순간도 왕비의 곁에서 궁녀들이 떠난 적이 없었다. 아무리 괴롭다 호소해 보아도 그들은 들은 척도 하지 않았다.

꼬박 열 달을 배 속에서 기생하던 괴물은 살이 찢어지고 온몸이 갈라지는 고통과 함께 그녀의 밖으로 기어 나갔다. 시뻘건 괴물을 목도한 순간부터 그녀는 자신의 다리를 가르고 나온 괴물에 지독한 적의와 증오를 느꼈다.

죽여야 한다.

어떻게든 저것을 죽여 세상에서 없애야 한다는 일념 하나만이 잿더미 같은 머릿속을 맴돌았다. 눈을 마주쳐 오는 작은 괴물에 그녀는 혐오를 금치 못했다. 자식의 목을 조르는 왕비에 기겁을 한 궁녀들은 왕자와 왕비를 떼어놓았고 이를 들은 낭야왕은 크게 노해 왕비의 전각을 폐하라 명했다. 자손이 귀한 황가의 금지옥엽 외아들을 죽이려 드는 실성한 왕비에 호사가들은 낭야왕이 왕비에게 이혼장을 보내리라 예측했지만 낭야왕은 그런 왕비마저 포용하는 관대함을 베풀었다.

그렇게 지내온 세월이 사 년, 왕비는 낭야왕부에서 거의 없는 존재나 다를 바 없었다. 엄격한 아비였으나 낭야왕은 자신의 아들을 끔찍이도 아끼는 부성을 보였고 왕자는 무럭무럭 건강하게 자랐다. 어린 왕자는 어미를 그리워하는 마음에 몇 번 왕비를 찾아갔으나 수차례 목이 졸리고 날아온 도자에 맞을 뻔한 이후론 그 역시 모친을 찾지 않았다. 이것이 모든 이야기의 전말이었다.

"그 아이는 괴물이야. 한데 왜 아무도 그걸 모르는 것 같지? 꼭 나만 아는 것 같아. 주요야. 이제 너밖에 없어. 꼭 네가 그것을 없애주어야 해?"

모든 이야기를 마친 낭야왕비는 꼭 제 부탁을 들어주겠다는 다짐을 여러 차례 받은 후에야 어린아이처럼 해맑게 웃었다. 주요는 도망치듯 낭야왕부를 빠져나왔다.

그리고 주요가 왕부를 떠난 그 다음 날, 왕비는 스스로 목숨을 끊었다. 사인은 오랜 병으로 인한 죽음이라 하나, 그것이 자결임을 주요는 직감했다. 기이할 정도로 아무 생각도 들지 않았다.

머릿속이 차갑게 식어 내렸다. 반대로 난생처음 선물을 받은 소녀처럼 가슴은 두방망이질 쳤다. 제게 주어진 선물이 너무도 크고 성대해 어쩔 줄 모르는 아이처럼 그녀는 자신이 틀어쥔 거대한 비밀에 숨이 막혔다. 허망한 웃음만이 나왔다. 이를 어찌해야 좋을까.

처음엔 입을 다물 생각이었다. 언니의 인생이 너무도 기구하여, 아무것도 모르고 어미에게 버림받은 그 아이가 안타까워, 주요는 혼자만 입을 다물면 끝이 날 일이라고 여겼다. 그도 그럴 것이 그녀에겐 그 엄청난 비밀을 틀어줘어 얻을 이득이 없었다. 그때까지 그녀는 아직 세상이 분홍빛이다 믿는 스물한 살의 철없는 계집애에 불과했으니까. 언젠가 진심을 다하다 보면 제게 돌아오리라 의심치 않는 남편처럼 모든 것들도 시간이 지나면 제자리로 돌아가리라 그녀는 믿었다. 순진하고 어리석기도 하지.

그리고 그 분홍빛 연정이 산산조각이 나 다신 붙일 수도 없이 완전히 깨져 버린 건 그 이후의 일이다. 한 번을 곁을 내주지 않던 남편의 차가움도, 애정 없는 미소 한 번 보이지 않는 무정함도, 그 모든 걸 단번에 납득시키고야 마는 하나의 비정한 진실. 차라리 죽어버리는 게 낫겠다고 그녀는 부르짖었다. 가슴에 피멍이 맺히도록 쥐어뜯고 헤쳐 보아도 부인할 수 없는 진실이 그녀를 방문했다.

이는 어리석은 호기심의 말로. 감히 열어볼 생각도 못 하게 단단히 틀어 잠근 함 깊숙이 들어 있던 그림의 주인이 그날따라 왜 그리도 궁금했던 것일까. 여름이면 매실로, 겨울이면 눈이 되어 그의 곁을 맴돌던 추억의 주인을 열고 말았다. 그리고 주요는 도망치듯 그의 방을 뛰쳐나왔다. 제 방에 숨어들어 가슴을 쥐어짰다. 차라리 영영 모르는 이였더라면 좋았을 것을.

불행하게도 주요는 그 그림 속의 여인을 잘 알고 있었다. 사가 시절의 어느 날, 자신이 소녀다운 참견을 부리며 황태자에게 소개시켜 주었던 데면데면한 벗 중 하나였다. 그 자리엔 또 누가 있었던가. 그날 자신은 제 곁의 영왕을 의식해 유난히도 높아진 목소리로 더욱 과장스레 행동을 했던 것 같다. 그런 이유였다. 그는 주요를 결코 사랑할 수 없다. 그의 첫사랑을 망가뜨린 장본인이 바로 진주요, 자신이었으니까.

시간이 흘렀다. 스물일곱 살의 날카롭고 신경질적인 영왕비 노릇에 지쳐 갈 즈음, 천한 시비의 아들로 태어나 제 형제들에게 무시받고 괴롭힘이나 당하던 영왕, 주요의 남편이 황제가 되었다. 황궁 내 어느 누구에게도 존중받지 못하던 허울뿐인 친왕인 그가 형과 누이를 죽이고 스스로 제위에 올랐을 때, 그녀는 전혀 기쁘지 않았다. 선견지명이 있었다, 옥석을 가리는 안목이 탁월하다, 칭찬하며 기뻐하는 아비도 어미도 달갑지 않았다. 사해에서 가장 귀한 여인이 되었다는 즐거움도 없었다. 오로지 저 자신을 태우고도 남을 차가운 증오만이 끓어 넘쳤다. 그가 그토록 혐오하던 면류관을 쓰고 스스로 제위에 오른 이유를 이 세상에서 유일하게 알고 있는 이가 자신이었다. 그러니 행복할 리가 없었다. 주요는 세상에서 가장 불행한 여인이었다.

가끔은 그리 생각하기도 했다. 대체 그 첫사랑의 여인이 누구이길래 그는 진작 그녀를 왕비로 맞아들이지 않았을까. 아무리 권력과 동떨어진 왕이라 해도 그는 황족. 원하는 어떤 여인이든 취할 수 있었을 터인데 어찌해서 욕심을 내지 않았단 말인가. 동시에 그리하지 않은 남편에 가슴을 쓸어내리며 그 여인이 없어 무사히 영왕비가 된 자신을 기특히 여기던 순진했던 시절이 있었지. 웃음이 나온다. 웃겨 죽을 것만 같았다. 주요는 혼자 키득키득 웃었다. 웃지 않고는 죽어버릴 것만 같았다!

강렬한 증오와 적의가 타올랐다. 죽는 한이 있어도 그가 원하는 대로 이루어지진 않을 것이다. 그녀는 모든 걸 다해, 그가 필사적으로 해내려는 일을 막아설 작정이었다. 그의 미움과 원한을 사는 건 더는 두렵지 않았다. 그녀가 바라는 건 오직 하나, 그의 실패, 그의 후회, 그의 회한. 그리고 고통이다.

이를 위해선 그 아이가 필요했다. 제 어미에게서 날아온 찻잔에 머리를 맞고 피를 흘리며 황급히 내실 밖으로 안겨 나가던 어린 꼬마. 그 아이만 있다면 그녀는 간교한 계집아이와 남편에게서 전부를 빼앗을 수 있었다. 그렇게 윤은 진주요의 품 안으로 들어왔다. 그리고 제 뜻대로 올바른 길을 향해 걸어가고 있다 믿었다. 하지만 그 믿음의 대가는 가증스러운 배신일 뿐이다. 놈은 주요를 배신하고 청명을 택했다.

결국은 모두가 청명, 그 아이를 택한다. 이제 더는 주요의 곁에 아무도 남지 않았다. 배신감보다 더한 원망과 증오가 밀려들었다. 붉은 입술이 비틀렸다. 그녀는 손톱 가리개를 거칠게 뜯어냈다.

10

영원과도 같은 침묵이 흘렀다. 헛것인가 싶어 윤은 눈을 의심할 수밖에 없었다. 엉거주춤한 자세로 몸이 굳었다. 문에 쇠막대를 걸어 단단히 잠근 청명이 태연자약한 태도로 그를 향해 돌아섰다. 다가오는 청명보다 청명의 향기가 먼저 훅 끼쳤다. 가슴이 철렁 내려앉았다. 꿈인지 현실인지 헷갈리다 못해 이젠 눈을 뜬 채로 헛것을 보나 싶었다. 아무 말도 못 하는 그를 한심하게 쳐다보던 청명이 불쑥 그의 뺨을 꼬집었다. 얼얼한 고통에 윤이 얼굴을 일그러뜨렸다.

"정신 놓았어? 얼은 어디다 빠뜨리고 다니는 거야?"

톡 쏘는 말투, 흘겨보는 눈초리, 한심스럽다는 듯 단단히 팔짱을 낀 청명이 물끄러미 그를 노려본다. 숨이 턱 막혔다. 정말 청명이다. 마치 아무 일도 없었던 것처럼, 청명이 그의 앞에 와주었다. 심장이 꽉 쥐었다 놓인 것처럼 얼얼하게 아파왔다. 두방망이 치는 가슴에 이상야릇한 통증이 밀려왔다. 윤은 집요하게 청명을 올려 보았다.

한숨을 내쉰 청명이 잠시 어두운 주변을 둘러보다 익숙하게 초에 불을 켰다. 그리곤 격의 없이 침상 앞 의자에 걸터앉았다.

"무슨 방도가 있기는 한 거야?"

대답이 없는 그에 청명이 그의 발을 쿡 밟았다.

"정신 안 차리지? 죽다 산 건 나인데 정신 놓고 온 건 너인가 보다?"

"아."

이상할 정도로 목이 메어 낮은 목소리가 나왔다.

"여긴 왜 온 거야. 들키기라도 하면……."

덜컥 겁이 밀려왔다. 자신이야 이미 죽은 목숨이라지만 그녀는 그럴 수 없다. 벌떡 일어선 윤이 청명을 일으켜 세웠다. 청명의 눈이 놀라 동그래졌다.

"어서 가. 들킨다면 너도 함께 위험해져. 벌써 금오위에서 알았을지도 모른다. 그러니……."

"그러니 넌 나한테 안 된다는 거야. 내 외숙이 금오위 총관이라는 걸 아직도 몰랐어?"

팔을 붙잡은 윤의 손을 가볍게 떼어내며 청명이 작게 웃었다. 의기양양한 얼굴로 윤의 손을 끌어 억지로 침상에 앉혔다. 그는 막 꿈에서 깨어난 눈으로 청명을 멍하니 응시했다.

"지금 걱정해야 할 건 너지 내가 아니란 말이다. 이 멍청아. 교활하다더니 말만 그렇지?"

윤은 저도 모르게 청명의 손을 붙잡았다. 잠시 놀라 눈을 크게 뜬 청명이 맞잡은 두 손과 그의 얼굴을 번갈아 보다 고개를 갸우뚱했다. 그는 바보처럼 히죽 웃었다.

"이걸 뭘로 받아들여야 하지?"

"곧 죽을 마당에 무어가 두렵겠느냐. 까짓 따귀 얼마쯤이야 맞아줄 요량은 있다."

"아하, 손잡는 게 고작 따귀 몇 대? 이것 봐. 이것 봐. 깍지까지 꼈으면서."

"손 한 번 잡은 걸로 따귀보다 더 심한 걸 하게? 무서워서 살 수가 있나."

청명이 키득거리며 잡힌 손을 빼려는 시늉을 했다. 그러나 윤은 결코 맞잡은 손을 놓아줄 마음이 없었다. 아니, 둑이 터지기라도 한 것처럼 멋대로 흐르는 마음을 자제할 요량이 없었다. 진심으로 이젠 죽어도 여한이 없다. 원하던 모든 게 이루어졌다. 청명이 그를 다시 만나주었다. 그 밤, 그 모든 건 전부 꿈이 아니었다. 그것만으로도 가슴이 터질 듯 벅차올랐다. 틈 없이 꽉 깍지를 낀 손을 한참 바라보던 청명이 입을 열었다.

"부황을 만나 뵙고 오는 길이야."

"전부 들었느냐?"

"그럼. 부황뿐만 아니라 날 보는 모든 이들이 내게 알려주고 싶어 안달이 났더구나. 네가 없으면 내가 바로 동궁의 주인이 되리라 생각하는 모양이지. 내가 기뻐할 줄이라도 알았나 봐. 누가 그따위 무혈입성 원하기나 한대? 정정당당히 겨루어도 결국은 당연히 내 것이 될 동궁이다. 자존심 상하게 날 소인배 취급이나

하고 있어."

"그럼. 동궁은 애초 네 것이었다. 나는 감히 꿈도 꾸지 못할 자리였어. 난 처음부터 네게 견줄 상대도 되지 못했다."

"그런데도 왜 날 사사건건 놀리고 시비를 걸었냐고 지금은 묻지 않을 거야. 그러니 나중에, 나중에 모든 게 끝나고 꼭 알려줘야 해. 그렇지 않으면 날 능멸한 죄를 물어 크게 혼을 내줄 테니."

"지금 들어."

나중은 없을 테니까.

"네가 좋아서. 네 곁에 있으려면 적어도 네가 사는 세상까지는 올라갔어야 했으니까. 지나가는 일개 황족 하나가 아니라 네게 중요한 사람이 되고 싶었어. 그래서 닥치는 대로 어디든 출전해 공을 세웠어. 그러다 보니 어느새 군왕의 작위까지 받더구나. 비록 미움만 받긴 했지만 적어도 네가 날 봐주기는 했잖아."

청명의 얼굴이 울긋불긋 요상하게 일그러졌다. 무슨 말을 해야 할지 모르겠다는 표정으로 화끈 달아오른 볼을 손으로 감쌌다.

"무, 무슨 말을 그렇게 해?"

"뭐가."

"그렇다고 중요한 사람이 되고 싶어서 내 앞을 사사건건 가로막아?"

"딱히 가로막은 적은 없는데."

그러고 보니, 정작 제게 유리한 쪽으로 끌고 갈 수 있었음에도 불구하고 전쟁에서 돌아온 그가 요구한 건 시시하게도 청명과의 대련이었고, 삼 년 전 역시 그가 혼사를 막지 않았더라면 아마도 청명은 지금쯤 그 호색한의 아내가 되어 있을지 몰랐다. 몇 마디 던지는 시답잖은 놀림에 혼자 오해하고 앙심을 품었던 건 저 자신이었고, 정작 윤은 제게…….

달라붙은 손바닥이 간질거리고 손가락이 오므라들었다. 청명은 맞잡은 손에 꾹 힘을 주었다. 그리고 윤을 똑바로 쳐다보았다.

"그래서…… 내가 좋아? 정말로 내가 좋아?"

말없이 저만을 응시해 오는 다정한 그 눈빛에 이대로 눈을 감고 어디론가로 도망치고 싶었다. 아무도 찾을 수 없는 곳으로 숨어버리고 싶다. 가슴이 쿵쾅쿵쾅 이토록 세차게 뛸 수 있다는 걸 처음으로 알게 되었다. 그러나 청명은 끝까지 그 눈을 놓치지 않았다. 침을 꿀꺽 삼켰다. 제 심장 소리가 그에게까지 들릴 것만 같았다.

"처음 널 보았던 순간부터 넌 단 한 순간도 내게 소중한 존재가 아니었던 적이 없어. 연못에 날 빠뜨리던 순간조차 너무도 어여뻐서 하늘이 원망스러웠지."

"내가 좋아?"

"응. 다른 어떤 것과도 바꾸지 않을 만큼 널 아끼고 사랑해. 내 전부를 주어도 아깝지 않을 만큼 어여쁘고 또 어여쁜 사람이야, 넌."

한숨이 나왔다. 바짝 털을 세운 고양이처럼 앙칼지게 긴장하고 있던 몸에 툭 힘이 풀렸다. 청명은 그의 목에 팔을 감았다. 저를 대신해 윤의 몸이 대신 딱딱하게 긴장한 게 느껴졌다. 그의 어깨에 얼굴을 묻은 청명이 웃음기 섞인 목소리로 작게 속삭였다.

"나도 네가 좋아. 언제부터인가 네가 자꾸 내 눈에 들어오고, 다른 계집애와 붙어 있는 걸 보면 꼴도 보기 싫은데 그렇다고 내 눈에 보이지 않으면 자꾸 보고 싶어지더라. 이런 게 사랑인 거지?"

그가 고개를 수그렸다. 제 고백이 마음에 들지 않았나 싶어 지레 놀란 마음에 청명은 윤의 목에 감은 팔을 풀고 양손으로 그의 얼굴을 감싸 쥐었다. 고개를 들지 않으려 애쓰는 것도 잠시 그의 얼굴에서 힘이 풀렸다. 엄지손가락으로 그의 눈 밑을 작게 쓸어주자 파르르 떨리는 눈꺼풀이 뜨였다.

"자, 나 봐."

"싫어."

"좋다고 해주니까 이제 내 말에 반항하는 거야?"

윤이 작게 웃으며 고갤 도리도리 저었다.

"내가 네 말에 반항할 리가 없잖아."

"울지 마. 왜 우는 거야. 응?"

"도저히 믿기지가 않아서. 지금 네가 내 품에 안겨 있다는 사실도 난 믿어지지가 않아. 전부 꿈일까 봐 두려워. 깨고 나면 차라리 죽기를 바랄 만큼 비참한 꿈일까 무서워."

"내가 몽중 미인처럼 어여쁜가 보다?"

귀여운 농담에 그제야 윤이 자신을 본다. 청명은 다정하게 그의 눈꺼풀에 입을 맞추었다. 이리 마음이 쉬이 열려 버리니 이렇게 내가 대담한 사람이었나 싶어 스스로가 낯설다. 그럼에도 이미 흐르기 시작한 마음은 멈출 줄 몰랐다. 손가락으로 윤의 젖은 눈가를 닦아주며 청명이 천연스레 속삭였다.

"자, 이제 내가 묻는 말에 똑바로 대답해야 해. 알겠지?"

"그래."

"우린 함께 살 거야. 그러니 넌 나만 믿어."

"무슨 생각 하는 거야. 넌 나서지 마. 어서 돌아가. 혹시라도 이곳에 네가 있다는 걸 알게 되면 일이 커진다. 이런 추문에 너까지 연루될 이유가……."

듣기 싫은 말을 쏟아내는 얄미운 입술을 청명은 손바닥으로 막았다. 태연한 얼굴 위로 싱긋, 짓궂은 미소가 번졌다.

"너, 아직도 나를 모르는구나. 나는 한 번 마음먹은 일이 있다면 절대 놓지 않아. 내가 너를 살리겠다 이 무모한 일을 저질렀을 땐 반드시 그 끝을 보겠다는 뜻이다. 그러니 넌 잔말 말고 내 질문에 답이나 해."

청명의 눈이 명민하게 번득인다. 아까의 어설픔 따윈 온데간데없이 사라지고 지금 제 눈앞의 여자는 그가 그토록 사랑하는 그만의 여왕이다.

"일단 너와 네 부친, 그리고 모친을 둘러싼 추문이 전부 사실이야?"

"조금의 거짓도 없는 사실이야."

윤의 목소리가 조금 낮게 깔렸다. 청명은 이를 모른 척하며 다시 물었다.

"그럼 우리 친척 아닌 거 확실해?"

"여기서 그게……."

"맞아 아니야?"

"이 모든 문제의 핵심이 그것이지. 상간으로 태어난 천한 피가 황족을 사칭했다는 것."

"좋아. 그거면 돼. 충분해!"

두 눈은 즐겁게 반짝였고 흘러나온 목소리는 더없이 명랑했다. 이해할 수 없는 반응에 윤이 작게 미간을 좁혔다.

"뭐가 돼?"

"너와 내가 근친이 아니란 말이잖아. 그거면 돼. 이제 우리 사이엔 아무 문제도 없는 거야. 안 그래?"

"그게 무슨……."

지금껏 청명을 괴롭히던 문제는 죽음을 목전에 둔 상황이 아닌 바로 이것이었나 보다. 어처구니가 없는 마음이 반, 이 와중에도 맑게 웃는 어여쁜 얼굴이 사랑스러운 마음이 반이었다. 그는 더 참지 못하고 청명의 반듯한 이마에 지그시 입술을 눌렀다.

"어?"

"사랑한다. 네게 이 말을 하지 못했더라면 난 죽어서도 귀가 되었을지도 몰라. 지금껏 숨겨온 게 용하다."

"나도."

부끄러워 한껏 작아진 목소리였지만 그는 똑똑히 들었다. 향긋한 청명의 머리칼에 코를 묻고 그는 눈을 감았다. 정말로 더 바랄 것이 없었다. 그러나 청명의 생각은 다른 모양이었다. 답답한지 손가락으로 그의 볼을 쿡쿡 찌르다 그래도 윤이 놓아주지 않자 반듯한 이마에 꿀밤을 놓았다.

"눈 안 뜨지?"

"이대로 시간이 영영 멈췄으면 좋겠다. 다신 깨지 않도록."

"내가 여기서 무슨 짓을 할 줄 알고?"

귀여운 협박에 소리 없이 빙긋 웃는 윤의 입술 위로 무언가가 지그시 눌렸다 떼어졌다. 심장이 멈추는 듯했다. 윤이 눈을 번쩍 떴다. 크게 뜨인 눈동자 위로 붉어진 볼을 한 청명의 얼굴이 어른거린다. 청명은 애써 아무렇지 않은 척, 눈을 동그랗게 뜨고 뻔뻔히 그를 응시했다.

　"내가 널 살린다 했지? 약속해. 앞으로 남은 네 생을 전부 내게 바치겠다고. 나만을 바라보고 나만을 위해 살겠다 그리 약조해. 나 역시 너를 갖고자 내 모든 걸 거는 도박을 할 테니."

　"청청명."

　"내 사람이 되어줄래?"

　그리 물어온다. 야무지게 다물린 입술, 총명하게 반짝이는 눈동자. 그것은 마치 새벽녘의 별처럼 영롱하고 투명했다. 까딱 잘못했다간 영영 빠져나올 수 없을 만큼 깊고 어여쁜 눈빛에 그는 정신을 놓아버릴 것만 같았다. 꽉 다물린 입술 사이론 어떤 목소리도 나오지 않았다. 윤은 고개를 끄덕였다. 응, 하는 목소리가 나직하게 웅얼거렸다. 그녀는 윤의 볼을 작게 쓰다듬으며 다른 손으론 슬쩍 입술을 만지작거렸다.

　"남아일언중천금이니 방금 이 입으로 한 그 말, 반드시 지켜야 해. 알겠지?"

　그러더니 생긋 웃는다.

　"나 역시도 너를 지킬 터이니."

　막 봄꽃이 피어나듯 해사하고 어여쁜 미소였다. 딱딱하게 굳은 머리로 어떤 생각도 들지 않았다. 여염히 반짝이는 저 작고 붉은 입술을 훔치고 싶다든지, 내가 널 보면 언제나 그렇듯 아무 생각도 못 하게 만들어 버리고 싶다든지 온갖 말도 안 되는 충동만이 벼락처럼 스쳐 지났다. 그러나 아니 될 말이다. 그에게 청명은 그리 쉬이 대할 수 있는 사람이 아니었다. 작게나마 청명의 마음을 갖게 된 것만으로도 그는 충분했다. 만족할 수 있었다. 이 이상 바란다는 건 너무나 큰 욕심이다.

아무 말 못 하고 제 얼굴만을 빤히 응시하는 윤에 청명은 고운 눈썹을 크게 찡그렸다. 그러다 보니 문득 너무 가깝게 붙어 있다는 걸 깨달았다. 삽시간에 얼굴이 발갛게 달아올랐다. 방금까지도 잘만 쳐다보던 얼굴을 무슨 이유에서인지 제대로 볼 수가 없었다. 수줍게 떨리는 눈을 꾹 감고 청명은 작게 속삭였다.

"보고 싶었어."

한 번 말이 트이자 그다음부터는 그리 어렵지 않았다. 그러나 그렇다 해도 여전히 수줍고 설레는 마음은 매한가지다.

"지난 이틀이 마치 이십 년같이 길고 또 길었어. 오지 않는 너를 원망하고, 못된 너를 그리워하는 내가 미운데 그래도 여전히 네가 보고 싶었어. 이젠 확실히 알겠어. 나 너를 정말로 좋아하나 봐."

"내가 해야 할 말을 네가 전부 해버리니 선수를 뺏긴 기분이다."

다정한 입술이 귓가에 속살거렸다. 간지러움에 몸을 히끽 움츠리다 그녀는 나직하게 웃음을 터뜨렸다.

"그러니 이제 네가 말해줘. 내가 좋아?"

"이루 말할 수 없이. 네가 알지 못했던 아주 오래전부터 너는 내 주인이었단다."

윤이 청명을 가만히 응시했다. 맞잡은 따뜻한 손바닥 너머로 전해오는 몽글몽글한 이상한 감정. 그러나 이젠 그 마음이 무얼 뜻하는지 잘 안다. 해답을 찾았다. 청명은 겹쳐진 손가락에 힘을 주었다.

"감히 이 마음을 들킬까 숨죽여 두려워하던 밤은 셀 수 없었지. 내 정원을 가득 채운 매화는 네 입술을 닮았고, 흩날리는 분홍빛 도화는 네 붉게 물든 볼을 떠올리게 했어. 밤하늘 시리게 빛나는 초승달은 네 곱게 휜 눈을 닮아 어디를 가도 너는 내 주변을 맴돌더구나. 세상 만물 모든 것이 내게는 너라 이제는 내가 너와 함께하는 것인지, 미친놈처럼 앉아서도 꿈을 꾸는 건지 나중엔 분간조차 되지 않았다. 유일하게 네 생각에서 벗어날 수 있다 여겼던 꿈에서마저 너는 나를 놓아주지 않았고 그렇게 아주 오랫동안 너는 내 전부였어. 감히 말할 수도 전할 수도 없는 감정이라 숨겨야만 했지만 너는 내게 그런 존재였다. 그러니 난 어떻게든 살아서 널 바라볼 수라도 있기를 바랐지. 그래서 그들이 바라는 대로 적당히 널 견제하는 시늉을 하고, 널 이기기 위해 애를 쓰는 척했어. 변명이지만 그땐 그 방법만이 널 볼 수 있는 유일한 길이라 생각했다. 이렇게 나약하고 비천한 놈이 바로 나야. 나 같은 것이 감히 너를 바라본다는 것도 추악하지만……."

"그만."

길고 가는 손가락이 미운 말을 내뱉는 입술을 다정하게 어루만졌다. 손가락 아래서 그의 입술이 작게 떨리는 걸 알 수 있었다. 청명은 그의 눈앞으로 바짝 얼굴을 가까이 했다. 고작해야 한 뼘도 떨어지지 않은 거리, 서로의 달콤한 숨이 하나로 섞이고 은근한 박동 소리가 선명하게 들려오는 시간. 청명은 숨을 멈추었다.

"안아줘."

그의 얼굴이 얼빠진 아이처럼 무구하게 일그러졌다. 마치 무슨 말을 하는지 잘 알아듣지 못하겠다는 듯 미간 사이가 좁아졌다. 청명은 어째서인지 자꾸 터져 나오는 웃음을 감출 길이 없었다.

"자, 어서. 응?"

"무슨 말을 하는 거야?"

은은하게 빛나는 촛불 아래서도 새빨갛게 달아오른 붉은 귓불은 확연하게 눈에 들어왔다. 청명은 자꾸 올라가려는 입꼬리를 누르려 애를 썼다. 부드러운 그의 볼을 양손으로 감싸고 은근하게 윤의 귓불을 만지작거리자 그가 흠칫 놀라 몸을 빼려 했다. 왜 지금까진 이렇게 순진한 면이 있는 남자인지 여태 몰랐을까?

"못 알아들으면 말고."

"그런 뜻이 아니잖아."

샐쭉한 척 입술을 내밀고 몸을 뒤로 빼자 그의 단단한 팔이 제 허리를 붙잡아왔다. 어찌 움직일 수도 없게 단단히 고정된 몸에 온데간데없이 꽉 붙들린 상황이다. 그녀는 잔망스럽게 볼을 부풀리며 고개를 갸웃거렸다.

"내가 금세 싫어진 거야? 그런 거라면 어쩔 수 없고……."

말이 끝나기도 전에 윤은 얼굴을 감싸고 청명의 입술에 입술을 포갰다. 조금의 숨도 허락하지 않을 만큼 단단히 얽힌 입술 사이 오래도록 부드러운 입맞춤이 이어졌다. 단 숨이 섞인다. 모자란 숨 때문인지 어느 틈에 반쯤 흘러내린 표의 때문인지, 그도 아니면 연신 제 목을 어루만지는 뜨거운 손 때문인지 정신이 혼미하다. 여름은 이미 지나 버렸는데 왜인지 다시금 계절을 잊고 도래한 열기에 온몸이 뜨거웠다.

청명은 더 참지 못하고 그의 목에 팔을 감았다. 고른 치열, 말캉한 뺨 안쪽과 은밀한 입안 구석구석을 집요하게 핥아 내렸다. 소담하게 부풀어 오른 둥근 입술을 작게 깨물다가도 다시금 숨막힐 정도로 무자비하게 빨아들이는 입술에 숨이 막혀왔다. 그런데도 찌르르 등줄기를 타고 흐르는 기이한 감각과 아릿하게 당기는 아랫배에 자꾸 더, 조금 더 많은 걸 요구하게 된다.

정말로 정신을 놓기 일보 직전이라는 생각을 했을 무렵, 한 치의 틈도 없이 끈적하게 달라붙어 있던 윤의 입술이 조심스럽게 떼어졌다. 밀렸던 숨을 거칠게 들이쉬던 청명의 귓불을 슬쩍 깨물며 그가 솜털 보송한 청명의 귓가에 그윽하게 속삭였다.

"그럴 리가요."

"두 번은 말하지 않을 거야. 너, 내 거 해."

"나는 아주 오래전부터 이미 너의 것이었는데."

"그럼 무얼 망설여? 다른 건 아무것도 생각하지 마. 전부 내게 맡겨. 우리, 함께 살아가자. 이렇게 우리 함께 가자. 나만 봐. 천지 만물, 삼라만상, 모두 잊고 날 위해 살아가. 아무것도 보지 말고 듣지도 말고 나만 바라봐야 해. 내가 그러하듯이."

말이 끝나기도 전에 다시금 그의 입술이 청명의 것을 부드럽게 덮쳤다. 오롯이 향긋한 다정만이 흐르는 부드러운 입맞춤에 사르르 눈이 감겼다. 입술이 겹쳐지는 속도보다 느슨하게 풀린 표의의 고름을 푸는 속도가 더욱 빨랐다. 그러나 이미 뜨거운 열기에 더해 맨 살갗으로 와 닿는 공기를 느끼기엔 청명은 정신이 하나도 없었다. 단지 어느 순간, 푹신한 침상으로 넘어간 몸과 그 몸을 타고 제 몸을 감싼 겹겹의 옷들이 미끄러져 내리는 걸 어렴풋이 깨달았을 뿐이다.

내실 안의 불빛이라곤 고작 해야 사방을 밝힌 작은 촛대 둘에서 흐르는 촛불뿐이었으나 그마저도 부끄러웠다. 연분홍빛으로 물든 몸이 작게 바르작거렸다. 청명은 윤의 어깨와 목 사이에 코를 묻은 채 빠르게 속삭였다.

"부끄러워. 불 꺼."

"그럼. 누구의 명인데."

놀리는 말투가 역력한데도 이상하게 기분은 나쁘지 않았다. 오히려 몽실몽실 자꾸 부풀어 오르는 마음에 정말이지 두 눈이 딱 감기는 기분이다. 후, 하고 어쩐지 성급하게 들리는 바람 소리와 함께 초의 불이 딱 꺼졌다. 새카맣게 앞이 보이지 않는 어둠 속, 순간 더럭 겁이 밀려왔다. 결심의 불확신에서 오는 두려움이 아닌 그야말로 미지의 세계에 대한 겁이고 두려움이다.

발아래 밀려간 이불을 막 가슴 위로 끌어 올리던 청명의 손을 누군가 획 잡아챘다. 간신히 입안으로 비명을 삼켰다. 딱딱하게 경직된 청명을 알았는지 윤이 청명의 손등을 엄지손가락으로 느릿하게 쓰다듬었다. 그가 보이지는 않았지만 윤은 분명 제 옆에 있었다. 그것만으로도 안심이다.

"무서워?"

그의 목소리는 꽉 잠긴 듯 나직했다. 문득 어떤 표정을 하고 있을지 궁금해졌다. 청명은 숨을 크게 들이쉬었다.

"너야말로."

"다시 돌리고 싶대도 이젠 안 돼. 정말."

참고 참아 목 안쪽으로 낮게 울리는 웃음소리가 청명의 귓가에 맴돌았다. 이제 정말 돌이킬 수 없다. 그 아득한 무게가, 기분 좋은 떨림, 그리고 설렘이 묵직하게 청명의 심장을 두드렸다. 그녀는 반짝 눈을 떴다. 아무것도 보이지 않는 어둠 속, 그가 보였다. 오직 그만이 제 태양이고 빛인 것처럼 윤만 보인다. 그녀는 빙긋 웃으며 그의 목에 팔을 감고 위로 체중을 실었다. 부드럽지만 델 듯 뜨거운 두 입술이 겹쳐지고 그 사이로 혀가 엉켜들었다. 청명은 자연스레 그의 위에 올라 모든 걸 삼켜 버릴 듯 파고들었다.

어지러이 낙엽을 흔드는 가을바람이 소슬했다. 하지만 드러난 팔 위로, 목덜미 위로 깃드는 이 공기는 달큼하고, 뜨거우며, 축축했다. 청명은 히죽 웃으며 그를 내려다보았다. 입술이 떨어진 찰나, 새끼손가락만큼의 거리를 두고 뜨거운 숨결이 오갔다. 샛별을 닮은 눈들이 마주친다.

"너야말로 이제 내 것 안 한대도 절대 안 보내줄 거니까."

간지러운 숨이 어깨 위로 내려앉았다. 짓궂은 입술은 민감한 가슴을 지분거리고, 굳은살이 박여 까슬거리지만 그 어느 것보다도 부드러운 손길이 종아리를 타고 허벅지를 간지럽혔다. 다정하지만 동시에 더없이 집요해 짓궂은 침입자에 창백했던 얼굴이 이보다 빨개질 수 없을 만큼 붉게 달아올랐다.

아무도 볼 수 없는 어두운 밤, 푸른 달무리는 눈썹에 엉기었고 연분홍빛은 고운 눈시울에 어렸다.

두견새 우는 나뭇가지에 달은 한밤중이다.

11

　해도 제대로 떠오르지 않은 희붐한 새벽, 눅진하게 사방을 적
신 이슬을 밟고 하나둘 입궁하는 대신들로 작은 소란이 일었다.
그러나 사안이 사안, 들어서는 그 누구 하나 경박하게 입을 놀리
지 않았고 좌중에 내려앉은 정적은 무거운 대기를 더욱 싸늘하게
가라앉혔다.

　그야말로 전대미문의 사건, 한 평민이 발고한 그 이야기는 참
담하기 그지없었다. 자리한 대신들 중 몇몇은 정전 한가운데 꿇
어앉은 저 평민의 얼굴을 잘 안다. 그는 황성에서도 꽤 이름난 의
원이었고 때문에 제집에 불러 직접 말을 나누어본 적도 있었기
때문이다. 그렇기에 그들은 저 의원, 마원이 발고한 이야기에 더
욱 경악할 수밖에 없었다.

　지난 원정을 승리로 이끈 개선 영웅, 진왕이 황족을 사칭한 대

역 죄인이라니, 쉬이 믿을 수 없는 이야기였다. 그도 그럴 것이, 진왕이라 하면 동궁의 주인이 될지도 모르는 유력한 황족 중 하나가 아니던가. 그 무훈으로나 공적으로나 그 나이대의 황족들 중에선 진왕을 따라올 자가 없었고, 때문에 연국공주와 주인 없는 동궁을 두고 두 사람이 대립각을 세우고 있음을 모르는 이가 없다. 더욱이, 상서령의 손녀와 혼사를 앞두었다던 소문마저 은은히 떠돌던 차, 황후를 위시한 상서령과 태위 사이의 격돌을 주목하며 귀추를 지켜보는 이가 한둘이 아니었다.

그러니 저급하다 못해 실로 악의적인 고발을 한 의원을 향해 심상치 않은 눈초리가 향한 것도 이상할 바가 아니다. 그들은 그 배후로 연국공주를 의심했다. 공주부에 난 화재를 핑계 삼아 두문불출하는 행위 역시 그 의심에 무게를 실었다. 오랫동안 안개 속처럼 막연하던 황제의 심사가 최근 들어 공주 쪽으로 향한 것처럼 보인다곤 하나 이 모든 게 만일 연국공주의 음해임이 드러난다면 판도가 뒤집힐 것은 확연한 이치였다.

공주를 지지하는 세력과 진왕을 지지하는 세력이 적나라하게 갈렸다. 공주를 지지하는 이들은 극악무도한 죄를 저지른 진왕을 당장 잡아들여 문초해야 한다 성토했고 진왕을 지지하는 이들은 한낱 의원의 말만 믿고 황족을 잡아들인다는 건 어불성설이라 입을 모았다. 자연스레 시선은 진여회를 향했다. 혼사에 대한 말까지 나왔던 그인 만큼 당연히 진여회가 진왕을 감싸리라 예상했던 것이다. 그러나 길게 이어지던 논쟁 내내 그의 입은 굳게 다물려 있었다. 진왕을 잡아들여야 한다는 안에 가장 먼저 찬성 패를 던진 것 역시 다름 아닌 그였다.

판도는 완전히 뒤집혔다. 진여회의 침묵은 고발에 대한 암묵적인 동조라 여겨졌다. 압도적인 찬성 패와 함께 진왕을 회부해야 한다는 결론이 나왔다. 별반 흥미 없이 경과를 관조하던 황제의 입에서 진왕을 수금(囚禁)하라는 명이 떨어지기 무섭게 무장을 한 금오위가 진왕부로 들이닥쳤다. 고상하고 우아한 멋을 자랑하는 정원은 군화 아래 짓밟혔고, 늠름하니 우뚝 솟은 전각은 시리게 번득이는 창과 칼에 그 운치를 잃었다. 앳된 얼굴의 시녀들은 소리 없는 비명과 함께 서로를 끌어안았다. 아무 저항 없이 진왕은 그렇게 황궁 내 외진 구석에 위치한 작은 전각에 구금당했다. 그리고 오늘에서야 비로소 죄인을 어찌 처단할지 그 결단의 날이 밝은 것이다.

제각기 삼삼오오 모여 한껏 낮춘 목소리로 말을 나누던 이들의 시선이 일제히 한곳으로 쏠렸다. 막 문가에 들어선 진여회를 발견한 탓이다. 그의 얼굴은 마치 보통의 조회와 다를 바 없이 여상하기만 하다. 뒤로는 세 아들을 거느리고 그가 앞쪽 자신의 자리로 걸음을 옮기자 눈치를 보던 대신들의 입이 꾹 다물렸다. 그들 중 진여회의 수족이나 다를 바 없는 중서시랑의 장남이 은밀히 공주부에 찾아갔다는 이야기를 듣지 못한 자가 없었다. 황제의 나이가 지천명을 바라보는 이즈음, 해가 지나기 전 후계자를 선포할 것이 분명했다. 그리고 이 시점에서 동궁의 주인이 될 이는 연국공주임이 확실했다.

하루아침에 손바닥 뒤집듯 태도를 달리한 진여회의 처사에 진왕을 지지하던 이들은 혀를 차며 노골적으로 반감을 표하기도 했으나 어찌할 도리가 없었다. 정황상 진왕의 죄는 기정사실로 확

정시되는 분위기였고 그를 제하고 나면 연국공주 외엔 황제의 뒤를 이을 재목이 없었기 때문이다.

낮게 소곤거리는 발소리와 불편한 기색의 헛기침, 간혹 초조하게 까닥거리는 발소리를 제외하면 어지러울 만큼 고요한 정전이다. 평소의 열띤 토론과 논쟁 소리가 넘쳐흐르던 공간은 팽팽히 조인 현처럼 싸늘한 긴장이 감돌았다. 얼마 지나지 않아, 황제가 도착했다는 전언이 정전을 가득 메웠다.

"진왕에 대한 발고가 있었다지?"

모르는 척 황제가 입을 떼기 무섭게 곳곳에서 외침이 들려왔다.

"폐하, 진왕은 만고에 다시없을 역적으로 감히 천한 평민이 하늘의 자손을 사칭해 황상과 온 나라 백성들을 속이려 든 죄, 이는 마땅히 참형으로 그 죄를 물어야 할 것입니다!"

"당치도 않습니다! 증좌라곤 저 평민 하나의 말뿐. 만일 저 발고가 전부 거짓이라면 제대로 된 증거도 없이 황족을 해한 게 됩니다. 그럼 황실의 권위는 떨어지게 되고 차후엔 이런 식의 모략으로 음해하려는 세력이 생기게 될 것입니다. 일을 제대로 알아본 후 차후 처결하셔도 될 일입니다."

"예! 이는 황실의 권위를 실추시키려는 모략입니다. 그렇기에 더욱 명명백백히 밝혀내야 합니다. 죄인을 끌고 와 문초하셔야 합니다!"

"죄인이라니요! 말을 삼가세요. 아직 밝혀진 것은 아무것도 없거늘!"

"하면 저 의원이 제 목숨을 내놓고 거짓을 고한단 말이오? 모든 증좌가 나왔는데 무엇이 더 필요한 것이오!"

엉겁결에 목에 핏대를 세워가며 목소리를 높이는 이들로 시끄러워졌다. 이때, 상서령 진여회가 한 발 앞으로 나와 읍을 올렸다.

"폐하. 혼란으로 나라의 안팎이 어지러울 때일수록 후계가 더욱 굳건해야 합니다. 결국 진위 여부에 상관없이 이 일 역시도 빈 동궁을 두고 벌어진 것과 다름없습니다."

"대체 동궁과 진왕이 무슨 관련이란 말이오. 이는 엄연한 비약입니다."

"진왕 역시 황태자위에 오르기 위해 자신의 정체를 숨기고 황족 흉내를 냈던 것이 아닙니까. 그리곤 원정에 나가 공적을 세웠지요."

눈을 부릅뜨고 맞서오는 대신에 진여회는 예의 바른 어조로 가볍게 응수했다. 이를 관망하던 황제가 턱 끝을 손가락으로 작게 문지르며 산뜻하게 물었다.

"해서, 경이 하고 싶은 말은 무엇이지?"

"진왕에 대한 처결을 논의하기 전, 일의 근원이었던 동궁의 주인을 정하여 나라의 기강을 바로 세우셔야 한다 간언하옵니다, 폐하."

"적통 공주이신 연국공주께서 동궁의 주인에 가장 합당하신 것으로 아뢰옵니다."

순식간에 분위기의 흐름이 바뀌었다. 방금 전까지 진왕의 참형을 요구하던 이들은 금세 화제를 돌려 연국공주의 황태자 옹립을 주청했다. 으흠, 곤란하다는 양 애매한 미소와 함께 정전에 자리한 이들의 면면을 찬찬히 훑던 황제가 느리게 몸을 바로 세웠다.

"해서, 지금 당장 공주를 황태녀로 책봉하자 이 말인가?"

"신들은 황상의 뜻을 받들 뿐이옵니다."

빈말은. 황제가 작게 웃으며 시선을 모로 돌렸다. 연단 아래서 대기하고 있던 태감이 가까이 다가와 무언가를 내밀었다.

"경들의 말이 옳네. 더는 후계의 혼란을 피하기 위해서라도 하루라도 빨리 동궁의 주인을 정하는 것이 옳지. 짐의 외동딸이자 선황의 유일한 후사인 연국공주를 황태녀로 봉할 것이다. 길한 날을 잡아 책봉 의식을 치러 세상에 황태녀의 즉위를 고할 것이니 모두들 그리 알라."

황제의 마음이 바뀌기 전에 모든 일을 한꺼번에 몰아치듯 해치우는 편이 낫다는 판단이었다. 그러나 이상할 정도로 손쉽게 돌아가는 형국이 자못 개운하지 못한 뒷맛을 남겼다. 진여회는 작게 눈살을 찌푸리며 흘깃 황제를 올려다보았다.

"황제 폐하, 만세 만세 만만세."

쩌렁쩌렁 울리는 만세 소리에 얼결에 함께 입을 벙긋대지만 무언가 기분 나쁜 허탈감이었다. 황제는 여상한 어조로 말을 이었다.

"아직 책봉식을 올리지 않았다 뿐이지, 짐이 없는 조정을 이끌 주인은 연국공주가 아닌가. 그렇다면 연국공주 역시 정전에 들 자격이 있지 않겠는가."

"마땅히 그럴 것입니다."

눈치 없는 장남, 진견이 가장 먼저 외쳤다. 보기 드문 맑은 미소와 함께 황제가 어딘가로 손짓을 하자 굳게 닫혀 있던 정전의 문이 열렸다. 환하게 쏟아지는 빛무리 사이로 공주가 걸어 들어오고 있었다. 아팠다는 말이 거짓은 아니었는지 평소보다 조금 핼쑥하고 날카로워 보이긴 했으나 여전히 고운 얼굴이었다. 우아하고 느린 걸음으로 그녀가 차분히 정전을 가로질러 자신의 자리인 작은 연단 위로 올라섰다. 무슨 생각을 하는지 도무지 알 수 없는 표정을 한 공주를 향해 시선이 쏟아진다. 작게 무릎을 굽히며 그녀가 공손히 읍을 올렸다.

"만세 만세 만만세. 소녀, 부황을 뵈옵니다."

"짐의 뒤를 이어 이 중주를 이끌 황태녀는 바로 너이다. 그런 줄 알고 짐의 뜻을 받들거라."

"폐하의 뜻을 받드옵니다."

기다렸다는 듯 공주가 무릎을 굽히며 예를 취했다. 이를 기꺼운 눈으로 바라보던 황제가 고갤 돌려 대신들을 바라보았다.

"그럼 이 문제는 이것으로 충분히 답이 되었다 보는데. 진왕에 대한 논의를 계속하도록 하지."

"고하거라."

형부상서의 차가운 목소리에 바닥에 엎드린 사내가 벌벌 떨며 머리를 찧었다.

"소인은 마, 마원이라 하는 의원이옵니다."

"발고한 내용에 한 치의 거짓도 없느냐."

"어느 안전이라 거짓을 고하겠습니까! 죽을죄를 지었사옵니다. 이, 이는 한 치의 거짓도 없는 진실이옵니다."

그의 주름진 눈가에선 눈물이 비처럼 줄줄 흘러내렸다. 감당

할 수 없는 두려움에 당장 정신을 잃는다 해도 이상하지 않을 상태였다. 형부상서가 한 발 앞으로 걸어 나와 차갑게 일갈했다.

"감히 예가 어디라고 눈물을 보이는가! 아는 대로 모든 것을 고하거라."

"스, 스무 해 전, 소인은 박주에서 의원 일을 하였습니다. 어느 날 한 사내가 소인을 찾아왔는데 그자가 말하기를 특정한 시각 데리러 올 터이니 한 여인을 진맥해 달라는 것이었습지요. 눈을 가리고 마차에 태워져 어딘지도 모를 곳에 도착하니 그곳 유폐된 전각에 한 여인이 있었습니다. 소인이 한 일이라곤 그 여인을 진맥한 일뿐이옵니다."

"한데 그것과 진왕 사이에 무슨 연관이 있단 말인가."

"그, 그것은."

사내는 꿀꺽 침을 삼켰다. 이내 결심한 듯 그가 고개를 바짝 치켜들었다.

"그 여인은 완전히 미쳐 있었습니다. 자신이 누구인지도, 심지어 진맥하는 소인조차 인지하지 못할 만큼 정신이 나가 있었습니다. 때문에 자신이 떠드는 말이 무엇인지도 알아차리지 못하는 상태였는데 소인이 진맥할 적이면 혼자 미치광이처럼 떠들어대곤 했습니다. 그때 여인이 반복적으로 떠들어대던 말이 입에 담기 송구스러우나 아랫것에게 겁탈을 당했다는 말이었습니다."

"저 이야기 속 여인이 낭야왕비라는 증좌도 없고 더욱이 날조되었을지도 모르는 일이 아닙니까. 한데 저 의원 하나의 말을 믿고 진왕을 추포한다는 것은 말도 되지 않습니다."

가만 듣고 있던 예부상서가 목소리를 높였다. 이에 용기를 얻은 다른 이들도 한 마디씩 말을 보태기 시작했다.

"스무 해 동안 숨겨오다 지금 등장한 것도 그 배후가 의심스럽습니다. 저자의 말을 어찌 믿겠습니까."

"증좌도 없는 이야기를 믿으라니요! 이는 엄연한 음해이고 모략입니다."

"증좌가 왜 없답니까! 폐하, 이 일에 연루된 이는 저 의원 하나가 아닌 줄로 아뢰옵니다."

진견이 목에 핏대를 세우며 반박하고 나섰다. 이내 다시 정전은 아수라장, 황제는 눈살을 찌푸리며 가볍게 손을 내저어 소란을 잠식시켰다.

"연루된 이가 하나가 아니라니. 상서우승의 말은 무슨 뜻인가."

"폐하, 그때 그 전각에 들어 있던 이는 저 의원 혼자가 아니옵니다. 그때 왕비를 모셨던 시녀가 하나 있었사옵니다."

"폐하! 이는 날조된 거짓이라 사료되옵니다!"

"날조라니! 말씀을 삼가세요!"

진견이 이를 악물고 걸어 나왔다. 그는 공손하게 두 손을 모은 후 말을 이었다.

"폐하, 죽은 낭야왕비는 제 이모님의 외동딸이었습니다. 낭야왕비이기 이전에 소신에게는 어릴 적부터 자주 보았던 누이동생이었지요. 저 더러운 추문에 대해 누구보다 분개하는 이가 바로 소신이옵니다. 그러기에 더욱 명명백백히 밝혀야 하는 것이지요. 이런 소신이 어찌 날조를 한단 말입니까. 이는 가문의 수치이옵니다!"

"상서우승의 말이 옳다."

윤허를 내리기 무섭게 문이 열리고 두 병사에 이끌려 한 여인이 정전 바닥에 꿇려졌다. 여인은 덜덜 떨며 재빨리 바닥에 머리를 조아렸다.

"이십 년 전, 박주의 낭야왕부에서 일했던 적이 있느냐."

여인은 고개를 들지도 않고 빠르게 고개를 주억거렸다. 의기양양한 미소와 함께 진견이 말을 이었다.

"그럼 네 옆의 저 의원의 얼굴을 기억하느냐."

힐끔 의원을 쳐다본 여인이 잠시 머뭇거리다 이내 고개를 빠르게 끄덕였다. 진견이 급하게 앞으로 나와 황제의 앞에 고개를 숙였다.

"이 계집이 왕부에서 일했음을 증명할 이들은 많습니다. 언제든 그들을 불러 이를 입증할 수 있사옵니다. 이 계집이 바로 어릴 적 진왕을 길렀던 여인이지요. 이만하면 진왕을 대질하는 데 있어 충분한 명분이 아니겠습니까. 자세한 내막은 진왕과 저들을 대질시킨 후에 알아보아도 늦지 않을 것입니다."

황제는 지그시 눈을 감았다 떴다. 이내 그가 고개를 끄덕이자 진견은 되먹지 못한 자처럼 호들갑스럽게 죄인을 들이라 목소리를 높였다. 잠깐의 소란이 일고 얼마 후, 길게 사열한 병사들 사이로 진왕이 걸어왔다. 꼬박 하루를 전각에 갇혀 있었다 하나 지나치게 말끔하고 담담한 얼굴로 들어선 그에 몇몇은 눈살을 찌푸리며 혀를 차기도 했다. 그는 바닥에 머리를 조아린 두 사람에겐 시선도 주지 않고 앞으로 걸어 나와 무릎을 꿇었다. 황제는 뒤의 용상에 느른히 몸을 기대며 그런 진왕을 내려다보았다. 이어진

343

침묵에 모두의 애가 타기 직전, 그가 느리게 입을 뗐다.

"들려오는 추문이 가관이 따로 없더구나. 너는 그 소문을 들어보았더냐."

"요란하기 그지없어 듣지 않을 수가 없었습니다."

"짐이 네게 묻고 싶은 것이 있다."

"하문하시옵소서."

묻는 이도 답하는 이도 마치 날씨에 대한 담소를 나누듯 산뜻한 어조다. 황제는 지끈거리는 관자놀이를 가볍게 누르며 부드러운 목소리로 물었다.

"네 뒤의 두 사람이 발고한 내용은 이미 알 터이고, 그럼 너는 저 두 사람의 얼굴을 알아보겠느냐?"

"하나는 어릴 적 제 모친을 모시던 시비이고 다른 하나는 알지 못합니다."

"네 말이 옳다. 계집은 낭야왕비를 곁에서 보필했던 벙어리 계집이고 사내는 너를 받았다 주장하는 의원이지. 다시 물으마. 정녕 저 둘이 주장하는 괴소문이 사실이더냐."

진왕의 입술에 시나브로 무심한 미소가 그려졌다. 고민하는 눈치도, 두려워하는 기색도 담겨 있지 않은 그 미소에 누군가는 자신이 놓친 게 있나 마음을 졸였고, 누군가는 혹시나 모를 일말의 기대감에 눈을 빛냈으며, 누군가는 멸시의 시선을 던지기도 했다. 오직 한 사람만이 태연하게 그다음의 수를 준비하고 있었다. 잠시 입술을 길게 늘려 고민하듯 일자로 다문 진왕이 다시 황제를 올려 보았다.

"사실이옵니다. 소신의 모친은 낭야왕비가 맞으나 소신의 아비는 이름 모를 무사입니다."

말이 끝나기 무섭게 거대한 파란이 일었다.

"서, 저런!"

"폐하! 이는 역모나 다를 바 없습니다! 감히 황족을 사칭하다니요!"

"진왕을 당장 포박하셔야 합니다!"

경악해 목소리를 높이는 대신들과 반대로 황제는 입을 꾹 다물었다. 그가 신경질적으로 손을 내젓자 그제야 소란스럽던 정전엔 다시 침묵이 내려앉았다. 황제가 입을 열었다.

"네 입으로 설명해 보겠느냐. 어찌 네 아비는 그런 대역무도한 짓을 저질렀을꼬?"

"제 부친께선 자식을 볼 수 없는 몸이셨습니다. 그러나 그분은 뒤를 이을 후계자가 필요했고 그 대안이 바로 소인이었습니다."

"어찌 후계자가 필요하단 말이냐. 기껏 왕부를 물려주기 위해 후계자가 필요하지는 않았을 테고 양자를 들이는 것 역시 하나의 방법이었을 텐데."

"양자에겐 황위를 이어받을 정통성이 없기 때문입니다."

한 치의 머뭇거림도 없이 진왕이 답했다.

"제 부친께선 잃어버린 황위를 되찾아야 한다 여기셨습니다."

황제의 기억 저편으로 묻어두어 기억할 일이 없던 얼굴 하나가 떠오른다. 별 의미도 없고 존재감도 없던 흐릿한 얼굴.

그의 백부는 방탕하기 그지없는 자였다. 거리낄 것 없이 계집을 건드리다가도 수가 뒤틀리면 칼을 들기를 서슴지 않았다. 동궁엔 품었으되 첩지 하나 받지 못한 계집들이 넘쳐 났고 그만큼 죽어 나가는 이도 셀 수가 없었다. 술과 사냥을 즐기던 만큼 학문을 멀리했다. 궁극에 이르러선 그의 조부에 의해 폐태자가 되고야 말았다. 그리고 그 폐태자의 아들이 바로 죽은 낭야왕이었다.

어릴 적을 되돌아보면 그와는 거의 마주할 일이 없었다. 황태자가 폐위가 되어 왕부에 유폐되었을 무렵 자신이 태어났고, 폐태자의 아들인 낭야왕은 아비와 함께 머나먼 박주의 동창부로 보내졌다. 폐태자가 죽고 난 뒤로도 변방만을 전전하던 낭야왕이 다시 황성에 돌아왔을 때도 그들은 딱히 접점이 없었기에 기껏해야 연례행사 때만 데면데면 얼굴을 마주했더랬다. 기억나는 것이라곤 말수가 적고 시종일관 음울한 낯을 하고 있었다는 것뿐. 죽은 낭야왕에 대해 아는 건 그것밖에 없었다.

"납득이 가는구나."

짧은 침묵 끝에 황제가 입을 열었을 때, 기다렸다는 듯 대신들의 참소가 줄지어 이어졌다.

"당장 저 죄인을 참수하셔야 하옵니다! 폐하!"

"이는 대역 죄인이 아니옵니까!"

제각기 외치는 목소리 가운데 황제는 생각에 잠겼다. 아름다운 미형의 청년, 진왕 청윤을 흡족히 여겼던 것은 사실이다. 보기 좋은 곱상한 외모도 그러거니와 기민한 눈치, 제때 등용할 수 있는 무훈까지 마음에 들지 않는 면을 찾기가 힘들 만큼 빼어난 청년이라 그는 진왕을 퍽 아끼기도 했다. 그렇기에 발고를 처음 들었을 때 음해라 여길 수밖에 없었다.

빼어난 이를 억지로 떠나보내야 한다는 건 참 안타까운 일이다. 그러나 모든 일을 완벽하게 마무리 짓기에 이보다 좋은 기회는 없었다. 황제는 묘한 미소와 함께 고개를 모로 틀었다.

"네 죄의 무게는 이미 알고 있겠지?"

"예."

"그럼 더 할 말이 없겠군. 황성을 비롯한 모든 봉작과 작위를 몰수하고 죄인에 대해선……."

"폐하, 소녀 올릴 말이 있사옵니다."

이곳에서 들으리라 기대하지 않은 목소리였다. 예상치 못한 상황에 황제는 눈썹을 높이 추어올렸고 대신들은 우물거리던 입을 다물곤 목소리의 주인을 향해 시선을 고정했다. 거침없이 연단을 내려온 공주가 돌연 진왕의 옆에 함께 무릎을 꿇었다. 난데없는 전개였다. 경악을 금치 못하는 이들을 모른 척하며 공주가 말을 이었다.

"죄인에게 벌을 내릴 요량이시라면 소녀에게도 벌을 내리셔야 할 것입니다."

"그게 무슨 말이냐."

황제는 미간을 구겼다. 그의 직감은 무언가 일이 잘못되었음을 가리켰다. 그는 애써 끓어오르는 무언가를 억누르며 다정하게 미소를 지으려 노력했다. 그러나 무섭도록 침착한 얼굴로 저를 올려다보는 어여쁜 여식과 눈을 마주쳤을 때 그 모든 노력은 수포로 돌아가고 말았다. 여식은 말했다.

"소녀, 이미 진왕과 정을 통하였습니다. 사통은 아니옵니다. 천지신명께 부부의 연을 맺겠다 고하고 달의 중신으로 마음을 나누었으니 소녀는 엄연히 이 사람의 내자이지요. 부부는 일심동

347

체, 한 몸이니 어찌 그 죄가 진왕만의 죄라 하겠습니까. 마땅히 소녀 역시 짊어져야 할 죄입니다."

"청명! 네 입 다물지 못하겠느냐!"

그는 피를 토할 듯 부르짖었다. 황제가 집어 던진 상소가 공주의 이마에 맞아 떨어졌다. 찢어진 상처로 맺힌 붉은 피가 관자놀이를 타고 길게 흘러내렸다. 청명은 멈추지 않고 말을 이었다.

"소녀는 진즉 이를 알고 있었사옵니다. 그러나 이를 알고도 덮었고, 모른 척 눈감았습니다. 이 역시 대역죄이니 소녀는 분명 공범이옵니다. 어찌 진왕에게만 죄를 물으십니까."

"당장 공주를 끌어내거라!"

순간 눈앞이 새카매졌다. 그러나 그는 꿋꿋이 용상을 잡고 버티었다. 용상을 박차고 일어나 그는 분노 어린 시선을 저 아래, 어리고 또 어린 그의 딸에게 던졌다. 아니, 더는 어리지 않았다. 그것이 가장 큰 문제일 만큼.

"진왕에게 죄가 있다면 그 천인무도할 자에 의해 태어난 것뿐입니다. 진왕은 자신이 원해서 그자의 아들로 태어난 게 아닙니다. 갓 태어난 어린아이가 무엇을 알았겠습니까. 자신도 모르는 새 그는 왕자가 되어 있었고 어느 순간, 그 모든 무게와 짐을 스스로 짊어져야 했습니다. 한데 어찌 그것이 그의 죄라 말씀하십니까. 다른 이가 만든 죄를 어찌 진왕이 혼자 책임져야 하는 것입니까. 진왕이 비밀을 알게 되었을 땐, 이미 모든 일이 벌어진 후였습니다. 너무도 가혹한 처사입니다. 스스로의 선택도 아닌 일에 어찌 죄를 물으십니까."

"공주를 끌어내란 말을 듣지 못했더냐."

서릿발같이 차가운 목소리로 황제가 나직하게 내뱉었다. 이에 몸을 움찔한 병사 몇이 뛰어 들어와 공주를 둘러쌌다. 자신의 몸에 손을 대려는 병사들을 내치며 청명이 입술을 비틀어 올렸다.

"어디 감히 이 몸에 손을 대는 것이냐! 내 발로 직접 나갈 것이다."

청명은 우아한 동작으로 자리에서 일어섰다. 고개를 단단히 치켜들고 거리낄 것 없이 당차게 걸어 나가는 공주에 정전 안엔 무거운 침묵이 깔렸다. 어느 누구도 감히 입을 열 용기를 내지 못했다. 기실, 그럴 힘도 없었다는 표현이 옳겠다. 공주가 던진 돌은 그야말로 충격과 공포만을 남겼다. 진왕에 대한 처결도 흐지부지 미루어지고 그대로 조회는 파하고 말았다. 그리고 조회가 끝난 지 반 시진도 되지 않아 온 황궁은 발칵 뒤집어졌다.

그야말로 일대를 뒤집은 파란, 다시없을 앙숙인 연국공주와 진왕의 사통이라는 희대의 염문이었다.

"정녕 공주께서 미치신 게 아닙니까! 어찌 이런 일이……."

"입에 담기도 무서운 일입니다. 말세예요, 말세. 어찌 친척지간에……."

"잘 생각해 보면 꼭 그렇지도 않습니다. 엄밀히 말하면 두 사람은 피 한 방울 섞이지 않은 남남이 아닙니까."

노련한 미소와 함께 예부상서가 은밀히 속삭였다. 그는 나른히 쥐고 있던 술잔을 내려놓으며 상체를 앞으로 가까이 했다.

"상황이 이리되어서 그렇지 윤리적으로 따져 보아도 두 사람 사이엔 아무 문제가 없습니다. 게다가 오늘 공주의 발언 덕에 진왕의 문제는 뒷전이 되지 않았습니까?"

"이보세요! 진왕은 대역 죄인입니다. 아무리 공주라 하나 진왕의 죄를 없던 일로 할 수는 없단 말입니다."

중서령이 발끈해 목소리를 높였다. 가운데서 어사대부가 어설픈 미소로 두 사람을 막아 세웠다.

"자자, 그만들 하세요. 이번 일은 공주가 너무 지나쳤습니다. 사통이라니요. 아무리 황상께서 공주를 아끼신다 해도 이는 묵과하고 지나칠 수 없는 노릇입니다."

"제 말이 바로 그겁니다. 정도를 지나쳤어요!"

"그러나 잘 생각해 보십시오. 연국공주를 제하고 나면 과연 동궁의 주인에 적합한 이가 있단 말입니까."

결국 아무리 모여 입을 놀려본다 해도 답이 나오지 않는 문제였다. 말대로 공주는 남아 있는 유일한 적통의 황족이었으며, 그런 공주를 제한 다른 친왕들은 전부 이순을 내다보는 이들뿐이다.

이에 대한 선택은 황제의 몫이었다. 그렇기에 빈 술잔을 내려다보는 시선이 더욱 썼다.

❀

긴 복도 사이로 발자국 소리가 울려 퍼졌다. 모두를 물려 지키는 궁인 하나 없는 텅 빈 전각, 불빛 하나 없는 어둠 속 태감 하나만이 들고 있는 불빛에 의지해 황제는 발을 옮겼다. 간혹 창밖에서 들리는 바람 소리를 제하면 완벽한 정적이었다. 이윽고 장지문 앞에 도착했을 때, 태감은 구부정한 허리를 숙이고 뒷걸음질 쳐 왔던 길을 되돌아갔다. 그는 문을 열었다.

낡은 문이 내는 소음에 좌상에 홀로 앉아 있던 청명이 고갤 돌려 장지문을 바라보았다. 커다란 눈을 깜박이며 유유히 응시하는 어여쁜 얼굴에서 일말의 놀람이나 당혹스러움도 찾아볼 수가 없었다. 그 뻔뻔함에 그는 웃어야 할지 화를 내야 할지 알 수가 없었다. 그는 헛웃음을 터뜨리며 천천히 다가섰다. 이내 좌상에서 일어선 청명이 공손히 예를 올렸다.

"오셨습니까?"

"올 줄 알았다는 얼굴이로구나."

그는 실소와 함께 방금까지 청명이 앉아 있던 좌상에 앉았다. 새삼스레 빙긋 웃는 얼굴이 얄망궂기 그지없다. 그 얼굴을 보기 무섭게 억눌렀던 화가 순식간에 치솟아 올랐다. 황제는 거칠게 뇌까렸다.

"왜 하필이면 그놈인 것이냐."

한 번 터진 말은 쉽사리 멈춰지지 않았다. 끓어오르는 열과 함께 밀려온 두통에 그는 관자놀이를 짚은 채 청명을 노려보았다.

"네가 원하는 모든 걸 네 손에 쥐여줄 작정이었다. 네가 바라는 대로 세상 제일가는 사내를 골라 부마로 네게 주고, 그토록 염원하던 동궁 역시 내어주려 했다. 한데 하필이면 왜 그놈이냐. 네가 가진 것들을 호시탐탐 노리던 놈이다. 네가 무엇이 모자라 그런 놈과⋯⋯!"

"제겐 청윤, 그 애가 세상 제일가는 사내입니다. 소녀가 고른 사람입니다. 제가 갖고자 원했습니다."

"말도 안 되는 소리!"

"어찌 말이 안 된다 여기십니까, 폐하. 소녀가 먼저 손을 내민 걸요. 그는 제 손을 잡았을 뿐이고요."

"청청명!"

"부디 헤아려 주세요. 마음에도 없는 자와 혼사를 치르고 사내들의 손에 좌지우지되며 종마로 살 바엔 한 번쯤은 모든 걸 걸어보는 용기를 내는 게 더 행복하리라 여겼습니다. 이 황궁은 너무도 가혹하니까요."

그리 말하는 고운 얼굴이 하얗게 빛난다. 황제는 한숨처럼 신음을 뱉었다. 아무리 애를 쓰려 해도 그는 저 작은 계집아이를 미워할 수 없는 운명이었다. 그는 손을 뻗어 청명의 이마 위로 제멋대로 흘러내린 머리칼을 넘겨주었다. 단정한 이마 한쪽에 시커먼 피딱지가 맺힌 흉을 어루만졌다.

"왕야께선 제가 싫다고 말한다면 저를 잡아주실 건가요?"

묻는 여인의 말에 그는 아무 답도 하지 못했다. 마치 어긋난 조각처럼 애초 닿을 수 없었는지 모른다. 그가 그 뜻을 이해한 건 한참이 지나서였고, 그땐 모든 일이 돌이킬 수 없었다. 정해진 순리처럼 그는 여인을 그대로 보냈고, 여인은 세상에서 가장 귀한 자리에 올랐다. 그때 그 뜻을 알았다 하더라도 그에겐 모든 걸 뒤집을 용기도, 힘도 존재하지 않았다. 영왕 청원은 황제에게도 외면받는 천한 시비의 아들에 불과할 뿐이었으니까.

그때 만일 네가 무엇을 하든 나는 너의 곁에 있겠다 대답했다면 그녀는 어떤 선택을 내렸을까?

그는 단 한 번도 그녀의 마음을 궁금해하지 않았다. 바라보는 깃만으로 충분하다 여겼기에 감히 그 어여쁜 여인의 마음을 가늠해 볼 용기도 내지 못했다. 작은 욕심조차 부리지 않았다. 그녀가 내밀어주는 손만을 하염없이 기다리고 또 기다렸을 뿐이다. 그런데 불쑥 그런 생각이 든다. 단 한 번이라도 그가 먼저 손을 내밀었더라면 그땐 어찌 되었을까.

그는 괴롭게 미간을 일그러뜨렸다. 따뜻한 손이 그의 손등 위로 올라왔다.

"소녀는 황궁에 갇혀 살지 않을 것입니다. 주인이 되고 싶은 것이지 종속되길 바라는 게 아닙니다. 그러니 저는 황위를 얻고자 제가 마음을 준 이를 버리지 않을 것입니다."

"어제 네가 한 말이 그 뜻이었구나."

밤늦게 찾아와 느닷없이 이마를 내리찧으며 살려달라 청하는 그 말을 당연히도 발칙한 연기리라 받아들였다. 저 아이의 욕심도, 배포도, 제 어미를 전혀 닮지 않은 지독한 성정도 전부 알고 있었다. 수줍고 선량한 여식을 흉내 내는 잔망스러움마저 아끼고 사랑했지만 그렇다 하여 그 장난질에 놀아날 여력은 없었다. 어울리지도 않는 눈물을 보이며 진왕을 용서해 달라 청하는 청명에 그는 눈살을 찌푸리며 차게 내쳤다. 그때 청명이 했던 말이 무엇이던가.

"소녀는 포기하지 않을 것입니다."

눈을 부득부득 크게 뜨고 대들던 제멋대로인 얼굴. 그는 피식 힘없이 실소를 흘렸다.

"처음부터 이럴 작정이었느냐. 짐이 벌린 판에 대놓고 찬물을 끼얹어 짐을 우습게 만들려는 작정이었어?"

"그럴 리가요. 단지 예상치 못했을 뿐입니다. 설마 그사이 소녀를 황태녀로 책봉하시리라곤 생각을 못 했지요."

"차라리 짐을 설득해 보지 그랬느냐. 너와 진왕이 그런 사이이니 제발 살려달라 청하였으면 짐이 어떻게든 손을 썼을지 어찌 알아."

"부황께선 그러시지 않으셨을 것입니다. 소녀가 손쓸 새도 없이 입을 막기 위해 윤을 죽이셨겠지요. 이미 상서령 진여회와 한배를 타시지 않으셨습니까."

"영리하기도 하지. 그는 또 언제 알았더냐."

"한림학사가 공주부에 찾아든 순간부터요. 그때 부황께서도 이 일의 주동자임을 확신했지요. 물론 주동자인지 방관자인지는 아직 확실치 않지만."

"발칙한 것."

"한림학사라니, 어찌 그런 자와 소녀를 엮을 생각을 하셨단 말입니까. 그자에 비하면 병부주사는 봉황이 아닙니까. 주제도 모르고 욕심만 많은 소인배를 어찌……."

언제 웃었냐는 양 청명이 주먹을 불끈 쥐며 입을 앙다물었다. 그러다 막 생각이 난 양 고개를 바짝 치켜들었다.

"그자를 두고 설마 세상 제일가는 사내라 말씀하신 건 아니시겠지요?"

"너에 비하면 한참 모자라긴 하지. 그러나 네겐 가장 필요한 이였다."

"어째서요?"

"짐이 너를 황태녀로 책봉한다 해도 진왕은 평생에 걸쳐 네 장애물이 될 것이다. 그리고 상서령은 그런 진왕을 등에 업고 너를 압박하려 할 것이다. 별것 아닌 일로도 계집임을 들먹이며 너의 자질을 의심하고 종국엔 분란을 만들게 뻔해. 짐은 너를 생각해 진왕을 제거해 주려 했다. 네가 전부 망쳐 버리긴 했다만."

"설령 진왕이 제거되고 소녀가 황태녀가 되었더라도 결국은 진 가가 소녀를 좌지우지하려 할 것은 똑같습니다. 그자의 칼날을 받느냐 그 칼을 드는 꼭두각시로 사느냐 제겐 오십보백보인 걸요."

"너는 떠오르는 태양이고 그들은 지는 태양이지. 시간이 흐르면 흐를수록 유리한 건 바로 너이다. 진여회의 아둔한 세 아들을 상대하는 법까지 짐이 네게 하나하나 일러주는 건 조금 심하다 생각지 않느냐."

"옳으신 말씀이셔요."

"중요한 건 네가 모두 망쳐 버렸다는 거다. 이 일을 어찌 해결해야 할지 짐은 알지 못하겠구나."

청명은 눈을 빛내며 그의 발치에 무릎을 꿇었다. 다정히 황제의 손을 붙잡고 짓궂게 웃는 얼굴이 염치없이 뻔뻔하기 그지없었다.

"거짓말. 부황께선 알고 계세요."

"그게 무슨 말이냐."

황제는 짐짓 시치미를 뗐다. 맹랑한 것. 공주는 이미 오래전 그의 화가 풀렸음을 눈치챈 모양이다.

"부황처럼 현명하신 분께서 모를 리가 없으시잖아요. 그를 살려주셔요."

"그다음엔?"

"황성을 박탈당하고 평민으로 내쳐진 그를 소녀의 부마로 삼아주시면 되지 않겠습니까?"

"앙큼하기도 하지. 결국 너는 무엇 하나도 놓치지 않겠다는 게로구나."

"욕심이 많아 그렇습니다."

예쁜 가면은 집어 던진 맨얼굴을 내보이니 이리 속이 시원할 수가 없다. 그러나 이는 전부 황제가 자신을 벌할 리 없다는 믿음 하에 나온 선택이었다. 그는 적어도 자신을 버릴 사람이 아니라는 확신이 그와 함께한 십 년 만에 처음으로 들었다. 이유는 모르겠다. 자신을 향해 화를 터뜨리는 그 얼굴 때문인지, 그도 아니면 난생처음으로 본 그의 지친 얼굴 때문인지는 알 수 없었다. 다만 지금 이 순간 제가 믿을 수 있는 유일한 사람이 황제라는 건 본능적으로 직감했다. 청명은 지그시 눈을 감으며 붙잡은 그의 손에 볼을 가져다 댔다.

"고맙습니다, 부황."

❀

황제는 느리게 눈을 감았다 떴다. 그의 입이 열리기를 열띠게 바라보는 대신들을 그는 따분한 눈으로 크게 둘러보았다. 커다란 장난을 앞둔 사내아이처럼 문득 심술궂은 생각이 들었다. 그러나 애를 태우는 건 그의 성미에 맞지 않았다. 용상에 기댄 등을 바로 펴고 바닥의 진왕을 내려다보았다.

"죄인의 죄는 감히 용서받을 수 없다. 황족을 사칭하고 하늘을 속이려 들었으니 어떤 것으로도 그 죄를 씻기 힘들다."

냉기가 뚝뚝 떨어지는 무겁고 엄중한 목소리에 자리를 가득 메운 몇몇 얼굴들엔 화색이 감돌았고 몇몇은 허탈을 감추지 못했다. 그러나 단 한 명, 바닥에 조각처럼 부복한 한 사람의 얼굴만은 아무 말도 듣지 못한 것처럼 고요했다. 그 반반한 얼굴과 눈을 마주쳤을 때 황제는 미처 끓어오르는 미움을 숨기지 못하고 날카로운 헛기침을 내뱉었다. 그는 길게 늘어진 입술을 끌어 올려 서늘한 미소와 함께 물었다.

"마지막으로 하고 싶은 말은 없느냐."

"없습니다."

그러시겠지. 어찌 제깟 놈이 감히 할 말이 있겠는가. 아무리 약속한 바가 있더라도 미움은 미움, 놈에 대한 적의는 사라질 성질의 것이 아니다. 단 어제까지만 하더라도 놈의 죽음에 일말의 안타까움을 느꼈던 자신이 낯설 만큼 그는 적의를 감추지 않았다. 그러나 어찌하겠는가. 결국 자식을 이기는 부모는 없다고, 어린 계집아이를 품에 안았던 순간부터 그는 그 아이에게 따를 수밖에 없는 운명이었다. 어쩌면 그녀가 내린 형벌일지도 모른다. 이런 고통마저도 감내해야 한다는.

그는 날카로운 시선을 거두며 긴 손가락으로 용상을 타닥타닥

두드렸다. 가슴속부터 깊은 한숨이 새어 나왔다.

"하늘을 속이려 한 죄, 마땅히 참형을 내림이 옳다. 그러나 인명 원년, 죄인이 토욕혼에 거둔 공적은 부인할 수 없다. 또한 그 죄의 근원이 죄인이 아닌 이미 죽은 자에게 있음을 참작해 관직과 작위, 봉읍을 박탈하는 것으로 마무리한다."

"이는 말도 되지 않사옵니다. 대역 죄인에게 참형을 물으셔야 합니다!"

"죄인에게 참형을 내리시옵소서!"

"나라의 기강을 바로 세우셔야 합니다! 폐하!"

순식간에 적요하던 정전엔 커다란 파문이 일었다. 제각기 목소리를 높이며 앞으로 나서는 대신들에 정전은 아수라장이 되었다. 이미 예상했던 바이나 반발은 극심했다. 황제는 미간을 좁히며 손을 내저어 소란을 일축했다.

"이미 짐이 내린 결정이니 번복은 없다. 여기서 이 일은 마무리 지을 것이니 이만들 하지."

"하면 황태녀와 죄인 사이의 사통은 어찌 처결하실 것입니까."

그때까지 입을 다물고 있던 사공 진여회가 한 발 앞으로 걸어 나왔다. 그는 정중히 읍을 올리며 말을 이었다.

"감히 묵과하고 지나갈 사안이 아닌 줄로 아뢰옵니다, 폐하."

"내 딸의 일까지 경들과 일일이 의논해야 한단 말인가?"

"장차 이 나라를 이끌어가실 황태녀이십니다. 사사로운 정에 이끌리셔서는 아니 됩니다."

"그러니까 경의 말은 짐이 사사로운 정에 이끌려 국사를 마음대로 자전하고 있다 그 말이군?"

"소신의 충정을 헤아려 주시옵소서."

펵 충직한 얼굴로 허리를 숙이는 그의 뒤를 따라 여럿이 두 손을 모은 채 머리를 조아렸다.

"헤아려 주시옵소서!"

"짐의 뜻은 변하지 않는다. 만약 황태자였더라도 그대들이 감히 황태자의 여인에 가타부타 시비를 따졌을 것인가. 황태녀가 누구를 취하든 그것은 중요한 사안이 아니다. 짐이 정한 후계자는 오직 연국공주 하나뿐이고 짐의 뒤를 이어 이 중주를 이끌어 갈 이 역시 연국공주이다. 더는 이 문제로 왈가왈부하고 싶지 않으니 짐이 정한 사안에 대해 더 말을 꺼내는 자는 없었으면 좋겠군. 다만 사안이 사안인 만큼 당분간 부마도위에 대한 얘기도 없던 일로 하지."

황제가 차갑게 뇌까렸다. 이에 언제 그랬냐는 듯 정전 안 떠들어대던 목소리들은 싹 걷혀졌다. 그러나 제각기 머리마다 굴리고 있을 생각들은 들리지 않아도 뻔했다. 황제는 짐짓 자애로운 목소리로 다정히 일렀다.

"그러니 경들 역시 황태녀를 대하는 데 있어 각별히 이를 유념해 주길 바라네."

"폐하, 안에 황후께서 들어계십니다."

태감이 낮은 목소리로 고했다. 황제는 미간을 잠시 좁혔으나 이내 서슴없이 문을 열었다. 따라붙으려는 태감을 저어하고 그는 홀로 주렴을 걷고 내실로 들어섰다. 주전자를 들고 차를 기울이고 있던 황후가 고개를 들고 그를 확인했다. 바싹 마른 얼굴 위

로 희미한 미소가 번졌다. 그는 차가운 시선으로 그녀를 훑어 내
렸다.

"황후께서 어찌 기별도 주지 않으시고 이곳을 찾으셨을까?"

"내궁의 주인인 황후가 부군인 황상을 찾지 못할 이유가 어디
있겠습니까?"

"황후답지 않아 하는 말이지."

"앉으셔요."

주요는 메어오는 목을 모른 척하고 시선을 찻잔으로 옮겼다.
사락, 옷감 스치는 소리가 들리나 싶더니 그가 맞은편에 앉는 게
느껴졌다. 얼마 만의 대면인지 알기는 아냐고 묻고 싶은 마음이
반, 이런 상황에서도 투정을 부리고 싶은 제가 원망스러운 마음
이 반이다. 이미 되돌릴 수 없다는 걸 알면서도 미련을 끊을 수
없는 자신이 치가 떨리게 미웠다. 그녀는 마음을 다잡고 힘겹게
입을 뗐다.

"정전에서 오시는 길입니까."

"그렇소만."

"그럼 진왕과 공주에 대한 처결도 내리셨겠군요."

"그놈은 더는 진왕이 아니고, 공주도 더는 공주가 아니요. 황
태녀이지."

더 참지 못하고 비릿한 실소가 흘러나왔다. 주요는 비틀린 입
매를 감추지 않았다.

"결국은 그리하실 작정이셨지요. 신첩은 진즉 알고 있었습니
다. 황상께서 내리실 결정을요. 궁극엔 그 아이에게 모든 걸 내
어주실 요량이셨어요."

"해서?"

"어찌 그리도 잔인하십니까. 그리 다정하신 분이 어찌 제게만은 그리 모질고 무정하십니까. 장장 스무 해입니다. 신첩이 황상의 곁을 지켜온 시간이요."

그의 날카로운 눈썹이 신경질적으로 치켜 올라갔다. 숨이 턱 막히는 듯했다. 그의 무정쯤이야 오래전부터 알고 있던 사실인데 어찌 매번 겪으면 겪을수록 익숙해지기는커녕 더욱 아파지는지 알 수가 없었다. 그녀는 애써 눈물을 억눌렀다.

"스무 해이면 마음 한 자락쯤 신첩에게도 내어주실 수 없으셨습니까?"

"그럼 황후는 마음 한 자락쯤 청명, 그 아이에게 내어줄 수 없었소? 태어나자마자 어미를 잃고 아비마저 잃은 그 가엾은 아이에게 한 번이라도 다정한 적이 있기는 했던가? 내가 그대의 핍박을 모르리라 생각한 건 아니겠지?"

이가 시릴 만큼 냉정한 목소리였다. 주요는 눈을 꾹 감았다.

"신첩이 어떻게 그 아이를 사랑할 수 있겠습니까! 황상께선 참 잔인한 분이십니다. 제게 그 아이를 사랑하라고요? 핍박이라. 하! 예. 미웠습니다. 공주의 얼굴만 보면 자다가도 화가 치밀어 오르고 구역질이 나왔어요. 미워서, 너무도 미워서 증오스럽고 원망스러웠습니다. 그럴수록 당신께선 절 더욱 미워하실 걸 알았지만 그래도 멈출 수가 없었어요."

하얀 얼굴을 타고 눈물이 비처럼 흘러내렸다. 그녀는 이기지 못하고 결국 손바닥에 얼굴을 묻었다. 언젠간 꼭 묻고 싶었던 말. 차마 마주할 용기가 없어 외면해야 했던 진실을 제 입으로 끄집어내는 순간이 오고야 말았다.

"형과 누이를 죽이고 조카의 제위를 찬탈했다는 오욕을 쓰면서까지 황위에 오르신 이유를 신첩만은 알았으니까요. 비정한 황제라! 웃기는 소리. 그 애달픈 연정 때문에 원치도 않는 용상에 앉은 걸 잘 아는데 제가 어찌 청명, 그 아이를 사랑할 수 있단 말입니까."

"마음을 추스르는 편이 좋겠군. 그만 물러가도록 하게."

그가 주요의 얼굴을 외면했다. 아무 감정도 담기지 않은 무정한 목소리에 그녀는 마지막 악다구니를 썼다. 한 번만, 단 한 번이라도 은애한다는 말이 아닌 미안하다는 사과뿐이라도, 그 말 한마디면 나는 모든 걸 용서할 수 있을 듯싶은데.

"황상의 마음을 알고도 혼사를 감행한 건 신첩이었지요. 언젠간 당신도 저를 보아주리라 그리 믿었으니까요. 참 어린 생각이었지요. 그 기다림이 스무 해가 될 줄은 몰랐습니다."

그가 고개를 돌려 주요를 외면했다. 주요는 다상을 밀치고 그에게 한 걸음 가까이 다가섰다. 눈물 젖은 손을 들어 그의 손을 애타게 끌어 잡았다.

"은애를 바라지 않았다 말하면 이는 거짓이겠지요. 그러나 신첩은 기다렸습니다. 누구에게도 신첩이 겪는 이 수모를 말하지 않았습니다. 이 황궁에서 아이를 낳지 못한 여인이 어떤 의미인지 누구보다 잘 아시지 않으십니까. 하지만 신첩은 단 한 번도 이에 대해 황상을 원망해 본 적이 없었습니다. 황상께선 신첩에겐 아이를 주지 않으셨지요. 전부 그 아이를 위해서요! 혹시나 아들이 태어나 그 계집애의 앞길에 방해가 될까 전전긍긍. 한시도 청명, 그 애를 걱정하지 않으신 날이 없었어요. 예. 지극한 애정이십니다. 세상에 이런 부정이 어디 있단 말입니까! 천한 궁노들의 동정과 비웃음을 사면서도 신첩은 감내했습니다. 스무 해를 꼬박 당신만을 기다렸습니다. 언젠간 돌아봐 주시리라 헛된 희망을 품었어요!"

"불가한 것에 미련을 두는 것처럼 어리석은 짓은 없소."

"신첩이 그리 큰 죄를 지었나요? 무엇이 그리 큰 죄입니까? 그때 그 여인을 황태자께 보인 것, 그게 그리도 원망스러우셨습니까? 그래서 이리도 신첩을……!"

"그만하지. 더는 황후의 주정을 듣고 싶지 않으니."

그가 매몰차게 주요의 손을 뿌리쳤다. 주요는 행여나 놓칠세라 그의 소맷자락을 길게 붙잡았다. 고개를 저을 때마다 눈물이 빗방울처럼 흩뿌려졌다.

"아니요. 그 귀한 여인을 놓친 건 황상이십니다. 신첩에게 원망을 떠안기지 마세요. 당신은 은애하는 여인 하나 지킬 용기 없던 겁쟁이셨습니다. 황상께선 절망을 마주할 용기가 없어 신첩에게 모든 화살을 돌리셨지요. 예. 압니다. 아는데도 여전히 그런 당신을 사랑하는 걸 보면 신첩은 머저리인가 봅니다."

한참을 흐느끼던 그때, 문득 무언가가 볼에 닿았다. 놀라 눈을 뜨기 무섭게 제 볼을 훔치는 그의 손이 보였고 이어 그의 얼굴이 눈에 들어왔다. 그녀는 놀라 숨을 쉬는 것도 잊고 말았다. 아무렇지 않은 얼굴로 그가 담담히 중얼거렸다.

"그 말이 맞아. 나는 내 원망 하나 감내할 자신이 없어 애꿎은 당신을 미워했지. 그리하지 않으면 견딜 수가 없었거든. 내게 필요한 건 세상 따위가 아니었어. 오직 여인 하나였는데 그마저도 바랄 용기가 없었어."

"참 잔인하십니다. 마지막까지 신첩에겐 잔인하시군요. 제게 주실 마음 한 자락 없으시다면 다른 것 하나쯤은 내어주실 수 있으시겠지요. 정말 마지막이니까요."

그녀는 그의 손을 뿌리친 뒤 해맑게 웃으며 소매로 눈가를 닦았다. 목이 메어왔다.

"신첩은 아직도 기억이 나요. 친영례 날 황상을 다시 뵈었을 때요. 중추절 연회 날, 멀리서 황상을 처음 뵈었던 순간부터 신첩은 한순간도 황상을 잊어본 적이 없었어요. 부친을 졸라 혼사를 청했고, 결국 친영례에서 다시 뵈었을 때 신첩은 세상에서 가장 행복한 신부였답니다. 합환주를 나누어 마시기 위해 잔을 든 손이 어찌나 떨리던지 아직도 잊을 수가 없어요."

그녀는 그의 얼굴을 바라보지 않았다. 어떤 표정을 짓고 있을까. 함께한 스무 해의 시간, 당신의 표정 하나에도 내 마음은 하늘과 땅을 오르내렸는데. 이젠 차마 볼 수 없었다. 미동조차 없는 그의 손을 물끄러미 바라보다 낮게 중얼거렸다.

"그 합환주로 부부의 연이 하나로 매였지요. 하니 그 연을 자르는 것도 신첩의 몫일 듯합니다. 폐하, 신첩을 위해 절연주를 드셔주세요."

"……차가 아니라 술이었군."

주요는 눈을 꼭 감고 고개를 작게 끄덕였다. 소맷자락이 움직이는 소리가 들렸고 다음으론 다상 위의 잔이 달그락거리는 소리가 났다. 그 작은 소리가 마치 천둥과도 같아 가슴이 무너져 내렸다. 지금 이 순간에 이르러서도 제 마음이 이토록 치열하게 갈등한다는 사실이 그녀를 더욱 비참하게 만들었다. 그러나 끝내 애정은 이기심을 이길 수 없는 것이다. 이게 진주요라는 인간의 한계였으니까.

잔을 깨끗이 비운 그가 소리 없이 다상 위로 내려놓았다. 그제야 황후는 닫힌 눈꺼풀을 들었다. 입가에 맺힌 미소는 차라리 아니 짓는 게 나을 만큼 가엾었다. 볼 위로 줄줄 흐르는 눈물을 닦지도 않고 황후는 웃으며 말했다.

"이미 이 생에서의 마음은 다른 이에게 전부 주셨다 하셨지요. 상관없습니다. 마음을 가질 수 없다면 껍데기라도 좋아요. 이 생에서 아니 되면 다음 생에서라도 껍데기와 함께 기다릴 테니까요."

무슨 말을 하기 위해 떼어진 입술이 달싹였으나 입술 밖으론 아무 소리도 흘러나오지 않았다. 축축한 무언가가 입술을 적셨다. 코에서부터 흘러나온 피가 입술을 적시고 턱을 따라 흘러내려 뚝뚝 바닥으로 떨어졌다. 황제는 남의 것을 보듯 멍한 눈으로 그것을 잠시 응시하다 이내 고개를 들었다. 두 손으로 입을 틀어막고 우는 여자를 쳐다보았다. 검은 용포를 적시는 피를 보았다가 다시 여자를 응시했다. 아찔한 이명이 찾아왔다. 그는 무의식적으로 몸을 일으키려 했지만 머리를 울리는 격렬한 어지러움에 휘청였다. 그의 발에 채인 다상이 요란한 소리를 내며 뒤엎어졌다.

"아."

"황상. 저와 함께 가요. 우리 함께 있어요."

어느 순간, 매끄러운 손이 나타나 그의 팔을 휘감았다. 그녀는 그의 품에 스르르 안겼다. 다리에 힘이 풀리고 순식간에 바닥에 주저앉은 그를 끌어안고 황후는 뚝뚝 눈물을 흘렸다. 그는 아무 반항 없이 그녀의 무릎에 머리를 베고 울컥거리는 피를 목 너머로 삼키려 했다. 그러나 기침과 함께 토해지는 피에 어느새 바닥은 흥건해졌다. 그녀는 찬찬히 그의 입가를 영견으로 닦았다.

"걱정 마셔요. 끝까지 함께할 테니 두려워 마세요. 저는 언제나 당신 곁에 있을 거랍니다. 그러니 울지 말아요."

정작 자신은 그리도 서럽게 울면서 황제 자신더러는 울지 말라 말하는 여인을 향해 그는 까딱이는 손을 힘없이 뻗었다. 눈물에 흠뻑 젖은 볼을 훔쳐 주었다. 황제는 붉어지는 시야에 눈만 깜박이며 입을 뻐끔거렸다. 얼어붙은 황후가 몸을 굽혔다.

"황상."

소리 없이 움직이는 입술에 그녀는 급하게 귀를 가까이 가져다 댔다. 아무 소리도 들리지 않는다.

"황상. 방금 무어라 하셨습니까? 다시요. 다시 말해주세요. 듣지 못했습니다."

들어야 했다. 마음 한 자락, 다정한 말 한마디 남긴 적 없던 무정한 사내가 제게 건넨 유일한 말이다. 그녀는 부단히도 빠르게 눈을 깜박이며 그의 입술에서 시선을 떼지 못했다. 덜덜 떨리는 손으로 피로 붉어진 입가를 매만지고 또 매만졌다. 그리하면 조금이라도 잘 볼 수 있다는 듯 애타게 피를 닦아내려 노력했다. 그러나 그는 더는 아무 말도 하지 않았다. 단지 언제나처럼 그러했듯 의미를 알 수 없는 눈빛으로 바라보기만 할 뿐이다. 가슴이 턱 하고 막혀왔다. 그녀는 급한 손길로 그의 어깨를 작게 흔들었다.

"황상. 어서요. 예? 다시, 다시 한 번만. 다시요."

일순간 주요만을 바라보던 눈에 빛이 사라졌다. 주요는 피에 젖은 손을 들어 덜덜 떨며 이마를 쓸어 올렸다. 머리가 지끈거렸다. 그리고 다시 채근하듯 그를 흔들었다. 더는 눈을 깜박이지도 않았고, 입술을 움직이지도 않았다. 그래도 그녀는 다시금 그를 불렀다.

"황상. 말해주셔야지요. 제게도 한 번은 말해주셔야지요."

아니다. 주요는 분명히 들었다. 그가 남긴 마지막 말은 주요를 사랑한다는 그 말이었다. 그래야 했다. 그러니 아무것도 중요하지 않다. 오로지 그가 진주요, 자신을 사랑한다는 그 말만이 세상에 남았다. 주요는 기쁘게 웃었다. 웃지 않을 수가 없었다.

12

　청명은 물끄러미 그를 내려다보았다. 핏기 하나 없이 하얗게 질린 얼굴, 목석처럼 딱딱하게 굳은 몸은 이미 이승의 것이 아닌 것처럼 이질적이었다. 청명은 시선을 돌리지 않고 물었다.

　"황후의 시신은 어찌하였느냐."

　"옆 내실에 따로 모셔두었습니다."

　"입단속을 철저히 하거라. 이 일이 새어 나가는 즉시 이곳에 있던 모든 궁인들의 숨을 거둘 것이다."

　"예."

　물러가란 의미로 손을 움직이자 이내 소리 없이 모두가 빠져나갔다. 청명은 가지런히 이불 위로 올려진 그의 손목에 손을 가져다 댔다. 미약하게나마 이어지는 명맥에 기뻐해야 하는 것인지, 그도 아니면 죽는 것보다 못한 상태로 숨 쉬는 것에 슬퍼해야 하는지 알 수가 없다.

단 하루 전까지도 멀쩡히 화를 내고 웃어주던 사람이 순식간에 생과 사의 기로에 놓인 것에 대해 놀라야 하는지 두려워해야 하는지 헷갈렸다. 청명은 곁에 놓여 있던 영견을 들어 그의 이마를 닦았다.

황제가 쓰러졌다. 어쩌면 내일, 아니 오늘이라도 그는 죽을지 모른다. 지금 당장 숨이 끊어져도 이상하지 않을 상황이었다. 그리고 황후는 스스로 목숨을 끊었다. 술에는 짐독이 들어 있다 했다. 황제에게 그 술을 먹인 황후는 스스로 가슴을 찔러 자결했다.

모든 일이 완벽히는 아니라도 대강은 해결되었다는 사실에 기뻐했던 것이 마치 전생의 일처럼 한없이 아득했다. 윤은 살았고 조금만 기다리면 그를 볼 수 있으리란 사실에 철없는 아이처럼 기뻐했던 자신이 한심하기 그지없었다. 청명은 실소를 금치 못했다. 누구인지 모를 절대자는 심술궂게도 손바닥 뒤집듯 판도를 바꾸어 버렸고 지금 청명이 마주한 이 상황은 막막하고 절망적일 뿐이었다. 무슨 일을 해야 할지, 어떻게 이 절체절명의 난국을 타개해야 할지 알 수 없었다.

반감을 가진 이가 태반일지라도 자신은 황태녀였다. 황제가 없는 정국을 이끌어가야 할 유일한 존재였다. 그러므로 누가 뭐라 하건 정당한 후계자는 저 하나뿐이란 걸 머리로는 잘 알았지만 막상 눈앞에 일이 닥치자 두려운 마음이 들었다. 청명은 멍하니 황제의 창백한 손을 어루만졌다.

정말 나는 혼자 남겨진 걸까. 과연 혼자 힘으로 이 사태를 수습할 수 있을까.

두려운 의문이 계속해서 흐린 머릿속을 가득 채웠다. 황제의 앞에선 무릎을 꿇고 복종을 말하던 그 얼굴들이 여인인 자신 앞에서도 마찬가지로 충성을 고할지 불안했다. 막다른 골목에 혼자 남겨진 기분이 엄습해 왔다. 숨이 거칠어졌다. 가쁘게 오르내리는 가슴을 애타게 부여잡고 청명은 눈을 감았다.

어찌해서 이 두려운 자리에 나는 오르겠노라 공공연히 떠들었을까. 지난날의 어리석음이 또다시 무겁게 그녀를 짓눌렀다. 아무것도 모르는 천둥벌거숭이이기에 오히려 용기가 있을 수 있었다. 가장 높지만, 가장 외로운 이 자리를 고지에 둔 지금, 청명은 두려웠다. 때 이른 한기가 닥치기라도 한 것처럼 와들와들 떨리는 몸을 주체할 수가 없었다.

"부황, 일어나셔요."

인정하고야 만다. 지난 십여 년간 인정하지 않으려 고집을 부려왔지만 어느새 자신은 이 남자에게 크게 의지하고 있었던 사실을. 혼자 힘으로 살아남기 위해 죽을 둥 살 둥 버티고 있다 단언해 왔지만 정작 황제가 없었다면 지금껏 버텨올 수도 없었을 것이다. 그는 청명의 가장 큰 방패막이였다. 십 년 전, 부친을 잃었을 때도 느끼지 못한 두려움이 밀려왔다. 공포였다. 진정으로 청명은 무서웠다.

교지는 이미 내려졌고 지금쯤 군대를 지닌 전국 각지의 절도사들은 공주가 황태녀에 봉해졌다는 사실을 알게 되었을 것이다. 여인이 감히 천하의 주인이 되겠다 나서다니, 누군가는 치를 떨 테고 다른 누군가는 비웃으며 감춰왔던 욕심을 드러낼지도 모른다. 아니, 이미 그럴 이가 태반이었다.

그럼 나는 누구를 믿어야 한단 말인가.

사해에 돌연 내동댕이쳐진 기분이었다. 아무도 없는 허허벌판에 홀로 남겨진 듯 청명은 손을 떨었다. 떨리는 손을 들어 식은땀이 흐르는 이마를 훔쳤다. 마른 입술을 잘근잘근 깨물었다.

살아야 한다.

청명은 그리 중얼거리며 두 손을 꽉 맞잡았다. 새겨 넣듯 되뇌었다. 그녀에겐 살아남아 지켜야 할 사람들이 존재했다. 서안, 소산. 그리고 윤. 청명의 사람들. 그들을 위해서라도 청명은 반드시 강해져야 했다. 무섭고 두려워도 그 공포를 드러내지 않고 꽁꽁 숨겨야 한다. 그녀가 겁을 내고 약해질수록 누군가는 그것에 기쁨을 느낀다. 지킬 사람들이 있어 청명은 이대로 나약해질수가 없었다.

혼자가 아니었다. 청명에겐 윤이 있다. 그녀에겐 그가 있었다. 그가 있는 한, 청명은 무엇이든 해낼 수 있다. 곁에 있지 않아도 함께이니까.

흐려졌던 물이 맑게 개듯 머릿속이 깨끗해지는 것은 한순간이었다. 또렷한 눈이 반짝, 기이하게 빛을 냈다.

❀

"대체 이 새벽에 무슨 일이란 말인가."

느닷없이 저택으로 들이닥친 전령에 잠옷 바람으로 전령을 맞이해야 했던 진여회는 어안이 벙벙한 얼굴이었다. 급하게 말을 타고 들어온 터라 잠은 완전히 깬 상태였지만 오는 내내 고민해 보아도 이 상황이 무엇을 뜻하는지는 여전히 오리무중이었다. 그는 미심쩍은 눈으로 압박하듯 태감을 빤히 쳐다보았으나 입이 무거운 사내는 표정 없이 허리를 숙일 뿐이었다. 결국 못마땅한 헛기침만 두어 번 하고 그는 함명전으로 들어섰다. 긴 복도마다 장지문을 지키는 내관과 궁녀 하나 얼씬하지 않는다는 걸 눈치채지 못할 만큼 그는 깊은 생각에 잠겨 있었다. 마침내 불빛이 어른거리는 내실 앞에 도착했을 때, 그는 평소처럼 문 앞에 멈추어 섰다. 기다려도 열리지 않는 문에 문득 고개를 들었을 때야 그는 이상한 점을 깨달았다.

'어찌 지키는 내관 하나가 없는가.'

수상하다. 늙지만 기민한 촉이 괴이쩍은 무언가를 감지해 냈다. 그가 문 앞에서 머뭇거리던 그때, 문 너머에서 목소리가 들렸다.

"오셨으면 들어오세요."

시키는 대로 문을 열고 들어서자 지독한 약재의 냄새가 훅 하고 가장 먼저 그를 반겼다. 불안한 시선의 끝에 한 여인이 들어왔다. 그의 낯이 홱 찌푸려졌으나 이내 평소의 평온을 되찾았다.

"황태녀 전하께서 어찌 이곳에 들어 계신지요."

"경을 부른 게 나이니 내가 이곳에 있는 게지요."

"신은 황상의 부르심을 받잡고 들었습니다."

"그 부름 역시 내 지시입니다."

다정하고 그윽한 목소리다. 어린 계집의 같잖은 희롱이나 듣기 위해 한밤중에 예까지 왔다니, 그는 치솟는 짜증을 능숙히 숨기며 마찬가지의 인자한 미소와 함께 황태녀를 마주 응시했다.

"어인 부름이십니까."

"다른 이라면 몰라도 경이라면 먼저 일러 드리는 것이 그동안의 노고에 대한 마지막 도리가 아닐까 하여 이리 불렀습니다."

"신을 놀리고자 하심입니까."

형식적인 미소가 싹 걷히고 서릿발같이 차가운 기색이 감돌았다. 그는 불편한 기분을 감추지 않고 딱딱하게 굳은 목소리로 으르렁거렸다.

"알아들을 수 없는 말을 하시니 당혹스럽기 그지없습니다."

좌상에 앉아 알 수 없는 눈으로 그를 훑어 내리던 황태녀가 돌연 자리에서 일어섰다. 바짝 굳은 그는 샅샅이 그녀의 움직임을 따라 시선을 움직였다. 황태녀는 아무 설명 없이 벽 한켠의 주렴을 걷고 내실 깊숙한 곳으로 들어섰다.

"들어오시지요."

나직한 목소리가 재촉했다. 결국 그는 소리 없이 한숨을 감추며 주렴 너머 어둑한 내실로 발을 디뎠다. 그리고 동시에 아까보다 짙어진 약 냄새가 코를 찔렀다. 냄새의 근원은 바로 이곳이었다. 침상 바로 아래서 약을 달이고 있는 작은 화로가 눈에 들어왔다. 그리고 이어, 침상 위 눕혀진 자기처럼 창백히 굳은 사내를 발견했다. 그는 저도 모르게 주춤 한 발 뒤로 물러섰다.

"이게 무, 무슨……."

"음독(飲毒)입니다. 술에 짐독이 들어 있었다더군요."

"이 일을 아는 자가……."

"경과 나, 태감과 태의 하나이니 이제 막 넷이 되었습니다."

"어느 누가 감히 이런 무도한 짓을 저질렀단 말입니까."

병세에 대해 따로 듣지 않아도 황제의 상태는 실로 심각해 보였다. 그는 시선을 황제에게서 떼지 못한 채 인상을 찌푸렸다.

"대체 그 배후가 누구이기에……."

대답을 듣기 위해 고갤 돌렸을 때, 그는 빙긋이 미소를 띤 어여쁜 면안과 마주했다.

"그것이 바로 이 문제의 핵심이지요."

문가에 기대어서 이쪽을 바라보는 황태녀의 눈이 야릇하게 빛을 발했다. 그 의미심장한 미소에 온몸의 피가 차게 식어 내리는 듯했다. 그는 마른침을 꿀꺽 삼키며 입술을 혀로 적셨다.

"신이 우매하여 잘 알아듣지 못하겠습니다."

"보셔야 할 것이 더 있습니다."

구역질이 나왔던 것은 올라오는 추기 때문도 아니요, 피에 젖은 시신의 정체를 알아봤기 때문도 아니었다. 영리한 머리는 순식간에 답을 도출해 냈다. 진가의 멸문. 차마 이겨낼 수 없는 현실에 앞이 아득해졌다.

진여회는 가까스로 시선을 떼 황태녀를 응시했다. 표정 없이 황태녀가 그에게로 걸어왔다.

"황후는 자진했습니다. 본인이 저지른 일의 무게를 감당하기 힘드셨겠지요. 덕분에 그 무게는 경께서 전부 지셔야겠습니다."

그는 대답 없이 사시나무처럼 떨리는 몸을 벽에 기대었다. 사고가 정지되기라도 한 것처럼, 아무런 생각도 들지 않았다. 사자처럼 버티고 선 황태녀를 쳐다보다 고갤 돌려 인형처럼 눕혀진 딸을 다시 쳐다보았다. 금빛 정복은 피에 젖어 본연의 색을 잃었고 몸의 피가 전부 빠져나가기라도 했는지 창백한 피부엔 핏기라곤 찾아볼 수 없었다. 유리구슬처럼 생기 없는 눈동자엔 마지막으로 찾아온 공포와 고통만이 남아 있었다. 그는 지친 걸음을 옮겨 채 감지도 못한 여식의 마지막 눈꺼풀을 덮어주었다. 손끝으로 닿는 섬뜩한 냉기에 순간 눈앞이 새카맣게 질려 몸이 휘청거렸다. 가까스로 상을 짚고 버텨낸 그는 움직이지 않는 입술을 간신히 뗐다.

"어찌 신에게 이를 먼저 알리십니까."

"이제부터 나는 경에게 제안을 하려 하니까."

귀를 의심할 수밖에 없었다. 그는 홀린 것처럼 지친 고개를 들었다.

"황상께서 무사히 쾌차하신다 해도 이는 감히 용서받을 수 없는 대역죄, 나는 구족을 멸하라 명을 내릴 것이고 경과 경의 아들, 그리고 갓 태어난 손자까지 전부가 저 대로에 참수가 되어 목이 걸리겠지요."

한가로운 대화를 나누듯 나른한 목소리였다. 흘긋 황후를 향해 시선을 옮긴 황태녀가 한 발 이쪽을 향해 다가서며 말을 이었다.

"당장 내일부터 나는 섭정을 시작합니다. 명분으로나 무엇으로나 황태녀인 내가 황상의 빈자리를 채우는 것은 지극히도 당연한 일입니다. 지금쯤이면 전국의 절도사들에게도 이 소식이 전해졌을 터, 하나 개중엔 감히 내게 반기를 드는 자들이 나올 겁니다. 건방지게도."

그녀는 눈을 가늘게 뜨고 웃었다.

"명분도 정통성도 모두 지닌 내가 유일하게 필요한 것이 바로 그것입니다. 무사히 황위에 오르기 위해서는 한 번쯤은 사특한 자들을 본보기로 삼아 짓밟아야 할 필요가 있지요. 꿈도 꾸지 못하게 완전히 짓밟아야 합니다. 다시는 내게 반기를 들지 못하도록 그 뿌리까지 뽑아내야 합니다. 나는 절도사가 일으킨 역모를 진압할 것이고 이를 통해 명실상부한 황제가 될 것입니다."

"해서……."

"요지는 이것이지요."

여왕은 미소와 함께 입술을 움직였다.

"숙청."

피로에 점철된 그의 눈이 느릿하게 감겼다. 애초 선택지는 없었다.

"경께선 날 도와주시면 되겠습니다."

지독히도 짙은 어둠이 내린 사위, 청명의 눈이 위압적으로 번득였다. 그는 차마 인정할 수밖에 없었다. 어린 공주는 단순한 계집이 아니었다. 범의 자식은 범, 감히 길들일 수 없는 사해의 주인. 결국 모든 것은 순리대로 흐를 수밖에 없는 것이다.

❀

시간은 속절없이 흐른다. 어느새 한 절기를 훌쩍 뛰어넘어 벌써 중경엔 늦은 겨울이 한창이었다. 앙상한 가지마다 세찬 바람이 휘감고 지났으며, 길거리엔 두꺼운 옷을 여미고 걸음을 재촉하는 이들 몇만이 눈에 띌 뿐이다. 싸늘하고 메마른 계절만큼이나 사람들의 마음 역시 메마르기는 마찬가지였다.

급작스레 쓰러진 황제를 대신해 섭정을 시작한 황태녀는 단숨에 조정을 장악하는 데 성공했다. 그녀는 신중하게 듣고 과감하게 판단했으며 대세를 정확히 꿰뚫었다. 물론 그 뒤엔 상서령의 전폭적인 지지가 있었기에 가능했다. 어렸기에 가끔은 서툴기도 했지만 그럴 때면 노련한 정치가인 상서령이 황태녀를 뒤에서 옳은 방향으로 이끌었다. 그렇다고 하여 전권을 장악한 황태녀가 상서령의 허수아비가 되었느냐 하면 이는 아니었다. 오히려 형국은 상서령이 황태녀의 수족이 된 것과 다를 바 없었다. 조정의 가장 큰 우두머리인 상서령이 공주의 편에서 공주를 뒷받침하니 자연스레 주도권은 황태녀 쪽으로 치우치는 것이 당연했다.

황후의 죽음은 자연스럽게 잊혀졌다. 황제를 간호하다 얻은 병세로 하루아침에 세상을 떠났다 알려진 황후의 장례는 간소하고 빠르게 진행되었다. 품이 낮은 비빈 몇만이 남은 액정은 한적하고 쓸쓸했다. 얼마 지나지 않아 그마저도 와해되었고 육궁엔 아무도 남지 않았다.

그리고 그해 겨울, 영국공 서경업이 익주에서 봉기를 일으켰다. 계집의 손에 넘어간 황실을 바로 세운다는 기치를 내들고 연호를 광해로 고친 그는 스스로를 황제라 칭했다. 서경업의 포고문이 황성까지 도달했을 때, 모반을 진압하기 위해 황태녀는 군대를 출병시키기로 결정했다. 사공 진여회는 그 수장에 한 사람을 천거했다. 서방의 이적들을 크게 무찌른 전적이 있던 전쟁 영웅. 그리고 기다렸다는 듯, 황태녀는 그를 선봉에 세우는 것을 허락했다. 십만 대군의 통수권과 함께 윤을 익주도대총관에 임명하여 봉기군을 토벌토록 명했다.

해를 넘기고 정월, 황제는 긴 잠에서 깨어났다. 눈을 뜬 황제는 황위를 선양하고 태상황이 되는 것이 옳다는 친필 조서를 내렸다. 세 번의 만류 끝에 황태녀는 황제의 뜻을 받아들였다.

익주에서 시작된 반란은 어느덧 끝을 보이고 있었다. 황성으로 진격해야 한다는 무리와 익주를 소굴 삼아 왕 노릇을 하길 바라는 무리 사이의 이견으로 시작된 갈등은 봉기군 내부의 분란을 불러일으켰다. 결국 둘로 나뉜 부대는 반란이 시작된 지 육십여 일 만에 완전히 진압되었다.

❀

"네 뜻대로 모두 되었구나. 이제 속이 시원하느냐?"

"예. 기쁘지 않을 리가 없지 않습니까."

"교활하기도 하지."

"부황을 닮아 그러지요."

청명은 황제의 어깨 위로 모포를 끌어 올리며 작게 중얼거렸다. 눈이 녹기 시작하고 불어오는 바람엔 따뜻한 기운이 감돌기 시작했다. 그러나 막 바깥출입을 시작한 황제에겐 이 정도 기온도 버겁긴 마찬가지다. 옷을 여며주는 청명을 바라보던 황제가 무심히 물었다.

"녀석은 언제쯤 돌아온다 하더냐."

"모두 마무리하고 회군을 명한 지가 한참 되었으니 아마 늦어도 내일이면 황성에 돌아오겠지요."

"그놈이 그리도 좋으냐?"

"좋으니 이러지 안 좋은데 이러겠습니까?"

어울리지도 않게 바보처럼 미소 짓는 얼굴에 불현듯 얄미운 기분이 들어 황제는 떨리는 손을 들어 약하게 볼을 꼬집었다. 그래도 방긋 웃는 걸 보면 어쩔 수 없이 지고야 만다. 그는 체념하듯 분분히 흐르는 하수로 고갤 돌렸다. 어느덧 성큼 코앞으로 다가선 봄에 얼어붙었던 하수도 녹고 물도 다시 흐르기 시작했다. 새로운 계절이 다시 시작된 것이다.

"그런 놈이 무어가 좋다고."

"제가 좋으면 되었지, 부황께선 무슨 상관이시라고."

"이빨 빠진 범이니 이젠 무섭지 않다 이 말이구나?"

"그럴 리가 있나요?"

언제 툴툴거렸냐는 양 애교를 떨며 달라붙는 여식에 그는 어서 떨어져라 싫은 척 내쳤으나 잔망스러운 그의 딸은 그런 거짓에 속지 않았다. 실은 매실을 좋아하진 않지만 여름이 오면 당신을 위해 함께 나눠 먹어드리겠다 속삭이는 발칙한 말에 그는 소리내 웃었다.

시간은 흐른다. 어느덧 그의 시대는 저물었고 이젠 새로운 태양이 떠오를 차례. 아주 오래전부터 시간은 천천히, 느리지만 꾸준하게 흐르고 있었다. 단지 이를 알아차리지 못했을 뿐이다. 혼자만의 시간에 갇혀 과거만을 돌아보고 있을 동안 그는 주변을 외면해 왔다. 그 외면이 불러일으킨 결과가 무엇인지 이젠 알았다. 이는 스스로가 짊어져야 할 무게였고 감내해야 할 짐이었다. 쓴웃음과 함께 황제는 문득 물었다.

"상서령은 어찌 되었느냐."

"금일 모든 식읍과 가택을 내놓고 하야를 청했습니다. 익주에서의 일을 책임지고 물러나겠다더군요. 고향으로 낙향한다 들었습니다."

"잘되었구나."

"어찌 제 독단으로 모든 걸 마음대로 처리한 것에 화를 내지 않으십니까?"

"네 선택을 탓할 마음은 없다. 책임지는 것도 네 몫이고 그 선택이 불러올 결과를 받아들이는 것도 전부 네 몫이다. 그러니 내가 탓한들 무슨 소용이 있겠느냐. 어차피 내 일도 아니거늘."

그는 등받이에 기댄 등을 조금 꼿꼿이 세우며 다정히 청명의 머리를 쓰다듬었다. 묘하게 퉁명스러운 얼굴이었으나 입을 다물고 착실히 그의 말에 귀를 기울이는 딸의 얼굴은 사랑스러웠다. 그에겐 청명이 있었다. 그러니 지난 생이 그리 허망하고 덧없기만 한 것은 아닐지도 모른다. 본디 인간은 실수를 되풀이하며 살아가는 존재였으니까. 실수투성이에 엉망으로 보일지라도 그에겐 청명이 있었고 그 하나로 모든 건 다시금 의미를 되찾는다.

"봄이 오면 즉위식이 있겠구나. 그 전에 동도로 유람이나 떠날까 한다. 동도의 목단을 빼놓고 봄을 논할 수는 없지."

"소녀가 면류관을 쓰는 모습을 보아주셔야지요."

"어차피 네 곁엔 그 녀석이 있을 터인데 내가 있어 무엇하려고."

그는 괜히 심술을 부려보았다. 이런 그의 마음을 아는지 모르는지 빙긋이 미소와 함께 청명은 그의 마른 팔에 손을 올렸다. 다소 어린애처럼 재잘거리며 바싹 마른 장작 같은 팔을 제 쪽으로 당겨 안았다.

"소녀를 지켜봐 주세요. 부황께서 봐주시는 가운데 오르고 싶어요. 부황께선 이제 제 유일한 가족이시잖아요. 그러니 윤도 너무 미워 마셔요. 전 제 사람들이 서로 싸우는 건 보고 싶지 않아요."

"누가 싸웠다고."

어쩐지 계면쩍은 대답이었다. 맹랑한 딸은 그런 제 아비를 향해 깔깔 웃음을 터뜨린다. 명랑한 웃음소리가 부드러운 공기를 타고 울려 퍼졌다. 청명은 소맷자락으로 입술을 가리며 힐긋 푸른 하늘을 올려다보았다. 구름 한 점 없이 맑고 깨끗한 하늘, 가만히 눈을 감으면 금세 잠이 들 것만 같이 평화로운 어느 오후다. 그녀는 멍하니 푸른 하늘만 쳐다보며 눈을 깜박였다. 하늘에 꿀이라도 묻혀두었느냐 장난스레 타박하는 황제의 말도 듣지 못한 채 그렇게 눈을 떼지 못했다.

하늘은 언제나 그 자리에 있다. 모든 걸 받아줄 듯 관대하고 너른 하늘. 청명에게도 하늘이 있었다. 남들이 아무리 제멋대로에 오만방자한 독종 계집이라 비난해도 유일하게 있는 그대로의 청명을 받아주는 사람. 청명은 서글픈 웃음을 금치 못했다. 윤, 그가 보고 싶었다.

푸른 하늘에 주홍빛 물이 들기 시작하자 주변의 공기는 순식간에 썰렁하게 차가워졌다. 아직은 병석에서 막 일어난 환자라 찬바람을 오래 쐬는 건 금물이었다. 황제를 내실로 데려다준 뒤, 청명은 동궁으로 발을 옮겼다.

황제가 누워 있던 지난 반년, 국정을 맡아 조정 대사를 처리하는 것은 청명의 몫이었다. 황제가 국정을 돌볼 수 없이 병석에 누워 있던 그 잠깐 사이, 그의 처결을 기다리는 수많은 상소와 상주문은 날마다 산처럼 쌓였다. 황제라는 말은 단순한 통치자를 뜻하는 게 아니었다. 억겁의 책임과 무게를 지닌 자리, 청명은 이를 천천히 알아가는 중이었다. 크고 작은 대소사에 이르기까지 황제의 손길이 미치지 않는 일이 없었으니 일은 해도 해도 줄을 줄 몰랐고 덕분에 눈코 뜰 새 없다는 말이 무얼 뜻하는지도 알게 되었다. 어제만 해도 밀린 상주문을 읽느라 밤을 지새웠는데 이런 밤을 굳이 세는 것이 새삼스러울 지경이었다.

느리게 깜박이는 두 눈 가득 졸음이 담겨 있었다. 청명은 밀려오는 하품을 참지 못하고 결국 소맷자락 뒤로 벌어지는 입을 감췄다. 가마도 마다하고 굳이 동궁까지 걷겠다는 청명의 뒤를 조용히 따르던 서안이 걱정스레 물었다.

"어제 제대로 침수에 드시지도 못하였는데 오늘이라도 푹 주무셔야지요."

"그러면 또 오늘의 걸 내일로 미뤄야 하는데?"

"그럼 내사인님은 무얼 한답니까? 조서는 내사인의 몫인데 어찌 전하께서 전부 떠맡으시려 하셔요."

"소산은 소산대로 바빠."

의미심장한 미소와 함께 청명이 중얼거렸다. 알 수 없는 눈웃음과 함께 딴청을 부리는 청명에 서안은 어쩐지 불안한 마음을 감추지 못했다.

"또 무슨 일을 벌이시려고. 이러다 잠 못 드시겠네."

"걱정 마. 나는 소산을 믿으니까. 소산은 반드시 해낼 거야."

믿는다. 소산이라면 충분히 해낼 수 있을 것이다. 지금은 비록 내사인이라는 이름 아래, 제대로 된 관직 없이 조서와 명(命)을 담당할지라도 언젠가는 분명 여과(女科)를 통해 정식으로 국정에 나서리라 청명은 믿어 의심치 않았다. 여인 역시 왕을 도와 정치에 참여하여 제도와 문물, 풍속을 직접 제정하고 교정하며, 한 나라의 신하로서 공적 담론에 참여할 수 있는 기틀을 만드는 것이 청명과 소산의 최종 목표였다. 천하의 재녀로 하여 모두 전시에 나가게 하여 그 능력을 통해 관직에 오르는 것. 이는 비단 여인들만의 이야기가 아니다. 태어났을 때부터 정해진 귀천에 상관없이 적어도 모두가 같은 시작선상에 오를 수 있는 세상을 꿈꾸었다.

지금 당장 이 모든 걸 실시함은 무리가 있었다. 지금은 차근차근 그 기틀을 닦아 나갈 때다. 청명은 기득권을 쥐고 있는 늙은 이들을 대신해 조정에 새로운 피를 수혈해 넣는 것부터 시작할 작정이었다.

북주 때부터 이어져 온 문벌은 공경의 집안에서 공경을 낳는 식의 악순환만을 이끌어왔다. 높은 문벌의 사족은 재주나 능력이 없어도 오로지 출신 가문만으로 높은 요직에 올랐고 한미한 가문의 서족은 그 재주와 상관없이 그 한계가 극명했다. 얼마 전부터 청명은 이부 시험을 치지 않고도 바로 관직에 오를 수 있는 제과를 통해 서족 출신의 유생들을 등용하기 시작했다. 그렇게 점점 조정에는 새로운 인물들이 들어서는 중이었다.

마찬가지로 여과로의 첫발 역시 막 떼는 중이었다. 적어도 올해가 가기 전엔 황성인 중경부터 시작해 각 방(坊)마다 학당을 설치하고 글을 배울 수 있게 할 예정이었다. 물론 반대가 만만치 않

앗으나 황제는 여인. 결국, 여인을 향한 어떠한 유교의 제약은 여
황제를 향한 불온으로 비추어지게 되어 반대하는 자들에겐 양날
의 검이 되는 셈이었다. 동등한 교육부터 시작해 불평등한 것들
을 하나하나 고쳐 나가다 보면 여과의 실현이라는 꿈 역시 머지
않아 이룰 수 있으리라고 청명은 믿었다.

히죽 웃으며 청명은 서안을 돌아보았다.

"서안도 언젠가를 대비해서 글을 배우기 시작해 봐. 또 알아?
서안이 형부상서가 될지."

"농도 잘하시지. 곤하실 터인데 어서 침소로 드시지요."

들은 척도 안 하며 콧방귀를 끼는 서안에 청명은 소리 내 깔깔
웃었다.

동궁에 도착하기 무섭게 서안의 닦달에 못 이겨 침상에 눕는
수밖에 없었다. 처음엔 말똥말똥하던 눈도 순식간에 가물가물거
렸다. 머리가 베개에 닿기 무섭게 잠이 물밀듯이 쏟아졌다.

얼마나 잠에 들어 있었을까, 눈을 떴던 건 타는 듯한 목마름
때문이었다. 어느새 창밖 먹물 같은 밤하늘엔 눈썹을 닮은 노란
초승달이 걸려 있었다. 밀려오는 갈증을 해갈하기 위해 자리끼를
찾아 주변을 두리번거리는데 옆에 문득 희미한 윤곽이 보였다.
청명은 졸음 어린 눈을 느릿하게 깜박였다.

"……윤?"

대답은 없었다. 단지 소리 없이 슬쩍 이마에 왔다간 입술이 그
답이었다. 나른한 미소가 얼굴 가득 번졌다.

"언제 왔대? 왔으면 깨우지 않고."

"이틀째 잠을 못 잤다고, 서안이 널 깨우면 가만 안 둘 기세라

깨울 용기가 있어야 말이지."

"말은 잘하지."

청명은 두 손을 뻗었다. 그리고 그 손을 잡아 윤이 청명을 일으켜 앉혀주었다. 청명은 자연스럽게 그의 품에 안겼다. 이렇게 살을 맞대고 있는 게 얼마 만인지 모르겠다. 날짜를 헤아리는 건 포기하고 비실비실 자꾸만 비집고 나오는 웃음에 청명은 눈을 감고 윤의 목덜미에 얼굴을 묻었다.

"보고 싶었다고 말하면 너무 뻔하려나?"

그가 자못 진지한 말투로 물어왔다.

"들어도 들어도 좋은데."

"보고 싶어 혼나는 줄 알았다. 이 얼굴이 자꾸 눈에 어른거려 도통 집중을 할 수가 있어야지."

"말로만?"

볼을 부풀리며 짓는 잔망스러운 표정과 달리 더할 나위 없이 상쾌한 물음이다. 윤은 히죽 웃으며 단정한 이마에 입을 맞췄다.

"무어라 말해도 믿어주지 않으니 원."

"어쩌겠어. 우리 대총관께선 천하 모든 여인에게 상냥하고 다정하시니 그 말이 나한테만 국한되었는지 내가 알 게 뭐야?"

"거참, 너무하네. 사람 난봉꾼으로 만드는 것이냐? 억울하구나."

"억울하긴. 내가 본 게 한두 갠가? 진 낭자와 어울려 하하호호 웃는 걸 이 두 눈으로 똑똑히 보았는데?"

저편에 묻어두었던 안 좋은 기억이 왈칵 떠오르고 욱할 뻔했다. 갑자기 미워진 마음에 청명은 힘껏 그를 밀치려 했지만 옭아

맨 팔은 결코 풀리지 않았다. 이런 네 마음 잘 안다는 듯 짐짓 짓 궂은 미소와 함께 윤이 청명의 입술을 훔쳤다. 슬쩍슬쩍 도톰한 아랫입술을 빨며 희롱하듯 깨물었다. 두드리는 다정에 마음이 봄눈 녹듯 사르르 풀리는 것도 순식간이었다. 이렇게 쉬운 자신 에 짜증이 반, 설렘이 반. 청명은 못 이긴 척 그의 가슴에 얼굴 을 기대었다. 그렇게 얼마나 안겨 있었을까.

"제대로 공을 세워 왔으니 뭘 해줄 거야?"

슬쩍 청명을 품에서 떼어내며 윤이 능글맞게 물어왔다. 은근 슬쩍 어깨를 어루만지는 손길을 모른 척하며 청명은 심술궂게 그 의 볼을 톡톡 두드렸다.

"공을 세워왔으니 이제 상을 줘야지. 걱정 마. 식읍도 내려주 고 좋은 집도 내려줄게."

"집이 꼭 따로 필요해?"

윤이 짐짓 인상을 쓰며 험상궂게 대꾸했다. 청명은 아무것도 모르는 어린애처럼 고개를 갸웃거렸다.

"집 없이 어디서 살려고? 밤도둑처럼 땅을 베개 삼고 하늘을 이불 삼게?"

"다른 거 뭐 생각나는 거 없나? 상이 꼭 집, 땅, 너무 천편일률 적이지 않아?"

"그럼 뭐가 또 있는데."

"난 이거면 충분해."

무어라 말할 새도 없이 따뜻한 입술이 눌렀다 떼졌다. 눈 깜짝 할 새 입술이 훔쳐진 청명은 멍청하게 눈을 깜박이다 이내 정신 을 차리고 윤을 매섭게 노려보았다.

"뭐야. 사내가 되어 포부가 왜 이렇게 작아? 배포 있게 좀 큰 것 좀 바라보라고."

"안해 되실 분이 내 몫까지 배포가 크시니 부군 될 나는 나서지 않고 조용히 내조나 할 생각인데."

"그거 나쁘지 않네."

그럼, 나쁘지 않지 하고 중얼거리며 윤이 다시 청명의 입술 위로 자신의 입술을 겹쳤다. 순식간에 하나로 뒤엉키는 숨결. 느린 입맞춤이 이어졌다. 다정하고 부드러운 합구에 눈이 사르르 감겼다. 코끝을 가득 메운 그의 향기에 온 세상이 윤으로 가득 찬 것만 같다. 윤의 목뒤에 팔을 감고 한참 후 입술을 뗀 청명이 윤의 입술 위에서 나직하게 속삭였다.

"근데 이 시각에 어찌 황궁에 들어왔대? 군대는 어찌하고."

"중경에 들어서기 전 막사를 세워두고 오늘 밤은 거기서 보내기로 했거든. 새벽이 되기 전에 나도 다시 돌아가 봐야 해."

"그럼 나 보고 싶어서 밤새 말을 달려 황궁으로 들어온 거야?"

"당연한 소리를."

그가 장난스럽게 청명의 코를 꼬집었다. 심통이 난 청명은 그의 목덜미를 콱 물어버렸다. 초승달 모양으로 난 잇자국이 선명했다. 윤이 눈을 길쭉이 접고 아픈 척 엄살을 떨었다.

"아파."

"아프라고 깨문 거거든?"

"너무하네. 밤새 보고 싶어 달려온 사람한테."

"그러니까 이 잇자국이 사라지기 전까지 나 다시 보러 와야 해? 내일 한시도 지체하지 말고 바로 와. 보고 싶으니까."

"그렇게 말하면 엄살 부리지도 못하잖아."

"그러라고 한 말이야."

청명은 생긋 웃었다. 그리곤 푹신한 베개에 얼굴을 묻어버리며 칭얼거렸다.

"졸리고 피곤한데 널 보니까 잠이 안 와. 이를 어쩌지."

"내가 재워주면 되지."

순식간에 침상에 올라탄 그가 툭툭 제 옆을 두드렸다. 말 잘 듣는 아이처럼 청명은 그의 품으로 안겼다. 의미 없이 손가락을 뱅글뱅글 움직이며 윤의 손바닥에 그림을 그리던 청명이 빼꼼 고개를 들고 작게 속삭였다.

"이제 어엿한 공도 세워오셨으니 자격은 충분한가?"

"무슨 자격?"

"내 남편 될 자격."

"정식으로 날 받아주는 거야?"

"그럼. 말했잖아. 내 사람은 내가 지킨다고. 평생 내 것이 되겠다 약조했으니 내가 책임져야지."

"그거 참 영광이네."

윤이 꾸벅 고개를 숙이는 시늉을 했다. 도저히 못 참겠다. 청명은 윤을 밀쳐 눕힌 채 두 볼을 붙잡고 위에서 입을 꼭 맞춰 버렸다. 꼭 매 맞는 남편이라도 된 것처럼 두 팔을 가로질러 가슴 위에 올린 그가 놀라 동그래진 눈을 깜박였다. 이어 빨개진 귓불도 눈에 들어왔다. 청명은 배를 잡고 웃어버렸다. 하지만 이내 그 웃음소리도 겹쳐진 입술 사이로 사라져 버렸다. 순식간에 상황은 다시 역전되어 버렸으니까.

✿

그리고 중경 곳곳을 흐르는 하수마다 봄의 내음을 가득 담은 분홍빛 도화가 꽃망울을 터뜨리는 계절 봄, 즉위식이 거행되었다.

둥둥둥─

거대한 북소리가 천지를 울린다. 품계에 따라 길게 늘어선 문무백관이 숨을 죽이고 허리를 깊이 숙였다. 각국에서 몰려온 사절단과 왕족들, 그리고 각 지방의 절도사와 자사들까지 수를 헤아릴 수 없는 인원이 가득 들어찬 광장은 인산인해를 이루었다.

수만의 시선이 지켜보는 가운데 붉은 계단을 따라 오르는 길. 청명은 숨을 멈췄다. 긴 소맷자락 아래 감춰진 손에선 땀이 새어 나왔다. 악사들이 연주하는 웅대한 음악도, 축포 소리도 전부 꿈처럼 아득하게 멀어졌다. 거대한 면류관이 머리를 단단히 조였고 무거운 곤룡포의 무게가 가녀린 어깨를 짓눌렀다. 청명은 손에 들린 2촌 길이의 진규(鎭圭)를 만지작거렸다. 입술이 바싹 마른다. 그토록 고대해 왔던 그 자리가 단 아흔아홉 칸의 계단만 오르면 청명을 기다리고 있었다. 한데 어찌도 이리 마음이 떨리고 긴장되는지 알 도리가 없었다.

아흔아홉 칸의 계단 중 단 한 칸도 쉬이 떼지 못하고 머뭇거리던 그때, 누군가가 긴 소맷자락 사이로 청명의 손을 잡아왔다. 청명은 고갤 들었다. 눈앞을 아른거리는 열두 줄의 옥구슬 사이로 윤의 얼굴이 눈에 들어왔다. 그가 청명을 향해 빙긋이 미소

지었다. 힐끔 눈만 움직여 주변을 살핀 뒤 소리 없이 작게 입술을
움직인다.

「뭘 고민해. 내 손잡아.」

「고민 안 해.」

망설임 없이 청명은 맞잡은 손에 힘을 주었다. 청명의 입술도
따라 상그레 미소를 그렸다. 단단히 얽히는 손, 한 발 한 발 함께
내딛는 걸음. 청명의 곁엔 언제나 윤이 있을 것이다. 그 사실만은
영원히 변하지 않는다.

미풍을 타고 배꽃인지 복사꽃인지 모를 어여쁜 꽃잎이 푸른
하늘 위로 흐드러지게 휘날렸다. 그들의 앞날이 언제나 이렇게
어여쁘지만은 않을 것이다. 아이처럼 사소한 일에 토라져 다툴지
도 모르고 감당하기 힘든 어려운 일에 맞닥뜨려 좌절할지도 모른
다. 가장 높고 고귀한 자리인 만큼 외로움은 볕 뒤의 그늘처럼 피
할 수 없이 따라붙는 존재였다. 그러나 그렇다 해도 청명은 이겨
낼 용기가 있다. 그녀의 옆엔 이 사람이 있으니까. 윤과 함께라면
그 무엇도 두렵지 않았다.

그리고 마지막 아흔아홉 번째 계단을 올랐을 때, 두 사람은 동
시에 서로를 돌아보았다. 두 사람은 서로를 보며 더할 나위 없이
환하게 웃었다.

육가 곳곳에선 새 황제의 등극을 축하하는 축포 소리가 연신
울려 퍼졌다.

마지막 이야기

"폐하, 체통을 지키셔요!"

무거운 곤룡포를 두르고 머리엔 주렁주렁한 면류관을 인 채 청명은 뒤뚱뒤뚱 열심히 달렸다. 물론 보는 눈이 많아 치렁치렁한 곤룡포를 접어 올리고 달리지는 못했지만 마음가짐만은 경주할 때와 다르지 않았다. 뒤에서 쫓아오는 서안의 만류도 듣지 못했다.

어가도 뿌리치고 달려 급하게 함명전에 도착하자 황제를 발견한 궁인들이 일제히 머리를 조아렸다. 청명은 재빨리 주위를 둘러보았지만 정작 찾던 이는 보이지 않았다. 가슴이 덜컹 내려앉았다. 그녀는 여전히 주변을 살펴보며 허리를 숙인 내관 하나에게 물었다.

"국서(國壻)는 어디 있지? 그가 보이지 않는다. 혹 그가 오지 않은 것인가?"

"아니옵니다, 폐하. 아뢰옵기 송구하오나 국서께선 폐하를 뵈옵기 전 목욕소에 들리신 후 조회가 끝나기를 기다리시다 깜박 잠이 드셨사옵니다. 이리 갑작스레 오실 줄 미처 모르고……."

내관이 우는 목소리와 함께 바닥에 머리를 조아렸다. 청명은 대강 일어나라 말한 다음, 급한 걸음으로 함명전에 들어섰다. 사람을 물려 아무도 없는 빈 복도를 따라 달리는 길, 마음은 점점 급해지고 심장은 두방망이질 쳤다.

그가 너무도 보고 싶었다. 얼마나 오래 보지 못했는지 외로웠던 순간들을 떠올리자 왈칵 눈물이 새어 나오려 했다. 그런데 바보처럼 또 입가엔 미소가 맴돌았다.

얼마나 달렸을까, 장지문 앞에 도착해 쿵쾅거리는 심장으로 문고리에 손을 올렸을 때, 문이 갑자기 열렸다. 엉겁결에 뒤로 물러선 청명의 허리를 단단히 감은 손이 먼저였는지 그를 붙잡은 청명의 손이 먼저였는지는 알지 못한다. 다만 윤의 품에 파묻힌 청명의 얼굴이 그 어느 때보다 붉었던 것만은 확실했다. 청명은 한껏 낮아진 목소리로 웅얼거렸다.

"보고 싶었어. 왜 이리 늦었어."

"미안해. 나도 네가 너무 보고 싶어 딱 미치기 일보 직전이었다."

다정한 음성이 귓가를 스쳤다. 청명은 눈을 꾹 감으며 그의 가슴에 얼굴을 비볐다. 희미한 물기가 느껴지는 새물내 너머 윤의 향기가 난다. 이제야 비로소 모든 게 정상이었다. 그의 심장 소리가 들렸다. 저만큼이나 빠르게 뛰는 그 박동 소리에 어째서인지 울고 싶어졌다. 청명은 감았던 팔에 힘을 풀며 윤의 품에서 빼꼼 고개를 들었다. 그리곤 뻔뻔히 발개진 제 눈을 가리켰다.

"이거 봐. 너 때문에 울려 그러잖아. 어떻게 책임질래?"

"네가 울면 나도 울어버리지 뭐."

"그게 무슨 말이야."

말 같지도 않은 말에 어이가 없어 피식 웃음이 나왔다. 그와 동시에 눈물도 싹 들어가고 말았다. 그걸 본 윤이 히죽 웃으며 청명의 눈가를 쓸었다.

"봐. 이제 눈물 안 나지?"

"여하튼 분위기라곤 없어."

웃는 얼굴이 얄밉고 괜히 억울해 청명은 있는 힘껏 그의 옆구리를 비틀어 버렸다. 아픈 척 엄살을 떠는 윤을 제쳐 두고 내실로 들어선 청명이 짐짓 그를 노려보며 팔짱을 끼자 쫄레쫄레 따라 들어온 윤이 청명의 어깨를 당겨 품에 끌어안았다. 이거 놓으라고 되지도 않는 앙탈을 부려보지만 단단히 안은 팔은 절대 풀리지 않았다. 물론 풀려서도 아니 되고.

"미워, 정말."

어느새 그의 품에 단단히 안겨 침상에 누운 청명이 중얼거렸다. 잠자코 그 앙탈을 듣고 있던 윤이 청명의 머리 장식을 하나둘 풀어 내리며 나직이 대꾸했다.

"왜 미워?"

"날 너무 아끼지 않는 것 같아. 울면 달래주어야지 놀리면써?"

"세상천지 나 같은 팔불출이 어디 있다고."

"팔불출은 무슨. 네가 팔불출이 뭔지는 알아?"

가장 큰 비녀를 빼는 것도 눈치채지 못하고 청명은 힐끔 그를 노려보았다. 그 시선에 윤은 피식 웃으며 더욱 크게 그러안았다. 그의 가슴에 얼굴을 묻은 청명이 캑캑거리며 고개를 들었다.

"죽을래?"

"말로는 힘들고…… 보여줄까?"

청명은 가소롭단 눈으로 코웃음을 치며 고개를 까딱했다. 윤이 청명을 끌어당겨 깜박이는 그 고운 눈꺼풀에 입을 맞추었다. 그와 동시에 그의 옆구리엔 매서운 손이 다녀갔다.

"낮부터 이게 무슨 짓이람? 부끄러운 줄도 몰라?"

"원래 아내를 사랑하는 건 좋은 일이라 했는데."

"누가 그래?"

"내가."

키득대는 웃음소리가 겹쳐진 입술 사이로 희미하게 번진다. 청명은 눕혀진 그의 상체 위로 몸을 실었다. 순식간에 위에서 청명이 덮치는 자세가 되었으나 외려 청명은 뻔뻔하게 그 위에 누워 그의 입술을 손가락으로 만지작거렸다.

"그럼 너는 내가 얼마나 좋아?"

"그걸 굳이 말로 해야만 아나."

응, 하고 야무지게 고개를 주억거리며 청명이 으름장을 놓는다. 제대로 말하지 않으면 가만두지 않을 거라고. 그가 곰곰이 말을 고르는 동안 청명은 그의 가슴 위에 고개를 박고 누워 심장소리에 귀를 기울였다. 고르게 뛰던 박동이 어느 순간 갑자기 빨라지는 게 느껴졌다. 저도 모르게 입술에 사르르 미소가 번진다.

기분이 좋아진 청명이 그의 가슴 위에 손가락으로 의미 없는 그림을 그리던 그때, 불쑥 그 손을 윤이 잡아끌었다. 그리곤 손가락 다섯에 일일이 다정한 입맞춤을 퍼부었다. 부끄러워 빨개진 얼굴로 청명이 붙잡힌 손을 빼내려 했지만 놓아주지 않았다. 결국 청명은 꾀를 썼다.

쪽, 하고.

"어. 이런 건 어디서 배웠대?"

"원래 황제는 모르는 게 없는 법이야."

"우리 황제 폐하께선 어찌 이리도 현명하신지. 다시없을 성군이셔."

"그럼. 역시 짐을 알아주는 건 그대뿐이구나?"

부끄러움에 함빡 달아오른 얼굴로 능청을 떠는 모습이 사랑스럽기 그지없다. 그는 모른 척 눈을 감았다. 그리고 태연하게 자신의 입술을 톡톡 두드렸다.

"자, 한 번 더."

"뭘."

청명은 괜히 그의 품에서 내려오려 몸을 뒤틀었지만 허리를 감은 그의 팔은 놓아주지 않을 듯 단단하기만 했다. 나른하게 눈을 뜬 그가 청명을 가만히 올려 본다. 그윽하고 다정한 눈빛, 길게 늘어지는 입술이 기분 좋게 말아 올라갔다.

"어서. 안 해주면 놓아주지 않을 거야."

늑대의 교활한 협박에 청명은 겁에 질린 아이처럼 눈만 데굴데굴 굴렸다. 이를 어쩌면 좋담. 정말 해주지 않으면 놓아주지 않을 기세다. 그런 청명의 마음을 읽었는지 그가 산뜻하게 덧붙였다.

"남아일언중천금이라, 한 입으로 두말하지 않는 거 알지?"

하아. 이젠 정말이지 별수 없다. 결국 두 눈 꾹 감고 청명은 그의 얼굴을 양손으로 감쌌다. 겹쳐지는 부드러운 입술, 포개어지는 두 혀. 순식간에 전세가 역전되어 어느새 제가 완전히 깔린 모양새가 되어버렸다. 어느 틈에 치마 아래로 들어오는 교활한 손을 잡아보려 애를 썼지만 이미 정신은 혼미해져 소용없는 반항이었다.

"자, 잠깐만. 안 해주면 놓아주지 않는다며. 해줬잖아!"

그의 양 볼을 잡고 간신히 밀어내자 그의 얼굴이 투정 부리는 어린애처럼 사납게 변한다. 기기묘묘한 방법으로 틀어 올린 머리카락은 이미 느슨하니 흐트러진 지 오래, 마지막 하나 남은 석류잠을 뽑아내자 밤을 닮은 새카만 머리카락이 우수수 폭포처럼 흘러내렸다. 긴 머리카락을 손가락 사이로 빗어 내리며 윤이 담담히 오류를 지적했다.

"해주면 놓아준다고 하지도 않았는데?"

무언가 이상했지만 따지고 보면 그른 논리도 아니었다. 멍해진 청명을 사랑스럽게 응시하던 윤은 더 참지 못하고 청명의 위로 상체를 겹쳤다. 순식간에 겹쳐지는 몸, 실리는 무게에 꼼짝없이 푹신한 침상 위로 눕혀졌다. 가까스로 밀어내 보려 바르작거렸지만 이미 소용없는 반항이다.

"어허, 무엄하도다!"

"황제의 실수를 바로잡을 줄 알아야 충신인 법이지."

"이게 무슨 충……."

반박할 새도 없이 입술이 목덜미를 타고 내려가기 시작했다.

어느새 여러 겹의 정복은 순식간에 벗겨져 허물처럼 바닥에 떨어져 있었다. 청명의 만류는 들은 척도 안 하고 쇄골을 할짝이던 혀가 이내 가슴의 정점을 말아 올렸다. 달콤한 저릿함에 깨문 입술 사이로 나직한 신음 소리가 흘러나왔다.

그의 입술이 빙긋 기분 좋은 미소를 그렸다. 한 손이 유두를 희롱하는 사이 다른 한 손은 매끄럽게 하복부로 미끄러졌다. 귓불을 자근자근 지분거리던 그가 청명의 귓가에 다정하게 속삭였다.

"만고에 이런 충신이 대체 어디 있단 말입니까, 폐하."

"놀, 놀리지 마! 가만 안……."

청명은 말을 더 잇지 못하고 입술을 깨물었다.

"어여쁘신 황제 폐하. 이렇게도 사랑스러우시면 대체 어쩌라는 건지."

빈정거리듯 중얼거리다 그가 미끄러져 내려갔다. 저절로 움츠러드는 허벅지를 강하게 붙잡아 누르고 그가 허벅지 안쪽의 여린 살에 자잘한 입맞춤을 퍼부었다. 청명은 약하게 흐느끼며 다리 사이의 그의 부드러운 머리칼을 멋대로 헤집었다. 하얗게 드러난 목덜미에 당해보라고 힘껏 깨물어 잇자국을 남겨주고 싶었는데, 분명 그랬는데. 모든 것이 아득해져만 가고 먼 꿈처럼 잊혀져 갔다. 그녀는 본능적으로 그의 다른 손 하나를 끌어당겼다. 그의 긴 손가락이 단풍과 같이 펼쳐진 청명의 손에 깍지를 끼고 그물처럼 칭칭 감았다. 흐느끼는 듯 드문드문 이어지는 숨소리 위로 달콤한 신음이 덧입혀져 갔다.

"어여쁘지 않은 곳이 없다. 우리 폐하께선."

손도 까딱할 힘이 없어 늘어진 청명의 입술에 그가 쪽 하고 산 뜻하게 입을 맞췄다 뗐다. 간질간질한 촉감이 손가락을 휘감았 다. 방금까지도 시달려 예민한 몸이 경련하듯 작게 떨렸다. 청명 은 억지로 눈을 떠 윤을 힘껏 노려보았다.

"확 깨물어 버리고 싶어. 얄미워 죽겠어."

"사랑한다, 명아. 어떤 말로도 다할 수 없지만 그래도 너를 감 히 사랑해."

"그렇게 말하면 내가 화 안 낼 줄 알지?"

"화내는 모습도 예쁘니 상관없어."

"여하튼 교활해. 못됐어, 정말."

미운 마음에 청명은 그의 볼을 잡고 아프라고 비틀어 버렸다. 아아, 소리 내며 찡그려지는 얼굴이 귀여운 걸 보면 이젠 정말 되 돌리기 힘든 모양이다. 그래도 상관없다. 그가 청명을 길들이는 만큼 청명도 윤을 길들이고 있었으니까. 서로가 서로를 길들이고 서로에 길들여지며 우린 그렇게 살고 있다. 네가 없었으면 영영 알지 못했을 이 부드럽고 달콤한 감정. 괜스레 몽실몽실 간지러 운 마음에 헤실 눈을 감고 웃을 때, 그가 훅 하고 귓가에 바람을 불어넣었다.

"낭군님, 하고 불러줘."

"싫어, 내가 왜."

"내 하나뿐인 소원인데 그걸 못 들어줘? 나는 네가 원하는 거 라면 무엇이든 해줄 수 있는데."

섭섭하다는 척 눈꼬리를 길게 늘어뜨리고 불쌍하게 깜박이는 눈. 시무룩하게 볼록 나온 입술. 앞이 훤히 다 읽히는 수인데도 되도 않는 연기를 하는 그에 청명은 배시시 웃음을 흘리며 톡톡 윤의 입술을 어루만졌다.

"삐졌어?"

"대답 안 할 거야. 이젠 내가 만지는 것도 싫지? 한시도 내 옆에 붙어 있는 틈이 없어. 너무해."

"그건 너도 마찬가지면서. 맨날 뭐가 그렇게 바빠서 황궁 밖을 쏘다녀? 나 놔두고 그렇게 전국 각지 돌아다니는 게 재미나?"

"누구 때문인데. 누구 위해 이 한 몸 불사르는지 알지도 못하면서."

그녀는 모른 척 외면하는 미운 눈을 엄지손가락으로 어루만지며 사르르 번지는 미소를 애써 감추었다. 황제의 위에 오르고 산더미처럼 쌓인 업무를 해내기 위해 애쓰는 건 청명 혼자가 아니었다. 여황제를 반대하는 크고 작은 이들로 윤 역시 하루가 멀다 하고 황성을 비우기 일쑤였다. 아직은 모든 게 갈 길이 멀어 보였다.

그러나 두렵지 않다. 이렇게 네 손을 잡고 걸어 나가다 보면 나는 지금보다 더 좋은 사람이 되어 있을 테니까. 윤과 함께라면 해내지 못할 일이 없으니까.

청명은 모른 척 눈을 감고 슬쩍 입을 맞추었다.

"낭군님."

그리고 해사하게 웃으며 그의 목에 팔을 감았다. 청초하게 내리깐 속눈썹 사이로 그를 훔쳐보며 어여쁘게도 미소 지었다.

"낭군님, 섭섭하셨어요?"

눈까지 찡긋거리며 깜찍한 애교를 부리는 얼굴이 이렇게 사랑스러울 수 없다. 오롯이 저만의 것인 다정하고 다정하고 또 다정한 그가 청명을 한없이 바라본다. 마주치는 시선의 끝엔 오직 서로가 담겨 있었다. 새가 모이를 쪼듯 부드러운 입술이 연거푸 청명의 입술을 훔쳤다.

말없이도 오롯이 느껴지는 사랑. 정말 우린 비익조 연리지가 따로 없어. 그리 생각하며 청명은 그의 손을 가만히 맞잡았다. 손가락이 얽히고 그 사이로 다정한 마음이 전해진다.

"우리 고운 안해님. 섭섭할 리가요."

낮게 속삭이는 말을 끝으로 입술이 부드럽게 겹쳐졌다. 달콤한 입맞춤. 청명은 지그시 눈을 감았다.

외전

낭야왕부의 하나뿐인 왕자. 유일무이한 후계자, 청윤.

그것이 소년이 부여받은 그의 이름이었다. 금지옥엽, 대대로 손이 귀한 청가 황족에서도 낭야왕의 유일한 독자로 태어난 그는 탄생과 동시에 왕부를 넘어 온 황족의 관심사가 되었다. 당시 황궁은 어린아이 우는 소리가 끊긴 지 스무 해가 다 되어가고 있었고 황제 역시 황후를 들인 지 세 해가 넘었으나 아직 아이 소식이 없었다. 한창의 나이에도 후사를 보지 못한 황제에게 모든 조신들은 후궁을 들여야 한다 목을 놓아 주청을 올렸지만 황제는 들은 척도 하지 않았다. 그는 아직 자신이 젊으니 언제든 후사를 볼 수 있다는 말로 딱 잘라 외면했다. 후사가 없는 건 비단 황제만의 일이 아니었다. 다른 친왕들 역시 줄줄이 태어나는 자식들은 전부 계집아이뿐, 사내아이라곤 찾아보려야 찾아볼 수가 없었다. 정말 이러다가 황손이 끊길지도 모른다는 두려움이 엄습해 오던 그때, 기다렸다는 듯 태어난 것이 바로 윤이었다.

낭야왕, 윤의 아비인 그는 자신의 아들이 장차 다음 대의 황제가 될 것임을 믿어 의심치 않았다. 혈통으로 보나 무엇으로 보나 그의 아들은 단연 발군이었다. 비록 방계이나 황제를 중조부로 둔 그의 아들은 먼 변경의 왕 조무래기가 낳은 왕자 따위와는 비교도 되지 않는다. 세 살이 되기도 전, 막 걸음을 뗀 아기 주제에 서책에 손을 뻗는 단풍잎을 닮은 작은 고사리손. 제 어미를 닮지 않아 영특하고 총명한 눈매. 방긋방긋 잘 웃는 입술까지도 마음에 들지 않는 것이 없었다.

단 하나 조금 마음에 걸리는 것이 있다면 단단히 정신이 나가 장차 제 아들의 족적에 오점을 남길 어미 정도이지만 그는 너그러운 마음으로 그런 아내마저도 받아들여 주기로 결정했다. 정신이 나가 거동조차 힘든 어미를 극진히 봉양하는 아들이라, 그야말로 황제가 지녀야 할 덕목 중 하나가 아니던가.

황성 내 유일한 황자인 윤과 그 아비, 낭야왕을 향해 세상의 주목이 쏟아졌다. 하루가 다르게 무럭무럭 자라나는 어린 아들을 보며 그는 억누를 수 없는 애정을 느꼈다. 어찌 아끼지 않을 수 있을까. 저 작은 아이는 그의 희망이고, 곧 그의 미래인 것을. 그는 그의 아들을 몹시도 사랑했다. 사랑하지 않을 수 없었다. 향할 곳 없는 음습한 애정과 집착은 오롯이 작은 아이에게로 쏟아졌다.

그리고 윤이 막 세 살이 되어 처음으로 작은 망아지에 오르던 해, 황제의 무남독녀 외동딸이 세상에 태어났다. 다행이라 말한다면 황제의 자식은 계집아이라는 것이고, 불행이라 말한다면 그 아인 유일한 '석둥'의 공주라는 것이다. 황후는 아이를 낳은 후 곧바로 숨을 거두었다. 그리고 황제는 죽은 황후를 대신해 다시 황후를 들일 일은 없을 것이다 단단히 선을 그었다. 그의 가신들은 그리 속살거렸다. 그나마 참으로 다행이지 않느냐고. 지금껏 고금에 공주가 황위에 오른 일은 없으니 제아무리 황제의 하나뿐인 귀한 공주라 할지언정 결국은 한낱 계집애에 불과하지 않으냐 말이다. 그는 고개를 끄덕였다. 속을 울렁이게 하는 이 불쾌감이 참을 수 없이 노여워도 그때 그가 할 수 있는 일은 오직 그 말들을 믿는 것뿐이었다.

어쩌면 그때 황제 역시 그런 생각을 하고 있었는지 모른다. 그는 어미 잃은 가엾은 딸의 숙적이 될지도 모를 낭야왕부의 어린 왕자를 경계했을 것이다. 황제는 곧장 그에게 명을 내렸다. 박주자사로 직책을 내렸으니 당장에 황성을 떠나라는 명이었다.

지독한 분노와 증오가 터져 나왔다. 그는 이를 갈았다. 그러나 하는 수 없었다. 이는 천자의 명, 따르지 않음은 곧 불충이고 역천이다. 그는 모든 왕부의 권속들을 이끌고 머나먼 박주로 떠날 수밖에 없었다. 그리고 모든 분노는 다시 갈 길을 잃고 윤에게로 쏟아졌다. 이렇게 하릴없이 외진 변방으로 쫓겨나는 것이 모두 저 아이의 잘못인 것만 같았다. 태생부터 미천하고 불길한 자식. 일이 이렇게 꼬여 버린 것이 전부 저 아이의 탓이라고 그는 철석같이 믿게 되었다. 점점 자라기 시작하며 그 친부를 조금씩 닮아 가는 귓불, 눈썹, 콧날 무엇 하나 밉지 않은 것이 없었다. 방긋거리는 아이의 얼굴을 보며 그는 감출 수 없는 역겨움을 느꼈다.

박주에 틀어박혀 덧없이 시간을 썩이던 그가 다시 황성으로 돌아온 것은 여섯 해가 지난 어느 여름이었다. 당시 수해에 겹쳐 전염병이 창궐한 덕택에 그는 무사히 박주를 떠나 황성으로 돌아올 수 있었다. 육 년 만의 귀환이라, 가슴이 두근거렸다. 그는 당연한 일인 양 느긋한 척 여유를 떨면서도 한시도 쉬지 말고 황성으로 달려야 한다 마부를 재촉했다. 빠르게 가도 족히 열흘은 걸릴 거리를 그들은 일주일 만에 돌파했다. 그리고 마침내 눈앞에 황성, 그의 고향이 모습을 드러냈다. 귀환하는 개선장군처럼 당당히 내디딘 첫발과 부푼 마음과 달리 세상은 조금 많이 변해 있었다.

온 장안을 가득 울리던 자비로우신 낭야왕 전하, 그에 대한 칭송과 찬탄은 이제 들리지 않았다. 이 휘황찬란한 마차 속의 주인이 정녕 누구인지 모르는 것인가. 이쪽으론 시선조차 두지 않고 바삐 걸음을 옮기는 그들은 낭야왕인 그를 기억하지 못하고 있었다. 모든 것이 빠르게 움직이는 장안에서, 변경으로 내쳐진 그는 지나간 과거의 사람일 뿐. 이제 온 장안, 황성의 주인은 그가 아닌 황제와 그의 여식, 청명이었다.

마차를 타고 긴 대로를 움직이는 내내, 곳곳에선 어여쁘고 총명한 공주에 대한 말소리가 끊기지 않고 그의 귀를 어지럽혔다. 그는 다시금 적의가 터져 나오는 걸 느꼈다. 바로 이것이 그가 의도했을 바이리라. 그와 그의 아들, 윤이 온 장안에서 완전히 잊히는 것. 그리고 그 자리를 황제의 어여쁜 금지옥엽 공주가 차지하는 수. 이를 갈며 바깥의 풍경에서 눈을 떼던 그때, 그의 눈이 윤과 마주쳤다. 소심하고 유약해 제 아비와 눈도 잘 마주치지 못하는 아들이 그를 빤히 응시했다. 그는 분노를 참지 못하고 윤의 뺨을 후려쳤다.

창백한 볼이 울컥 붉은 기를 토해냈다. 놀라 바닥에 엉거주춤 쓰러진 아들의 커다란 눈 가득 고인 눈물을 보자 재차 화가 치솟았다. 그는 화를 더 이기지 못하고 두어 번 더 번갈아 양 볼을 갈겼다. 금세 마차의 바닥에 꿇어앉은 아들이 흐느끼며 눈물을 뚝뚝 흘렸다.

"부왕, 잘못했습니다. 용서해 주셔요."

"잘못? 잘못? 네가 무엇을 잘못했는지 알기는 아느냐? 네가 잘못한 것이 무엇인데!"

잘못한 것도 없는 주제에 무엇이 그리 죄송스러워 죄를 비는 것인가. 한심했다. 답답했다. 그리고 그 무능하고 어리석은 우둔함이 그를 더욱 화나게 하였다. 어느 순간부터 그는 때리기 위해 아이의 잘못을 찾기 시작했다. 그가 벌을 주면 벌을 줄수록 아이가 더욱 겁에 질리고 두려움에 떤다는 걸 알아도 이젠 멈출 수가 없었다.

어쩌다 제게서 저런 한심하고 쓸모없는 자식이 태어났을까. 아아, 애초 저 아이는 자신의 핏줄이 아니었지. 그래. 그 멍청한 계집과 성씨도 모를 무사의 씨다. 그러니 저럴 수밖에. 자신을 닮았으면, 애초 자신의 자식이었다면 저런 종자도 나오지 않았을 거다. 그는 미움의 눈길을 거두지 않고 한 차례 더 아이의 부푼 볼을 후려쳤다. 손바닥이 얼얼하게 아파왔다.

황성으로 돌아온 지 얼마 되지 않아 황제가 난데없이 그를 불렀다. 황제는 낭야왕부의 왕자, 윤이 황궁에 들어와 공주, 청명의 벗이 되어주는 것이 어떠하냐 은근한 권유를 했다. 같은 학사 아래서 배움을 닦고 서로를 이끌어주는 벗이 되어주었으면 좋겠다는 제안이었다. 그는 옳다구나, 명을 받잡겠다 고개를 숙였다. 영민해 어릴 적부터 수재로 소문난 자신의 아들이 어린 계집애에게 비교가 될 리 없었다. 그는 어쩌면 이 일이 기회가 될지도 모른다 생각했다. 만일 낭야왕의 아들이 공주보다 월등히 뛰어나고 앞선다는 말이 학사의 입을 타고 서서히 황궁 전체로 퍼져 나간다면 저절로 천심은 이리로 향하리라는 속셈이었다. 그는 아들을 입궁시키기 전, 마차 밖에서 단단히 주지시켰다. 무슨 일이 있어도 공주에게 져서는 아니 된다고. 이긴 놈만이 내 아들이 될 수 있으니 결코 져서 돌아올 생각은 하지 말라고 말이다.

윤은 작게 고개를 끄덕였다. 낭야왕은 윤의 어깨를 다정히 툭툭 두드렸다. 마차 위로 오르는 발이 마치 천근과도 같았다. 점점 멀어지는 왕부, 작은 점이 되어가는 부왕의 모습에 가슴속 무거운 짐은 젖은 솜처럼 더욱 무게를 더해갔다. 멀어질수록 더욱 답답해지고 속이 울렁거렸다. 어느새 열린 창 너머로 저 멀리 황금빛 기와가 눈에 들어오기 시작했다. 윤은 저도 모르게 이를 앙다물었다.

못된 계집애, 사갈 같이 못돼 먹은 그 계집아이의 얼굴이 떠오른 까닭이다. 굳이 듣지 않아도 알 수 있었다. 분명히 이 사달을 만든 건 전부 그를 골려주려는 계집애의 공산이라는 걸. 결국 그 애 때문에 그는 원치 않게 부왕의 시험에 들게 되었다. 지금으로도 충분히 벅차고 가쁘건만 이젠 그 계집애에게 져 혹시라도 부왕의 마음을 어지럽힐까 전전긍긍 마음을 졸여야 하는 일이 더 늘어나게 되었다. 공주에겐 시답지 않은 불장난이고 심술일지 몰라도 그에겐 가장 고통스럽고 힘든 일이다. 누군가를 향해 이토록 싫은 마음을 먹을 수가 있다는 것이 새삼스레 놀라웠다. 난생처음, 그는 한 인간을 향해 가장 큰 미움을 품게 되었다.

아나나 다를까, 빙글빙글 얄밉도록 의기양양한 미소를 지으며 청명은 그를 눈에 띄게 반겼다. 그 심술궂은 얼굴을 보기 무섭게 전의가 불타올랐다. 윤은 청명이 원하는 대로 순순히 따르지 않으리라 굳게 맹세했다. 어떤 일이 있어도 저 계집애가 좋아 희희낙락 웃는 꼴은 절대 보지 않으리라. 윤은 지지 않기 위해서라도 최선을 다해 모든 일에 전념했다. 옆에서 꼼지락거리며 그의 관심을 끌기 위해 애를 쓰는 청명에겐 찰나의 시선조차 주지 않았다. 어떤 말로 조롱을 해도 무표정, 심술을 부리고 그 어떤 괴롭힘으로 공격해 와도 못 본 척. 윤이 무심으로 일관할수록 청명은 참지 못하고 열을 내었다. 붉으락푸르락 시뻘겋게 달아오른 얼굴을 보며 속으로 그는 실컷 고소해하고 비웃었다. 정말이지 한심하고 어리석기 짝이 없는 어린애가 아닌가. 사사건건 목을 졸라오는 두려운 어른들의 세계에 꽁꽁 갇혀 자란 그에게 제 속을 훤히 드러내며 분이나 내는 어린 계집애의 존재는 문제도 아닐 만큼 쉽고 간단한 골칫거리에 불과했다.

그의 책을 연못에 질끈 던져 버린 뒤, 바람이 저지른 짓이다 누구도 속아주지 않을 거짓말을 뻔뻔한 얼굴로 지껄이는가 하면 뒤에서 몰래 따라와 연못에 밀어버리려 손을 뻗고 발을 내민다. 딱 일곱 살의 머리에서 나올 법한 유치한 보복. 어떤 짓을 해도 아무 반응도 보이지 않는 윤에게 청명은 홀로 분에 차 점점 심술의 강도를 높여만 갔다. 그러나 장난이 아무리 심해져도 정작 떼를 부리는 청명을 말리고 막아서는 이는 없었다. 그 이유는 오직 하나. 어느 누가 감히 황제의 금지옥엽, 귀하신 황제의 무남독녀 외동딸을 건드릴 수 있단 말인가. 이는 전부 그 잘난 '적통' 때문이었다.

제 아비가 매일같이 이를 갈며 되뇌던 그 적통이다. 황제의 핏줄. 청명은 황제가 될 사람이고 윤은 그렇지 않기 때문에 무엇이 그른지 알면서도 모두가 저 심통을 받아주고 너그러이 이해해 준다. 윤은 점점 저 막무가내의 계집애가 싫어져만 갔다. 어디 싫다 뿐일까, 보면 볼수록 자신은 갖지 못한 그것을 가진 청명이 사무치도록 미워졌다.

자신은 죽어 다시 태어나도 갖지 못할 황족이라는 그 핏줄을 간단히 가져 버린 그 애가 괘씸하고 밉살스러웠다. 부왕이 말한 것처럼 어찌해서 나는 부왕의 아들이 아닌 건가, 그는 의미 없는 질문을 연신 던졌다. 그러나 답은 하나였다. 진짜 부왕의 아들이 되기 위해서라도 그는 반드시 청명을 이겨야 했다. 그는 모든 전력을 다해 청명에 맞섰다. 잘근잘근 밟아 이겨주는 날이면 그 애의 일그러진 얼굴을 보는 게 어찌나 기뻤는지 몰랐다. 그런 날만큼은 그를 볼 때마다 험악하게 변하던 부왕의 얼굴에도 어릴 적처럼 다정한 미소가 떠올랐다. 그것으로 충분했다.

그러던 어느 날이다. 여느 때보다 조금 일찍 도착해 혼자 남겨진 그는 문득 심심함을 느끼고 주변을 돌아보려 자리에서 일어섰다. 청명도 노학사도 아직 오지 않은 누각엔 그 혼자였다. 화창한 날씨와 실로 오랜만에 찾아온 평화에 기분이 좋아졌다. 홀로 작은 정원을 돌아다니던 중 문득 수풀 사이로 괴상한 소리가 들렸다. 윤은 흠칫 몸을 떨었다. 그는 작은 소리에도 깜짝깜짝 잘 놀라곤 하는 고질적인 버릇을 지니고 있었다. 경계심에 눈을 가늘게 뜨면서도 윤은 솟구치는 호기심을 이기지 못하고 수풀 사이로 살금 발을 디뎠다. 얼마쯤 풀을 헤치고 나무 그늘 내려진 안쪽으로 들어서자 금세 소리의 주인을 찾을 수 있었다. 나무 아래 덩그러니 떨어진 작은 새였다. 아직 털도 제대로 나지 않은 새끼이다. 한데 어미와 제 형제들은 전부 어디로 사라졌는지, 그도 아니면 애초 약해서 버려진 것인지 바닥에 홀로 남겨져 바들바들 떨고 있었다. 윤은 조심스럽게 두 손바닥 위에 새를 안아 들었다.

이를 어찌하면 좋을까.

미약한 움직임을 아직까진 보이고 있었지만 언제 숨이 끊길지 모를 만큼 약했다. 더군다나 다리가 완전히 다친 것인지 괴상하게 꺾여 있는 모양이 한눈에 보아도 심상치 않았다. 윤은 덜컥 겁이 나기 시작했다. 당장 어떻게 해야 할지, 머리가 새하얗게 비워지기라도 한 것처럼 아무것도 생각이 나지 않았다.

"죽으면 안 돼. 죽으면 안 돼."

윤은 무작정 기도하듯 되뇌었다. 그러나 정작 어찌해야 할지 알 수가 없었다. 발만 동동 구르던 그때였다.

"뭐 해?"

난데없이 들려온 목소리에 고갤 돌리기 무섭게, 그는 또록또록 호기심에 가득 찬 얼굴로 기웃거리는 청명과 눈을 마주쳤다. 등 뒤로 감추려 했지만, 청명의 움직임이 더 빨랐다.

"새가 다쳤어! 어떡하지? 이거 네가 그런 거야?"

"내가 그런 거 아니야!"

그는 재빨리 고개를 저었다. 오해받은 것에 대한 억울함도 가득 담아 청명을 쏘아보았으나 청명의 시선은 오로지 손바닥 위의 새에 고정되어 있었다. 눈썹을 길게 팔자로 늘어뜨린 청명이 그의 앞에 무릎을 굽히고 바들거리는 새의 몸을 조심스럽게 쓸었다.

"아직 살아 있어. 얼른 치료해 주면 날 수 있을 거야. 빨리!"

윤은 잠시 멈칫했다. 저 계집애의 호의를 호의 그대로 받아들여도 좋은 것일까? 과연 믿어도 될까? 아무 반응도 없는 윤에 청명이 고개를 바짝 치켜들고 그를 빤히 보았다. 언제 걱정스러운 표정을 지었냐는 양, 그러면 그렇지 역시나 예의 밉살스러운 입술을 불룩 내밀며 톡 쏘아붙인다.

"바보야! 죽일 셈이냐고!"

윤은 아무 대꾸도 하지 않았다. 그가 할 수 있는 일이라곤 그저 청명의 뜻대로 따르는 것뿐이었다. 지금 당장 이곳에서 이 새를 살려줄 수 있는 사람은 오직 청명이었으니까.

거침없이 그를 끌고 밖으로 나온 청명은 공주궁을 발칵 뒤집었다. 새 한 마리 치료하겠다 태의를 부르라는 엄명에 서안은 울상이 되었고, 아까부터 기다리고 있던 노학사는 노해 붉으락푸르락한 얼굴이었으나 아무 말 못 하고 다만 한숨만 푹푹 쉬어댔다. 제멋대로 공주궁을 뒤집어놓은 청명의 옆에 붙어서 윤은 고개를 바짝 숙이고 눈치만 살폈다. 고집에 못 이겨 데려온 태의가 새의 다리에 냄새나는 고약을 바르고 무명천을 감기 시작했다. 그 옆에 빼꼼 쪼그려 앉은 청명이 태의에게 물었다.

"이 아이, 죽지 않는 것이냐?"

"예. 약만 잘 발라준다면 금방 나을 것이옵니다."

"그럼 이젠 아프지 않으냐?"

"예. 치료했으니 더는 아프지 않을 것이옵니다."

"다시 날 수도 있고?"

"그러하옵니다."

태의가 사람 좋은 미소와 함께 답했다. 고개를 끄덕이던 청명이 문득 뒤편에 엉거주춤 어색하게 서 있던 윤을 돌아보았다. 그리곤 발딱 일어나 그의 소맷자락을 끌고 태의의 옆에 억지로 앉혔다.

"자, 어서 봐. 이제 아프지 않대."

윤은 멍하니 새를 바라보았다. 그런 윤의 뒤에 서서 청명이 명랑하게 말을 이었다.

"들었지? 금방 나을 거래. 다시 날 수도 있을 거야!"

활달한 목소리는 귓전으로 흘리며 그는 새를 멍하니 바라보았다. 참 다행이다. 부모는 잃었을지 몰라도, 그래도 여전히 살아 숨 쉬고 있었다. 살았으면 그걸로 된 거다. 태의는 약을 내려놓은 뒤, 하루에 한 번씩 발라주라는 말을 남기고 내실을 나섰다. 태의가 떠난 자리를 꿰찬 청명이 잽싸게 윤의 옆에 바싹 앉았다.

"다행이다. 살아서 다행이야."

새를 조심스레 쓰다듬던 청명의 손가락 끝이 윤의 손등에 마주 닿았다. 불현듯 그것을 느낀 윤은 화들짝 놀라 손을 뗐다. 그리고 옆을 돌아보았다.

"잠들었나 봐. 빨리 나아야 하는데."

열중할 때면 종종 불룩 튀어나오는 입술, 찡그려진 미간. 보드

라운 비단 위에 몸을 누인 새를 손가락 끝으로 조심조심 쓰다듬
으며 청명이 나직이 속삭였다. 윤은 청명의 얼굴에서 눈을 뗄 수
없었다. 속이 울렁거리기 시작했다.

"눈이 내리기 전까지 나을 수 있겠지? 엄마를 찾을 수 있겠
지?"

불쑥 고개를 든 청명이 왈칵 환하게 웃었다. 그렇다는 긍정을
요하듯, 사랑스러운 미소로 고개를 갸웃한다. 그러나 그는 아무
말도 해줄 수 없었다. 조금은 바보처럼, 그늘 없이 활짝 웃는 얼
굴에 그저 멍하니 시선을 빼앗길 뿐이다.

어쩌면 그것은 애초 정해져 있던 운명이었을지도 몰랐다. 이는
불가항력. 그 짧던 찰나의 순간, 그는 안하무인 오만불손한 계집
애의 다정을 보았다. 어쩌면 평생을 가도 알아차리지 못했을 그
아이의 가장 내밀한 다정을 목도했다. 청청명과 다정이라, 겨울
과 꽃만큼이나 어울리지 않는 조합이다.

그런데 어째서일까, 곱게 물든 사과빛 볼로 상그레 웃는 청명의
얼굴이, 수선스레 움직이는 작은 손, 명랑하게 반짝이는 눈, 어
느 하나 어여쁘지 않은 것이 없었다. 다정하지 않은 것이 없었다.
그가 오인해 왔던 지난 시간은 순식간에 기억 저편으로 날아가
버리고 눈앞엔 다정하고 또 다정한 작은 소녀만이 남아 있었다.
애초 태어나기를 다정한 아이였다는 듯, 청명은 그렇게 웃었다.

물론 그 다정은 오래가지 않았다. 반 시진도 지나지 않아 청명
은 본래의 자신으로 돌아갔다. 여전히 무서운 경쟁심을 보이며
그를 괴롭히고, 놀리기를 반복했다. 변한 것은 오로지 윤, 하나
뿐이었다. 저 아이의 심술, 강샘 무엇 하나도 더는 밉지가 않았

다. 자꾸만 청명에게 향하는 시선을 거둘 수가 없었다. 어디 그뿐일까, 청명을 이기고 싶다는 경쟁심도 의욕 없이 사그라져 버렸다. 그를 이기고 났을 때 우쭐우쭐 의기양양 웃는 그 얼굴만이 자꾸만 눈앞에 떠올랐다. 즐거워 어쩔 줄 모르겠다는 듯 씩씩하게 웃는 얼굴이 어여뻐 그것만 보아도 모든 게 변하는 것 같았다.

그러나 그의 아비는 이를 용납지 않았다. 낭야왕에게 패배는 치욕이고 곧 수치였다. 그는 내관 하나를 붙여 작은 내기 하나하나마다 누가 이겼는지 일일이 감시했다. 청명이 윤보다 먼저 시부를 짓는 날이면 왕부로 돌아온 윤에게 어김없이 발길질이 쏟아졌다. 자신의 아들이라면 감히 이럴 수는 없는 일이라고, 너는 창부이던 네 아비와 다를 바 없다 그는 분을 터뜨렸다. 애써 화를 억누르려는 듯 눈을 감고 숨을 고르다가도 다시 손을 들었다.

그때마다 윤은 잘못했다 빌었다. 다음엔 반드시 이기겠다, 차마 그리는 약조할 수 없었다. 어차피 다음이 와도 그는 영영 청명을 이기지 못할 것을 이미 알고 있었기 때문이다. 결국은 아무리 발버둥 쳐도 그 계집애의 웃는 얼굴을 보기 위해 끝내 슬그머니 져 주고 말 것이란 걸 그는 깨달았다. 그 애의 웃는 얼굴이 보고 싶었다. 다만 그땐, 그것이 무엇을 의미하는지 몰랐을 뿐이다.

시간이 흘렀다. 청명의 부친인 선황이 죽고 등극한 새 황제는 낭야왕부에 다시 박주로 내려갈 것을 명했다. 우는 모습으로 헤어지던 마지막 만남 이후, 청명은 기어코 다시 윤을 만나주지 않았다. 마차에 타 황성을 벗어나며 그는 미련 어린 눈으로 몇 번이고 뒤를 돌아보았다. 눈물에 젖은 하얀 얼굴이 자꾸만 눈앞에 맴돌았다. 어찌해서 그 못된 계집아이 우는 모습이 머릿속을 떠나지 않는 것일까. 그는 묻고 또 물었다.

울어도 싼 계집애가 아닌가. 자신의 지위를 이용해 남을 괴롭히는 것이나 즐기고 정작 그러면서도 당하는 윤에겐 관심조차 주지 않던 무정한 아이였다. 무정하다 못해 잔인하다. 그가 떠나는 지금도 청명은 자신에게 일말의 흥미도 갖지 않고 있을 것을 그는 잘 알고 있었다. 원래부터 그는 청명의 유희거리에 지나지 않았으니까.

그런데도 자꾸 그 애의 생각을 멈출 수가 없었다. 이젠 좀 마음을 추슬렀을지, 아니면 여전히 그렇게 울고 있을지 걱정이 되어 마음이 좀처럼 잡히지 않았다. 낭야왕은 쫓겨나다시피 옛 노(魯)의 땅으로 돌아가게 된 울분을 한심하게도 입을 꾹 닫은 아들에게 돌렸다.

박주에서의 시간은 몹시도 느리게 흘렀다. 자그마치 육 년, 시간은 그의 편이었다. 그 육 년의 시간, 그는 자라났고 낭야왕은 눈에 띄게 빠른 속도로 쇠약해져 갔다. 황성을 떠났을 때의 나이가 십일 세, 그는 어느덧 열일곱을 바라보고 있었다.

윤의 나이가 열넷이 되던 해, 노산으로 사냥을 떠났던 낭야왕은 낙마 사고를 당해 왕부로 실려왔다. 그 이후 거동이 불편하게 된 그의 성격은 더욱 격해져 모시는 시동이 하루에도 너덧씩 바뀔 지경이었다. 윤은 그런 아비를 깍듯이 보살폈다. 박주로 돌아온 뒤 하루가 다르게 자라는 아들의 신장은 어느새 육 척을 훌쩍 넘어섰고 소심한 성격마저 완전히 지워져 어릴 적의 그 볼품없고 왜소한 소년과 동일인이라 보기 어려웠다. 자라날수록 어미가 아닌 무사였던 제 아비를 닮아가는 윤을 볼 때마다 낭야왕은 더욱 화를 주체하지 못했다. 애정이 증오보다는 앞섰던 감정도 종국엔 그 선후가 바뀌어 그는 윤에 대한 적의를 감추질 못했다. 지금이라도 그를 내치고 싶은 마음이 하루에도 열두 번씩 더 들었으나 그러기엔 이미 너무도 멀리 왔다. 이제 그가 윤을 파내는 것은 단순히 살점을 떼어내는 것이 아닌, 그의 전부를 도려내는 것과 다르지 않았다. 그렇기에 그가 할 수 있는 일은 홀로 낭야왕부를 이끌어가는 아들, 윤에 대해 지독한 미움을 대놓고 표현하는 일뿐이었다. 그러나 그것도 나중엔 힘에 부치게 되어, 낭야왕부엔 기이한 평화가 찾아들게 되었다.

거동이 불편한 아비를 대신해 왕부를 이끌어가는 것은 어린 윤에게는 벅찬 일이었다. 눈코 뜰 새도 없다는 말이 옳았다. 다른 것엔 마음을 쏟을 겨를이 없었다. 이따금 왕부로 매파가 찾아오는 일이 있곤 했다. 열일곱이 된 그는 이미 진즉에 비를 들였어야 할 나이였지만 경황이 없다는 말로 완곡히 돌려 거절했다. 혼인이라니, 마치 먼 미래처럼 까마득하고 현실감 없는 이야기다. 하지만 꼭 그런 날이면 청명이 떠올랐다. 그 버릇없고 오만한 계집애가. 그는 낯을 찌푸렸다. 하지만 그러다가도 입술을 비집고 나오는 웃음기가 그의 고운 입술에 서렸다.

보여주고 싶다. 나는 이만큼 자랐다고, 이렇게 크고 자라서 이젠 완연한 청년이 되어가는 중이라고. 비실비실한 약골이라 놀려대던 너는 어떤 표정을 지을까. 어쩌면 놀라 입을 다물지 못할지도 모르고 어쩌면 그를 향해 선망의 눈길을 보낼지도 모르는 일이었다. 상상만으로도 자꾸 웃음이 나왔다. 여전히 그의 머릿속에선 아홉 살, 어린 계집아이로 남아 있는 청명이 특유의 심통

난 얼굴로 발을 동동 굴렀다. 아, 물론 이러한 가정은 전부 소용
없는 일이었다. 어차피 청명, 그 아이는 애초 자신의 상상을 뛰어
넘는 제멋대로의 말괄량이였으니까. 그저 그 애가 보고 싶었다.

그러나 이 감정이 어릴 적 유일한 동무에 대한 그리움인지, 아
니면 놀려주고 싶다는 은근한 경쟁심인지 그조차 그때는 여전히
알지 못했다. 그가 이 이상한 감정의 정체를 알게 된 것은 어느
날 밤이었다.

실로 기이한 꿈이었다. 그 꿈속에서 그는 어릴 적 노학사에게
서 글을 배우던 공주궁의 작은 누각에 기대어 걸터앉아 있었다.
누군가를 기다리고 있음이 분명했는데 꿈속에서의 그는 그 기다
림조차 참 즐거워 보였다. 대체 누구를 기다리고 있길래 이토록
설레는지, 아무것도 알지 못하면서도 마냥 설레었다. 그는 멍하
니 신발코로 툭툭 바닥을 두드리며 먼 곳을 응시했다.

그때였다. 바스락, 그의 등 뒤로 발소리가 들렸다. 그리고 그는
소리가 나는 곳으로 고개를 돌렸다. 저 멀리, 한 여인이 걸어오
고 있었다. 막 소녀티를 내기 시작한 방년의 사랑스러운 소녀였
다. 그를 발견한 소녀의 얼굴에 잠시 멍한 기색이 감돌다 이내 어
여쁜 미소가 꽃처럼 피어났다. 소녀의 어깨 위론 작은 새가 앉아
있었다.

마치 오래전부터 알아왔던 사이인 것처럼 어색한 기색 없이 그
는 곧장 누각에서 뛰어내려 소녀의 앞으로 다가섰다. 그를 올려
보는 소녀의 청명한 두 눈이 반짝 빛을 냈다. 그는 소리 없이 빙
긋 웃고 말았다. 어쩌면 너는 그리도 어여쁘냐고 그런 물음이 입
안을 감돌았다. 그러나 입에선 아무런 말도 나오지 않아 마음을

억누르듯 그저 반듯한 이마에 작게 입술을 눌렀다 떼야 했다. 입술이 멀어지고 소녀의 감겨 있던 눈꺼풀이 나비 날갯짓처럼 들렸다. 그를 빤히 올려 본다. 사랑스럽지만 당돌한 미소였다.

아아. 방금까지 알 듯 말 듯 머릿속을 맴돌던 소녀의 이름이, 정체가 그 미소 한 자락에 뒤엉켜 수면 위로 떠오르려 했다. 그는 소리 없이 입술을 달싹였다. 재촉하듯 소녀가 찬찬히 눈을 깜박였다.

어여쁜 너의 이름은.

"청청명."

그 순간 그는 꿈에서 깨어났다. 활짝 열린 창을 넘어 교교한 달빛이 그의 얼굴 위로 내려앉았다. 꿈이라는 걸 자각하기도 전, 얼굴이 홧홧하게 달아올랐다. 그의 미간이 험악하게 일그러졌다. 축축한 무언가가 다리 사이로 느껴지고 등줄기로 뻐근한 감각이 오르내렸다. 그는 괴롭게 이마를 짚었다. 하필이면 그런 꿈을 꾸다니. 왜 하필이면.

입술에 감도는 온기 혹은 열기, 손에 잡힐 듯 봄바람에 살랑이던 검은 머리카락. 여전히 오만하지만, 또한 여전히 사랑스러운 그 얼굴. 분명 그 아이다. 소녀는 청청명이었다. 아홉 살, 그때에서 훨씬 자란 것처럼 보이는 얼굴이나 하얀 얼굴 곳곳엔 어릴 적의 사랑스러움이 배어 있었다.

그와 동시에 울컥 무언가가 치솟아 가슴을 간질이고, 속을 울렁이게 했으며, 눈앞을 어지럽게 만들었다. 그는 거칠게 숨을 몰아 내쉬었다. 심장이 묵직하게 울렸다.

어째서, 왜, 하필 너이냐는 물음은 의미가 없었다. 오래전부

터, 어쩌면 처음 너를 뒤에서 훔쳐보던 그 순간부터 시작된 이것
은 다름 아닌 첫사랑이었다. 그는 이제야 그것을 깨닫고 말았다.

아비의 원에 따라 돌던 그의 생이 완전히 궤로를 바꾼 것은 바
로 그 순간이었다. 궤로의 중심은 바뀌었다. 그는 결심했다. 어
떻게 해서든 반드시 황성으로 다시 돌아가겠노라고. 돌아가 그
아이의 얼굴을 한 번이라도 더 보아야겠다. 들키지 않고 살아 웃
는 얼굴을 보고 싶다는 일념이 그를 살게 했다. 가장 먼저 그의
변화를 눈치챈 것은 낭야왕이었다.

시키는 대로 묵묵히 일을 해내지만 결코 의욕적이다 말할 수는
없던 아들에게 무슨 바람이 불었는지 아들은 분명히 달라졌다.
권력에 대한 야심과는 느낌이 달랐으나 그것 외에는 설명할 길이
없었다. 윤은 박주를 넘어 황성의 동향에 관심을 두고 자신의 영
향력에 대해 의식하기 시작했다. 이전과 같았으면 분명 반겼을 일
이나 달라진 부자의 관계는 돌이킬 수 없었다. 이따금 왕부에서
마주칠 때면 그는 묘한 눈으로 윤을 바라보았다. 윤은 언제나 그
랬듯 공손히 고개를 숙였다. 어느 날 평소와 달리 멈춰서 한참을
뚫어져라 쳐다보던 낭야왕이 무심결에 툭 던지듯 말을 뱉었다.

"그리 서 있으니 꽤나 장신이로구나."
"부왕을 닮아 그러합니다."

이를 가만 듣던 낭야왕이 픽 소리 없이 웃었다. 계집과 같이
작고 호리호리한 외형은 그의 가장 큰 열등의식의 근원이었다.

"보기가 좋다."

다만 그는 그리 말했다. 그것이 윤이 낭야왕과 마지막으로 나눈 대화였다. 얼마 후 낭야왕은 잠에서 깨어나지 못하고 그대로 눈을 감았다. 낭야왕을 동창부, 그의 아비인 폐태자의 묘 아래 안치하고 얼마지 않아 그는 황성으로 올라오라는 황제의 부름을 받았다.

한참을 읽고, 그러고도 믿어지지 않아 다시금 처음부터 읽기를 몇 번을 반복했다. 자그마치 육 년 만이다. 아무 연고 없는 그를 난데없이 진의 왕에 봉한 황제의 성심이니 그런 건 아무래도 상관없었다. 다시 청명을 만날 수 있다는 사실만이 그의 가슴을 벅차게 했다.

모든 가산과 권속들을 정리하고 황성이 있는 중경으로 향하는 길, 그는 어렴풋이 오래전 같은 길을 달리며 설레어 마부를 재촉하던 그의 부친을 떠올렸다. 처음으로 그는 부친의 마음을 이해할 수 있었다. 열흘이 마치 십 년과 같이 아득하고 요연했다. 마침내 황성으로 돌아온 그날, 그는 다른 모든 것을 제쳐 두고 의관만을 정제한 뒤 곧바로 입궁하였다. 말로는 황상의 은혜에 크게 감읍하였기 때문이라는 핑계였지만 한시라도 빨리 청명을 보고 싶다는 바람이었다. 지난 몇 년의 기다림보다도 더한 갈증이 그의 목을 타게 하였다.

처음으로 마주한 황제의 의례적인 말들은 기억도 나지 않는다. 가슴이 뛰고 속이 답답했다. 겉으론 평정을 유지하려 애를 썼으나 떨림은 오롯이 겉으로 드러난 모양이었다. 이를 황제를 독대한 것에 대한 긴장으로 받아들인 황제는 작게 웃으며 이제 그에게 나가보아도 좋다 친절히 일러주었다. 그 모든 말을 귓전으로 흘리며 그는 홀린 것처럼 자리에서 일어서 함명전 밖으로 걸어나왔다.

긴 지붕 끝에서 복도 안쪽으로 쏟아지는 햇살이 눈부셨다. 내관 하나를 잡고 공주궁으로 향하는 길을 물었다. 청명은 예전과 같은 거처에서 머물고 있었다. 변하지 않은 하나의 사실만으로도 괜스레 마음이 간지러웠다.

처음엔 애써 다잡고 억눌러 규칙적이던 걸음걸이는 점점 익숙한 풍경이 나오고 공주궁에 가까워질수록 급해지고 빨라져만 갔다. 이젠 이보다 더 빠르게 뛸 수 없을 정도로 아프게 가슴이 뛰어댔다. 불현듯 더 견디지 못하겠다는 생각이 들었을 때, 막 모퉁이에서 튀어나온 무언가가 그의 가슴에 툭 부딪혔다. 그는 한 걸음 뒤로 물러섰고 그건 상대도 마찬가지였다. 어디선가 불어오는 바람에 실린 다정한 향기. 문지르는 손가락 사이로 보이는 이마가 유독 반듯했다. 뛰던 심장이 일순 정지하듯 쿵 내려앉았다. 작게 일그러진 미간의 주름이 펴지기도 전, 여자가 대충 고개를 까닥이며 그를 비켜서 지나치려 했다.

"연국공주."

목이 메었다. 그 말에 돌아서던 여자가 이윽고 고갤 들고 뒤를 돌았다. 시리도록 무정한 얼굴이었다. 그러나 분명했다. 그가 그토록 기다렸던 그 청청명이 맞았다. 여전히 어여쁘다 말한다면 이는 반은 거짓이고 반은 진실이다. 머릿속으로 그려보았던 상상들을 우습게 만드는 아름다움이었다. 더욱 어여뻐진 얼굴 곳곳엔 그렇지만 어릴 적의 그 고집 센 꼬마가 여전히 숨어 있었다. 그 사실이 그를 더욱 벅차게 만들었다. 그를 자못 훑어 내리던 청명이 고개를 갸웃 기울였다.

"나를 아십니까?"

무뚝뚝한 말투다. 그의 존재엔 관심도 없다는 듯 흘깃 쳐다보는 오연한 청명의 눈빛이 그의 심장 깊숙이 박혀왔다. 청명은 그를 알아보지 못했다. 낯선 이를 대하듯 싸늘한 태도에 입맛이 조금 씁쓸했다. 그는 이를 감추고 다시 물었다.

"나를 모르십니까?"

"내가 그대를 알아야 합니까?"

"알아주었으면 했는데."

"바쁜 것이 아니라면 먼저 자리를 뜨겠습니다."

청명은 신경질적으로 그를 홱 노려본 뒤, 돌아서 걸어가 버렸다. 그 뒤를 한 무리의 궁녀가 따랐다. 마지막으로 청명의 유모였던 서안 마저 힐끔 그를 쳐다보곤 가버리자 남겨진 건 그 하나뿐이었다. 무엇이 그리 급한지 팔랑거리던 분홍빛 옷자락은 금세 점이 되어 멀어졌다. 그는 그 모습이 햇빛 속으로 아예 사라질 때까지 한참을 멈춰 서 바라만 보았다.

그가 그려보았던 재회에 이런 상황은 없었다. 알아보지 못할 정도로 많이 변했다는 뜻이니 좋다 여겨야 할지 아니면 그를 기억하지 못해 섭섭해야 하는지 조금 헷갈렸다. 윤은 배시시 웃고 말았다.

무슨 상관인가. 청명이 자신을 기억해 주지 못한다면 그가 기억하도록 도와주면 된다. 더 좋아하는 만큼 더 다가서면 된다.

어차피 가까워질 수 없는 사이, 정해진 선을 넘을 수 없었다. 그러니 그는 그가 다가설 수 있는 선에서 최선을 다할 생각이었다. 그렇게 재회는 시작되었다.

꼬박 삼 년간, 윤은 주인의 관심을 갈구하는 강아지처럼 청명의 주위를 뱅뱅 맴돌았다. 청명은 수많은 황족들 사이에서 그를 발견할 때면 보란 듯 눈살을 찌푸리고 입술을 비죽 내밀었다. 틱틱거리며 시비를 걸고 독설을 퍼붓기도 했다. 많은 이들은 방약무인한 공주의 무례를 비난하며 그를 동정하거나 안타까이 여겼다.

그러나 실상은 그와 달랐다. 연고 없는 장안에서 윤은 크고 작은 공을 세우며 점차 확고한 제 자리를 잡아갔다. 동년배의 젊은 황족들 중 그만한 공적을 세운 이는 윤이 유일했으니 그를 향해 기대 어린 목소리가 높아져 가는 건 당연한 이치였다. 이를 보는 청명의 눈은 더욱 고깝게 변해갔다. 거기다 윤은 단둘만 남곤 하면 속을 뒤집는 말로 청명을 쿡쿡 찔러댔고 청명은 반격하듯 굳세게 맞서 싸웠다.

만약 그가 그러지 않았더라면 청명에게 청윤은 그저 스쳐 지나는 수많은 변방의 황족 중 하나가 되었을 것이다. 그랬기에 그는 그 질시 어린 시선조차도 좋았다. 독기 어린 말이라도 청명이 걸어주는 말 하나하나가 그는 소중했다.

진왕과 연국공주가 서로 보기만 하면 으르렁거리는 다시없을 앙숙 사이라는 사실을 황성 내에 모르는 사람이 없었다. 어느 날, 황후는 그를 은밀히 불러 말했다. 그의 비밀을 알고 있으나 이를 발고할 생각은 없다고. 그녀의 입술에 맴도는 미소엔 그가 거부하지 못하리라는 확신이 담겨 있었다.

황후가 원하는 것은 청명의 몰락이었다. 황후는 윤이 황제가 되어 청명이 갖기를 염원하던 모든 것을 빼앗기를 바랐다. 이는 제안이 아닌 협박이었다. 황후의 집념은 대단했다. 그녀는 결코 자신의 뜻을 이루기 전엔 멈추지 않을 작정이었다. 윤은 순순히 황후의 뜻에 따랐다. 그는 황위를 욕심내는 야심 많은 군왕을 연기했다. 황후는 기껍게 반겼다. 그러나 이는 전부 황후가 아닌 청명을 위해서였다. 황후는 윤이 아니더라도 다른 대안이 많았다. 어쭙잖은 성왕이나 다른 군왕 나부랭이가 헛된 욕심을 갖고 그 대안이 되느니 그는 자신이 악역을 맡는 편이 낫다고 판단했다.

　그렇게 그는 충실한 황후의 개를 흉내 냈다. 청명은 그런 윤을 경멸하고 멸시했다. 한데 참 이상한 일이었다. 이전엔 그래도 자신을 봐준다는 사실만으로도 좋았는데 이젠 형언할 수 없는 무언가가 그의 목을 억세게 졸라오는 것만 같았다. 네가 싫어 죽겠다는 그 눈빛이 비수처럼 그의 가슴을 후벼 팠다. 그 정점은 청명이 혼사를 앞두던 때였다.

　어차피 닿을 수 없고 정해진 선이 있었기에 언젠가는 이 외사랑도 접어야 할 것을 알고 있었다. 그러나 정작 마주한 청명의 혼사는 상상보다 더 끔찍하고, 훨씬 가혹했다. 차라리 감히 자신이 올려다보지도 못할 대단한 사내였으면 오죽 좋았을까. 청명의 발치에도 미치지 못할 만큼 변변치 않고 모자란 자였다. 절도사의 외아들이라던 그 사내는 겉보기엔 욕심 없이 그저 사람 좋은 호인이었으나 기실 그가 동시(東市) 서쪽 평강방에 고급 기루가 밀집한 유곽 지역인 북리를 하루도 빠짐없이 드나드는 난봉꾼이라는 건 아는 사람은 전부 아는 사실이었다. 청명이 이를 모를 리가 없었다. 그러나 청명은 그가 다른 데 욕심을 낼 만큼 똑똑하지 않으니 그것으로 충분하다며 그와의 혼사를 추진하려 했다.

어찌 보면 이기적인 선택이었을지도 몰랐다. 그와의 혼사가 정말 청명이 원하던 일이었다면 이를 막아선 윤이 그녀의 미움을 한 몸에 받는 건 당연한 일이었다. 그렇지만 그저 두고 볼 수는 없었다. 청명이 제 발로 짚을 짊어진 채 불길로 뛰어드는 건 막아야 했으니까. 그녀는 불행해질 것이다. 그는 그 말로 변명하듯 스스로를 위안했다. 그리고 그 사내의 추문을 만들어 이를 공공연히 발고했다. 자연스레 혼사 이야기는 접어들 수밖에 없었다. 청명은 한동안 그의 얼굴만 보고도 이를 갈며 미워했다. 하지만 정작 윤은 자꾸 웃음이 나오는 걸 참지 못했다.

순전한 이기.

순수한 걱정이 아닌 철면피한 이기심의 발로였다. 참으로 구역질 나는 일이다. 솔직히 말해보자면 그는 그 난봉꾼이 아닌 다른 그 어떤 명문가의 잘난 사내가 왔어도 여전히 싫었을 것이다. 이번에는 다행히 운이 좋았을 뿐이었다. 적어도 청명의 곁에 그런 사내는 아니 된다는 그럴듯한 명분이 주어졌으니까. 하지만 이 마음이 순수한 심려가 아님은 분명했다. 그는 조롱하듯 히죽 가벼이 웃었다.

그래서 무얼 어쩔까. 어차피 여기까지인 것을. 그는 버릇처럼 되뇌었다. 수없이 새겨온 말. 하지만 정작 욕심은 끝이 없어 바라보는 것에 만족하지 못하고 이젠 손까지 뻗으려 하고 있었다. 어리석음이다. 그리고 그는 이 눈먼 어리석음이 실수로라도, 혹은 의도적으로 정해진 선을 넘어서는 순간 파국은 몰아치듯 닥쳐올 것을 알고 있었다.

우습기도 하지. 결국 이는 전부 자신이 자초한 일이었다. 조금만, 조금만 더, 그리 자조하며 청명에 더 가까이 다가가려 노력했던 일들은 전부 칼날이 되어 되돌아왔다. 그녀를 자신의 생에 더 깊숙이 들여놓음으로써 스스로 묶여 버리고 말았다. 지나가는 첫사랑처럼 살점을 떼어내듯 베어낼 수 있던 마음을 이젠 기어코 생 전체를 도려내어야 할 전부로 만들어 버렸다. 이제 그의 생은 청명을 제하고는 아무런 의미가 없었다.

그러니 나를 봐줘.

꿈에서 깨어나 눈을 마주하고는 결코 전할 수 없는 말.

나는 네가 없으면 안 돼.

그리고 그는 눈을 떴다. 악몽은 끝이 났다. 다정한 향기가 밀려들어 그의 몸을 감쌌다. 방 안은 불빛 한 점 없이 고요하고 어두웠다. 자연히 고갤 내려 엎드린 채 잠이 든 청명을 바라보았다. 깊은 잠이 들었는지 작게 벌어진 입술 사이로 색색 숨소리가 흘러나왔다. 그는 연하게 웃었다. 사랑스러운 사람. 어느새 어깨 아래로 흘러내린 이불을 끌어 올려 청명의 목 위까지 단단히 여며주었다. 이어 이불 속으로 파고들어 아이처럼 청명을 끌어안았다. 잠시 뒤척이던 청명에게선 다시 고른 숨소리가 흘렀다. 완벽한 평화였다.

눈을 다시 떴을 때는 환한 햇살이 장지문을 뚫고 비쳐 드는 아침이었다. 언제 잠에서 깼는지 그를 가만히 들여다보던 청명과 기다렸다는 듯 눈이 마주쳤다.

"무슨 꿈 꿨어?"

나른히 턱을 괴고 청명이 물었다. 그는 손을 뻗어 볼 위로 흘러내린 머리 몇 가닥을 떼어주며 간단히 답했다.

"절도사 아들 꿈."

"아."

청명이 짜증스레 탄식했다.

"말 꺼내지도 마. 재수 없으니까."

"나도 꺼내기 싫었어. 아무렴 누가 더 싫었을까."

그 말에 흐흥 웃는다. 그는 그 사랑스러운 볼에 작게 입을 맞추었다. 청명이 그의 어깨를 잡고 몸을 일으켰다. 침의를 여민 뒤 그의 얼굴을 당겨 제 허벅지 위에 올렸다. 그는 청명의 허벅지를 베고 누워 가만가만 눈을 깜박였다. 간밤의 꿈이 어린 시절처럼 흐릿하다. 그의 볼을 콕 찌르며 청명이 보채듯 재잘거렸다.

"그럼 다른 얘기 해줘. 재밌는 이야기. 자, 아가야. 아버지한테 어서 졸라봐. 재미있는 이야기 듣고 싶어요, 하고."

"재밌는 이야기?"

그는 곰곰이 생각에 잠겼다. 아기가 들을 만한 재미있는 이야기가 있던가. 그러나 아는 게 있어야지. 줄곧 머릿속에 떠오르는 것들이라곤 시답지 않은 전장의 무용담뿐이다. 윤은 풀이 죽어 눈을 깜박였다.

"아는 게 없다."

"뭐야. 하나도 없다구?"

"응."

"괜찮아, 아가야. 이 어머니가 아버지보다 똑똑하니까 어머니가 재밌는 얘기 많이 해줄게. 대신 아버지한테는 몸으로 놀아달라고 하려무나. 알았지?"

아직 티도 나지 않는 납작한 배를 쓰담쓰담 어루만지며 청명이 배시시 웃었다. 그는 고개를 들고 청명의 배에 가볍게 입을 맞추었다.

"그래, 아가야. 이 아버지는 말 타는 법도 알려주고 검 쓰는 방법도 알려주고 천하제일의 무사가 될 수 있게 든든히 뒷바라지 해 줄게."

"천하제일의 무사?"

청명이 그를 힐긋 바라본다. 윤은 진지하게 고개를 끄덕였다.

"우리 딸은 천하제일의 고수가 될 거야."

"미안하지만, 우리 딸은 내 뒤를 이어 천하제일의 여황제가 될 거거든?"

"천하제일의 고수면서 천하제일의 여황제도 하면 되지."

윤이 내놓은 절충안에 청명은 만족스럽게 미소 지었다.

"그거 좋네. 그럼 나를 닮아 예쁘고 귀엽고 똑똑하면서 당신을 닮아 다정하고 사랑스러운 아이로 자라주어야 해. 알았지, 아가야?"

"아직 태어나지도 않은 아이한테 너를 닮아 예쁘고 똑똑하기까지 하라니 너무 무거운 짐 아니야?"

"우리 딸은 무엇이든 할 수 있어. 그러엄. 누구 딸인데."

청명은 어깨를 으쓱했다. 한 손으론 그의 머리를, 다른 한 손으론 배를 쓰다듬는다. 평화로운 침묵이 내실에 감돌았다. 가만가만 기이한 음정의 노래를 흥얼거리던 청명이 문득, 고개를 갸우뚱했다.

"한데, 무슨 근거로 우리 아기가 딸이래? 아들일 수도 있는데 듣는 아기 섭섭하면 어쩌려고."

"물론 딸이든 아들이든 너를 닮았으면 얼마나 예쁘겠어. 다만, 나는 딸이었으면 좋겠다."

"왜?"

"내가 좋은 아비가 되지 못할까 봐."

그는 어렵게 입을 뗐다. 더할 나위 없이 행복한 이때에도 가슴 한구석에 드리운 겁과 두려움은 무거운 마음을 어둠 속으로 침잠시켰다.

"나는 어떻게 아이를 대해야 할지 모르겠어. 아들은 더더욱. 내 부친이 내게 대했던 것처럼 하지 말아야지, 우리 아들에겐 세상에서 가장 좋은 아버지가 되어주어야지, 그리 다짐하지만 은연중에 나도 결국 같은 인간이 되어버릴까 봐 겁이 나. 닮아버렸으면 어떡하지? 나도 모르는 새 그에게 배웠던 것처럼 아이에게 상처를 주면……."

"윤."

지그시 그의 손을 잡아오는 따뜻한 손이 있었다. 그는 고개를 들고 청명을 올려 보았다.

"우린 모두 처음이잖아. 나도 어머니가 되는 건 처음이고 당신도 아버지가 되는 건 처음이야. 처음이라서 그래. 나도 무서워. 내가 좋은 어머니가 되지 못할까 봐. 나처럼 버릇없이 자라게 하는 건 아닌가 싶어서 두렵고 그 아이를 망치는 게 내가 될까 봐 겁이 나. 그래도 우린 함께잖아. 당신한테는 내가 있고 나에겐 당신이 있어. 그러니 난 힘을 낼 거야. 우리 아기랑 당신을 지켜줘야 하니까."

그녀는 엄숙히 눈을 빛냈다. 샛별을 닮은 눈동자. 목이 메었다. 그는 애써 눌러 참았다. 역시 그에겐 청명뿐이다. 청명이 없다면 그는 아무것도 아니었다. 그러나 청명만 곁에 있어준다면 무엇이든 해낼 수 있다. 그것이 좋은 아버지이든, 좋은 남편이든 전부. 그는 결국 벅찬 감정을 이기지 못하고 청명의 양 볼을 감싸 입을 맞췄다. 그녀는 그의 목에 팔을 감았다.

"당신은 좋은 아버지가 될 거야."

청명은 말했다.

"너는 좋은 어머니가 될 거고."

윤은 대답했다.

창밖, 풀빛 짙은 초록의 버드나무 잎사귀 위로 투두둑 때 이른 빗방울이 떨어졌다. 이슬 같은 봄비에 화창한 거리를 거닐던 사람들은 의아한 얼굴로 쪽빛 하늘을 올려 보았다. 꽃망울을 터뜨리는 복사꽃은 한창. 중경에는 봄이 찾아왔다.

불어오는 바람 곳곳 연분홍 향기가 묻어나는, 때는 청명절이다.

結

작가 후기

와, 첫 책이 나온다니. 이렇게 버킷리스트에 한 줄이 지워졌네요. 꿈을 이루어주신 도서출판 청어람에 먼저 깊이 감사드립니다.

청명지절은 청대 소설인 경화연에서 처음 출발을 했습니다. 여황 제가 다스리는 당나라, 그리고 그 여황제 아래서 여과시험에 응시하는 재주 있는 여인들, 여자와 남자의 위치가 바뀐 여아국 등등 여러 가지 설정들에서 모티브를 얻고 시작했는데요. 남존여비의 시대에서 여황제를 꿈꾸는 청명의 성장담을 그리고 싶었는데 잘 그려졌는지 모르겠습니다. 거창하게 늘어놓고 정작 성장담으로는 부족한 것 같아 조금 아쉬움이 남기도 하지만, 지난여름 할 말 다 하는 청명이와 함께라 참 즐거웠습니다. 독자분들께도 조금이나마 즐거운 시간이었기를 바라봅니다. 이 이야기와 끝까지 함께해 주셔서 진심으로 감사합니다.

끝으로 제 삶을 컬러풀하게 만들어주시는 언제나 빛나는 다섯 분에게 고마운 마음을 조심스레 전해봅니다. 물론 항상 제 곁을 지켜주는 천방지축 어리둥절 빙글빙글 가족들과 특히 사랑스런 막내 동생 니니, 그리고 소중한 친구들에게도 뽀뽀를 보내요.

곧 봄이 오네요. 찾아보니 올해의 청명은 4월 4일이라고 합니다. 맑고 푸른 하늘, 머리 위로 흩날리는 연분홍 꽃잎들. 상상만으로도 벌써 흐뭇해져요. 아직 밖은 추운 겨울이지만 다가올 봄은 모든 분들께 좋은 일만 함께하는 마냥 행복한 계절이었으면 좋겠습니다. 모두 모두 건강하세요. 고맙습니다.

참고 문헌

• 쑨젠줸(2009). 여중호걸 무측천(민경삼 역). 세종서적.

• 이시다 미키노스케(2004). 장안의 봄(이동철 역). 이산.

• 이유진(2015. 11. 24). 이유진의 중국 도읍지 기행. 주간 경향 1152호.

• 정영호(1999). 『紅樓夢』과 『鏡花緣』의 여성형상 비교 연구. 한국중국소설학회.

• 신성곤(2015). 당대(唐代) 장안(長安)의 시장과 일상. 동아시아 문화연구. 62권 0호.

• 윤미영(2015). 중국 여황제(武則天)의 정권창립과 불교. 한국교수불자연합학회지. 21권 2호.